더 파더
2

THE FATHER 더 파더

2

안데슈 루슬룬드 · 스테판 툰베리 지음

이승재 옮김

검은숲

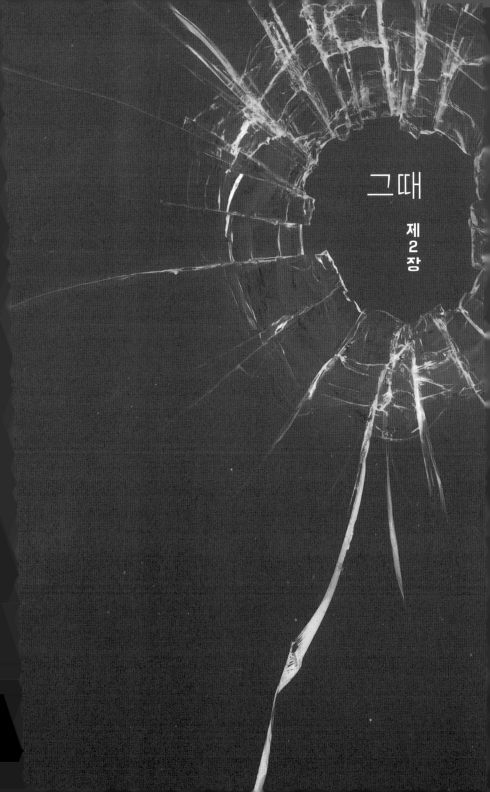

그때

제2장

46

두 사람은 눈이 아플 정도로 조명만 밝고 좁아터진 엘리베이터 안에 나란히 붙어 섰다. 페인트칠이 듬성듬성한 거울 윗부분을 통해 서로를 쳐다볼 뿐이었다. 레오는 아버지 손에 들려 있던 모라 나이프 쪽으로 간간이 시선을 돌렸다. 아버지는 손가락 관절이 허옇게 되도록 손에 힘을 주며 칼을 쥐고 있었다.

"세상에, 네 녀석이 진짜로 일을 벌였구나!"

아버지의 목소리가 떨렸다.

"까딱하면 아들 하나 잃을 뻔했어."

"아빠, 다 생각해서 움직였어요. 하세와 그 핀란드 자식을 여기까지 쫓아오게 만든 거거든요. 그리고 다 보셨잖아요. 그 자식들 코를 뭉개는 거요. 이렇게 정중앙을……."

"문 열어라."

"제가 어떻게 했는지 보고 싶지 않으세요? 여기 정면을……."

"빌어먹을 문은 열거냐, 말거냐?"

아버지의 목소리에서 떨림이 사라지고 평상시와 비슷해졌다.

레오는 엘리베이터 문을 연 다음, 집 현관문을 열었다.

스코고스 한복판에 위치한 방 넷 딸린 8층 집은 달라진 게 없었다. 자신이 몇 시간 전까지 있던 집이었으니까 모를 리가 없었다. 그런데도 방들이 훨씬 작아진 기분이 들었다.

천장에 머리가 닿을까 봐 고개를 숙여야 할 것만 같았다. 아버지는 재킷과 스웨터를 벗으라고 명령했다. 순간 한기가 돌아 닭살이 돋았다. 아버지는 찢어진 소매와 재킷 어깨에 난 구멍을 확인하고는 어깨와 쇄골 끝부분의 찰과상을 살펴보았다. 피는 멈춘 뒤였다. 아버지는 딱지가 울퉁불퉁하게 자리 잡은 상처 부위를 손가락으로 만져보았다.

"전혀 아프지 않아요, 아빠. 살짝 스친 것뿐인데……."

아버지는 이미 부엌으로 사라진 뒤였다. 와인과 설탕을 부은 프라이팬을 불 위에 얹었다. 그러고는 식탁에 앉아 데운 와인 반잔을 들이켰다.

레오는 아버지의 뒷모습을 쳐다보았다. 자신도 그 옆에 앉고 싶었다. 아버지에게 상처 부위와 밤색 핏자국을 다시 한 번 보여주고 싶었다. 그러다 발걸음을 돌려 통로를 따라 걸었다. 그때까지만 해도 길게 느껴졌는데 어느새 문 열린 방 앞까지 걸어온 뒤였다. 빈센트가 침대 밑으로 기어들어가 먼지가 잔뜩 묻은 테니스공을 들고나와 큰형을 쳐다보며 씩 웃었다.

"큰형, 이거 봐봐! 이거 폭탄이야. 이제 동시에 쓰러질 거야."

그러고는 테니스공을 떨어뜨렸다가 다시 들고 장난감 병정들이 모두 쓰러질 때까지 같은 동작을 반복했다.

"가서 내려놓자, 형." 바로 뒤에 있던 펠릭스가 나지막이 중얼거렸다. "매트리스 말이야. 들어가서 문 닫고 하자고."

펠릭스는 스툴을 방 한가운데 가져다 놓고 그 위에 올라가 천장에 달린 고리 쪽으로 손을 뻗어보았지만 닿지 않았다.

"거기 어딘가 전등 있을 거야. 아빠가 내려놓은 거. 아빠만 끼어들지 않았어도 케코넨이 칼로 형 찌를 일도 없었을 거고……. 그러면 형이 죽을 일도 절대 없을 거잖아."

"아무 일도 없었어. 내가 그 자식들 둘 다 케이오 시켰잖아."

"좋을 일 없다고. 절대로! 알기나 알아?"

펠릭스는 까치발을 하고 스툴 정중앙에 서서 부들부들 떨리는 팔을 뻗었다. 손가락 끝이 고리에 닿기는 했지만 걸려 있는 매트리스를 떼어내는 건 역부족이었다. 펠릭스는 터져 나오는 울음을 남에게 보이기 싫을 때처럼 입술을 꽉 깨문 채 스툴 위에 앉았다.

"슬퍼서 그래?"

펠릭스는 일곱 살이었다. 천장에 걸린 샌드백 대용 매트리스를 떼어내기에는 한참 어린 나이였다.

"아니라고."

반은 맞다는 뜻이었다.

"네 마음 알아."

"슬픈 게 아니라 망할 매트리스 때문이라고. 저 거지 같은 고리 때문이라고."

펠릭스는 벌떡 일어나 매트리스를 향해 주먹을 날렸다. 그리고 다시 한 번, 또 한 번 더, 힘이 빠질 때까지 계속해서 주먹질을 했다. 그리고는 큰형이 스툴에 올라가 매트리스를 고리에서 들어 올리는 모습을 물끄러미 쳐다보았다. 매트리스는 둔탁한 소리를 내며 바닥에 떨어졌다. 펠릭스는 전등을 큰형에게 건넸고, 큰형은 단번에 전등을 제자리에 걸어놓았다.

집에서 가장 작은 방에서 나오던 두 형제는 이제는 비좁아져 더 이상 들어갈 수도 없겠다는 기분이 들었다.

빈센트의 방은 더 컸다. 두 형은 전쟁이 벌어지는 도시에 해당하는 카펫 모서리를 하나씩 차지하고 앉아 쓰러진 장난감 병정들을 일으켜 세우는 막내를 물끄러미 바라보았다. 빈센트는 양손에 든 테니스공을 떨어뜨렸다. 동시에 폭탄 두 개가 떨어졌다.

그렇게 한참 앉아 있던 형제들에게 익숙한 소리가 들려왔다.

"가보자!"

빈센트는 폭격에서 살아남은 병정들을 줄 세우다 말고 창문으로 달려가 레고 박스 위로 올라갔다.

"큰형! 작은형! 이리 와봐!"

두 형들은 양쪽에 자리를 잡고 아래를 내려다보았다. 파란색 아이스크림 트럭이 2동 앞에 멈춰 서서 경적을 울리고 있었다. 야스페르가 사는 건물이었다. 야스페르 아버지는 다 쓴 콘돔을 창문 밖으로 던지곤 했는데 나뭇가지에 걸리면 꼭 하얀색 나뭇잎처럼 보였다. 트럭은 다시 4동 앞으로 움직였다. 언제인가, 레오와 키스 비슷하게 입맞춤을 한 마리가 사는 건물이었다. 트럭은 다시 한 번 움직여 6동 앞에 멈춰 섰다. 파룩, 엠레, 베키르 등 터키 출신 일가족이 사는 건물이었다. 그러고서야 트럭은 삼 형제가 살고 있는 건물 현관 앞으로 이동하며 경적을 울려댔다. 손님들이 나올 때까지 기다리는 장소였다.

"얘들아!"

아이들은 경적 소리 때문에 거실에서 다가오는 묵직한 발걸음 소리를 듣지 못했다.

"애들아!"

아버지가 화난 상태인지 아닌지 구분하기 힘들었다. 목소리만으로는 그런 것 같지 않았지만 준엄한 눈빛이었다.

"아이스크림이다! 내 아들들은 아이스크림 먹을 자격이 있지. 다들 옷 입고 나와라!"

빈센트는 말이 끝나기 무섭게 현관으로 달려 나갔다. 펠릭스는 동작만 느렸지 막내 뒤를 따라나섰다. 하지만 레오는 그 자리에 그대로 서 있었다. 발밑에 장난감 병정들을 거느리고, 양손에 테니스공을 하나씩 쥔 자세로. 레오는 공을 떨어뜨려 병정들을 모조리 쓰러뜨렸다.

그러고서야 빈센트가 신발 신는 걸 도와주러 현관으로 향했다. 자신이 신다 물려준 것이었다. 파카 역시 자신이 입었던 옷인데 펠릭스가 특히 좋아했었다. 큰형은 지퍼를 끝까지 올려준 다음 모자를 씌워주었다. 모자만큼은 처음부터 빈센트를 위한 것이었다. 그동안 아버지는 남은 와인을 블랙베리 상표가 붙어 있는 음료수 캔 두 개에 나눠 부었다.

한 시간여 전만 해도 거의 겨울 날씨였다. 하지만 건물 밖으로 나오니 새, 나무, 햇살이 꼭 봄 같았다. 레오가 모라 나이프를 떨어뜨렸던 바로 그 자리에 아이스크림 트럭이 서서 기다리고 있었다.

"애들아, 가서 먹고 싶은 거 하나씩 골라라. 아빠가 사줄 테니까!"

그의 손에는 100크로나 지폐 한 장이 들려 있었다. 아버지가 달리 보였다. 와인을 마신 상태였지만 그것 때문은 아니었다. 아버지는 또다시 떨고 있었다. 비록 웃는 표정이었지만, 블랙베리 상표가 붙은 음료수 캔 딱 한 모금만 마신 상태였지만……. 아버지는 분명히 떨고 있었다.

"난 저거."

두 형들이 아이스크림을 골랐다.

"그럼 난…… 저거."

빈센트도 마음에 드는 걸 선택하는 듯했다.

"아니, 저거요."

배 맛이 나는 초록색 아이스크림을 통째로 가리켰다.

"자, 이제 다들 좀 걷자. 걸으면서 먹어라."

아버지는 다른 아버지들과 비교해도 키가 큰 편이었다. 빈센트를 어깨에 태우자 훨씬 더 커 보였다. 레오는 아버지 옆에서 걸었고, 펠릭스는 몇 걸음 뒤에서 따라왔다. 아이들의 손에는 각각 초록색 하드가 하나씩 들려 있었고 아버지는 두 번째 캔을 들이켰다. 네 부자는 커다란 주차장을 지나 그물망을 새로 간 골대가 설치된 축구장을 거쳐, 얼음 깨지는 소리가 들리는 해안을 따라 난 숲길로 걸어갔다.

47

그들은 곶에 자리를 잡고 앉았다. 일정하게 뻗어 나가는 해안선을 끊어버리고 물 밖으로 나와 땅을 형성한 곳이었다. 정확하게 맞물리진 않았지만 마치 직소 퍼즐처럼 거대한 바위 더미들이 서로 뒤엉켜 있었다. 일대 전체에 자라는 나무는 단 두 그루였다. 평범한 크기였지만 눈 녹은 물이 고여 만들어진 습기로 인해 아래쪽 가지가 더 짙은 색을 띠었다.

드레비켄 호수는 가로 길이가 거의 300미터에 달했다. 여름이 오면 호수 건너편까지 헤엄으로 왕복할 계획이었다. 작년에 시도는 해보았다. 수면이 잔잔하던 어느 밤, 절반까지는 성공했었다. 계속했더라면 끝까지 갈 수도 있었을 것이다. 하지만 레오는 중간에 돌아왔다. 펠릭스와 빈센트가 바위 위에 올라가 큰 소리로 형을 불러댄 탓이었다. 그 소리가 바위 사이를 돌아다니며 메아리처럼 퍼졌다. 동생들은 방금 밥을 먹은 데다 그렇게 계속 수영을 하면 돌멩이처럼 가라앉을지 모른다며 형이 되돌아오기를 바랐다. 이따금, 정말 그렇게 될지도 모른다고 생각하곤 했다. 어쨌든 호수가 넓고 깊은 건 사실이니까.

할아버지 할머니가 계시는 쉔달 해변까지는 배로 30여 분 거리였다. 조금 더 크면 거기까지 수영으로 왕복할 수 있을 것도 같았다. 단 육지와 가까운 코스로, 물살이 잔잔한 날, 먹은 음식이 다 소화된 후에, 갈아입을 옷을 방수 가방에 챙겨 등에 매고 간다면.

아버지는 소나무 아래서 벌컥벌컥 소리를 내며 와인을 들이켰다. 아버지가 그런 소리를 내면 적어도 아버지 위치나 어떤 행동을 하려는지는 예측이 가능했다. 하지만 아버지가 아무런 소리를 내지 않고 있으면 어떤 일이 벌어질지 알 수가 없었기에 모든 상황에 대비해야 했다.

두 번째 캔에 담아온 와인도 거의 바닥을 드러내고 있었다. 마지막 한 모금까지 싹 비우자 아버지는 캔을 바닥에 내려놓았다. 빈 캔은 얼음과 물이 뒤섞인 해안가로 데굴데굴 굴러 내려갔다.

"다들 아이스크림 막대기 가져와라."

레오는 시든 잡초와 갈색 나뭇잎 사이에 아무렇게나 버렸던 막대기를 찾기 위해 땅을 뒤졌다. 아이스크림을 배가 부를 때까지 먹은 터였다.

"하나도 빠뜨리지 말고 다 모아서 이리 가져와라."

모두 열한 개였다. 세 아들들이 소나무 곁으로 다가오자 아버지는 손을 내밀었다.

"여기 손바닥 위에 올려놔라."

아버지는 아들들에게 주변에 둘러앉으라고 명령했다. 추장을 중심으로 모여 앉은 인디언들처럼.

"좋다. 이제 각자 자기가 먹은 아이스크림 막대기를 가져가라."

"자기 거요?"

"각자 하나씩."

아이들은 시키는 대로 막대기를 하나씩 집어 들고 기다렸다.

"이제 그걸 부러뜨리는 거야."

무슨 말인지 듣기는 했지만 말뜻을 이해할 수는 없었다.

"가운데를 부러뜨려보라고."

아이스크림 막대기를 부러뜨리라고?

"레오?"

마치 돌발 상황을 예고하듯 짜증과 긴장의 분위기가 조성됐다.

레오의 손에 들려 있던 아이스크림 막대기는 서서히 구부러지더니 살짝 힘을 주자 툭 부러졌다. 어렵지 않았다.

펠릭스도 큰형을 따라 했다. 손가락 막대기 양 끝을 잡은 다음 힘을 주었다. 손가락이 아프긴 했지만 힘을 주고, 다시 한 번 더 힘을 주어 눌렀다.

"펠릭스?"

펠릭스는 막대기 끝이 손가락을 파고드는 통증에도 아랑곳하지 않고 다시 한 번 힘을 주어 눌렀다. 막대기는 결국 부러졌다. 부러진 막대기 끄트머리가 뾰족한 안테나처럼 갈라졌다.

"빈센트?"

세 살짜리 꼬마는 아장아장 물가로 걸어갔다. 불어오는 바람에 머리가 날리는데도 무릎을 꿇고 바닥에서 무언가를 주워 올렸다. 그러고는 자신의 손만큼 큰 자갈 하나를 들고 왔다. 빈센트는 막대기를 울퉁불퉁한 바위 위에 올리고는 머리 위로 손을 들어 올렸다가 자갈로 막대기를 내리쳤다.

막대기가 갈라지기 시작했다. 적어도 한쪽 끝은.

"어떻게 됐냐?"

아이들은 다시 둥그렇게 둘러앉았다. 레오와 펠릭스는 두 동강난 막대기를 아버지에게 내밀었다.

"부러졌냐?"

"네."

"완전히 부러졌어?"

"네."

"좋다. 레오, 네가 가장 힘이 세지? 자, 여기 막대기 다섯 개 받아라. 그리고 그걸 동시에 부러뜨리는 거야."

"손으로요?"

"네가 방금 전에 했던 그대로."

레오는 아버지를 빤히 쳐다보았다. 아버지는 더 이상 떨지 않았다. 그러고는 아무 말도 없이 일어나 어딘가로 걸어갔다.

나무 막대기 다섯 개를 하나로 겹쳐놓자 훨씬 두꺼운 다리가 만들어졌다. 레오는 어깨, 팔, 손가락 근육에 잔뜩 힘을 주었지만 막대기를 부러뜨릴 수 없었다. 힘을 주면 줄수록, 손바닥에 가해지는 통증만 배가 되었다.

결과는 신통치 않았다.

"못……."

차마 아버지를 쳐다볼 엄두가 나지 않았다. 쇼핑몰 앞에 있던 금발 머리 기생충과, 장발 똘마니를 노려보던 그 눈빛을 마주할 엄두가 나지 않았다.

"못…… 하겠어요."

레오는 얇은 나무 막대기들을 던져버렸다. 막대기들은 바위에 부딪히고 튕겨 오르며 흩어졌다. 레오는 눈을 감았다. 아버지의 손이 느껴졌다. 분노는 느껴지지 않았다. 단지 어깨를 툭 치는 친근한 손길이었다.

"애들아, 이게 바로 가족이라는 거다. 클랜이라는 거지."

이반은 막대기 다섯 개를 들고 아이들 앞에 하나씩 보여주었다.

"이 막대기는 빈센트, 이건 펠릭스, 이건 레오, 이건 엄마, 그리고 이건 아빠다."

그러고는 다섯 개를 하나로 겹쳤다.

"클랜은 언제나 하나로 뭉치는 거야."

겹쳐놓은 막대기 뭉치가 아버지의 큰 손에 들려 있었다.

"우린 클랜이다. 너희들은 내 클랜이라고."

아버지는 그렇게 말하고는 막대기를 부러뜨리려 했다. 여러 차례 시도해봤지만 아들들과 다를 바 없었다. 아버지에게도 버거운 일이었다.

"클랜이 하나로 뭉치면 아무도 무너뜨릴 수 없어. 너희 엄마라는 여자는 그걸 잘 이해하지 못하더구나. 엄마는 하나로 뭉친다는 게 정말로 무얼 의미하는지 모른단 말이다."

아버지와 세 아들은 서로 옹기종기 모여 앉았다. 아버지의 숨결에서 와인 냄새가 풍겼다.

"클랜은 작은 집단이야. 하지만 절대 무너지지 않는다. 클랜에는 클랜을 이끌어나가는 리더가 있다. 클랜을 이끌어야 할 책임을 갖는 리더 말이다. 알겠냐?"

세 아들은 고개를 끄덕였다. 아버지는 아이들을 하나씩 쳐다보았다. 특히 레오에게 집중했다.

"알아들었냐, 레오?"

아버지의 눈빛은 엘리베이터에서 본 바로 그 눈빛이었다. 다만, 이번만큼은 두 부자 사이에 거울이 없었다.

"덩치가 큰 군부대들도 작은 집단인 클랜을 무너뜨리려 애쓰지만 언제나 실패하지. 왜냐하면 클랜은 서로가 서로의 뒤를 봐주는 가족이기 때문이야!"

아버지는 세 아들을 다시 한 번 쳐다보았다. 아들들은 그제야 아버지가 무언가 중요한 말을 하고 있다는 사실을 깨달았다.

"인디언들…… 처럼요?" 펠릭스가 물었다.

"아니! 아니지, 아니야. 인디언들은 평범한 공동체일 뿐이야. 나는 클랜을 말하는 거야. 같은 피를 나눠가진 가족들……. 칭기즈칸이나 코사크족 같은 그런 클랜."

아버지는 자리에서 일어나 비틀거리며 바위 쪽으로 걸어갔다.

"코사크족에게는 영토가 없었어……. 그들이 가진 건 오직 가족과 친구들뿐이었어. 유목민들이라 조국이 따로 필요하지 않아. 이 사람들은 어디든 갈 수 있어. 그들에게는 언제나 함께 다니는 가족이 있거든."

아버지는 팔짱을 끼듯 양팔을 가슴으로 모으고 손을 어깨에 올린 다음, 마치 개구리처럼 무릎을 굽히고 제자리에서 뛰기 시작했다. 정확히 말하면 발길질에 더 가까웠다. 처음에는 개구리 같았는데 이제는 메뚜기와 더 비슷해 보였다. 그러면서 노래를 부르기 시작했다. 알아들을 수 없는 단어가 반복되는 노래였다. '칼린카'라고 말하는 것 같았다. 아버지는 중심을 잃고 넘어질 때까지 발을 바꿔가며 발길질과 노래를 계속했다. 코사크족의 지위를 잃을 때까지. 거구의 몸이 뒤로 넘어가면서 바위에 머리를 부딪쳤지만 평소에는 전혀 들을 수 없는 큰 목소리로 걸걸대며 웃었다.

"클랜은 말이다. 진정한 클랜은 서로에게 상처를 주지 않아."

아버지는 자세를 고쳐 앉았다.

"진정한 클랜은 서로 배신하지도 않아."

착 달라붙는 작업복 셔츠 때문에 땀 냄새가 숨결에서 따라 나오는 와인 냄새와 뒤섞였다.

"진정한 클랜은 언제나 서로를 보호해준다."

레오는 그렇지 않다는 걸 잘 알고 있었지만 아버지가 계속해서 자신에게만 말하고 있는 것 같은 기분이 들었다.

"그렇지 못하면……. 우린 모든 걸 잃게 되는 거야."

48

바위에 앉거나 드러눕기를 반복하는 아버지와 함께 세 아들은 한참을 그곳에 머물렀다. 레오는 춤을 추고 칼린카 노래를 부르다가도 갑자기 생각에 잠겨 아무 말도 하지 않는 아빠를 이해할 수 없었다. 혼자만의 생각에 잠긴 아버지는 레오가 알 수 없는 옛이야기들을 늘어놓기 시작했다. 자신의 어린 시절과 청소년기, 스웨덴에 오게 된 일까지.

네 사람은 나란히 오솔길을 따라 걸었다. 날씨는 다소 쌀쌀한 편
이었다. 레오는 파카를 단단히 여몄다. 절반 정도 다다랐을 때 빈센
트가 갑자기 걸음을 멈추고 애원하는 눈빛으로 고개를 들었다. 레
오는 막냇동생을 업어주기로 했다. 맨 뒤에서 걸어오던 아버지는
고래고래 노래를 불렀다. 뜻 모를 가사가 이어졌다. 아버지는 다시
제정신으로 돌아왔다. 침묵이 깨졌다. 다시 고요해질 일은 없을 듯
했다. 적어도 드레비켄 호수를 따라 숲길을 건너 축구장과 학교를
지날 때까지는. 그렇게 네 사람은 집에 도착했다.

집에 와인이 떨어질 날은 없었다.

싱크대 밑에 있던 와인 선반은 텅 비어 있었지만 그 뒤에 또 다른
선반이 있었다. 비상용 와인이었다. 이반은 와인병을 들고 침실로
들어가 헝클어진 침대 위에 드러누웠다. 레오는 아버지가 잠들 때
까지 기다렸다가 문을 닫았다. 삼 형제에게는 중요한 일이었다. 그
래야 집안이 평온해지기 때문이다. 더 이상 불안과 초조에 떨지 않
아도 되니까. 코 고는 소리가 그 신호였다.

아이들은 입고 나갔던 외투를 현관 옷걸이에 걸었다. 펠릭스는
가만히 서서 큰형 옷 어깨 부위에 생긴 구멍을 살펴보았다. 그러다
가 검지와 중지로 구멍 밖으로 삐져나온 흰 솜털을 다시 안으로 밀
어 넣었다. 하지만 솜뭉치는 그 즉시 도로 튀어나왔다.

칼 구멍이 난 어깨를 벽 쪽으로 돌리자 이번에는 찢어진 소매가
눈에 들어왔다.

이제 곧 엄마가 퇴근하고 돌아올 시간이었다.

절대로 엄마에게 들켜선 안 된다.

레오는 까치발로 아버지가 코를 골며 자고 있는 침실 앞을 지나,

부엌으로 들어가 서랍장 첫 칸에서 스카치테이프를 꺼내 여러 가닥으로 잘라냈다. 구멍을 막기 위한 응급조치였지만 오히려 구멍만 더 커지는 상황이 발생했다. 펠릭스는 반짇고리를 거꾸로 들고 바닥에 엎어 바늘을 찾아냈지만 색깔에 맞는 실을 찾을 수 없었다. 작업실을 뒤지다 강력 접착제를 발견하기는 했지만 아무리 애를 써도 뚜껑조차 돌릴 수 없었다.

"안 되겠어, 형."

"이렇게 벽 쪽으로 돌려서 걸어놓자."

"그래도 엄마가 볼 거야!"

"가시덤불 때문에 이렇게 됐다고 하지 뭐."

"그런 멍청한 거짓말이······."

"파룩이 축구 하다가 엉뚱한 곳으로 공을 찼다고 할 거야. 주우려고 허리를 숙였다가 일어나는데 가시덤불에 걸려서 찢어졌다고 하면 돼."

———————

엄마가 돌아왔다.

아이들은 부엌에 앉아 분위기를 살폈다. 숨죽인 채로 엄마가 의자 위에 핸드백을 내려놓고 장 본 물건들을 바닥에 내려놓은 다음, 외투를 거는 소리에 귀를 기울였다.

엄마는 칼에 찢기고 구멍 난 점퍼를 지나쳤다.

아버지의 코 고는 소리를 들은 엄마는 아이들에게 점심과 저녁에 무얼 먹었는지 물었다. 레오가 뭐라 둘러대기도 전에 빈센트가 자기 방에서 큰 소리로 외쳤다.

"아이스크림!"

레오는 아이스크림을 먹은 다음에 팬케이크도 먹었다고 대답했다. 아직까지는 자신의 말을 믿는 눈치였다.

"팬케이크를 먹었다고?"

엄마는 프라이팬을 찾기 위해 주방을 둘러보았다. 레인지 위에도, 식기 건조대 위에도 프라이팬은 보이지 않았다. 잼 묻은 접시도 보이지 않았다.

"네."

이번에는 레오가 빈센트보다 먼저 대답했다.

"정말로?"

"네."

엄마는 화내는 법이 거의 없었지만 지금이 바로 그때였다. 코 고는 소리가 방에서 시작돼 온 집으로 퍼져나가는 동안 레오는 변해가는 엄마의 심리 상태를 읽을 수 있었다.

"설거지해서 치워놨어요. 전부요. 프라이팬하고 접시하고요."

엄마는 찬장을 열었다. 프라이팬과 접시가 정리된 칸이 아니라 싱크대 아래 찬장이었다. 엄마는 쓰레기통을 꺼냈다. 엄마와 큰아들은 동시에 그 안에 있던 내용물을 볼 수 있었다. 빈 와인병. 와인 선반도 텅 비어 있었다.

엄마는 진짜로 화가 났지만 아들이나 아들이 한 거짓말 때문은 아니었다.

"알았다. 그럼 저녁으로 뭐 먹고 싶니?"

엄마가 큰아들의 뺨을 쓰다듬으며 물었다. 엄마의 손길은 언제나 부드러웠다.

"팬케이크는 어떠니?"

"좋아요."

레오는 엄마를 도와 팬케이크 가루, 계란, 우유, 소금을 꺼냈다. 그리고 아버지가 드시는 훈제 돼지고기를 조금 꺼내 기다란 부엌칼로 두툼하게 잘랐다.

"아빠 주무신 지 얼마나 됐니?"

"저희가 집에 왔을 때요."

"집에 왔을 때?"

"네."

"어디 갔다가?"

아이스크림 트럭. 블랙베리 '주스' 캔 두 개. 하나로 뭉친 가족이 쉽게 찢어지지 않듯, 하나로 겹쳐 있을 때는 부러뜨릴 수 없었던 아이스크림 막대기.

"어디 갔다가?"

"학교요."

엄마는 다시 한 번 큰아들의 뺨을 쓰다듬었다.

"어디 갔다가?"

입이 떨어지지 않았다. 그래서 현관 벨 소리가 울리자마자 황급히 복도로 뛰어나갔다. 부엌에서 벗어날 수 있다면, 또다시 엄마에게 거짓말하는 상황을 피할 수만 있다면 뭐든 상관없었다.

"부모님 집에 계시니?"

현관 앞에 서 있는 남자는 생전 처음 보는 사람이었다.

"누구신데요?"

키가 컸다. 거의 아빠만큼 큰 어른이었다. 머리는 짧았고 눈빛은 순해 보였다.

"부모님 집에 계시니?"

무언가를 팔러 온 외판원 같지는 않았다. 아이들이 지하실에서 뛰어놀거나 주차장 조명을 깨뜨렸다고 항의하러 찾아온 건물 관리인도 아니었다. 전도를 목적으로 찾아온 교회 사람 같기도 했다.

"엄마는 계신데요."

잘못 짚었다. 예수님 이야기를 하러 찾아온 사람은 아니다. 잡지나 전단지를 들고 있지 않았다. 게다가 교회 사람들은 대부분 두 명이 짝을 지어 찾아왔다.

레오는 속이 살짝 뒤틀렸다. 아버지가 주무시고 계셔서 다행이었다. 펠릭스나 레오, 혹은 아버지가 벌인 행동에 대해 묻고 따지러 온 사람임이 분명해 보였기 때문에 더더욱 아버지가 만나서는 안 될 일이었다.

"고맙구나."

레오는 부엌으로 가면서 귀를 기울였다. 코 고는 소리는 여전했다. 방 앞을 지나갈 때는 등을 돌리고 팬케이크 반죽을 만들고 있는 엄마에게 다가갔다.

"누가 찾아왔어요."

"누군데?"

레오는 어깨를 으쓱했다.

"어떤 아저씨요."

엄마는 따뜻한 물로 손을 씻고 오븐 손잡이에 걸려 있던 행주에 닦은 다음 현관으로 걸어나갔다.

"안녕하세요."

남자는 가냘픈 손을 내밀며 자기소개를 했다.

"안녕하십니까, 전 하세 아버지 되는 사람입니다."

하세? 하세와 케코넨? 우리 아들에게 주먹질한 그 녀석들?

"전 레오 엄마 되는 사람입니다." 그녀는 상대가 건넨 손을 잡고 악수하며 말했다. "우선, 이렇게 찾아와주셔서 감사드립니다. 안 그래도 연락드릴 생각이었거든요."

키 큰 남자는 고개를 끄덕이고는 한숨을 내쉬었다.

"이해합니다. 그럴 생각이셨다니 저도 감사드립니다. 왜냐하면…… 그냥 넘길 일이 아니라서 말입니다."

이번에는 엄마가 고개를 끄덕이며 한숨을 내쉰 다음 현관문을 활짝 열었다.

"들어오세요. 이렇게 문 앞에서 할 얘기는 아닌 것 같네요."

하세의 아버지는 안으로 한 걸음 들어오려다 현관 카펫 앞에서 멈춰 섰다. 그는 펠릭스가 엄마를 위해 그린 그림이 걸려 있는 한쪽 벽면과, 이반의 각종 도구를 비롯해 정 가운데 자리를 차지하고 있는 이반의 장검이 진열된 다른 쪽 벽면을 번갈아 쳐다보았다.

"이렇게 찾아온 건 이번 일로 누군가를 고소할 생각이 있어서가 아닙니다."

그는 상대방과 대화가 시작되자 키가 작아 보이려는 듯 살짝 허리를 구부렸다.

"대신 부모님께서 아드님에게 단단히 일러주셨으면 합니다."

엄마가 자세를 바로잡았다. 마치 정면 승부에 대비하는 사람처럼 양쪽 다리에 똑같이 힘을 주고 꼿꼿이 섰다. 아무도 눈치채지 못했만 레오는 알 수 있었다. 엄마가 그런 자세를 취한다는 건 힘을 모으는 중이라는 걸.

"하세 아버님께서도 아드님에게 아주 단단히 일러주셨으면 합니다."

"이미 했습니다. 오늘 이런저런 이야기 할 시간이 아주 많았거든요. 응급실에서 네 시간이나 보내야 했으니 말입니다."

"응급실이라고요?"

"그렇습니다. 거기서……."

"오늘이요?"

"분쇄골절상이라더군요. 과도한 폭행에 노출된 결과라고……. 의료진들 설명입니다."

엄마는 레오 쪽으로 고개를 돌리고 큰아들의 얼굴을 살펴보았다. 부기가 점점 빠지기 시작하고 퍼런 멍이 누렇게 변하고 있었다. 일주일 사이 어떤 변화가 있었는지 깨닫는 순간 엄마의 표정이 달라졌다. 피해자였던 아들이 가해자가 돼 있었던 것이다.

레오는 시선을 내리깔고 귀를 쫑긋 세웠다. 그리고 코 고는 소리가 멈췄다는 것을 깨달았다.

"코가 부러졌습니다."

"저도 알아요. 관련 일을 하거든요."

문 열리는 소리가 들렸다.

"제가 오늘 집에 있지 않았고 그 즉시 응급실로 데려가지 않았더라면 평생 후유증에 시달렸을지도 모릅니다."

묵직한 발소리가 통로를 따라 가까워졌다.

"코를 바로잡고 코뼈를 세웠습니다."

엄마는 다시 한 번 레오 쪽으로 고개를 돌렸다. 그리고 그 순간, 머리가 헝클어진 채 방에서 나온 이반을 발견했다.

"그건……. 유감스럽게 됐네요. 제가 레오하고 당장 얘기해보겠습니다. 해결을 해야 하니까요. 그러고 나서 아들 데리고 댁으로 찾아가겠습니다. 선생님과 아드님, 저와 제 아들 이렇게 네 사람이 한자리에서 얘기하도록 하지요."

무거운 발소리.

"해결한다고?"

아버지였다.

"당연히 해결해야지! 여기서 당장 말이야!"

아버지는 장남과 아내 앞을 지나 방문객 앞에 자리를 잡았다.

"안 그래, 여보?"

방문객은 막 집 밖으로 나가던 순간이었다. 한 손으로 잡고 있던 문손잡이를 놓기만 하면 현관문이 닫히기 일보직전이었다.

이반은 상대 가까이 다가갔다.

"어딜 가십니까, 들어오세요. 아, 들어오시라니까요! 그러니까, 그 문제……. 어디 해결해 봅시다."

그러고는 아내를 쳐다보며 윙크를 했다.

"아, 괜찮으시다면 저녁을 드시고 가셔도 되겠군요. 여보? 여기 손님이 오셨잖아. 하세 아버지시라고!"

방문객은 당혹감을 감추지 못했다.

"아, 아닙니다……. 그러실 필요까지는 없습니다. 단지 이야기를 하고 싶었……."

엄마는 살짝 미소를 머금은 표정이었다. 하지만 아버지를 향한 미소는 아니었다.

"여보, 하세 아버님하고 내가 이야기 다 끝냈어. 내가 나중에 다 설명해줄게. 하세 아버님 가시고 나서."

이반은 미소를 지었다.

"이야기를 끝냈다고? 난 얘기한 적도 없어. 레오는 내 아들이기도 해. 그러니까 일단 들어오시지요, 하세 아버님."

이반은 문손잡이를 잡고 안으로 끌어당겼다. 현관문은 하세 아버지를 현관 앞에 그대로 둔 채 쿵 소리를 내며 닫혔다. 아버지는 팔을 뻗어 부엌으로 가는 길을 가리켰다. 동시에 아내의 움직임을 제지할 목적도 있었다.

"해결하고 싶다고 하셨지요?"

두 성인 남성은 부엌 식탁 앞에 앉았다. 이반은 재떨이와 복권 뭉치가 놓여 있는 자신의 지정석에, 상대는 엄마가 주로 쓰는 의자에 앉았다.

"그렇습니다."

"그런데 정확히 어떻게 해결하시겠다는 말씀입니까? 아이들이 싸운 일 말씀하시는 겁니까? 아니면 우리 열 살짜리 큰아들이 이번에는 댁네 열세 살짜리 아드님을 두드려 팬 걸 말씀하시는 건지, 그것도 아니면 이제 둘이 비긴 셈이라는, 뭐 그런 걸 말씀하시러 온 겁니까?"

하세의 아버지는 눈을 돌리며 브릿 마리를 찾았다. 하지만 그녀의 모습은 보이지 않았다.

"비겼다고요? 이 상황을 그렇게 보시겠다면, 뭐 그러시지요. 어쨌든 오늘 아침, 제 아들 녀석이 심하게 다친 상태로 집에 왔습니다. 코가 부러졌더군요. 게다가……."

"잠깐만요."

이반은 상대방 얼굴 가까이 손을 들어 올려 말을 막았다.

"레오?"

레오가 열린 문틈으로 모습을 드러냈다.

"이리 와봐라."

레오가 냉장고까지 걸어왔다.

"레오, 여기 이분은 하세 아버님이신데 이분 말씀이, 네가 하세라는 아이 코를 주먹으로 한 대 때렸다고 하시는구나. 사실이냐?"

냉장고 돌아가는 소리가 그렇게 크게 들린 건 처음이었다.

"네."

"한 대였냐?"

"네."

부엌은 어느새 법정으로 변했다. 한 재판관은 쓴웃음을 짓는 표정으로 레오를 바라보고 있었고, 다른 하나는 심각한 표정으로 고개를 끄덕이고 있었다. 쓴웃음을 짓던 재판관이 주머니를 뒤적여 지폐를 꺼냈다.

"자, 받아라."

재판관이 레오에게 50크로나 지폐 한 장을 건넸다.

"다음에 혹시라도 또 복수할 일이 생기면 한 대 말고 두 대를 쳐라. 그럼 이 두 배를 주마."

레오는 지폐를 받아 손가락으로 만지작거리다가 구겨진 부분을 매끈하게 펴보려 했다.

"이제 가봐라. 가서 동생들하고 놀아."

그러고는 하세의 아버지에게 윙크를 날렸다. 조금 전에 아내에게 그랬던 것처럼.

"다 됐네요. 이제 두 녀석 비긴 셈이네요. 댁의 아드님이 먼저 우리 아들을 때렸습니다. 그래서 우리 아들이 댁의 아드님을 때린 거고요. 이제 해결됐네요."

이반은 볼펜을 들고 복권을 자신 쪽으로 끌어당겼다.

"그런데 우리 사이에는 아직 해결해야 할 일이 남아 있군요." 이반은 복권에 십자 표시를 하며 말을 이었다. "집까지 찾아오셔서 우리 아들 녀석이 잘못했다고 따지러 오셨으니 말입니다. 먼저 시비를 걸고 폭력을 휘두른 건 댁의 그 잘난 아드님인데 말입니다. 그러니 이 문제는 댁과 내가 마무리를 지어야 하는 거 아닙니까. 내 장담 하나 해드리지. 지금부터 댁의 그 잘난 아드님이, 누구든, 다시 한 번 강조하지만 누구 하나라도 건드리는 날에는 내가 기필코 댁을 찾아가서 밟아버릴 거요. 언제든."

하세의 아버지는 자리에서 벌떡 일어났다.

"지금 협박하는 겁니까?"

"그렇다고 볼 수 있지요."

"난 이 문제를…… 대화로 해결할 수 있을 거라 생각했습니다."

"지금 대화로 해결하는 중 아닙니까."

하세 아버지는 목석이라도 된 듯 아무 말도 못 하고 가만히 서 있었다. 얼굴만 붉으락푸르락거릴 뿐이었다.

"협박을 하시는 중이란 말씀이군요. 경찰에 신고할 수도 있다는 거 아십니까?"

이반은 아무렇지도 않다는 듯 피식 웃었다.

"그럼 가서 그렇게 하시던가. 신고하세요."

그러고는 또다시 큰 소리로 웃었다.

"염병할 경찰들이 내게 고맙다고 할 테니까 말입니다. 나한테 고마워할 거라고! 왜냐하면 이제 댁의 그 잘난 아드님 실체를 다 알게 될 테니까!"

그다음은 모든 게 순식간에 벌어졌다. 그날 그 식당에서처럼 아빠는 자리에서 일어나면서 하세 아버지의 멱살을 움켜쥐고 냉장고 문으로 밀어 세웠다.

"잊지 마시게. 잘난 아드님이 사고를 칠 때마다 당신을 찾아가 똑같이 당하게 해줄 테니까! 언제나!"

아버지가 언성을 높이는 동안 빈센트의 방문이 슬쩍 열렸다. 펠릭스와 빈센트가 엿보고 있었다.

"안녕히 가십쇼, 하세 아버님. 아드님에게 안부도 전해주시고요. 그리고 코도 꽉 쥐고 흔들면서 레오가 안부 전한다고도 말씀해주시기 바랍니다. 이반의 아들이 안부 전한다고요."

엄마는 현관문이 닫히고 발걸음 소리가 계단 너머로 사라질 때까지 통로에 그대로 서 있었다. 두 다리가 후들거리고 당장이라도 주저앉을 것만 같았다. 술에 취해 공격적으로 나오는 남편을 더 이상 견딜 수 없다고 느낄 때마다 그랬다. 하지만 그녀는 꼿꼿이 섰다. 절대로 주저앉지 않겠다고 결심했기 때문이다. 오늘만큼은.

"레오, 펠릭스, 빈센트. 다들 너희들 방으로 가."

"애들이 왜 그래야 하는데?"

"당신하고 할 얘기가 있으니까, 이반. 당신하고만."

"당신이? 당신, 레오가 오늘 무슨 일을 했는지 알기나 해?"

이반은 레오의 파카를 아내에게 들이밀었다. 그제야 어깨에 구멍이 뚫려 있고 소매가 찢어져 있는 것을 발견했다.

"이 녀석은 스스로를 방어했다고. 우리를 보호하고, 우리 명예를 지켰어. 레오가 칼을 들었어! 우릴 위해서! 할 얘기가 있다고? 어디 해봐! 대신 여기서 하라고. 우린 가족이잖아. 당신 큰아들이 나쁜 짓을 한 거라면 그렇다고 얘기해줘. 우리가 보는 앞에서!"

"레오는 잘못한 거 없어, 이반."

주저앉지 않으리라. 그녀는 다짐했다.

"잘못은 당신이 했어."

"내가?"

이반은 손으로 들고 있던 레오의 파카를 떨어뜨렸다. 하지만 손은 그대로 들고 있었다.

"난 우리 아들에게 스스로 보호하는 법을 가르쳐줬어."

"하세 아버지란 인간이 경찰에 신고하면?"

아버지는 엄마에게 가까이 다가갔다.

"무슨 이유로?"

"당신이 그 인간 협박했잖아."

"증인 있어? 있냐고!"

이반은 아내를 노려보고는 아들들을 차례로 쳐다보았다.

"여기서 내가 하세 애비라는 작자 협박하는 거 들은 사람? 있어, 없어? 아니면 내 마누라만 경찰하고 짝짜꿍하는 사람인가?"

그는 큰아들을 가장 오랫동안 쳐다보았다.

"레오, 넌 들었냐? 들었다고!"

그렇게 묻고는 큰아들이 대답할 때까지 기다렸다.

"아니요, 아빠. 못 들었어요."

"하지만 난 들었어, 이반."

엄마는 아버지 바로 곁에 서 있었다. 당장이라도 손이 닿을 위치였지만 개의치 않았다.

"난 들었어. 당신이 그 사람 협박하는 거. 당신이 했던 말, 그대로 따라 할 수도 있다고."

"설마…… 당신, 날 꼰지르기라도 할 생각이야?"

아버지의 손이 점점 더 엄마의 얼굴 가까이 다가갔다.

"배신하겠다는 거야? 당신이 그러겠다고?"

"아빠, 안돼요!"

펠릭스는 부들부들 떨리는 아버지의 손이 엄마 얼굴 아주 가까이 다가간 순간, 두 사람 사이로 뛰어들었다.

"아빠, 이러지 마세요! 아빠……."

둘째 아들은 아버지가 손을 내릴 때까지 바지 주머니를 당기며 소리쳤다.

"다시는 우리 가족한테 등 돌리는 짓, 하지 마. 절대로!"

말이 끝나자마자 갑자기 모두가 동시에 움직이는 것 같은 기분이 들었다. 이반은 베란다로 나가 난간에 기대섰다. 엄마는 손으로 얼굴을 가리고 욕실로 들어가 문을 잠근 다음 물을 틀었다. 펠릭스는 엄마를 쫓아가 붙잡으려다 놓치자 잠긴 문을 두드리며 소리쳤다. 빈센트는 테니스공을 폭탄 삼아 장난감 병정을 쓰러뜨리던 자기 방으로 돌아갔다.

모두가 움직이고 있었다. 무언가를 하고 있었다.

레오만 빼고.

그 자리에 그대로 서서, 언성을 높이지도, 손을 들지도, 소리를 지르지도, 울지도 않는 사람은 레오뿐이었다.

그제야 이해할 수 있었다.

아버지가 떨고 있었다는 것을. 한층 좁아진 것 같은 그 아파트에서. 하지만 이번에는 마음속만이 아니라 겉으로도 볼 수 있었다.

49

사실 그녀는 어둠을 좋아했다. 요양원에서 보내는 밤에 적막감을 가르는 건 오직 누군가의 기침 소리, 침대에 눕는 걸 도와달라는 사람, 악몽을 꾸다 잠에서 깨 위로가 필요한 사람들의 목소리뿐이었다. 쿠션이나 베개, 다정한 포옹, 물 한 잔으로 달래줄 수 있었다. 하지만 창밖 너머를 지배하는 어둠은 차원이 달랐다. 위협적이었다. 그녀는 침대에서 뒤척이다 결국 오른쪽으로 돌아누웠다. 손만 뻗으면 어루만져줄 수도, 따귀를 후려갈겨줄 수도 있는 거리에 누운 남자는 코를 골고 있었다. 남편이었다. 머리는 물론 베개까지 땀에 젖은 상태였다. 몇 시간 지나면 깨어날 남편. 걱정에 사로잡혀 자신을 쳐다보며 아무런 말 없이 용서를 구하게 될 남편.

통로에서 발소리가 들렸다. 그리고 잠시 후, 현관문이 열렸다 닫히는 소리가 이어졌다. 그녀는 침대 끄트머리에 앉아서 침대 밑에 있는 방울 달린 슬리퍼를 찾아 신고 방 밖으로 나갔다.

아무도 보이지 않았다.

부엌, 거실, 작업실, 빈센트의 방. 모든 게 정상이었다. 레오와 펠릭스의 방에 들어갔을 때 침대 하나가 비어 있다는 걸 깨닫기 전까지는.

그녀는 부엌으로 다시 달려가 베란다로 나갔다. 집에서 나가 계단으로 내려갔다면 건물 현관 밖으로 나올 수밖에 없다는 걸 알기 때문이다.

스코고스 전체가 잠들어 있었다. 건물 현관은 굳게 닫혀 있었고 가로등 아래로 지나가는 그림자 하나 보이지 않았다.

그녀는 다시 안으로 들어와 텅 빈 침대에 털썩 주저앉았다. 침대보는 바닥에 떨어져 있었고 베개 세 개가 나란히 놓여 있었다.

펠릭스 자리였다.

둘째 아들은 아버지의 바지 주머니를 붙잡고 엄마에게 손찌검을 하지 못하도록 고래고래 소리를 질렀다. 그리고 공포에 사로잡혀 미친 듯이 잠긴 화장실 문을 두드렸다. 위협적인 분위기에서 협박이 시작되기 전에 어딘가로 사라지곤 했지만 이런 식은 아니었다.

추운 날도 아닌데 섬뜩하고 오싹했다. 한참 전에 자신의 오른쪽 어깨에 손 하나가 얹혀 있다는 것도 모르고 있었다.

"엄마?"

그녀는 화들짝 놀라 자리에서 일어났다. 레오였다.

"얼른 더 자야지, 우리 아들."

"제가 찾아볼게요."

엄마는 큰아들을 꼭 끌어안았다. 열 살짜리 아들은 어느새 홀쩍 자라버렸는지 두 팔을 활짝 벌려야 간신히 품에 넣을 수 있었다.

"넌 더 자야 해. 아빠하고 엄마가……."

"어디 있는지 제가 알아요."

"정문으로 나가지 않은 것 같더구나."

"알아요. 뒤로 나갔어요."

큰아들은 의자에 대충 걸어놓았던 옷을 주섬주섬 챙겨 입은 뒤 현관문을 열고 밖으로 나갔다. 한밤중에 두 번째로 듣는 현관문 소리였다.

그녀는 홀로 부엌을 지켰다. 똑딱거리는 시곗바늘 소리가 머리가 아플 정도로 크게 들렸다. 어디에 있든 시간은 그렇게 흘렀다. 그녀는 넘치기 일보직전의 재떨이와 복권을 치우고 더 이상 자기 집 같지 않은 자기 집 벽을 멍하니 쳐다보았다.

식은땀까지 흘리며 코를 골며 자는 남자가 누워 있는 한 침대.

한 아이가 빠져나간 텅 빈 침대.

빠져나간 아이를 찾으러 나간 또 다른 아이의 텅 빈 침대.

그녀는 혹시 친정 엄마와 통화하는 내용을 우연히 듣고 아들이 가출한 게 아닌가 생각했다. 결심을 굳혔다는 사실을 알리는 그 말을.

거의 꽉 찬 달이 뜬 밤이었다. 맑게 갠 하늘에서 쏟아지는 달빛은 스톡홀름 외곽도시 어딘가에 서 있는 8층짜리 건물 너머를 비추고 있었다.

레오는 심호흡을 했다. 앞에는 동생들과 뛰어 놀던 가파른 언덕이 펼쳐져 있었다. 해마다 도시가 커지며 야금야금 갉아먹는 숲과 주거지를 가르는 곳이기도 했다.

건물의 투박한 벽면을 등진 레오는 평소처럼 전속력으로 언덕 위로 달렸다. 심장이 갈비뼈 여기저기에 부딪히는 느낌이었다. 레오는 호흡을 가다듬었다. 그러고서야 정상에 오를 수 있었다. 언덕은 어느새 방어 요새로 변해버렸다. 그곳이 1차 세계대전 당시에 만들어진 건지, 2차 대전이었는지, 아니면 또 다른 전쟁 때 만들어진 건지는 기억나지 않았다. 어쨌든 동생들과 함께 노는 곳이었다. 네모로 각이 진 요새는 군데군데 동굴 같은 구멍이 뚫려 있었다. 레오는 마치 어두운 숲 속을 누비는 한 마리 뱀처럼 재빨리 요새를 지나쳐 갔다. 아직까지 녹지 않은 눈이 여기저기 쌓여 있었다.

직사각형 모양 구멍은 대략 1백여 미터 간격으로 뚫려 있었다. 펠릭스와 야스페르, 그리고 부다와 함께 전쟁놀이를 하면서 숨는 곳이었다. 승리는 언제나 야스페르 몫이었다. 위장술에는 타고난 재주가 있었기 때문이다. 한 번은 머리까지 잘라내고 그 위에 노랗게 마른 풀을 직접 붙이기도 했다.

4백여 미터 정도 지나자 잡목림으로 이어지는 구멍 하나가 나왔다. 그레예르의 아버지가 목을 매단 구불구불한 나무가 있는 곳이기도 했다. 2백여 미터 더 지나자 작년 여름, 꼬맹이 빌뤼가 떨어져 죽은 바위가 나왔다. 빌뢰네 엄마는 미장원을 운영하고 있었는데 그 사고 이후 문을 닫고 스코고스를 떠났다. 레오는 지금도 시체가 어떻게 생겼었는지 기억하고 있었지만 다시 떠올리지 않기로 마음먹었다.

"펠릭스?"

저 너머였다. 낭떠러지가 있는 바위 위. 레오는 더 가까이 다가가 걸음을 멈추고 귀를 기울였다.

"펠릭스, 너 어디 있어?"

동생은 낭떠러지 바로 앞에 앉아 있었다.

"어디 있는지 다 보여, 펠릭스!"

레오는 한 걸음 더 움직이고 다시 멈췄다. 다가갈 엄두가 나지 않았다. 달빛을 받고 있는 펠릭스는 평소보다 훨씬 커 보였다.

"혼자 있고 싶어."

"거기 그렇게 있으면 안 돼. 지금 한밤중이라고. 집에 가자."

"싫어."

"엄마가 깨셨어. 걱정하고 계시다고."

"집에 안 갈 거야."

레오는 펠릭스가 놀라지 않도록 조심스레 다시 한 걸음 다가갔다. 동생과 점점 가까워지고 있었다.

"왜 안 가는데?"

한 걸음, 딱 한 걸음만 발을 헛디디더라도 아래쪽에 있는 바위 위로 떨어질 수 있었다. 빌뢰가 그랬던 것처럼.

"나쁜 일이 벌어질 거니까."

"나쁜 일? 도대체 무슨 소리야?"

"엄마가 말하는 거 들었어."

"그래서?"

"엄마가 집을 나갈 거라고 그랬다고."

레오는 더 이상 가까이 다가가지 않고 자리에 앉았다.

"엄마는 나가지 않으실 거야."

"내가 다 들었다니까."

"뭘…… 들었다는 거야?"

"엄마가 전화하는 거. 엄마는 우리가 다 잠 들었다고 생각했어."

"누구한테 했는데?"

"외할머니한테. 목소리도 이상했다고."

바위가 품고 있던 싸늘한 기운이 몸속으로 파고드는 것 같았다.

"엄마가 그랬어. 더는 못 참겠다고. 계속 그랬다고!"

"엄마가 그런 말 한 게 처음은 아니잖아. 언제나 돌아오셨고."

"이번엔 달라! 안 돌아올 거야. 이번은 다르다고!"

바스락거리는 소리가 점점 더 많아지고 커졌다. 거세진 바람 탓
이었다. 또 다른 소리도 들렸다. 수풀 너머, 뉘네스베겐 쪽에서 들
려오는 차 소리였다. 새벽 시간에도 이렇게 많은 차가 돌아다니리
라고는 생각하지 못했다.

"날이 추워, 펠릭스."

"안 추워."

"모자도 없고 장갑도 없으면서."

"안 추우니까."

레오는 주머니를 뒤져 모자를 꺼내 동생 머리에 씌워주었다.

"체온의 80퍼센트가 머리로 빠져나간다고 했어."

"그게 무슨 소리야?"

"그냥 그렇다고."

펠릭스는 이마 아래로 내려간 모자를 바로잡았다. 두 형제는 그렇게 나란히 앉아서 둥글고 밝은 달을 쳐다보았다.

"형."

"왜?"

"아빠는 어떡해?"

"아빠가 뭐?"

"아빠는 몰라."

"그래서?"

펠릭스는 낭떠러지 아래 걸친 발을 아슬아슬하게 흔들며 말했다.

"우리가 말해야 하나? 엄마가 떠날 거라고?"

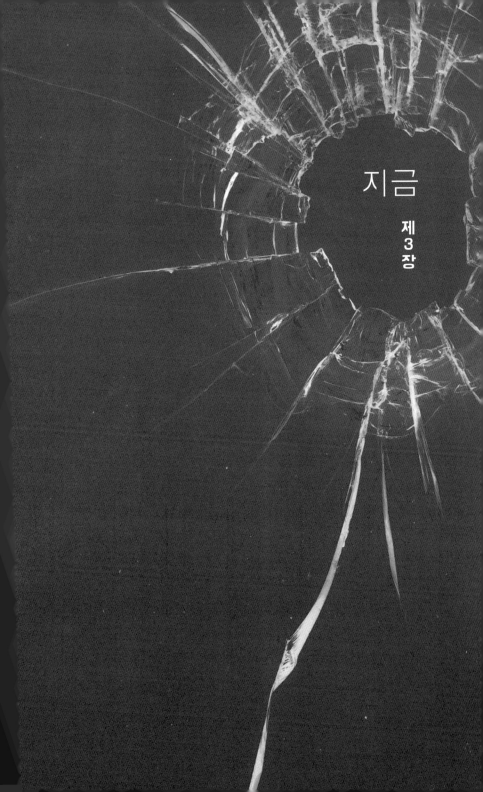

지금

제
3
장

51

4월. 1년 중 그가 가장 좋아하는 달이 돌아왔다. 주변의 모든 게 깨어나는 것 같았다. 귤나무 덤불 한가운데나 이끼로 덮인 바위 위에 철퍼덕 앉아 무성한 나무들 사이로 쏟아지는 은은하면서도 강렬한 햇살이 이마와 뺨을 데우도록 내버려두고 싶어지는 계절이다.

그는 지난 몇 년간 자기의 발이 돼준 차에 앉아 등받이를 뒤로 밀었다. 중고로 구입한 낡은 볼보 해치백. 아마도 함께 보내게 될 마지막 봄이 될 듯했다. 정말 운이 좋다면 여름까지는 인연을 이어갈 수도 있을 것 같았다. 그다음은 폐차장으로 데려가 작별 인사를 나누는 일만 남게 될 터였다.

굽잇길과 울타리 사이에 있는 비포장도로는 그가 차를 주차하고 담배에 불을 붙인 다음, 업무 수칙에 따라 5분간 기다리는 장소였다.

6개월 단위 관리 감독직.

오래지 않아 군 보안 구역 44지구 경비대 소속 군인 두 명을 태운 초록색 밴이 도착했다. 그들은 여느 때처럼 힘차고 긴 악수를 나눴다. 한 군인이 고갯짓으로 거의 필터만 남은 채 타들어가던 담배를 가리켰다.

"끊으신 줄 알았는데요?"

"다시 피운다고 뭐 문제될 거 있습니까?"

"그건 아니지만…… 아내분께서는…….."

"담배란 게 피우고 싶을 때 피우는 거 아닙니까."

그는 폐에 꽉 들어찰 때까지 담배 연기를 빨아들인 다음 담배꽁초를 버렸다.

"알았어요, 알았습니다." 군인은 멋쩍은 웃음으로 넘긴 다음 말을 이어나갔다. "그건 그렇고……. 지금은 어디서 지내십니까?"

"당신들처럼 그 빌어먹을 동네에 있는 거지 같은 방구석 아니겠소."

다른 군인이 묵직한 자물쇠가 채워진 울타리로 다가갔다. 모든 군수품 보관창고로 통하는 진입로 차단에 사용되는 두께 14밀리미터 규격 자물쇠였다.

그런데 열쇠가 들어가지 않았다.

두 번째 열쇠도, 세 번째 열쇠도 들어맞지 않았다.

"이거…… 안 맞아……. 맞는 열쇠가 하나도 없는데?"

세 사람은 열쇠와 자물쇠를 번갈아 살펴보았다. 부서진 흔적은 어디에도 없었다. 멀쩡한 상태였다. 열쇠 열여섯 개를 차례로 넣고 돌려보았다.

"아무래도 좀 걸어야 할 것 같습니다."

"매일 밤 하는 게 그 일이요. 150미터 갔다가 다시 150미터 돌아오는 게 일이니까. 병기창고 열 곳 돌면 제법 운동이 되거든."

감독관은 그렇게 말하며 자신의 배를 문질렀다. 예순이 넘은 나이에도 불구하고 군살 하나 없었다. 그는 먼저 발걸음을 옮겼다.

두 병사는 가쁜 숨을 몰아쉬며 뒤따라왔다. 감독관보다 스무 살이나 젊었지만 고작 몇 분간 숲길을 돌아다녔다고 진이 빠진 상태였다. 비탈길 정상에 다다르기 직전, 감독관은 보폭을 넓혀 걸었다. 완전히 뒤처지지 않으려던 두 사람은 아예 숨을 헐떡거렸다.

세 사람은 너비가 2미터 50센티미터 정도 되는 정사각형 콘크리트 구조물에 도착해 금고문처럼 생긴 문 앞에 섰다. 한 사람이 열쇠꾸러미를 꺼내 맞는 열쇠를 찾아 자물쇠에 밀어 넣었다.

"적어도 이건 정상이네."

안으로 들어가던 군인이 갑자기 걸음을 멈췄다.

"이게 어떻게 된 거지?"

뒤따라 들어간 군인도 아무런 말 없이 멈춰 섰다.

"뭣 때문에 그러는 거요?"

감독관은 등이 널찍한 군인들에게 가로막힌 시야를 확보하기 위해 이쪽저쪽으로 움직이다가 두 사람이 왜 그런 반응을 보이고 있는지 알아차렸다.

최악의 악몽, 그 자체였다.

바닥에는 커다란 구멍이 뚫려 있었다. 한눈에 봐도 지름이 50센티미터는 돼 보였다. 콘크리트 안에 설치돼 있던 철근들은 부러진 갈비뼈처럼 잘리고 구부러진 상태였다.

군인 하나가 현관 가까이 있던 나무 상자를 들고 덮개를 열었다. KSP 58이라고 찍힌 상자는 텅 비어 있었다. 다음 상자를 열어보았다. 역시 비어 있었다. 다음 것도 마찬가지였다. 다른 군인은 좀 떨어진 벽 쪽에 쌓여 있던 상자 더미로 다가가 뚜껑을 하나씩 열기 시작했다.

상자 24개가 모두 비었다.

"저…… 전부 사라졌어!"

그제야 두 사람은 감독관 쪽으로 시선을 돌렸다.

"마지막 창고 조사 이후로 매일 밤 여기 감독하셨잖아요."

감독관은 갑자기 담배 생각이 간절해졌다.

"그게, 난……."

"밤마다 오셨잖아요!"

웬만해선 두려움을 느끼지 않는 그였다. 예순이 넘어가면 놀랄 일도, 무서울 일도 딱히 없기 마련이니까. 그런데 그 순간만큼은 공포감에 사로잡힌 것만 같았다. 어찌된 영문인지 도대체 알 수 없었다. 언제, 무슨 일이, 어떻게 벌어졌는지 이해할 수 없는 상황이 그를 두려움에 떨게 만들었다.

"이게…… 겉으로 볼 땐 멀쩡했는데……. 지금 이렇게 눈으로 보고 있지 않습니까……. 게다가 어제는……."

"젠장, 뭐라도 이상한 걸 보시긴 했을 거 아닙니까!"

"어제도 나랑 같이 돌아보지 않았습니까. 봤다면 당신들도 봤어야……."

"누군가 안으로 침입해 총기를 모조리 털어갔습니다! 2개 중대가 무장하고도 남을 정도의 총기를요!"

감독관은 빈 상자 위에 털썩 주저앉아 주변을 멍하니 둘러보았다.

"늦은 시각에 벌어진 일일 거요. 순찰 돌고 나서……."

무표정하게 서 있던 군인이 철근 조각 하나를 들어 검지로 절단면을 문질러보았다. 손가락에 녹이 묻어 나왔다.

"잘린 지 한참 된 겁니다."

52

연초부터 모든 게 계획대로 순조롭게 진행되었다.

2월. 감라 스탄 아파트 리모델링 공사, 1주일 반, 재료비 제외 3 만7천 크로나. 스톡홀름 북쪽으로 60여 킬로미터 떨어진 소도시, 은행 강도 성공. 기존 범행과 차별되는 작전이었다. 청바지에 밝은 색 싸구려 외투, 그리고 벨크로 운동화에 검은색 스타킹을 뒤집어 쓰고 장난감 총으로 무장한 뒤 레오와 빈센트만 은행으로 들어갔 다. 반복해왔던 패턴을 깨고 자신들의 실체를 바꾸는 실험적인 범 행이었다. 범행 수법과 행동 패턴을 변경해야 할 상황에 대비하기 위해서. 55만 6천 크로나.

3월. 엘회 지하실, 마루와 난방 작업, 일주일, 1만 크로나. 스톡홀 름에서 서쪽으로 140킬로미터 떨어진 소도시 쿵쇠르에서 은행 강 도. 그 일대 유일한 은행에서 사건 발생 34분 후에 현장에 도착한 경찰들은 숲길에서 범인들의 차량을 발견했지만 더 이상의 단서는 찾을 수 없었다. 일당은 차를 버리고 도보로 숲길을 통과해 사전에 미리 파둔 땅굴을 찾아갔다. 음식과 침낭은 물론이고, 추위를 막고 혹시 모를 헬기의 적외선 감시 카메라 수색에 대비하기 위해 알루 미늄 단열재를 씌운 합판으로 구멍을 막고 그 위를 흙과 이끼로 가 렸다. 일당은 그곳에서 하루를 보내고 다음 날 주유소까지 걸어가 차를 한 대 빌린 뒤, 교통 통제가 해지되자 집으로 돌아갔다. 재료 비로 들어간 비용을 제외한 81만 2천 크로나를 챙겨서.

마지막 공사장은 툼바에 있는 레오의 집에서 불과 몇 킬로미터 거리에 있는 1930년대식 주택이었다. 타 업체에 비해 저렴한 비용을 제시해 성사시킨 거래였다. 가베 영감은 레오가 왜 그런 거래를 했을까 의아해했을지 모르지만 레오는 아무런 말도 하지 않았다. 남는 것 하나 없는 공사였지만 중요치 않았다. 은행을 털 때마다 얻는 수입이 훨씬 컸기 때문이다.

은행 두 곳을 털어 챙긴 현금은 1백36만8천 크로나였다. 그 덕분에 다음 '작전'에 필요한 비용을 충당할 수 있었다. 지금까지 벌인 일 중 가장 대규모 작전이었다.

그리고 오늘, 4월 4일. 창고 조사가 실시되는 날이었다. 수풀 사이에서 이끼를 뒤집어쓴 채로 밤을 보낸 그날, 모든 게 달라진 그날 이후 지금까지 기다려온 바로 그 순간이 찾아온 것이다.

경찰은 그동안 애타게 찾아 헤맸던 잃어버린 퍼즐 조각을 찾게 될 것이다. 다수의 은행 강도 사건을 하나로 엮어줄 단서. 스웨덴 전역에 퍼져 있는 범죄 조직 전체가 보유한 무기를 합친 것보다 많은 무기를 보유하고 있는 의문의 '범죄 조직'에 관한 단서.

레오는 느린 속도로 벌판을 달려갔다. 겨울을 보낸 태양이 대지의 습기를 거둬가면서 도로변에 새싹들이 자라나기 시작했다. 몇 주만 지나면 생기 없는 누런 벌판도 곧 모습을 감출 것이다.

길고 널따란 곡선 구간을 지나자 자물쇠가 채워진 바리케이드로 차단된 군사 보호 지역이 나왔다.

레오는 속력을 더 줄이면서 매일 밤 자신이 감시했던 차 한 대를 알아보았다. 어둠 속에서 담배를 즐겨 피우던 감독관이 타고 다니는 낡은 볼보 해치백 뒤로 또 다른 차 한 대가 더 보였다. 군 번호판이 달린 밴이었다.

그 순간 직감으로 알 수 있었다.

그들이 왔다는 것을. 보관창고 문을 열게 될 거라는 것을. 벌써 확인했을지도 모를 일이다. 그러면 무슨 일이 벌어졌는지 그들도 알게 될 것이다.

10시가 좀 넘은 시각이었다. 시간은 충분했다. 팔룬에서 기차 도착 시간은 10시 37분이었다.

53

지난 3개월간, 스웨덴 전역에 걸쳐 발생한 무장 강도 사건은 서른여섯 건이었다. 스물두 건이 은행, 열한 건이 현금수송 차량, 두 건이 환전소, 한 건이 전당포였다. 사건 발생 건수가 유례없이 폭등했다. 그렇다고 그가 뒤쫓고 있는 강도단이 모든 사건에 연루되어 있을 리도 만무했다.

브론크스는 조명이 강렬한 복도에 서서 오른쪽 뒷주머니에 손을 넣고 뒤적이다가 동전 몇 개를 꺼내 세어보았다. 짐작했던 액수보다 항상 많은 동전이 나왔다. 면적이 크지도 않은 작은 나라에서 한 달 동안 벌어진 강도 사건 수가 열두 건에 달한다는 소식에 불안감이 조성되기 시작했다. 범죄가 전염병처럼 퍼져나가는 일만큼은 막아야 한다. 결코 익숙지 않은 분위기였다. 상황이 바뀌지 않고 대책이 나오지 않는 한, 불안감은 더 커질 것이다. 2월 중순부터 현금수송 차량은 경찰 호위를 받으며 이동하게 되었지만 은행의 경우 그 수가 많고 여기저기 산재해 있어 '감염'으로부터 안전할 수 없었다. 그저 다음 경보가 울릴 때까지 기다리고, 다음 수사가 진행되기를 속수무책으로 기다리는 게 전부였다.

브론크스는 자판기 투입구에 동전을 하나씩 밀어 넣었다.

전염병에는 그 근원이 있기 마련이다. 이번 사건의 경우, 강화유리 위에 여덟 발의 총탄으로 만든 웃는 표정이었다. 단서는 눈을 씻고 찾아봐도 보이지 않았다. 어떤 종류의 총기인지 특정할 수도 없는 무수한 탄피와 평생 충격을 떠안고 살아야 할지 모를 목격자들뿐이었다.

변화의 시기는 혼돈의 시기로 흘러가고 있었다. 언제나 그랬다. 기존 체계가 무너지고 새로운 시스템이 그 자리를 대신할 때마다 반복되는 상황. 전염병은 급속도로 번져나갔다. 위험을 감수할 준비가 된 사람들, 더 이상 잃을 게 없는 사람들 사이로. 4인조 복면 무장 강도단의 출현은 경찰의 대응 방식을 전면적인 재검토라는 수술대로 끌어올렸을 뿐만 아니라, 범죄자들에게는 새로운 패러다임을 제시해주었다. 시시껄렁한 범죄자들이 그 미소에 열광하면서 신문과 뉴스를 통해 범행 수법을 학습하고 영감까지 얻어냈던 것이다. 그 결과, 강도 사건이 나날이 증가한 것은 물론이고 더더욱 폭력적인 방법을 동원한 모방 범죄가 뒤를 잇기 시작했다. 우리와 그들 간의 전쟁이 시작된 셈이었다. 무자비한 폭력은 범죄 세계에서 그나마 유지되고 있던 '일말의 양심'까지 무너뜨렸다. 우리가 무장했다고, 너희들도 무장하는 거라면, 우리는 더 많은 무기를 동원해 너희들을 소탕해야 한다. 아마 10년이나 20년 후, 학자들이 이 시기를 돌아보면서 은행들이 현금 다루는 방식을 어쩔 수 없이 손질해야 했고, 거칠고 무자비한 행동이 범죄자들이 선호하는 필수 도구로 여겨졌다고 평가하고도 남을 것 같았다. 브론크스는 그렇게 확신했다.

그는 네모난 버튼을 누르고 용수철이 마지팬 얹은 초콜릿 과자를 밀어낼 때까지 기다렸다. 그리고 하나 더. 낮에는 설탕과 실버티, 밤에는 포장 주문한 피자. 어디로 향하고 있는지 갈피조차 잡지 못하는 사건에 매달린 뒤로 그의 일상이 된 식단이었다. 사그라지지 않는 에너지와 신경과민 스트레스를 날려버리기 위해 이른 아침과 늦은 밤마다 정처 없이 스톡홀름 시내를 쏘다니는 것도 일상이 돼버렸다. 그러고도 한밤중이면 경시청 체육관에서 시간을 보냈다. 새벽 3시, 아무도 없는 썰렁한 체육관에서 아령과 역기를 번갈아 들고 러닝머신 위를 달리고 샌드백을 힘차게 두들겼다. 누군가에게 화풀이로 주먹질하는 일만큼은 피하고 싶었기 때문이다. 그는 비닐을 벗겨 과자를 꺼낸 뒤 한 입 베어 물었다. 찐득거리고 달착지근한 맛 때문에 역겹게 느껴졌지만 공허한 속을 채우고 마르고 앙상하다 못해 창백하기까지 한 거울 속 자신을 일시적으로나마 지워버리기 위해서는 어쩔 수 없었다.

단단한 결속력으로 뭉친 범죄 조직. 기존 범죄 조직과 연관된 단서도 없어 주기적으로 브론크스를 비롯한 형사들에게 긴밀한 정보를 제공해주던 정보원들조차 전혀 모르는 인물들. 4인조 모두 전과는 없는 듯했다. 다시 말하면, 치명적인 실수를 저지르지 않는 한 철저히 익명으로 남게 될 터였다. 그리고 지금까지 놈들은 실마리 같은 단서로 이어질 실수조차 저지르지 않았다.

새로 간 리놀륨 바닥이 사무실 창밖에서 쏟아져 들어오는 강렬한 햇살을 반사시켰다. 브론크스는 피곤과 스트레스에 짓눌린 상태였다. 그는 건물 출구로 향했다. 정오도 되지 않은 시각임에도 불구하고 거리를 쏘다니러 발걸음을 옮기는 게 벌써 두 번째였다. 그는 두툼한 가죽점퍼의 지퍼를 끝까지 올렸다. 봄볕이 따사롭긴 했지만 창고에 들어 있던 얇은 옷들을 꺼내놓을 시간이 없었다.

지난 몇 주 전부터 일찍이 느껴보지 못한 분노의 감정이 그를 따라다녔다. 어디서, 무엇 때문에 솟구치는 분노인지 알 길이 없었다. 호기심과 흥분이 뒤섞인 멸시의 감정 같기도 했다. 매일같이 그를 관찰했다. 몇 초에 불과했고, 화질도 떨어지는 감시 카메라 영상이긴 했지만. 강도단의 리더. 카운트다운을 하고, 강화유리 위에 총탄으로 웃는 얼굴을 그리고, 원하는 걸 얻어내기 위해서라면 과도한 물리력도 서슴없이 행사하는 장본인. 그의 분노는 아마도 그것 때문이었을 것이다. 단순한 폭력이 아니라는 이유, 폭력을 장난처럼 사용했다는 사실. 브론크스는 그런 심리를 이해할 수 없었다. 감시 카메라에 잡힌 남자는 어른들의 세상에서 어린아이들이나 상상할 수 있는 방식으로 문제를 해결했다. 그랬기 때문에 번번이 범행에 성공했던 것이다. 어린아이들에게나 통하는 눈속임으로 검문검색을 피해나가는 등 다른 방식으로 해법을 찾아갔던 것이다. 경찰은 무지막지한 성인 범죄자들을 맞닥뜨리리라 예상했지만 놈들은 독특한 동시에 불쾌한 상상력을 갖춘 개인들이었다.

브론크스는 그 리더의 머릿속으로 파고들어가 질문을 던지고, 이해하고 싶었다.

그는 계단으로 내려가 마그네틱 카드와 열쇠로 잠겨 있던 문 네 개를 차례로 열고 밖으로 나갔다. 예상했던 것보다 날이 너무 밝아 잠시 눈을 감았다. 그러고는 깊이 숨을 들이쉬며 봄기운을 빨아들인 다음, 시내가 있는 동쪽으로 발걸음을 돌렸다.

브론크스는 무장 강도 사건들을 일일이 들여다보고 분석했다. 그 중에서 두 건이 유독 관심을 끌었다. 범행 수법이 자신이 쫓는 집단과 문자 그대로 일치하는 사건 하나, 완전히 다른 또 하나.

첫 번째 사건은 스톡홀름에서 차로 한 시간 거리에 있는 쿵쇠르에서 발생한 사건이었다. 전형적인 놈들의 방식이었다. 브론크스가 '큰형'이라고 이름 붙인 리더가 언제나 가장 먼저 들어가 정문에 달린 감시 카메라를 총으로 날려버렸다. 자동소총으로 무장한 동생이 그 뒤를 따랐다. 창구 뒤로 뛰어 넘어가 현금 서랍을 터는 일은 언제나 동생의 역할이었다. 그다음, 군 작전에 투입돼 시가전을 벌이는 듯 사격 자세를 취하고 있는 용병이 등장했다. 용병은 AK4 소총으로 두 번째 감시 카메라를 박살낸 뒤 창구를 넘어 금고로 뛰어들어갔다. 브론크스가 '기사'라고 부르는 네 번째 용의자는 일당을 범죄 현장으로 데려왔다 데리고 가는 역할과 함께 차에 앉아 망을 봤다. 몇몇 목격자들의 진술에 따르면 과속이나 난폭 운전을 하지 않고 상당히 냉철하게 행동한다고 했다.

스톡홀름 북부, 림보라는 곳에서 발생한 두 번째 강도 사건의 목격자 진술과 여러 관련 보고서를 처음 접했을 때는 연관성이 없어 보인다는 생각에 그냥 덮고 지나갔었다. 은행 안으로 들어온 강도는 2인조였고 청바지에 점퍼 차림, 그리고 스타킹을 뒤집어쓰고 있었다. 감시 카메라도 부수지 않았기 때문에 진행 상황을 처음부터 끝까지 볼 수 있었다. 침착할 뿐만 아니라 은행 직원들을 함부로 대하지도 않았고 언성을 높이지도 않았다. 은행 안으로 걸어 들어와 무기를 보여준 뒤 돈을 챙겨 사라졌다. 기존 수법과 닮은 점은 어디에도 없었다. 해당 사건을 다시 들춰보게 된 건, 산나가 은행 외부에 설치돼 있던 두 번째 감시 카메라를 분석하다 찾아낸 몇 초 분량의 영상 때문이었다. 먼저 은행으로 진입했던 강도가 들어가기 바로 직전, 동료 쪽으로 돌아서서 어깨에 손을 올리고 뭐라고 중얼거리자 한참 동안 두 사람은 서로를 바라보았다. 보호하고 지시하는 큰형, 보호 받고 지시를 따르는 동생.

"욘!"

브론크스가 강렬한 햇살 때문에 실눈을 뜨고 쉘레가탄 쪽으로 향하려던 순간, 누군가 황급히 그를 부르며 뛰어오는 소리가 들렸다.

"기다리게!"

자신의 상관이 그렇게 뛰어오는 모습을 본 건 처음이었다. 적어도 경시청 내에서는. 매일같이 마주치긴 하지만 그래 봐야 건물 복도거나 간혹 범죄 현장 정도가 전부였다. 성 루치아 축일에 불쑥 집으로 찾아가서 만난 걸 제외하고는.

"M/45 경기관총 124정이야!" 카를스트럼 경감은 숨을 헐떡거리며 의기양양하게 소리쳤다. "AK4 자동소총 92정! 거기다 KSP 58 기관총 58정도 있어!"

"무슨 말씀입니까?"

"어마어마하지 않나, 안 그래?"

"누구를 상대하느냐에 따라 다르겠지요."

"은행이나 현금수송 차량을 터는 건 어떻겠나?"

브론크스는 주체할 수 없는 스트레스와 에너지를 쏟아내기 위해 맹목적인 '산책'에 나서던 길이었다. 이제는 더 이상 그럴 필요가 없을 것 같았다.

54

경사가 가파른 숲길을 따라 2백여 미터를 올라가자 자갈이 깔린 언덕 정상이 나왔다. 사각형으로 생긴 구조물 앞에 몇몇 사람들이

무리지어 서 있었다. 경찰들과 초록색 군복 차림의 군인, 민간인과 햇살을 받아 밝게 빛나는 흰 가운 차림의 과학수사대 요원 한 사람도 보였다.

브론크스는 스톡홀름 경시청 소속 형사를 비롯해 후딩예 관할서 담당자, 군 보안관련 책임자, 담배 냄새를 풍기며 자신을 시설 감독관이라고 소개하는 60대 민간인과 차례로 인사를 나눴다. 민간인은 브론크스가 사각형 구조물로 가까이 걸어가자 초조한 눈빛으로 그를 주시했다.

굳게 닫힌 강철 문 앞에 무릎을 꿇고 있던 과학수사대 요원은 자갈을 밟고 다가오는 발소리가 들리자 뒤로 돌았다.

"일하는 중이군." 브론크스가 말했다.

"저 자물쇠 확인했어요? 바리케이드에 걸린 거요." 산나가 물었다.

"응."

"깨끗해요. 적어도 겉으로 볼 땐 그래요. 이건 원래 있던 걸 없애고 똑같은 복제품으로 바꿔놓은 거예요. 일련번호까지 똑같이 베꼈어요. 그래서 열쇠는 들어가는데 돌아가지 않는 거고요."

산나가 서 있던 자리 바로 앞에 커다란 구멍이 뚫려 있었다.

"여기도 마찬가지에요. 겉보기에는 다 멀쩡해 보이거든요."

산나는 초조한 눈빛으로 쳐다보고 있던 민간인을 향해 고갯짓을 하며 말을 이었다.

"저분은 매일 밤, 이곳에 오셔서 창고 주변을 살피는 감독관인데 이상한 점은 하나도 발견하지 못했다고 해요. 적어도 외부에서는요."

산나가 강철 문을 밀자 경첩이 돌아가며 무겁게 열렸다. 그녀는 브론크스가 안을 들여다볼 수 있게 옆으로 비켜섰다.

"범인들은 이런 식으로 안으로 들어왔던 거예요. 밑으로 땅굴을 판 거죠. 고스란히 메워놨던 걸 우리가 다시 파헤친 거예요."

산나가 안으로 들어가자 브론크스도 뒤를 따라 비좁고 밀폐된 공간으로 들어갔다. 순간, 머릿속에 형이 떠올랐다.

"수법이 아주 기발해요."

올리브색 박스 여러 개가 열린 채로 차곡차곡 쌓여 있었다. 바닥에는 박스 덮개가 쌓여 있었다. 굵고 검은 글씨로 총기 이름이 적혀 있었다.

"자신들이 만든 통로를 숨기려고 애썼어요. 결과는 성공적이었고요."

"그러니까 여기서 시작된 거군." 그가 혼잣말하듯 중얼거렸다. "드러나지 않았던 변수."

"변수라니요?"

브론크스는 쪼그려 앉았다. 바지 아랫단과 무릎에 시멘트 가루가 묻었다.

"파슈타, 스베드뮈라, 외스모, 림보, 그리고 쿵쇠르."

"무슨 변수를 말하는 거예요, 욘?"

그는 손으로 구멍 아래쪽 가장자리를 만져보았다. 출발점이었다. 몇 주가 넘도록 그들을 뒤쫓았다. 하지만 이번에도 한 발 늦었다. 빈 구멍으로 팔을 뻗어 습기가 들어찬 흙과 자갈이 손에 닿는 순간 감탄만큼이나 분노가 솟구쳐 올랐다.

"감방 생활을 한 적도 없고, 가지고 있는 무기도 없고, 거기다 그런 걸 손에 넣을 연줄도 없는데 은행을 털 범죄 조직을 결성하고 싶다면 어떻게 할까? 그냥 병기창고를 털면 그만인 거야."

"전과가 전혀 없다고요? 가서 만나고 온 거예요?"

브론크스는 아무런 대꾸도 하지 않았다. 그럴 필요가 없었기 때문이다. 아무리 감추려 해도 감출 수 없을 만큼 서로가 서로를 잘 알기 때문이었다. 두 사람은 서로 짧은 미소를 주고받았다.

총 다섯 건의 무장 강도 사건에서 나온 탄도 분석 결과에 따르면 일당은 단 한 번도 같은 무기를 사용한 적이 없었다. 브론크스는 놈들이 은행을 털 때마다 무기를 바꿔 가면서 경찰이 자신들이 벌인 일들을 연관 지을 가능성을 차단하려 했던 건 아닐까 생각했다. 그래야 체포되더라도 혐의는 단 한 건에 그치게 될 테니까.

이제 잃어버린 변수를 갖추게 되었다. 221정. 한 건에 두 정의 총기를 사용했다면 앞으로도 110번은 일을 벌일 수 있는 상황이었다.

누군가 놈들을 잡아들이지 않는 이상.

———

멋들어진 궁륭형 천장에 어마어마한 규모였다. 레오는 중앙역 대합실처럼 돌로 된 아치가 들어선 건물 안에 들어올 때마다 같은 기분이 들었다. 끝없는 무한대 속에 들어온 기분.

그는 7번 승차장 쪽으로 걸어갔다. 북쪽에서 오는 기차가 도착하는 승차장이었다. 야외처럼 탁 트인 건물에 들어오면 집처럼 편안한 느낌이 들었다. 그래서 걸음을 멈추고 고개를 뒤로 젖혀 위를 쳐다보는 등 남들이 잘 하지 않는 행동을 하곤 했다. 그럴 때마다 스톡홀름 대성당에 처음 갔던 때가 떠올랐다. 엄마는 용을 물리치는 성 예란 동상을 보고 싶어 했지만 레오는 우아한 곡선으로 처리된 지붕에 매료되어 만져보고 싶었다. 번쩍이는 갑옷을 입고 머리 위로 검을 들어 올린 성 예란 동상과 그가 탄 말 밑에 깔린 채 포효하는 용을 가리키는 엄마의 손가락은 눈에 들어오지도 않았다. 시간이 멈춘 것 같았다.

레오의 시간도 중앙역에 멈춰 있었다.

철조망 뒤에서 기다리고 있는 여행객과 스톡홀름은 물론, 인근 지역에서 차출된 대규모 경찰 병력들이 바리케이드를 쳐놓고 폭탄 제거 로봇을 보호하는 등 분주히 움직이는 장면들. 그 짧은 순간이 몇 시간처럼 길게 느껴졌다. 결코 있어서는 안 될 폭발 사건 이전과 이후, 도심 전체가 마비 상태였다. 그리고 지금은 그런 사건이 언제 있었냐는 듯 멀쩡했다.

야스페르가 안전장치를 풀었다는 확신은 없었다. 하지만 더 이상 추궁하지 않기로 이미 마음먹은 뒤였다. 결코 달갑지 않은 대답을 듣고, 안 그래도 골이 깊어가고 있는 펠릭스와 야스페르 사이의 관계를 더 갈라놓고 싶지 않았기 때문이다. 레오는 두 사람 사이에 끼어들어 중재에 나섰다. 각자의 능력을 존중하게 하고 맞부딪힐 상황을 최소화하느라 애썼다.

저 멀리 플랫폼으로 들어와 승차장에 멈춰서는 기차가 보였다. 동시에 문이 열리자 승객들이 가방이나 유모차를 들고 내리기 시작했다. 레오는 그녀를 알아보았다. 점점 잿빛을 띠기 시작한 금발 머리와 무거운 발걸음을 옮기는 50대 여성. 그는 그 자리에 서서 그녀를 주시했다. 사람들이 이리저리 흩어지자 그녀 역시 그를 발견했다. 하지만 그를 향해 걸어가는 대신 휴대전화를 꺼냈다.

"어디 있는 거니?" 그녀가 물었다.

그는 미소를 지었다.

"여기 있어요. 바로 앞에요."

"안 보이는데?"

사람들 때문에 그래요. 그런데 저 여기 있어요. 전 보여요. 그리고 절 보고 계시고요.

"여기 보세요. 손 흔들잖아요."

그는 손을 들고 그녀가 볼 때까지 흔들었다. 그녀가 그를 향해 다가왔고 두 사람은 서로를 끌어안았다. 그녀는 뒤로 물러나 그를 살펴보았다.

"세상에, 몰라보게 달라졌구나!"

"그래 봐야 겨우 1년인데요."

"널 보긴 봤는데 너라는 생각이 안 들었지 뭐니. 꼭 다른 사람을 찾아야 할 것 같은 묘한 기분이 들더라고."

"엄마."

레오는 다시 한 번 엄마를 끌어안았고, 엄마는 큰아들을 새로운 눈으로 쳐다보았다.

"너도 늙었구나."

"늙고 있거든요."

"나쁜 뜻이 아니라, 네가 늙었다는 게, 그러니까 그게……. 세월이 그만큼 흘러서 그런가……."

레오가 엄마의 가방을 대신 들어주려 하자 엄마는 괜찮다는 뜻으로 먼저 앞으로 걸어나갔다. 두 모자는 밖에 세워놓은 차를 타기 위해 발걸음을 옮겼다. 엄마가 갑자기 멈춰 섰다.

"여기였니?"

"뭐가요?"

"폭발 사건."

사물함이 늘어선 승객 대합실 한복판이었다.

"뉴스로 봤다. 대합실 전체에 제지선이 붙어 있고 사람들은 기차를 기다리더라고."

엄마는 큰아들을 쳐다보면서 허공에서 펄럭이던 또 다른 제지선을 떠올렸다. 잿더미가 된 평범한 어느 집 앞을 막고 있던 파랗고 하얀 경찰 제지선. 공포에 질린 채 창문 밖에서 바라만 보고 있던 열 살짜리 아들, 화염에 휩싸인 집을 위아래로 오르락내리락하고 안팎으로 들락거렸던 그녀의 아버지.

"정신 나간 인간들 같으니!"

그녀는 레오의 어깨 위에 손을 올렸다. 큰아들은 엄마를 쳐다보지 않았다. 이번만큼은. 대신 엄마가 손을 놓고 자신에게 넘겨줄 때까지 가방만 붙잡고 있었다.

"정신 나간 인간들이 그나마 운은 좋았네요. 사망자는 하나도 없었으니까요."

출구 근처에 픽업트럭이 기다리고 있었다. 와이퍼에 주차 위반 경고장이 끼어 있었다. 레오는 경고장을 구겨서 바닥에 버렸다. 엄마는 차를 한 바퀴 빙 둘러보며 측면에 붙은 회사 로고를 자랑스럽게 가리켰다.

"네 힘으로 회사를 세웠구나, 레오. 혼자 힘으로……. 거기다 동생들 일자리까지 챙겨주면서 말이야!"

엄마는 다시 한 번 큰아들을 끌어안았다.

모자는 스톡홀름 남쪽으로 향했다. 레오는 할룬다로 나가는 출구가 나오기 전에 잠시 머뭇거리다 오른쪽 차선으로 빠져 국도로 갈아탔다. 울타리 앞을 천천히 지나가면서 살펴보고 싶었기 때문이다.

낡은 볼보 한 대와 군용 밴 한 대가 여전히 그 자리에 서 있었다.

경찰차 네 대도 현장을 지키고 있었다. 순찰차 세 대와 일반 승용차 한 대, 수사가 진행 중임을 알리는 제지선을 비롯해 경계를 서고 있던 무장 경관 두 명도 시야에 들어왔다.

"여기서 무슨 일이 있었나 보구나." 엄마는 차창을 톡톡 두드리며 한마디를 건넸다.

그러고는 아들 쪽으로 고개를 돌리며 말을 이었다.

"레오, 봤니? 저 제지선 말이야……. 사건이 일어났다는 소리잖아."

그는 가속페달을 밟은 발에 힘을 주었다. 제복과 제지선이 룸미러 뒤로 사라져갔다.

이제 모두가 사실을 알게 된 것이다.

———————

브론크스는 점점 몰려드는 사람들을 살펴보았다. 거의 대부분 경찰과 군인들이었다.

"산나, 저기 민간인 말이야. 저 남자가 누구라고 했지?"

"감독관이요. 어딜 가든 따라 다니더라고요. 자기 일인 것처럼요."

브론크스는 군인과 경찰 사이를 트고 감독관에게 다가가 손을 내밀었다.

"스톡홀름 시경 소속, 욘 브론크스 형사입니다. 제가 도착했을 때부터 계신 것 같았는데……."

"요아킴 닐센이라고 합니다. 44지구 소속입니다. 무슨 생각하시는지 나도 압니다."

지독한 담배 냄새가 풍겼다.

"제 생각을 읽으셨다고요?"

"내가 다 봤을 거라 생각하지 않습니까."

"그래서요? 보신 거라도 있습니까?"

"난 업무 수칙을 문자 그대로 따랐습니다. 전달받은 지시 사항은 하나도 빼놓지 않고 지켰습니다."

감독관이 갑자기 말을 멈췄다. 뒤쪽에 있던 수풀에서 두 사람이 걸어나왔다. 손에 카메라를 든 남성과 여성이었다. 브론크스는 여성을 알아보았다. 제법 예리한 시각을 가진 기자였다. 바리케이드로 막힌 길을 한참 동안 돌아온 듯 보였다. 그렇다 해도 그 자리에 있어선 안 될 사람이었다. 아직은 너무 이른 등장이었다.

"비밀이 그리 오래가지 못할 것 같군요."

"그게 무슨 말씀입니까?"

"몇천 크로나 정도 벌기 위해 언론에 제보를 주저하지 않는 사람들이 있는 법이니까요."

그들은 현장 주변을 어슬렁거리는 기자와 사진기자를 빤히 쳐다보았다. 거칠게 들이대지는 않았지만 두 기자 모두 단호한 눈빛이었다.

"누구 소행입니까? 누가 가져간 거예요?"

브론크스는 조심스레 고개를 가로저었다.

"아직은 모릅니다. 다만 무슨 용도로 사용했는지는 압니다."

점점 더 많은 사람들이 모여들었다. 네 사람이 가파른 언덕을 올라와 자갈밭으로 걸어왔다. 두 사람은 정장 차림, 두 사람은 제복 차림이었다. 국가수사국과 국가안보국 소속이었다. 그들은 감독관을 향해 고개를 끄덕였다. 감독관은 지금까지 그 사람들을 기다린 듯 보자마자 안도한 표정을 지었다.

브론크스는 감독관과 다시 악수를 나누고 화약 냄새만 남아 있는 병기창고로 되돌아갔다. 놈들이 그곳을 노린 건 마지막으로 창고 조사가 진행된 10월 4일과 파슈타에서 현금수송 차량 강탈 사건이 발생한 10월 19일 사이였다.

거의 6개월 전 일이다.

연대 전체가 쓰고도 남을 자동화기들을 훔쳐서 지금까지 어디에 숨겨뒀을까?

————————

늦은 아침 햇살이 조금씩 널찍한 차고로 들어오기 시작했다. 바닥에는 윤활유 얼룩과 페인트 자국이 묻어 있고 금고를 자르고 폭탄을 만들었던 테이블 위에는 못과 각종 도구들이 담긴 상자가 놓여 있었다. 레오는 엄마를 먼저 안으로 안내했다.

"여기는 공사 준비 작업을 하는 곳이에요."

"준비 작업이라니?"

"구조나 모형 같은 거 만드는 일이요."

엄마는 아들이 자랑스러웠다.

"네가 이렇게 성공했다니 정말 기쁘구나. 게다가 빈센트와 펠릭스까지 책임지고 있고. 그런데 이게 진짜 다 네 것이니?"

"우리 거예요. 더 큰 공간이 필요해요. 회사가 계속 크고 있거든요."

엄마는 참나무 몰딩을 옆으로 밀고 망치를 들고 이리저리 돌려보며 무게를 재보았다. 그러고는 드라이버, 스패너를 차례로 들어보고 그 아래 깔려 있던 물건을 집어 들었다. 담뱃갑처럼 생긴 물건이었다.

"이건 뭐니?"

"보시는 그대로예요."

"너, 담배도 피우니?"

"가끔요."

"빈센트는 아니겠지?"

그는 미소를 짓고는 엄마의 빰을 어루만졌다.

"저도 이렇게 뵙게 돼서 정말 좋아요."

두 사람은 픽업트럭 소리를 듣고는 펠릭스가 차고 안으로 들어와 주차하는 동안 옆으로 비켜주었다. 트럭 화물칸에는 단열재 뭉치와 2리터 들이 페인트 통 두 개가 놓여 있었다.

"차가 한 대 더 있는 거니?"

"말씀드렸잖아요. 회사가 성장하는 중이라고요."

펠릭스는 운전석에서 펄쩍 뛰어나와 손을 뻗었다.

"엄마!"

둘째 아들은 엄마를 끌어안고 번쩍 들어 올려 두 바퀴를 돌았다. 작업복에서 노란 먼지가 어지럽게 피어올랐다.

"그만해라, 펠릭스!"

엄마가 웃었다. 레오의 눈에 비친 엄마의 웃는 모습은 그 무엇보다 아름다웠다.

펠릭스가 엄마를 내려주자 막내아들이 조수석 문을 열고 나왔다.

"빈센트!"

엄마는 두 아들보다 막내를 더 오래 끌어안았다. 막내는 마음이 편치는 않았지만 최대한 웃으며 불안한 심리를 감추려 애썼다.

"네가 이렇게 컸구나!"

"벌써 열여덟 살이에요."

"열일곱이겠지."

"곧 된다고요."

엄마는 막내를 그대로 끌어안은 채 뒤로 다소 물러섰다.

"빈센트, 너한테서 담배 냄새가 난다."

"엄마, 담배는 제가 피워요." 펠릭스가 말했다.

"그러니까 두 형이 그걸 덮어주고 있다는 거구나." 엄마는 웃는 얼굴로 레오를 쳐다보았다. 그 웃음이 진짜인지 알 수 없었지만. 펠릭스는 진짜이기를 바랐다.

"가끔은 모르는 게 나을 때도 있잖아요. 안 그래요?"

따사로운 봄 햇살이 마당까지 밀고 들어왔다. 엄마는 집으로 걸어가면서 주변을 둘러보았다. 비록 대놓고 묻지는 않았지만 잔디가 어디 있는지 찾는 것 같았다. 엄마는 펠릭스의 팔짱을 꼈다.

"얼마나 계실 거예요?" 둘째 아들이 물었다.

"내일 아침 일찍 갈 거야. 할머니 뵈러 갈 생각이거든. 너희들 괜찮다면 다 같이 가도 상관없어. 어떠니? 여기서 쉔달까지 얼마나 걸리지?"

삼 형제 모두 불과 몇 달 전에 갔다 온 곳이었다. 하나는 훔친 차량을 타고 할머니, 할아버지 집 앞을 지나쳤다. 다른 하나는 비탈길 정상에 서서 필요할 경우를 대비해 사격 자세를 취하고 있었다. 또 다른 하나가 나무 부두에 보트를 세워두고 기다리는 동안.

"힘들 것 같아요, 엄마. 할 일이 많거든요……. 아시다시피."

"그래, 안다. 사업을 확장 중이라고 했잖니. 이제 들어갈까?"

아넬리는 부엌 창문으로 네 모자가 차고 문을 열고 나오는 모습을 지켜보고 있었다. 서로 끌어안고 웃는 모습. 끈끈한 정으로 뭉친 한 가족의 모습. 다른 사람이 끼어들 자리는 보이지 않았다.

가장 먼저 문을 열고 다른 가족들부터 안으로 들여보내는 레오는 책임을 다하려는 대리부처럼 보였다. 엄마와 함께 들어오는 펠릭스는 나이보다 어리게 행동했다. 차고에서 엄마를 웃겼던 것처럼. 그게 둘째 아들의 역할이었다. 마지막으로 들어온 빈센트는 어른처럼 보이려 애를 쓰지만 언제 봐도 어린아이 같았다.

엄마라면 알고 있어야 했다.

현관문이 열리자 아넬리는 도대체 이해할 수 없는 그 여성을 반갑게 맞으며 인사말을 건넸다. 대화를 나누긴 했지만 시시콜콜한 이야기가 전부였다. 레오의 어머니는 속내를 결코 드러낸 적 없었다. 궁금하면 질문을 던져 스스로 답을 찾아보라는 식이었다. 아넬리는 매번 그 과정을 거칠 때마다 오히려 속마음을 들키거나 실수한 건 아닌가 하는 기분만 들었다. 가끔은 레오가 딱 그런 식이었다. 질문을 받으면 날카로운 눈으로 질문 속에 숨은 의도를 간파하려 하고, 방어 태세를 통해 상처받을 상황을 피하려고만 했다. 마치 상대의 질문이 단순한 궁금증 차원이 아니라고 여기는 것 같았다.

"엄마한테 집 구경 좀 시켜드릴 수 있겠어?"

거실에서 TV 소리가 들려왔다. 레오는 병기창고 화면을 보고 싶었다.

"어머니가 이 집에 오신 게 처음이니 자기도 같이 있는 게 더 좋을 것 같은데⋯⋯."

레오는 그렇게 했다. 어떻게든 서둘러 집 구경을 마치고 싶었지만 생각보다 오래 걸렸다. 엄마는 방마다 서서 이것저것 캐묻고 더 많은 설명을 듣고 싶어 했고, 아넬리는 틈만 나면 모든 게 다 임시

방편이라는 말을 반복했기 때문이다. 그러면서 회사가 좀 더 커지면 더 크고 근사한 집으로 이사 갈 수 있을 거라고 설명했다. 이 층, 그리고 마지막 방, 두 사람이 쓰는 침실에 와서야 레오는 이웃집 사과나무와 잔디가 보이는 창가 앞에 두 여성을 두고 발걸음을 돌릴 수 있었다.

펠릭스와 빈센트는 각각 소파 양쪽 끝자리를 차지하고 앉아 뉴스 속보를 기다리고 있었다.

"결국 알아낸 거야?" 펠릭스가 물었다.

"그래. 그 앞으로 지나왔어." 레오가 대답했다. "경찰하고 군인들이 나와 있더라고."

어릴 때부터 줄곧 봐온 똑같은 앵커가 뉴스를 전했다. 증권 동향을 전하든, 사망 소식을 전하든 언제나 평온하고 차분한 목소리와 무표정한 표정으로 뉴스를 전달하는 남자 앵커.

오늘 오전, 스톡홀름에서 남쪽으로 30여 킬로미터 떨어진 보트쉬르카 군 무기 보관창고에서 스웨덴 역사상 최악의 도난 사건이 발생했습니다.

수풀 속으로 보이는 자갈밭, 그 가운데 서 있는 작은 크기의 회색 구조물이 화면에 나왔다. 카메라가 열린 문 속으로 들어가 밝은 조명을 쏘며 텅 빈 구조물 내부를 보여주었다. 영상이 다소 흔들리고 초점이 흐려지다가 이내 바닥에 뚫린 커다란 구멍이 화면을 장식했다.

소식통에 따르면 경찰은 현재 용의자들이 특수 훈련을 받고 폭발물도 다룰 수 있는 전문가들일 거라 특정하고 수사를 진행 중이라고 합니다.

레오는 또다시 만족감과 뒤섞인 평온함을 느꼈다.

"레오, 저게……. 저거, 여기 오는 길에 우리가 본 거 아니니?"

엄마였다. 엄마가 거실로 돌아온 줄 모르고 있었다.

"내가 뭐라 그랬니. 경찰하고 제지선이 보이면 나쁜 일이 벌어졌다는 뜻이라니까!"

엄마는 둘째와 셋째 아들 사이에 앉았다. 펠릭스는 엄마의 어깨가 자신의 어깨에 와 닿자 TV 화면을 가리키는 엄마의 손가락을 쳐다보았다. 하지만 아무런 말도 하지 않았다. 원래 엄마를 웃게 만드는 재주를 가진 둘째 아들이었지만 그 순간만큼은 뭐라고 말해야 하나, 도무지 머리가 돌아가지 않았다. 물론 엄마는 아무것도 몰랐다. 그런데 마치 이미 다 알고 있다는 듯, 솔직히 털어놓아보라는 듯, 그 옛날 엄마를 배신했던 일까지 모든 걸 눈감고 용서해주겠다는 눈빛으로 쳐다보는 것만 같았다. 뭐라고 말을 해야 했다. 펠릭스는 리모컨을 들고 볼륨을 높였다. 차라리 처음부터 말했어야 했다. 엄마를 똑바로 쳐다보며, "엄마, 저 TV에 나오는 총기 도난 사건 범인이 우리예요. 은행 다섯 곳을 턴 것도 우리고요." 하고 말했다면 엄마가 다가와 꼭 끌어안아주었을지도 모른다.

"펠릭스, 너 괜찮니? 왜 그래?"

TV에는 여전히 텅 빈 보관창고가 나오고 있었다. 엄마를 제외한 모두가 그 창고 안에 있어야 할 물건들이 자신들의 발밑에 있다는 것을 알고 있었다.

"아니, 관둘까…… 생각 중이었어요. 회사요."

엄마가 거실로 들어온 뒤로 묵묵히 서 있던 레오가 화들짝 놀라며 입을 열었다.

"뭘 관둔다고?"

펠릭스는 형 대신 엄마를 쳐다보며 대답했다.

"그러니까, 잘 모르겠어……. 벽돌 나르는 일을 계속하고 싶은 지 나도 모르겠다고."

"그 일이 싫다고?"

"엄마, 일보다는 차라리 공부를 다시 시작하는 게 어떨까 싶어요."

펠릭스는 레오의 눈빛이 느껴졌지만 애써 외면하고 엄마에게 시선을 고정했다.

"정말 좋은 생각이야, 펠릭스. 당연히 공부하고 싶으면 해야지."

엄마는 둘째를 끌어안고 레오 쪽으로 고개를 돌렸다.

"네 생각은 어떠니, 레오? 좋은 결심 아니야?"

———

브론크스는 차고 속 차고에서 노크를 하고 산나가 들어오라고 말할 때까지 기다렸다.

"욘, 노크할 필요 없어요. 왜 갑자기 한 번도 안 하던 행동을 하는 거예요? 들어와요."

"특수부대……. 이제 사람들이 그렇게 부르더라고."

범죄자나 범죄 집단은 특정 성향의 범죄와 연관되는 순간, 별명을 얻게 된다. 군용 중화기, 전술조끼, 군화 같은 워커, 통신 장비까지. 몇 시간 전, 강탈당한 병기창고에 관한 사진과 영상이 공개된 이후 그런 별명이 따라붙는 건 당연한 일이었다.

과학수사대 요원의 작업대 위에는 그을린 흔적이 있는 플라스틱 조각과 합판 조각들이 퍼즐처럼 흩어져 있었다.

"지금 보고 있는 건 폭발물이 담겨 있던 상자 잔해예요. 열두 조각으로 나뉜 플라스틱 폭약이 하나의 도화선에 연결돼 있어요. 지름이 60센티미터 정도 되는 구멍을 만들어내려면 폭약 전체 무게가 적어도 500그램은 돼야 해요."

"위력이 대단했을 텐데."

"폭발물은 구조물 바로 아래 붙어 있었어요. 구조물 자체가 소리를 흡수해버린 거죠. 게다가 거긴 사람이 살지 않는 숲 속이잖아요."

산나는 긴 하루에 지친 피곤한 눈빛으로 그를 물끄러미 쳐다보았다. 그가 그토록 사랑했던 눈빛이었다. 그녀는 의자 뒤에 걸려 있던 외투를 집어 들었다.

"계속 얘기할 생각 있으면 따라와요."

두 사람은 경시청 건물의 복도를 지나 베리스가탄으로 나왔다. 한산한 거리를 나란히 걷는 동안 말 한 마디 나누지 않았다. 어둠이 짙어지는 만큼 날씨도 싸늘해졌다.

"큰형이야. 난 놈을 그렇게 불러. 팀의 리더. 놈은 강도 행각에 중독된 상태야. 도취감을 이어나가기 위해서라도 더 강한 걸 찾게 될 거야. 점점 더 강한 거. 파슈타 건의 경우 휠체어에 앉아 현금수송 차량을 기다렸어. 그것만으로도 충분했지. 스베드뮈라에서는 은행 바깥에서 차에 타고 있었어. 그때까지만 해도 괜찮았어. 그러다가…… 더 강한 걸 찾게 된 거야. 그래서 연달아 동시에 은행 두 곳을 털기로 계획했던 거야. 자신이 한 곳을 치고, 나머지 일당 둘을 시켜 다른 한 곳을 치는 식으로."

두 사람은 한트베르카가탄 끝자락에 다다랐다. 브론크스는 고갯짓으로 리다피예덴 다리를 가리켰다. 산나는 고개를 끄덕이고 뒤를 따랐다.

"다음에는 더 큰 걸 노릴 거야. 더 많은 은행을 노리거나 더 과격한 총질을 해댈지도 모르지…… 더 강한 걸 얻기 위해 더 큰 위험을 감수하려 들 거라고. 이 맛에 중독되면 약도 없어. 죽기 전에는 끊을 수가 없거든."

오른쪽으로 보이는 강물이 잔잔히 흘렀다. 다도해 이곳저곳을 이어주는 연락선들은 내일까지 정박해 있을 터였다. 왼쪽으로 보이는 선로는 한산하고 평화로웠다.

"큰형이라고요?" 그녀는 의미심장한 목소리로 되물었다.

그는 발걸음을 멈췄다. 다리 한가운데 벤치 하나가 놓여 있었다. 그는 산나를 쳐다보며 벤치 가까이 다가갔다. 그를 누구보다 잘 아는 산나. 적어도 산나는 그렇다고 생각했다.

"무슨 생각하는지 알아. 하지만 그게 젠장, 그렇게 쉬운 문제가 아니야. 놈을 우리 형과 같은 부류로 여길 거라 생각하면 그건 오산이야. 전혀 달라. 동기가 전혀 다르다고."

"그걸 어떻게 알아요? 두 사람 모두 폭력적인 큰형이잖아요."

"하지만 놈은…… 놈은 개인적인 이유였어."

"그러니까, 당신 형은 다른 사람을 돕기 위해 살인을 했다……그 말이 하고 싶은 거예요?"

그는 싸늘한 시선으로 그녀를 쏘아보았다.

"산나."

"왜요?"

"가끔은 당신이 무슨 말을 하는 건지 모르겠어."

두 사람은 조용히 리다홀멘을 지나쳐 갔다. 고가의 건물들은 있지만 사람은 살지 않는 작은 섬이었다. 이어서 슬루센 쪽으로 걸어가자 쇠데르말름의 윤곽이 서서히 모습을 드러냈다. 두 사람은 호텔 앞에 있는 계단에서 난간이 있는 쪽으로 걸어 내려갔다. 잠들기 시작한 도시가 내려다보이는 지점이었다. 그들은 스톡홀름을 내려다보았다. 그녀의 목소리는 더 이상 기계적으로 들리지 않았다. 아니, 하루 종일 그렇게 들리지 않았다.

"우리…… 언젠가 길 가다 마주친 적 있죠." 그녀가 말했다. "기억해요? 쿵스가탄에서……."

산나는 그를 바라보았다. 그가 원했던 그 눈빛으로.

"난 당신 봤어요. 멀리서."

나도 당신 봤어.

"여름이었어요. 잘 기억은 안 나지만 이삼 년 전이에요. 토요일이었고 거리에 사람들이 많았어요. 마주치면서 당신과 눈을 맞추려고 했어요. 그런데, 당신은 시선을 돌렸어요, 욘."

당신은 날 봤지. 그런데 난 시선을 돌렸어.

지난 10년간 매일같이 상상했던 대화였다. 하루에도 몇 번씩. 산나는 언제나 그 자리에 있었다. 잠에서 깨었을 때도, 잠을 청할 때도. 오래전 그 목요일, 왜 그녀에게 자신이 돌아오기 전까지 짐을 챙겨 나가라고 말했는지 해명할 수 있었으면 했다. 집이 가까워질수록 점점 커지는 불안감에 대해서 말하고 싶었다. 텅 빈 집을 마주하게 될 거라는 생각에 두려웠다고. 빈 벽을 지나치면서 얼마나 절망감과 싸워야 했는지, 심장이 터져나갈 정도로 두려움에 떨다 결국 현관 앞에 쓰러져 이틀간 병원 신세를 졌던 일에 대해서 말하고 싶었다.

그리고 지금, 그녀가 바로 앞에 서 있었다. 손만 뻗으면 닿을 거리였지만 그는 움직이지 않았다. 그 순간이 날아가버릴까 두려웠다. 산나는 몸을 숙여 그에게 입을 맞추었다. 브론크스는 그 상황이 현실이라는 걸 깨닫기까지 시간이 걸렸다. 그러고서야 다시 그녀에게 입을 맞췄다.

그는 갑자기 울음을 터뜨렸다.

그녀를 꼭 끌어안고 계속 울었다. 아버지 장례식 날도 울지 않은 그였다. 용서하기 전에는 결코 울어선 안 되니까.

"나도 당신 봤어."

"뭐라고요?"

"그날 쿵스가탄에서. 당신 봤어 하지만……."

"날 봤는데 못 본 척했던 거예요?"

지금은 어떻게 지내고 있는지 그녀에게 물어봐야 하는 게 아닌가 생각했다.

"이유도 모른 채 날 외면했던 것처럼 말이에요?"

그녀의 언니는 어떻게 지내는지 물었어야 했다. 마음에 드는 집은 결국 장만했는지도. 왜 다시 스톡홀름 시경으로 돌아왔는지, 그동안 누군가를 만났었는지 물었어야 했다.

"욘, 그때……. 마지막, 그때 기억해요?"

"아니, 기억 안 나."

"내 물건들을 그 빌어먹을 이케아 가방에 왜 넣어놨는지 기억 못 한다는 거예요? 당신 정말…… 달라진 게 없어! 당신은 언제나 똑같아요, 욘. 기억을 못 한다고요? 그래서 그 누구도, 그 무엇도, 당신 곁으로 다가갈 수 없는 거예요!"

그와 달리 산나는 울지 않았다. 대신 택시들이 대기 중인 버스 정류장 쪽으로 발걸음을 옮겼다. 그는 뒤돌아보지 않았다. 이번만큼은 떠나는 그녀의 뒷모습을 보고 싶지 않았다.

레오는 창가에 서서 안마당 여기저기 각기 다른 크기의 물웅덩이를 만들어내는 빗줄기를 물끄러미 쳐다보았다. 엄마는 침대 겸 소파를 펼치고 쿠션들을 바닥에 내려놓는 중이었다.

레오는 블라인드를 치고 뒤로 돌아 엄마 곁으로 다가왔다.

"제가 해드릴게요. 이게 좀 복잡하거든요."

레오는 소파 한쪽 모서리를 누르고 다른 손으로 손잡이를 붙잡았다. 그런 다음 단번에 잡아당기자 매트리스가 길게 튀어나왔다. 침대는 검은색과 흰색 각각 두 개씩 짝을 이룬 사각형 바닥 타일을 완전히 덮었다. 그 타일 아래는 금고를 비롯해 총기들이 보관된 지하 창고 출입구가 숨어 있었다. 레오는 이불을 고정시키고 있던 끈을 풀고 손바닥을 사용해 구겨진 이불의 주름을 폈다.

"레오, 엄마는 솔직히 이런 걸 예상하고 있었다."

"예상이라니…… 뭘요?"

"빈센트가 스톡홀름에 있는 큰형한테 가고 싶다고 말했을 때……. 난 네가 막내를 잘 돌봐줄 거라 생각했었어."

엄마는 큰아들의 손을 잡고 쓰다듬었다. 익숙한 손길이었지만 떨렸다. 그날 아침, 엄마와 함께 중앙역을 걸으며 들었던 그 느낌이었다.

"빈센트는 자기 일을 스스로 하는 녀석이에요."

"그렇지 않다는 거 나도 안다. 어느 정도, 그럴 뿐인 거지 네가 항상 뒤를 봐주잖아. 펠릭스한테도 마찬가지고. 나나 네 아버지한테 신경 쓰는 것처럼."

레오는 더 이상 듣고 싶지 않다는 듯 고개를 절레절레 흔들었다.

"엄마……."

"레오, 그때 네가 아니었으면 난 이미 죽었을 거야. 그 인간은 절대로 멈추지 않았을 테니까."

엄마는 큰아들의 눈빛에서 죄책감을 읽었지만 계속해서 말을 이어나갔다.

"난 네가 자랑스럽다. 넌 책임감이 있는 아이니까. 넌 어릴 때부터 항상 그랬어."

"엄마, 그만하세요."

그녀는 큰아들의 다른 손까지 꼭 붙잡았다.

"네 아버지가 실패한 걸 넌 해냈어. 잘나가는 회사도 세웠잖아. 동생들한테 일자리도 만들어줬고. 넌 네 동생들한테 아버지보다 더 아버지 같은 사람이야. 사실…… 뭐, 네 아버지도 처음에는 너 같았었지. 세심한 면도 있었고, 사랑스럽기도 했으니까."

엄마는 잠시 침묵을 지켰다. 다시 입을 열었을 때는 단호한 목소리가 이어졌다.

"넌 나를 많이 닮았어. 그거 아니? 우린 많은 걸 할 수 있어, 너하고 나하고. 눈에 보일 정도로 두드러지지 않을 뿐, 그게 사실이야."

머지않아 엄마도 깨닫게 될 터였다. 아들의 눈빛에 서려 있던 죄책감이 사실은 수치심이었다는 사실을. 큰아들은 미소를 짓고 엄마를 끌어안았다.

"안녕히 주무세요, 엄마."

그는 방을 나오면서 뒤돌아보지 않고 그대로 불을 끄고 부엌으로 향했다.

엄마는 둘째와 셋째가 마련해준 평범한 잠자리에 누워 잠을 청한다고 생각했다. 그 아래 충격적인 물건이 숨겨져 있다는 사실을 모른 채. 엄마는 큰아들이 건축 회사를 운영하고 있다고 생각했다. 나머지 두 아들에게 일자리도 마련해주면서. 엄마는 남들이 보고 생각하는 만큼만 믿었다. 정확히 레오가 원하는 그대로. 자신이 보여주기로 마음먹은 것들만 보고 있었다.

그래도 더러운 기분이 드는 건 어쩔 수 없었다.

레오는 창문을 멍하니 바라보았다. 엄마가 자신을 닮았다고 여기는 사람, 책임감이 있다고 여기는 한 사람의 모습이 비쳐 보였다.

그는 천천히 숨을 내쉬었다. 창문에 김이 서려 반사된 자신의 모습이 보이지 않을 때까지.

딱 한 건. 마지막으로 딱 한 건. 지금까지와는 차원이 다른 대규모 작전이 될 것이다. 동시에 세 곳을 털게 될 테니까. 1천4백만 크로나. 그것만 끝나면 모든 무기를 되팔 생각이다. 펠릭스도 공부를 다시 시작하게 될 것이다. 자신도 다시 엄마를 닮아갈 수 있을 것 같았다. 마지막 한 건에서 멈춘다면 이 세상 그 누구도 그들의 정체를 알아낼 수 없을 테니까.

55

좋아하는 프로그램이 시작되면 커피 테이블 위에는 새로 산 노트 외에는 아무것도 없어야 했다. 옌손의 가판대에서 신문과 함께 산 물건이었다. 신문 읽는 일은 거의 없는 그였지만 지난주부터 오후 네 시면 광장으로 나와 일간지와 석간지를 골고루 샀다. 신문들은 소파 구석에 차곡차곡 쌓여갔다. 도마, 칼, 재떨이, 양파, 와인 등은 온데간데없이 사라졌다. 담뱃재는 물론, 와인 잔이 만들어놓은 자줏빛 둥근 얼룩도 깨끗이 닦아 없앴다.

그는 신문 더미 옆에 앉아 불안한 마음으로 기사들을 훑어보기 시작했다. 자신이 왜 그러고 있는지 이유는 알 수 없었다. 몇몇 기사는 이미 여러 차례 읽어본 것들이었다. 기다리고 있는 TV 프로그램은 신문사들이 아직 관련 정보를 입수하지 못한 장면이나 경찰에서 내보내기로 엄선한 정보를 방영하는 프로그램이었다. 경찰들은 그런 식으로 정보를 차단하며 마치 자신들이 중요한 일을 하는 사람처럼 보이려 애썼다. 그래 봐야 세트장 가구 같은 장식품에 불과하지만.

걱정이 되는 건 아니었다. 초조할 뿐이었다. 온몸이 근질거리는 것 같아서 가만히 서 있을 수가 없었다. 주머니에서 독서용 안경을 꺼내는데 돈 봉투가 딸려 나왔다. 남은 돈은 500크로나 지폐로 구성된 1만9천 크로나였다. 지난가을, 4년 반 만에 레오가 찾아와 마치 보드게임에 사용하는 장난감 돈처럼 진 적도 없는 빚을 갚는다며 4만3천 크로나를 건넸을 때에 비해 봉투 두께는 훨씬 얇아졌다.

이반은 맨 위에 있던 신문들을 치우고 아래쪽에 깔려 있던 것들을 꺼냈다. 검은 복면을 뒤집어쓰고 총을 들고 있는 강도 사진이 찍힌 신문이었다. 슈퍼마켓 계산대의 줄이 좀처럼 줄어들지 않던 날이었다. 도대체 왜 다른 계산대는 문을 열지 않는 건지 의아해했었다. 그렇게 기다리던 동안 가판대에 걸려 있던 신문의 한 단어가 유독 그의 관심을 끌었다. 특수부대. 줄이 줄어들면서 자기 차례가 되자 기사의 나머지 부분도 대충 읽을 수 있었다. 누군가 군이 관리하는 병기창고에서 군용 장비를 훔쳐 쉔달의 어느 은행을 털어갔다고 한다. 브릿 마리가 몇 년간 장애인을 위한 여름 캠프에 참여해 일하던 곳과 가까운 은행이었다. 그리고 자신의 집에서 5백여 미터 떨어진 거리에 있는 은행 두 곳.

쉔달은 그녀의 영역이었다. 경찰은 범인들이 해당 지역 지리를 잘 알고 있다고 판단했다.

외스모는 그의 영역이었다. 기사는 범인들의 과격한 행동과 여덟 발의 총탄으로 강화유리에 남긴 웃는 얼굴에 경악을 금할 수 없다고 쓰여 있었다.

신문 기사에서 관심이 점점 멀어지면서 그의 시선은 모든 신문에 실린 두 장의 흑백사진으로 쏠렸다. 강도단의 리더로 추정되는 인물이었다. 흐릿하긴 했지만 널찍한 어깨와 브릿 마리를 닮은 그 눈빛은 구분할 수 있었다. 가늘고 팽팽한 두 입술이 만든 입 모양은 거울 속 자신의 얼굴에서도 자주 보는 표정이었다.

이반은 노트를 펼치고 볼펜을 들었다.

방송이 시작되었다.

스웨덴 최악의 현상수배범. 오늘의 방송은 속칭 '특수부대'에 관한 내용으로 꾸며진다는 예고가 나왔다. 시청자들의 제보를 기대하면서 강도 행각과 관련된 모든 측면과 세세한 부분을 다룬다는 것이었다.

이반은 노트를 펼쳐놓고 방송을 시청했다. 진행자가 경찰들 앞에서 스웨덴 역사상 최악의 총기 도난 사건을 비롯해 그 사건이 여섯 건의 은행 강도 사건에 연관돼 있을지 모른다는 소식을 전하고 있었다.

은행 강도 여섯 건.

이반은 내용을 노트에 적었다. 신문 기사가 다룬 은행 강도 사건은 네 건이었다. 총탄 세례를 받은 은행 모습이 빠른 속도로 지나갔다. 바닥에 떨어진 유리 조각, 열려 있는 금고문. 파슈타의 현금수송 차량. 스베드뮈라 한델스 은행. 어스머 한델스 은행, SE방크. 림보 스파르방크, 쿵쇠르 SE방크.

그는 다시 볼펜을 움직였다. 새로운 정보였다.

림보. 쿵쇠르.

그리고 스톡홀름 중앙역 내부를 촬영한 영상이 몇 초간 이어졌다. 폭발 사건이 발생한 장소. 바리케이드 뒤로 공포에 질린 사람들이 역 밖으로 몰려나가고 있었다.

폭탄?

이반은 별 연관 관계가 없어 보였지만 일단 새로운 정보를 노트에 적었다. 자동화기를 훔치는 것은 이해할 수 있었다. 은행 강도 역시 마찬가지였다. 그런데 폭탄이라니? 앞선 행동들과 궤를 달리할 뿐만 아니라 패턴에서 너무 벗어난 일탈 행위였다.

진행자는 강도단 구성원에 대한 이야기로 넘어갔다. 전원 군사 지식을 습득한 것으로 여겨지며 운동선수 같은 체구를 갖추고 있을 뿐만 아니라, 정확한 스웨덴어를 구사하고 특별한 전과도 없는 것 같다는 게 지금까지 알려진 사실이었다.

정확한 스웨덴어 구사.
전과 없음.

그다음으로 처음 공개되는 영상이 이어졌다.

여러 대의 감시 카메라가 파손되기 바로 직전에 다양한 각도에서 포착한 장면이었다. 분량도 짧고 화면은 일그러진 데다 각도도 위에서 내려다보는 구도였지만 그것만으로도 리더의 신장을 대충 짐작할 수 있었다. 키는 대략 1미터 85센티미터에서 90센티미터 사이. 체중은 80킬로그램에서 85킬로그램 사이로 보였다.

뭔가를 계속 받아 적던 이반은 볼펜을 떨어뜨렸다. 떨어뜨린 볼펜이 테이블에서 또다시 바닥으로 떨어져 굴러가는 소리가 귀에 들렸다. 분명, 그가 노트에 기록해야 할 중요한 정보들이었다. 신장과 체중을 비롯해 자신이 모르고 있는 것들. 이번에 처음으로 공개되는 내용들이었다. 노트를 구입한 것도 그런 정보를 기록하기 위해서였다.

이제 일일이 적을 필요가 없어졌다.

불과 몇 초에 불과한 영상이었지만 분명히 구분할 수 있었다. 무얼 해도 반복되는 일종의 패턴을. 아주 미세한 움직임부터 입술, 팔, 다리 동작에서, 손바닥이나 손가락 지문에 이르기까지.

이반은 허리를 숙여 발밑에 내려놓은 와인병을 집어 들었다. 병을 따고 숨넘어가기 바로 직전까지 꿀꺽거리며 마셨다.

이제는 그도 알게 되었다.

56

여섯 시간 동안 차를 타고 스웨덴을 횡단해 그들이 찾아간 곳은 윌라레드라는 작은 마을에서 몇 킬로미터 정도 떨어진 숲이었다.

최후의 강도 행각이 벌어지는 출발점. 그들은 숲 속에 베이스캠프를 차렸다. 윌라레드는 주민 수가 수천에 불과한 작은 마을이지만 스웨덴에서 가장 큰 아울렛 매장이 있어 전국에서 사람들이 모여들었다. 지금 같은 부활절 주간이면 사람들로 붐볐다. 여유 시간을 이용해 쇼핑을 즐기러 나온 사람들 덕분에 1년 중 매출이 가장 높은 시기이기도 했다. 쇼핑몰 맞은편에 위치한 은행 세 곳에는 현금이 넘쳐날 수밖에 없었다.

숲 속에서 밤을 보내야 했기 때문에 야전침대와 침낭을 챙겨왔고 식량으로는 냉동식품과 물, 그리고 가스버너를 준비했다. 가장 먼저 일주일 전에 빌린 렌터카를 손질해 비밀 공간을 만들었다. 렌터카를 사용하는 이유는 합법적으로 빌린 차량이라 도로가 통제되더라도 문제없이 검문소를 빠져나갈 수 있기 때문이다. 어둠이 내리자 그들은 가장 가까운 마을인 바베리로 향했다. 은행 강도에 사용할 차량을 훔치기 위해서였다.

숲으로 돌아온 일행은 밤새도록 번갈아 불침번을 서며 쪽잠을 잤다. 반면, 펠릭스는 눈 한 번 붙이지 않고 땅에서 스멀스멀 올라오는 습기 위에서 검푸른 하늘에 얼룩처럼 박힌 별들만 쳐다보았다. 잠자리가 불편했기 때문은 아니었다. 다른 이유가 있었다. 불안감. 결코 느껴서는 안 될 감정이었다.

숲 속은 정적이 느껴질 정도로 고요했다. 간간이 개 짖는 소리가 전부였다. 근처에 개 사육장이 있는 것 같았다.

새벽 5시가 되자 모두 눈을 떴다. 아침 식사는 출발 전에 미리 준비해온 샌드위치와 보온병에 싸온 커피였다.

하루의 시작은 훔친 차량에 연료를 채우는 일이었다. 차를 훔치기 전에 연료 상태를 확인하고 휘발유 소비량을 예측하는 게 불가능하기 때문에 스톡홀름에서부터 휘발유통 네 개를 미리 준비해왔다. 그다음은 야전침대에 모여 앉아 지도를 펼쳐놓고 다시 한 번 머릿속으로 예행연습을 했다. 1번 은행은 레오 혼자 맡고, 빈센트와 야스페르는 2번 은행, 그리고 3번 은행에서 만나 함께 마지막 은행을 터는 게 계획이었다.

그동안 펠릭스는 차량 지붕을 뚫어 만든 구멍을 통해 마을 진출입로를 감시하며 동향을 살피기로 했다. 그는 지붕을 잘라내기 시작했다. 마지막 단계였다. 이마를 타고 흘러내리는 땀이 눈을 찔렀다.

"빈센트, 좀 도와줄래?"

막냇동생은 삐걱거리는 차 문을 열고 안으로 들어와 내려앉기 일보직전인 원형 철판을 양손으로 받쳐 올렸다. 그런 다음 남은 철판 조각들을 배수로 같은 구덩이에 던졌다.

"펠릭스 형."

"왜?"

"왠지 불길한 예감이 들어."

펠릭스를 뜬눈으로 밤을 지새우게 만들었던 불안감이 빈센트까지 괴롭히고 있었다.

"전에는 이런 기분 든 적 전혀 없었거든."

"형이 운전할 거야. 내가 운전대를 잡는 한 모든 게 다 괜찮을 거라고. 알았지?"

자신은 그렇게 믿고 싶었다. 하지만 스스로도 확신이 들지 않았다.

마지막 시도.

이번 작전이 최종 목적지였다. 한 번에 은행 세 곳. 현금 1천만,

아니 1천5백만 크로나. 2천만이 될 수도 있다.

"마지막이야, 빈센트. 그리고 우린 사라지는 거야. 앞으로 특수부대라는 단어를 들을 일도 없을 거라고."

―――――

숲 속에서 느끼는 빛은 보다 온화하고 초록빛이 강한 편이었다. 하지만 은행 세 곳이 마주 보이는 자리에 세워놓은 차 지붕을 뚫고 들어오는 빛은 확실히 달랐다. 훨씬 강렬하고 모든 걸 또렷하게 만들어주는 것 같았다. 기관총을 보면서도 생전 처음 보는 물건 같았다. 6개월 전, 지하창고에서 이미 보긴 했지만 바로 코앞에서 보고 만지는 건 처음이었다. 11킬로그램에 달하는 묵직한 장비가 손에 감겼다. 옆으로 길게 늘어선 실탄들은 마치 걸리는 게 있다면 당장이라도 끊어버릴 듯한 송곳니 같았다. 나머지 형제들이 은행을 터는 동안 차에 앉아 대기하며 무릎에 얹어놓는 자동소총이 장난감처럼 우습게 보였다. 그에 비하면 기관총은 괴물에 가까웠다. 거대한 송곳니를 드러낸 백상아리 같은 괴물. 펠릭스는 비좁은 공간에서 묵직하고 어색한 기관총을 최대한 제대로 잡고 조준하기 위해 몸을 비튼 다음, 총을 뚫어놓은 차 지붕 위에 올렸다. 실탄이 쇠사슬처럼 철렁거리며 소리를 내자 팔뚝으로 고정시켜 소리를 차단했다.

펠릭스는 구멍 위로 고개를 내밀었다. 펠릭스에게는 교전 지역처럼 보였다. 뉴스에서 보여주던 내전 현장 같았다. 언덕에 진을 치고 마을을 향해 일제사격을 내뿜는 게릴라들의 모습. 지금 이 순간만큼은 차 지붕 위로 고개를 내밀고 평범한 스웨덴 마을 광장을 오가는 사람들에게 총구를 조준하고 있는 장본인은 자신이었다.

목표 지점인 세 은행은 나란히 광장을 바라보고 있는 인접 건물에 위치해 있었다. 가장 오른쪽으로 보이는 SE방크에는 야스페르와 빈센트가 이미 진입한 상태였다. 바닥에 엎드리라고 고래고래 소리 지르는 야스페르의 목소리가 펠릭스의 귀까지 전해졌다. 가운데 있는 한델스 은행의 창구 여직원은 옆 건물에서 나는 총소리를 들었다. 창가로 고개를 돌린 그녀는 맞은편 길에서 기관총을 조준하며 자신들을 감시하는 펠릭스를 발견했다. 그리고 다시 고개를 돌리던 순간, 위아래 온통 검은 옷에 복면을 쓴 괴한과 마주쳤다. 괴한은 은행을 지나쳐 바로 옆에 있는 다른 은행으로 향했다. 여직원은 현관문을 잠그고 창구 뒤로 숨었다.

———

레오는 지나가는 길에 여직원이 은행 현관문 잠그는 것을 발견하고는 정확히 180초 후에 셋이 함께 털기로 했다. 대신 왼쪽에 있는 스파르방크는 혼자 감당할 생각이었다.

"다들 주목해요!" 레오는 문을 열며 소리쳤다. "지금부터 이 은행의 현금은 제가 가져갈 겁니다. 그러니까 모두 바닥에 배를 깔고 엎드려요. 정중히 지시 사항에 따라주면 5분 후에는 아무 일 없이 자리에서 일어나 집으로 돌아가 가족과 만날 수 있습니다."

레오는 주변을 둘러보며 차고에서 한 곳을 털기 위해 연습하던 과정이 결국 모든 은행을 터는 데 결정적 역할을 했다는 사실을 깨달았다. 모든 은행이 하나같이 다 똑같은 구조였기 때문이다. 현관을 마주 보는 위치에 설치된 창구, 뒤쪽에 놓인 대출 창구, 그리고 직원 전용 공간 옆에 설치된 금고.

유일하게 예측할 수 없는 요소는 은행에 몇 명이 있는지, 그리고 그들이 어떻게 반응할지였다.

은행 안에 있는 고객은 셋이었다. 아넬리 나이 정도 돼 보이는 젊은 여성 둘과 봄이 되면 할머니가 즐겨 입었던 잿빛 코트 차림의 노부인이었다. 은행 직원은 네 명이었다. 세 사람은 창구 뒤에, 나머지 하나는 커피를 들고 막 자리에 돌아온 터였다.

모두들 그의 지시에 따랐다.

바닥에 엎드려 반짝이는 돌바닥만 내려다보았다.

"거기, 커피!"

직원은 여전히 김이 모락모락 피어오르는 커피 잔을 조심스레 책상에 내려놓고 바닥에 엎드렸다.

"이 가방에 서랍에 있는 현금 하나도 남기지 말고 담아요. 지금 당장. 긴장하지 말아요. 난 현금에만 관심 있습니다. 그다음에 나랑 같이 금고로 가는 겁니다. 가방만 꽉 채워주면 다시는 만날 일 없을 겁니다."

혼자서 은행을 터는 건 이번이 두 번째였다. 사람들 숨소리조차 들리지 않았다. 머리 위에서 돌아가는 환풍기 소리가 전부였다. 외스모와는 달랐다. 모든 게 순조로웠다. 완벽히 상황을 통제하고 있었다.

사람도 제대로 골랐다. 직원은 침착하고 재빠른 손놀림으로 서랍을 비워나갔다. 레오를 슬쩍 쳐다보는 시선에서 어떤 감정도 느껴지지 않았다. 레오가 침착하게 행동한 덕분인지, 직원 역시 침착하게 반응했다.

"아주 잘하고 있습니다. 괜한 행동으로 다른 사람들 생명을 위태롭게 만들지 않는다는 거 고맙게 생각합니다."

레오는 직원과 함께 금고로 걸어갔다. 이름표에 적힌 이름은 페트라였다. 페트라가 금고를 여는 동안 레오는 남은 시간을 확인하기 위해 손목시계를 들여다보았다.

"페트라?"

그녀는 금고 문을 열면서 그에게 고개를 돌렸다.

"자, 이렇게 하는 겁니다. 모든 게 다 잘될 겁니다. 시간은 많으니까."

금고에는 2백5십만, 아니, 대략 3백만 크로나가 보관돼 있었다. 예상보다 다소 적은 액수였다. 하지만 모자란 부분은 나머지 두 은행에서 채울 수 있다. 페트라는 거의 기계적인 동작으로 돈뭉치를 가방에 담았다.

마지막으로 창구 쪽을 살펴보았다.

모든 사람이 팔을 벌린 채 그대로 엎드려 있었다.

———————

TV 화면. 외부에서 대기하던 펠릭스의 눈에 비친 은행털이 과정이 꼭 그랬다. TV 화면을 들여다보고 있는 것 같은 느낌. 기관총을 들고 은행 세 곳을 번갈아 겨누는 지금 이 순간도 마찬가지였다. 전쟁 소식을 전하는 각기 다른 세 개의 뉴스 채널. 세 개의 정사각형 은행 창문 안으로 보이는 은은한 노란색 조명. 동시에 펼쳐지는 장면 세 개가 흘러나오는 화면 세 개.

맨 왼쪽 화면은 스파르방크다. 복면 쓴 괴한, 레오가 창구에서 챙긴 현금으로 가득 찬 가방을 들고 은행 직원을 따라가고 있다. 맨 오른쪽 화면은 SE방크. 복면을 뒤집어쓴 2인조는 빈센트와 야스페르다. 하나는 창구에 있는 현금을 챙기고 있고, 다른 하나는 총으로 직원을 위협해 금고로 향하고 있다. 가운데 화면은 한델스 은행. 마지막으로 셋이 함께 강탈할 목표. 은행 직원은 창구 뒤로 멀찍이 숨은 상태였다.

스베드뮈라와 림보, 그리고 쿵쇠르의 경우 지켜볼 화면은 딱 하나였다. 외스모에서는 두 개, 그리고 지금은 큰형이 직접 연출한 방송 세 개가 진행되고 있다. 하나같이 비현실적인 쇼였다.

그런데 어느 순간, 처음으로 모든 게 현실이 돼버렸다.

동시에 진행되던 세 편의 영화에 전혀 예측하지 못한 '방송 사고'가 발생했던 것이다. 대본에도 없던 대사, 사전에 합의되지 않은 장면, 대본을 따르지 않는 등장인물의 출현. 세 건의 방송 사고가 비현실을 현실로 뒤집어엎었다. 펠릭스는 눈앞의 장면을 더 이상 TV 화면 속 드라마로 바라볼 수 없었다. 장면 속으로 걸어 들어온 현실 속 행인들 때문이었다. 현실인 만큼 취약한 존재들. 그리고 펠릭스의 손에는 분당 800발을 쏟아낼 수 있는 실물 기관총이 들려 있었다.

나이 지긋한 엽사가 조수석에서 밖으로 나오려는 아내와 함께 등장했다. 얼룩무늬 재킷을 걸친 그는 반사경 달린 모자를 쓰고 있었는데 트렁크를 열더니 사냥용 엽총 한 자루를 꺼냈다. 그러고는 단호한 걸음으로 펠릭스가 들고 있는 기관총을 향해 걸어오기 시작했다.

"저 노인네가 미쳤나!"

펠릭스는 기관총으로 그를 겨누며 외쳤다.

"이 양반아! 당장 꺼져!"

하지만 엽사는 꿈쩍도 하지 않았다. 오히려 도전적인 눈빛으로 상대를 노려보며 자신의 총을 겨눴다.

자신, 아니면 노인의 생사가 걸린 문제였다. 달리 선택권이 없었다.

서로가 서로를 겨누는 상황. 펠릭스는 상대가 방아쇠를 당기기 직전임을 깨달았다. 순간 차 밖으로 내린 그의 아내가 남편의 재킷을 잡아당기며 소리치기 시작했다.

"벵트, 그만 좀 해요! 물러서라고! 당장 물러서서 같이 가자니까!"

뒤이어 레오가 은행에서 나왔다. 세상 꼭대기에 올라 앉아 군림하는 느낌이 들 때마다 보이는 당당한 걸음걸이였다. 그러다 갑자기 걸음을 멈췄다. 공포에 일그러진 표정으로.

———

레오가 손에 들고 있던 가방이 터졌다. 빨갛고 진한 연기가 열린 지퍼 사이로 빠져나오며 그의 가죽 장갑에 얼룩을 만들고는 계속해서 입, 코, 그리고 눈까지 피어올랐다.

빌어먹을 염료팩!

2백만, 아니 그 보다 더 많은 액수가 순식간에 휴지 조각이 돼버렸다.

내가 통제하고 있었어. 처음부터 끝까지. 믿었는데, 뒤통수를 쳤어!

레오는 뒤로 돌아 발길질로 문을 열고 연기가 피어오르는 돈 가방을 시한폭탄처럼 흔들며 바닥에 납작 엎드려 있던 사람들 사이로 성큼성큼 걸어 들어갔다.

"내가 분명히 경고하지 않았습니까! 당신만 내가 말한 대로 따랐으면 여기 있는 사람들 모두 무사히 집에 돌아갈 수 있을 거라고 말했을 텐데!"

레오는 직원이 어디 숨어 있는지 알고 있었다. 2번 창구 뒤였다.

"페트라!"

여전히 김이 모락모락 올라오는 커피 잔이 놓여 있는 자리.

"일어나!"

페트라는 결국 일어나서 그를 쳐다보았다. 차분했던 그녀의 표정이 달라져 있었다. 절망감에 휩싸인 얼굴이었다.

"가방 안에 이런 걸 집어넣어? 당신을 믿었는데 이렇게 배신을 해!"

"난 할 일을 했을 뿐이에요."

두려움에 떠는 목소리였지만 그녀는 주저하지 않고 그 즉시 대답했다.

"여기 있는 이 사람들 목숨, 다 당신 책임이야! 당신 책임이라고!"

그러고는 사방으로 총을 쏘기 시작했다. 탄창이 빌 때까지 방아쇠를 놓지 않았다. 강화유리, 의자 등받이, 책상, 벽, 천장까지 은행이 쑥대밭으로 변하는 동안 페트라는 두려움에 떨며 그를 쳐다보기만 했다.

"모든 게 당신 탓이야!"

레오는 그 말을 끝으로 여전히 연기가 피어오르는 가방을 들고 밖으로 나갔다. 아직 은행 한 곳이 남아 있었다.

그런 반응을 보이는 큰형은 처음이었다. 냉정을 잃지 말아야 할 순간이 오면 냉혈한처럼 느껴질 정도로 이성적으로 반응했던 형이었다. 그런 큰형이 정신 나간 사람처럼 마구잡이로 총질을 해대고 있었다. 완전히 이성을 잃은 상태였다. 큰형을 본 펠릭스는 아버지를 떠올렸다. 레오가 이성을 잃은 건 배신을 당했기 때문이다. 그래서 되돌아가 벌을 준 것이다. 차 지붕 위에서 그 장면을 지켜본 펠릭스는 부상자가 있는지 확인할 수 없었다. 그래 보이지는 않았다. 하지만 총을 들고 나타났던 엽사 노인에 이어 또다시 펠릭스를 현실로 끌어당기는 상황이 발생했다. 오감 전체로 그 사실을 느낄 수 있었다.

그리고 막냇동생이 나타났다.

빈센트는 가장 먼저 세 번째 목표 지점인 굳게 잠긴 은행 앞에 도착했다. 곧 세 번째 화면이 산산조각 나고 말았다. 막내가 개머리판으로 유리를 박살 내고 안으로 뛰어들었기 때문이다. 빈센트는 당연히 그래야 하듯 모두 바닥에 엎드리라고 소리쳤다. 그리고 사람들은 명령에 따랐다.

노부인 하나만 빼고.

그녀는 무언가 부탁하려는 사람처럼 손을 내밀며 빈센트에게 다가갔다. 어쩌면 내보내달라는 말을 하고 싶었을지 모른다. 하지만 손을 뻗은 동작이 오해를 불러일으킬 수 있었다. 펠릭스는 빈센트가 뒤로 돌면서 순식간에 노부인 면전에 총구를 들이대는 장면을 지켜보았다. 총부리가 자신을 향하자 노부인은 밖에 있던 펠릭스의 귀에도 들릴 정도로 큰 소리로 외치기 시작했다.

"쏘지 말아요, 쏘지 말라고!"

검지에 살짝 힘만 주면 끝날 일이었다. 막내는 누군가를 살해하기 일보직전이었다. 빈센트가 총구를 바닥으로 내리며 자신이 방금 무슨 짓을 할 뻔했는지 이해한 그 순간만큼 '현실'이라는 단어가 생생하게 느껴진 건 처음이었다.

갑자기, 동시에 진행되던 세 편의 영화가 예정된 결말로 다시 흐름을 이어나갔다.

은행 강도들은 깨진 'TV 화면'을 뚫고 나와 차를 향해 달려오더니 차 안으로 가방을 던지고는 슬라이딩 도어를 닫았다. 그러는 동안 펠릭스는 지붕에 얹었던 기관총을 아래로 내리고 운전석에 앉았다.

얼마 후, 그들이 탄 차량은 공포에 질려 멈춰서 있던 차량들 사이를 이리저리 피해 나갔다.

———————

빈센트는 비좁은 국도를 빠른 속도로 몰았다. 천장에 뚫어놓은 구멍으로 찬바람이 밀려들었고 지붕 전체가 덜그럭거렸다. 앞자리에 앉은 큰형은 시뻘겋게 변해버린 지폐가 가득 찬 가방을 미친 듯이 뒤적였다.

"빌어먹을! 젠장, 2백만이야! 2백만이 다 시뻘겋게 착색됐어!"

노부인에게 총을 겨누고 방아쇠를 당길 뻔했던 순간의 긴장감이 여전히 빈센트의 손가락에 남아 있었다. 손을 뻗으며 자신에게 다가와 내보내달라고 애원하던 노부인.

빈센트는 그녀가 용감하다고 생각했다. 은행 직원도 마찬가지였다. 목숨이 왔다 갔다 하는 상황에서도 따라야 할 수칙에 따라 지폐 사이에 염료팩을 끼워 넣었다.

"망할, 죄다 못 쓰게 됐어!"

레오는 여전히 악다구니를 퍼붓고 있었고 빈센트는 지붕에 뚫린 구멍으로 나무 꼭대기만 쳐다보고 있었다. 도시와 몇 킬로미터 떨어지자 점점 더 무성한 수풀이 나타났다.

"너희 둘은? 얼마나 챙겼어?"

"모르지." 야스페르가 대답했다.

"대충은 알 거 아니야!"

"최대 4백 정도. 다 합쳐서. 첫 번째 은행 금고는 거의 빈 상태였어."

모범 답안이 아니었다.

레오는 승합차 뒷자리로 가방을 던져버렸다.

"겨우 4백만이야!"

단단히 뭉친 거대한 덩어리 같았던 우듬지가 점점 흩어지면서 한 그루씩 구분이 가기 시작했다. 울퉁불퉁한 비포장도로에 접어들자 펠릭스가 다시 속력을 올렸다.

비탈길을 달리던 도중 둔탁한 소리가 울려 퍼졌다. 그리고 다시 한 번 이어졌다. 두 번째는 또렷했다. 달리던 차의 속력이 갑자기 떨어지기 시작했다.

빈센트는 그 소리가 수명을 다 한 엔진 소리라는 걸 알 수 있었다.

펠릭스는 경사로에 멈춰 서자마자 핸드브레이크를 채우고 차에서 뛰어내렸다.

"완전히 맛이 갔어! 시동 안 걸려!"

펠릭스는 손전등을 들고 차 아래로 들어갔다.

"연료관이야, 형. 완전히 나가버렸어!"

"확실한 거야?"

"확실해."

"염료팩 든 가방에 이제 차까지……. 젠장! 일단 저 위까지 밀고 가야 해. 그다음은 최대한 내리막길을 이용하자. 나머지 구간은 걸어서 가면 되고. 예상보다 20분 늦게 될 거야."

젊은 청년의 팔 여덟 개가 육중한 승합차를 밀고 언덕 위로 올라갔다. 1미터 이동하는데도 얼마 남지 않은 시간이 점점 줄어들고 있었다. 언덕마루에 오르자 펠릭스는 부리나케 차에 올라타 핸들을 잡고 차를 숲 속으로 몰았다. 목적지까지 남은 거리는 2킬로미터였다.

렌터카는 그들이 한 시간 전에 세워둔 장소에 그대로 서 있었다. 나무와 바위, 그리고 수풀로 둘러싸인 길모퉁이였다. 호기심 많은 행인이 지나가다 안을 들여다봤다면 빈센트, 레오, 그리고 야스페르가 차로 돌아와 문을 열었을 때 발견하게 될 것들을 보게 될 터였다. 까끌까끌하고 솜털 같기도 하면서 푹신푹신한 단열재를 둘둘 말아놓은 롤 뭉치. 네 사람은 차에 올라타 단열재 뭉치 사이로 파고들어 벽을 잡아당겼다. 꿈같은 상황이 펼쳐졌다. 착탈식 벽이 비밀 공간을 드러냈다. 지난 주에 툼바의 차고에서 개조한 특수 공간이었다. 이 차를 타고 다음에 갈아탈 차가 있는 예테보리까지 가는 게 계획이었다.

"27분 늦었어." 레오가 말했다.

경찰이 검문검색을 위해 도로를 차단하기 충분한 시간이었다.

펠릭스는 거의 준비를 마친 상태였다. 운전을 하기 위해 재빨리 공사장에서 입는 작업복으로 갈아입은 뒤였다.

"방아쇠 당길 상황이 발생하면 벽을 두 번 쳐. 알았어?"

펠릭스는 고개를 끄덕이고 비밀 공간의 문을 닫았다.

나머지는 비좁고 컴컴한 공간에 숨었다.

───────

세 사람은 서로 다닥다닥 엉겨 붙어 있었다. 레오가 숨을 내쉴 때마다 빈센트는 형의 숨결이 뺨에 와 닿는 게 고스란히 느껴졌다. 수시로 몸이 부딪히던 비포장도로에서 아스팔트로 넘어갔다. 야스페르는 레오의 반대편에 착 달라붙어 있었다.

차가 속력을 줄일 때마다 어둠 속으로 빨려 들어가는 듯한 느낌이 들었다. 덜컹거리는 움직임이 마치 유모차 같기도 했다.

그런데 이번에는 느낌이 달랐다.

펠릭스가 아예 브레이크를 밟고 차를 세웠던 것이다.

곧이어 벽 치는 소리가 한 번 들렸다. 그리고 다시 한 번.

빈센트는 큰형이 총의 안전장치를 풀기 위해 몸을 움직이는 게 느껴졌다. 야스페르도 같은 행동을 하고 있었다. 비좁은 공간 안에 찰칵 소리가 연달아 두 번 이어졌다. 빈센트는 밤새도록, 하루 종일 걱정하고 두려워했던 일이 벌어지고 있음을 직감했다.

불길한 예감이 들어.

검문소가 어떻게 생겼는지는 잘 알고 있었다. 순찰차 두 대가 파란 경광등을 켜고 대기하고 있다. 제복 경찰관 네 명. 그중 하나가 검문을 알리는 경고판을 흔들며 오가는 차량을 세울 것이다.

펠릭스는 잠 한숨 못 자고 밤을 꼬박 지새운 상태였다. 둘째 형은 아무런 말도 하지 않았지만 빈센트는 눈빛으로도 알 수 있었다. 그렇게 버틴 게 30시간째였다.

펠릭스가 차창을 내렸다. 얇은 가벽 뒤에서도 모든 게 들렸다.

"면허증 좀 보여주시겠습니까?"

나이 든 경관의 목소리는 아니었다. 레오보다 몇 살 더 먹은 정도였다. 적막감이 흘렀다.

"어디로 가시는 중이고, 또 어디서 오시는 길입니까?"

"어디서 오는 거냐고요?"

"그렇습니다. 어디서 오시는 길입니까?"

"무슨 일이라도 있는 겁니까?"

다시 침묵이 흘렀다. 빈센트는 경찰이 둘째 형의 면허증을 살피고 있을 거라 생각했다. 동료 경관이 몇 미터 떨어진 거리에 있을 것 같았다.

"어디서 오시는 길이고, 어디로 가시는지 여쭤봤는데요."

"튈뢰산드에 있는 별장에서요. 해안 쪽이요. 백사장을 마주 보고 있는 곳인데 경관이 장난 아니거든요. 세를 놓고 있습니다. 첫 손님이 한 달 뒤에 온다고 해서요. 스톡홀름 사람들인데 집세도 높게 쳐줘서요. 그래서 방에 단열재 좀 넣어두고 오는 겁니다. 뒤에 있는 건 건축자재들입니다."

"차에서 내려주시겠습니까?"

차 문이 열리더니 펠릭스가 땅 밟는 소리가 이어졌다.

"잠시 확인 좀 하겠습니다."

차량 옆으로 돌아가는 발소리가 들렸다. 펠릭스 형의 걸음걸이였다. 경관들 걸음걸이는 훨씬 가벼웠다. 덩치가 큰 편은 아닌 듯했다. 문이 열리고 틈새 사이로 빛이 들어왔다. 경관이 움직일 때마다 그림자도 함께 움직였다.

빈센트는 숨을 참았다. 그리고 눈을 감았다. 막내는 둘째 형의 반응에만 집중했다. 펠릭스는 다른 경관과 대화하는 것 같았다.

머릿속에서 잿빛 머리카락과 나이테 같은 주름을 가진 노부인 얼굴이 계속해서 아른거렸다. 자신을 향해 손을 뻗었던 노부인의 행동이 현명했다는 생각도 들었다.

단열재들이 이리저리 벽 쪽으로 옮겨갔다. 비닐 포장이 바닥에 끌리며 소리를 냈다. 경관이 바로 코앞까지 다가왔다. 경관이 몸을 돌리다 외투가 벽에 걸렸다.

무슨 일이든 벌어질 수 있었다. 야스페르는 자신들을 찾아낸 경관을 향해 총질을 할 게 분명했다. 큰형도 마찬가지였다. 하지만 빈센트는 안전장치를 풀지 않았다. 아직은.

누군가 벽 가까이 다가왔다. 경관이었다. 틈 사이로 들어오는 빛이 강렬해졌다.

"특별히 찾으시는 거라도 있습니까?"

"강도 사건이 있었습니다."

"강도 사건이라고요?"

꺼져버려.

"하나도 아니고 세 곳이 동시에 털렸습니다."

벽에서 떨어지라고, 이 새끼야.

"어딜 가도 버러지 같은 놈들이 사라지지 않네요." 펠릭스가 말했다.

빈센트는 눈을 떴다. 고개를 절레절레 흔드는 경관이 보였다.

"그렇지 않습니까? 그 개자식들은 왜 다른 사람들처럼 일자리를 안 찾아보는 건지……."

경관이 벽에서 멀어졌다. 발걸음을 돌리는 것 같았다. 옆으로 치워놓은 단열재 비닐 포장지에 옷 스치는 소리가 들렸다.

경관이 차에서 내리고 문 닫히는 소리가 들렸다.

어둠은 생명력이라도 가진 듯 다시 한 번 세 사람을 휘감았다. 바깥에서 발소리가 이어졌다. 빈센트는 누구의 발소리인지 구분할 수 있었다. 펠릭스가 경관들에게 힘든 일 하신다고 격려의 말을 전하고 있었다. 몇 분 사이에 눈꺼풀 뒤에서 현실이 수백만 개의 유리 파편처럼 산산이 깨져버렸다. 이제 그 조각들을 하나하나 이어 붙여야 했다. 하지만 제대로 들어맞지 않았다.

다시 시동이 걸렸다.

조각들은 절대 제자리를 찾아갈 수 없을 거야.

확신이 들었다. 유일하게 확신할 수 있는 사실이었다.

차가 속력을 내며 다시 달리기 시작했다.

57

빈센트는 잔에 담긴 술이 미지근해지고 김이 빠질 때까지 마시지 않았다. 취하고 싶지 않았다. 적어도 지금, 여기서만큼은. 잠들 뻔한 것도 여러 번이었다. 제대로 쉬지 못하고 밤을 지새우는 동안 남은 거라고는 극도로 집중했던 경험과 두려움뿐이었다. 조금만 더 기다리면 스톡홀름으로 가는 기차를 탈 수 있다. 삼중 은행 강도의 기억도 사라질 것이다. 딱 한 순간 정도는 남을지도 모른다. 단순 강도에서 살인강도가 될 뻔했던 순간의 기억.

예테보리 중앙역 뒤에 위치한 바에 앉은 빈센트는 유리창 밖을 멍하니 쳐다보았다.

야스페르가 바 맞은편에 있는 편의점에서 걸어나오고 있었다. 야스페르 손에는 '삼중 은행 강도와 특수부대'라는 제목이 큼지막하게 찍힌 신문이 들려 있었다. 검은색 복면을 뒤집어쓴 야스페르 사진이 제목 옆을 장식하고 있었다. 총으로 쏴서 떨어뜨리기 직전, 감시 카메라가 포착한 장면이었다. 야스페르는 벌겋게 상기된 얼굴로 돌아와 테이블 위에 신문을 던지듯 내려놓고 맥주와 예거마이스터를 주문하더니 그 자리에서 단번에 들이켰다. 벌써 석 잔째였다.

"이거 봤어?" 자리로 돌아온 그가 말했다. "석간신문이 방금 나왔어."

"10분 후에 뜰 거야."

"은행 세 군데라고, 빈센트. 이런 건 상상도 못 했을 거야!"

야스페르는 신문을 집어 들었다. 목소리가 너무 컸다. 그뿐만 아니라 주변 사람들의 관심을 끌려는 듯 주변을 둘러보았다.

"야스페르, 그만해." 빈센트가 나지막이 속삭였다.

야스페르는 웃음을 터뜨렸다. 그 짧은 순간, 부어라 마셔라 하며 술에 취한 사람처럼 성가신 소리를 냈다. 그러더니 신문을 펼치고 큼지막하게 실린 사진을 손가락으로 가리켰다.

"이게 누군지 알기나 해?"

"밖에 경찰들이 쫙 깔려 있어! 내가 봤다니까. 멍청한 짓 좀 제발 그만해!"

빈센트는 야스페르와 한자리에 있고 싶지 않았다. 형들하고 얘기를 하고 싶었다. E4 고속도로를 타고 달리는 트럭에 타고 있을 큰형이나, 란드베테르 공항에서 비행기를 타고 스톡홀름에 내릴 둘째 형하고. 두 형들이 필요할 뿐이었다. 여기, 바로 지금 이 순간.

네 사람은 불필요한 시선을 끌지 않기 위해 뿔뿔이 흩어져 각기 다른 교통수단을 이용하기로 했다. 그래서 빈센트는 관심을 끌고 싶어 안달이 난 머저리, 강도 행각을 벌이고서도 여전히 아드레날린이 남아도는지 시비를 걸고 싶어 공격적으로 행동하는 머저리와 함께 있게 된 것이다.

"이거 보라고⋯⋯. 다들 이 얘기만 하고 있잖아. 저기 있는 저 노인네, 뭘 읽고 있는지 알아? 그리고 저기, 커피에 스미노프 타는 저 남자 말이야, 저 남자가 뉴스를 안 봤겠어? 너랑 나랑 이러고 있는 게 이상할 거 하나 없다니까! 진짜 이상한 건 이 얘기를 안 하고 있는 사람들이야. 그러니까 긴장 풀어, 꼬맹아."

꼬맹아?

"레오 눈빛 봤어? 돈 절반이 시뻘건 염료 투성이가 된 거 알았을 때 말이야. 난 봤다고. 어떤 기분이었을지 정확하게 알아. 레오하고 내가⋯⋯. 우리가 같이 짠 작전인데 그 년이 일을 망쳐놨잖아! 그 시뻘건 지폐는 이제 몽땅 태워버릴 수밖에 없는 휴지 조각이 돼버렸다고."

"야스페르⋯⋯ 닥치라니까!"

"우리가 돈을 더 많이 챙길 수 있었어, 꼬맹아. 네가 계집애처럼 그 여직원들하고 수다만 안 떨었어도 말이야! 강도는 상대를 그렇게 말랑말랑하게 대하는 거 아니야! 적어도 2백만은 더 챙길 수 있었다고!"

말랑말랑하게 대해?

더 이상 참고 들어줄 수가 없었다.

거기서 나가야만 했다. 빈센트는 자리에서 일어나 테이블 아래 있던 가방을 꺼내 어깨에 멨다. 총부리가 엉덩이에 와 닿았다. 스톡흘름으로 출발하는 기차 승차장으로 향하자 야스페르도 뒤따라왔다.

"꼬맹이 새끼, 여직원들하고 수다나 떨고 말이야."

"그 덕에 열쇠 건네받은 거 아니야? 내 말이 틀려?"

"건네받아? 열쇠는 뺏는 거야! 이마에 총구를 들이대고 열쇠가 저절로 굴러 들어오게 만들어야지!"

뭐라고 한마디 쏘아붙여주고 싶어 미칠 것 같았다. 하지만 머저리 같은 자식이 중얼거리거나 말거나, 빈센트는 기차에 올라타면 눈 감고, 귀 막고, 잠을 청하기로 마음먹었다. 세 시간 동안 무슨 말이든 야스페르에게는 대답하지 않겠노라고.

"들어보라니까! 레오가 그랬잖아, 우린 한 회사 사람이라고. 그러면 레오는 사장이 되는 거고 난…… 뭐, 현장감독 정도 되는 건데 빈센트, 넌 그냥 아르바이트생이랑 다를 거 없는 수습사원이라고. 그래서 네가 은행 여직원들한테 말랑말랑하게 대한 거야. 레오도 알아. 그래서 레오는 날 더 믿은 거고. 직원들을 강하게 몰아붙이라고. 난 그랬어. 난 너하고 다르다고 꼬맹이 새끼야."

빈센트는 객차에 올라타 거의 뒷짐 진 자세로 좁은 통로를 걸어갔다. 가방을 최대한 몸에 밀착시키기 위해서였다. 지나가다 자동소총으로 다른 승객을 치거나 찌르고 싶지 않았다. 칸막이실은 객차 끝 쪽에 있었다. 빈센트는 가방을 선반에 올리고 외투 깃을 머리까지 잡아당기며 세 자리를 다 차지하고 드러누웠다.

레일 연결선이 나올 때마다 흔들리는 진동이 온몸으로 파고들었다. 그 느낌이 마치 눈꺼풀 너머로 자연스레 스쳐지나가는 색깔과 빛과 리듬을 맞춰주는 잔잔한 자장가 같았다. 기차가 출발하고 10여 분이 지나자 검표원이 칸막이 안으로 들어와 표를 확인하고 갔다. 그러자 야스페르가 자리에서 일어나더니 코에 쇠붙이를 댄 워커로 빈센트의 옆구리를 툭 찼다.

"하나 줘?"

야스페르는 바닥에 내려놓은 가방에서 맥주 캔 하나를 꺼내 검지로 뚜껑을 땄다. 톡 소리와 함께 맥주 거품이 빈센트의 얼굴에 튀었다.

"딴 데 가서 마실래?"

야스페르는 가방을 다시 뒤적거렸다. 총과 비닐봉지에 담긴 시뻘건 지폐 사이에서 맥주 캔 하나를 더 꺼내 빈센트에게 건넸지만 빈센트는 고개를 가로저었다.

"도대체 내가 뭘 어쨌다고 매사에 짜증이야? 어? 어이, 꼬맹이 동생?"

"나 네 동생 아니거든."

빈센트는 또다시 입을 열어 대꾸했다. 야스페르는 그의 반응에 만족스러운 표정을 지었다.

"내가 꼬맹이 막내라고 부르고 싶으면 꼬맹이 막내라고 부르는 거야. 네가 제일 어리잖아. 안 그래? 그래서 레오랑 내가 전에 뭘 했는지 모르는 거잖아. 그때 넌 코흘리개 꼬맹이였으니까."

빈센트는 정신을 집중하려 했지만 눈이 뻑뻑하고 가려운 데다 목덜미에 난 잔털에 정전기가 오르는 것 같았다.

"꼬맹아, 은행 털 때마다 레오가 앞장서고 내가 뒤를 책임지는데 넌 그 가운데 낀다고. 가장 안전한 위치 말이야. 우리가 널 보호하는 거거든. 그 결정을 레오하고 내가 같이 내린 거야."

야스페르는 빈 맥주 캔을 손에 쥐고 찌그러뜨렸다 펴며 일부러 성가신 소리를 냈다.

"은행에 총질을 해도 실탄은 항상 예비로 챙겨 다닌다고. 경찰한 테 쫓길 상황에 대비하려고. 꼬맹아, 너, 이 실탄들이 어디서 온 건 지 궁금해해본 적은 있냐?"

그는 계속해서 거슬린 소리를 냈다. 계속해서 멈추지 않는 시계 소리 같았다. 야스페르는 캔을 빈센트의 귀 가까이 들이댔다.

"내가 널 위해 한 게 얼만지나 알아, 빈센트? 자그마치 6년간 매일 네 치다꺼리해줬다고. 그런데도 계속 이렇게 싸가지 없이 굴겠다 이거냐?"

야스페르는 계속해서 빈센트를 자극하며 시비를 걸었다. 빈센트도 알고 있었고, 느끼고 있었다.

"6년? 그게 무슨 헛소리야?"

"무슨 헛소리냐고? 병기창고 날려버린 폭약하고 도화선은 어디서 왔을까? 그 생각은 해본 적 있냐?"

빈센트는 온몸이 쑤시고 아팠다. 그저 도착할 때까지 눈 좀 붙이고 싶은 생각뿐이었다.

"군 복무 할 때라고. 레오가 필요한 물건들을 챙겼고, 나도 따라 했고."

상대의 얘기를 들으면 들을수록 어딘가에 숨어 있던 기력이 점점 되살아나는 것 같았다.

"마지막 훈련 때였어, 꼬맹아. 처음에는 봉인된 박스를 트럭으로 잔뜩 실어 와서 눈 쌓인 도로변에 길게 내려놓더라고. 총기, 폭약, 실탄 들이었는데 쌓다 보니까 일일이 확인이 불가능해졌어. 뭐가 더 있는 건지, 뭐가 없는 건지 구분하기도 힘들 정도였다고. 레오하고 난 훈련이 끝나고 다시 트럭에 실려 떠나기 직전이 돼야 그 상자들에 대한 목록이 작성된다는 걸 알았어."

정신 나간 떠버리의 목소리가 커지면 커질수록, 뭐든 저 자식과 앞으로 같이할 일은 만들지 않겠다는 빈센트의 다짐도 점점 굳어졌다.

"그러다가 우리가 야간 경계 근무를 서게 된 거야. 우린 시커먼 쓰레기봉투 세 개를 준비했어. 주어진 시간은 세 시간, 우린 실탄이며 도화선이며 수류탄이며 죄다 봉투에 챙겨 넣고 땅을 파서 묻은 다음, 자리로 돌아왔어."

이 세상에 오직 야스페르의 입만 살아서 존재하는 것 같았다. 야스페르는 그 입을 쉴 새 없이 놀리며 레오와 관련된 일을 늘어놓았다. 마치 레오가 야스페르고, 야스페르가 레오가 된 것처럼.

"훈련이 종료되면 대대적인 조사가 시작될 거고 없어진 걸 찾기 위해 우리 부대 전체를 뒤집어엎을 거란 걸 알고 있었거든."

레오가 야스페르고, 야스페르가 레오가 된 것처럼…….

"말 그대로 부대 전체를 뒤집어엎었어. 경찰이 가택수색 하듯이 말이야. 그런데 끝까지 못 찾아냈다고. 아무것도, 꼬맹아."

난 네 동생이 아니야.

"이제 알겠냐? 자그마치 6년 동안 레오랑 내가 이 계획을 짠 거라고, 꼬맹이 막내야. 그런데 이상하지 않냐? 레오 막냇동생은 넌데, 어떻게 내가 레오를 너보다 더 잘 알고 있는지 말이야. 은행에 쳐들어가면 레오랑 나 사이에는 끈끈한 유대 관계가 느껴지거든. 너한테는 없는 거지만. 우리는 상대가 그다음에 어떻게 반응할지 서로 알고 있어."

빈센트는 덜컹거리는 기차에서 불쑥 일어났다. 끝없이 조잘거리는 그 입술과 혓바닥을 목구멍 뒤로 삼키게 만들고 주체하지 못하는 아드레날린이 온데간데없이 사라질 때까지 흠씬 두들겨 패주고 싶었다.

"레오하고 난 이 세상에 못 할 게 없어. 손바닥 크기 정도 되는 폭탄 하나로 경찰 병력을 완전히 무력화시켰잖아! 이런 우리가 다음에 뭘 할 수 있는지 상상해보라고!"

"그 폭탄, 안정장치 네가 빼놨잖아!"

얼마나 주먹에 힘을 줬는지 손가락 끝이 손바닥을 파고들었다.

"네가 그런 거 난 알아! 펠릭스 형도 알고. 우리는 처음부터 알고 있었어."

야스페르는 고개를 절레절레 흔들었다. 그 질문이 나오면 언제나 그랬다. 그러다 갑자기 마음을 바꿔먹었는지 웃기 시작했다.

"어차피 경찰에서 폭탄 해체 로봇을 보낼 거란 거 알고 있었거든."

"그러니까 안전장치 뽑은 거 너잖아! 우리한테 거짓말까지 하고!"

"아무도 안 죽었잖아, 안 그래?"

"우리한테 거짓말하고, 큰형한테 거짓말했잖아! 큰형은 널 믿었다고! 넌 그게 뭔지 모를 거야……. 너 하나만 형제가 아니니 그걸 알 리가 없지!"

빈센트는 다시 자리에 앉았다. 그제야 조용해졌다. 마음이 한결 가벼워졌다.

"그러니까……. 내가 혼자다?"

"그래."

야스페르는 여전히 매섭게 빈센트를 노려보며 맥주 캔을 하나 더 꺼내려고 가방에 손을 넣었다. 적어도 빈센트는 그렇게 생각했다. 하지만 가방에서 나온 건 맥주 캔이 아니라 자동소총이었다.

"그리고…… 나 하나만 형제가 아니다?"

"그래. 넌 형제가 아니야."

야스페르는 접혀 있던 개머리판을 펼치고 총신을 손으로 쓰다듬었다.

"꼬맹아, 내가 지금 여기서 무슨 짓을 할 수 있을 것 같아? 형제 하나 없는 나 같은 놈이 혼자 할 수 있는 게 뭘까?"

순식간에 벌어진 일이라 빈센트는 반응할 틈도 없었다. 야스페르는 한쪽 무릎을 시트에 올리고 총구로 상대의 이마를 꾹 눌렀다. 그러고는 누른 상태로 총구를 관자놀이로 옮겨 갔다. 빈센트는 서서히 뒤로 밀리며 머리 받침대가 닿을 때까지 고개를 뒤로 젖힐 수밖에 없었다.

"이 형이 설명해줄게, 꼬맹아. 집중하고 잘 들어. 난 말이야, 이걸로 내가 원하는 건 다 할 수 있어."

죽음에 이렇게 가까이 다가가본 건 처음이었다.

빈센트는 현금수송 차량에 타고 있던 경비원이나 창구 뒤에 앉아 있던 은행 직원의 심정을 알 것 같았다.

"야스페르, 너 당장……."

야스페르가 총을 쥔 손에 힘을 주고 더 세게 누르자 총구에 맞닿아 있던 살이 찢어지며 피가 흘러내렸다.

"난 레오한테 거짓말한 적 없는 거야. 알아들었어?"

누군가 큰 소리로 웃고 떠들며 칸막이 앞으로 지나갔다.

"알아들었냐고, 꼬맹아!"

빈센트는 고개를 움직였는지 알 수 없었다. 온몸이 반응을 멈춘 듯 굳어버렸다. 그래도 최대한 고개를 끄덕이려 애썼다. 그제야 야스페르는 아무렇지 않게 총을 꺼냈던 것처럼 차분하고 침착하게 개머리판을 접고 총을 다시 가방에 집어넣은 다음 지퍼를 닫았다.

칸막이 밖으로 사람들이 오가는 발소리와 대화하는 목소리가 점점 더 빈번해졌다.

빈센트는 멍하니 앉아 있었다.

지금까지 무장 강도로 돌변해 은행을 턴 게 아홉 번이었다. 그런데 이렇게 간단한 사실을 지금까지 몰랐던 것이다. 손에 총 한 자루만 들려 있으면 원하는 건 뭐든지 얻어낼 수 있다는 사실을.

58

운동장 구석에 놓인 벤치에 무리를 지어 앉은 수감자 여럿이 4월의 차가운 바람을 맞으며 담배를 피우고 있었다. 시간당 수당으로 11크로나를 받고 나무를 자르고 조립하는 일을 하는 교도소 작업실 바깥에서 누릴 수 있는 짧은 휴식 시간이었다. 수감자들은 하나같이 뻣뻣하고 몸에 잘 맞지도 않는 누비 잠바를 걸치고 있었다. 그 장면을 보고 있던 브론크스는 몇 년 전에 본 영화 한 편이 떠올랐다. 강제수용소를 배경으로 한 영화였다.

내 손에 잡히는 순간, 네 녀석들이 생을 마감할 곳이 여기야.

브론크스는 주변을 둘러보았다. 혼자 살면서도 좀처럼 외로움을 느끼지 않는 그였지만 교도소만 찾아오면 외로움이라는 단어가 지니고 있는 의미를 온몸으로 느낄 수 있었다. 방문객 접견실에서 누군가를 기다리는 순간만큼 덧없이 느껴지는 것도 없었다.

벨 소리와 함께 철문 열리는 소리가 들렸다. 열네 살까지 형과 한 방을 같이 썼던 옛날 아파트 건물의 현관문 소리 같았다. 뒤이어 쩔

렁거리는 열쇠 소리, 잠금장치가 두 번 돌아가며 풀리는 소리가 이어졌다.

슬리퍼에 파란 반바지, 그리고 가슴에 스웨덴 교정국 로고가 찍힌 하얀 티셔츠 차림의 남성이 나타났다. 반 보 뒤에 인솔 교도관이 서 있었다.

형의 체구는 전보다 더 육중해졌다. 분노가 솟구칠 때마다 화를 근육으로 맞바꾼 모양이었다. 아무런 감정이 드러나지 않는 무표정한 얼굴은 마치 가면 같았다. 가장 힘든 일은 현재를 살면서 그 현재를 오롯이 누릴 수 없는 상황일 것이다.

여기가 네놈이 들어오게 될 곳이야. 이렇게 살 수밖에 없을 테고. 네놈도 분명 이 신세가 될 거야, 큰형.

"이번엔 접견 신청을 했더구나." 삼이 말했다.

"어, 내가……."

"그래도 케이크는 안 가져왔다. 어차피 내가 보고 싶어서 온 것도 아닐 테니까."

두 사람은 벽에 기대섰다. 서로에게 거리를 둘 방법은 그 길밖에 없었다.

"오는 길에 뭐 먹었어."

브론크스가 의자 하나를 당겨 그 위에 앉았다.

"내가 지난번에 여기 왔을 땐, 놈들이 현금수송 차량 한 대와 은행 한 곳을 턴 뒤였어. 그런데 지금은 거기에 은행만 일곱 번을 더 털고 스톡홀름 중앙역에 폭발물까지 설치했어. 놈들이 군용 총기를 2백여 정 넘게 은닉하고 있다는 것도 알게 됐어."

삼은 피식 웃었다.

"실력이 장난 아닌가 보네……. 그놈들을 뭐라고 부르더라? 특수부대라고 했나?"

테이블 위에 팔꿈치를 얹었다. 테이블도 의자만큼 삐걱거렸다.

"여기 수감된 장기수가 463명이야. 여기서 18년을 지냈으니 그 사람들을 다 알겠지."

"내 말 잘 들어……. 이 얘긴 지난번에도 했잖아. 만에 하나 내가 뭘 알더라도 난 절대 형사 나부랭이한테는 아무 말도 안 할 거라고."

"이번엔 지난번과 차원이 다르다고, 형. 좋아, 은행 건은 그냥 넘긴다고 쳐. 놈들이 강도 행각을 벌이기 전에는 군에서 발생한 총기 분실 사고 건수가 단 열세 건이었어. 지금은 어떤지 알아? 스웨덴 전국에 퍼져 있는 범죄 조직 전체에 골고루 공급하고도 남을 물량이 감쪽같이 사라졌다고. 형이 여기서 매일같이 마주치는 그 인간들 손에 들어갈 수도 있는 상황이야. 조만간 조직원이 되겠다고 설치는 어린 애들이 전투용 자동소총을 들고 쏟아져 나올 판이라고. 그때는 단순히 감시 카메라 박살 내는 걸로 끝나지 않을 거야. 무고한 시민들이 목숨을 잃을 수 있어. 형사 나부랭이한테는 아무 말 안 할 사람이라도 이런 건 그냥 넘길 수 없잖아."

빈정거리던 웃음이 사라졌다. 샴의 표정이 다소나마 풀어졌다.

"형, 이번만큼은 절대 그냥 넘어갈 수 없어. 무고한 사람들을 다치게 하는 일 말이야."

호의적인 분위기는 그리 오래가지 못했다.

"난 네가 그 사건에 왜 이렇게 집착하는지 그 이유를 모르겠다."

"설명했잖아. 폭력을 동원해 자기 문제를 해결하는 사람을 두고 볼 수 없다고. 현금수송 차량 경비원이 자기 아이들 사진을 보여줬을 때, 그놈들이 어떻게 했는지 알아? 원하는 걸 빼앗기 위해 그 사람 입속에 총구를 쑤셔 박고 위협했다고."

"현금 수송차 경비원이잖아. 그런 일을 직업으로 삼았으면 그 정도 위험부담은 안고 살아야 하는 거 아니야? 강도가 현금수송 차량 노리는 게 어디 처음 있는 일이야?"

"놈들이 바닥에 넘어뜨린 은행 직원은? 볼이 찢어진 데다 수면제 없으면 잠도 못 이룬다고. 그 여자 눈을 형도 봤어야 해. 꼭 엄마 같았다고. 그 옛날, 그때."

삼은 결국 기대고 있던 벽에서 떨어져 브론크스가 앉아 있던 테이블 가까이로 다가왔다. 팔뚝에 보이는 힘줄이 마치 구불구불한 도로가 펼쳐진 지도처럼 불거져 올라왔다. 단번에 부숴버릴 기세로 있는 힘껏 의자 등받이를 붙잡고 있었기 때문이다.

"자기가 그걸 직업으로 삼은 여자라고. 은행에 강도가 든다는 것도 알 거 아니야."

삼이 종신형을 선고받았을 당시만 해도, 그는 범죄자가 아니었다. 사방이 벽으로 둘러싸인 그곳에서 비로소 범죄자가 되었던 것이다.

"그러니까 형 말은…… 놈들이 그러고 다녀도 괜찮다는 말이야?"

"난 여기서 18년을 썩은 사람이야. 뭘 바라는데?"

삼이 있는 힘껏 의자를 붙잡고 있던 손에서 서서히 힘을 빼자 피부색도 정상으로 되돌아왔다.

"넌 지금 빌어먹을 접견인 의자에 앉아 있고, 난 여기 있어. 넌 그 빌어먹을 손을 붙잡았고, 난 그 손에 맞서 싸웠어."

형은 동생을 바라보았다. 동생은 예전에도 형의 눈빛을 본 적 있었다. 빈정거림도, 경멸도, 증오도, 죄책감도 없는 그 눈빛.

"일주일에 한 번씩 심리상담사를 억지로 만나게 하더라. 상담전문의가 말하기를 내가 애비란 인간을 칼로 찌른 건 불우한 어린 시절을 보냈기 때문이라고. 그래서 그건…… 내 잘못이 아니라고."

삼은 브론크스 맞은편에 앉아 힘줄이 울퉁불퉁 불거져 나온 팔뚝을 테이블 위에 올렸다.

"헛소리 집어치우라고 해. 그 망할 인간을 찌르기로 결심한 건 나였어. 여기 갇혀 있는 것도 나고. 나한테는 말이야, 그때 일어난 일에 대해 떠드는 건 그냥 구간 반복 기능을 켜놓은 카세트테이프에 불과해. 어쩌면 너도 그렇고, 나도 그렇고, 아무리 애를 써 봐도 결국 그 인간처럼 될 수도 있어. 심리상담사? 그런 인간도 그건 못 바꿔. 그러니까 그냥 있는 그대로 받아들이라고."

브론크스는 갑자기 손을 뻗어 형의 팔뚝을 만져보고 싶어졌다. 하지만 악수는커녕 일체의 신체 접촉 없이 지내온 지 오래였다.

"그 인간 얘기하러 온 거 아니야."

"아니지. 나더러 네 정보원이 돼달라고 설득하러 온 거잖아."

마지막으로 형의 어깨에 손을 올렸던 순간이 떠올랐다. 형은 마치 동생이 한 대 치기라도 한 듯 거칠게 그를 밀어냈다.

"그 인간 만나러 갔단 얘기 들었다."

"형은 여기 있었잖아."

"손까지 붙잡아줬다면서?"

"이런 짓을 하는 사람이 어떤 인간인지는 알아야 할 거 아니야, 안 그래?"

"어머니가 말씀하시더라. 병원에 찾아가서 그 인간 손을 붙잡아줬다고. 그 악마 같은 손을……. 너하고 나를 두들겨 패던 그 손을……."

"형은 뭐 들은 게 있을 거 아니야? 이름이든, 무기 숨겨둔 곳이든 말이야. 어딜 가든 떠벌리는 놈들이 있잖아. 우린 형제잖아. 그냥 나만 알고 있을 게. 형은 뭐 알잖아, 안 그래?"

"넌 그 인간 손을 잡아줬어. 그래놓고 여기 찾아와서 형제 타령 하면서 널 위해서 여기저기 찔러보면서 정보나 캐고 다니라고?"

삼은 벽에 달린 버튼을 눌러 교도관을 호출했다.

"접견 끝났소."

"벌써요?"

"벌써요."

지난번과 마찬가지였다. 7개월 만에 다시 만난 자리였지만 접견 허용 시간 60분은 한없이 긴 시간이었다. 둘 사이에 침묵이 이어졌다. 두 사람은 서로의 시선을 피했다. 결국 브론크스가 먼저 입을 열었다.

"놈들은 형제야. 적어도 두 녀석은."

교도관 둘이 접견실로 들어왔다. 한 사람은 앞에, 다른 하나는 뒤에 서서 삼을 데려갔다. 아래층으로 이어지는 계단을 향해 걸어가던 삼이 갑자기 뒤로 돌았다.

"욘, 다시는 네 얼굴 안 봤으면 좋겠다."

59

레오는 액체가 가득 담긴 통에서 물이 뚝뚝 떨어지는 500크로나 지폐 다섯 장을 건져 올려 빨랫줄에 차례차례 걸었다. 물에 젖은 지폐는 무게로 인해 아래로 처진 상태였지만 마르면서 U자형으로 말리기 때문에 나중에 다리미로 한 장씩 다시 펴야 했다.

여러 개의 빨랫줄이 차고 천장을 이리저리 가르고 있었고 각각의 빨랫줄에는 값어치를 상실한 다양한 액권의 지폐가 주렁주렁 걸렸다.

15시간 전, 그가 들고 온 비닐봉지는 거의 무게가 나가지 않았다. 값어치를 상실한 종이로 가득 차 있었기 때문이다. 레오는 차고 문을 닫고 종이 '재활용 작업'에 돌입했다.

만약 시뻘건 잉크가 묻어 지불 기능을 상실한 지폐 뭉치 2백만 크로나의 가치를 현실 기준에 맞춰 바라봤다면 결코 해법을 찾을 수 없었을 것이다. 지폐 뭉치 사이에 몰래 염료팩을 숨겨 천재적인 작전을 망쳐버린 은행 직원에게 분풀이할 생각만 하고 있었다면 시뻘겋게 변한 지폐들은 쓸모없는 종잇조각으로 끝나버렸을 것이다.

시작은 500크로나였다. 레오는 시뻘건 잉크로 얼룩진 국왕의 얼굴을 내려다보며 손가락으로 지폐를 펴보았다. 엄지로 문질러봐도 염료는 종이에 스며든 상태 그대로였다. 영구 보존 페인트처럼. 가방까지 통째로 태워버려야 할 것 같았다.

그러다 엄지손가락을 살펴보았다. 어딘가가 달라 보였다. 표피에 빨간색으로 얇은 막이 형성돼 있었다.

한 겹이었다.

건축 지식이 있는 사람이라면 한 겹으로 칠해진 염료는 다른 성분과 화학반응을 일으키지 않고, 그렇기 때문에 영구 보존 될 일이 없다는 걸 알고 있다.

그래도 아직은 2백만 크로나의 가치를 되살릴 수 있을 거라 확신할 수 없었다. 그래서 화기성 액체를 보관하는 철제 캐비닛을 열고 벤젠을 꺼내 지폐 위에 몇 방울 떨어뜨려보았다. 그 즉시 빨간 잉크가 용해되며 사라졌다. 그런데 얼마가 지나자 원본에 찍힌 잉크까지 덩달아 사라져버렸다. 중요한 것은 빨간색 염료를 없앨 수 있다는 사실이었다. 이제 적절한 용매를 찾는 일만 남은 것이다.

레놀, 메탄올, 변성알코올, 거기다 초산까지 시험해본 끝에 가장 적합한 용매는 어디서나 쉽게 구매할 수 있는 아세톤 원액이라는 사실을 발견했다. 벤젠처럼 원본 잉크와 보안용 자외선 반응 잉크까지 분해시키긴 하지만, 속도가 그렇게 빠른 것도 아니고 완전히 없어지는 것도 아니었다. 그렇다면 남은 문제는 시간이었다. 즉 정확히 얼마 동안 용매 속에 담가두느냐를 찾아내는 일이었다. 액수가 낮은 20크로나 지폐부터 시작했다. 간간이 50크로나도 섞어서 실험을 이어나갔다.

탈색에 필요한 정확한 시간과 통 속에 섞을 아세톤과 물의 정확한 배합 비율을 찾는 일만 남았다.

아세톤은 어디서든 구할 수 있었다. 아넬리에게 차를 타고 나가 아세톤 50리터를 사오라고 부탁했다. 단, 한 곳이 아니라 여러 곳을 돌아다니며 조금씩 사야 한다고 설명했다. 그리고 자신은 그동안 해법을 찾기 위해 실험을 반복했다.

결국, 그 답을 찾아냈다.

11만4천400크로나를 '쏟아 부은' 뒤에 처음으로 완벽히 탈색된 지폐를 마주할 수 있었다. 적정량의 아세톤과 물, 그리고 시간의 조합을 통해 염료팩에 '오염된' 2백만 크로나를 깨끗이 '세탁'할 수 있게 된 것이다.

500크로나 지폐를 빨랫줄에 걸고 있는데 누군가 차고 문을 두드렸다.

"뭐야, 이 냄새……. 여기가 무슨 페인트 공장이야 뭐야?" 빈센트가 말했다.

"환풍기를 돌리던지 해야지 이러다 건강 상해, 형." 따라 들어온 펠릭스도 막냇동생 말에 맞장구쳤다.

레오는 액체가 묻은 비닐장갑을 끼고 있었고 소매와 가슴 부위가 젖은 상태였다. 그래서 평소처럼 끌어안는 인사는 뒤로 미뤘다.

"성공했어. 이게 믿어지냐? 해결했다고!"

작업대 위에는 벌겋게 염색된 지폐 뭉치가 쌓여 있었다. 그리고 그 앞에는 절반 정도 액체가 담긴 양철통 세 개가 나란히 놓여 있었다.

"먼저, 여기다 목욕을 시키는 거야. 아세톤 원액."

노란 비닐장갑이 지폐 여러 장을 집어 들었다.

"500크로나짜리야. 한 번에 스무 장씩."

레오가 시계의 초침을 보는 동안 빨간 잉크가 지폐에서 분해되기 시작했다. 5초. 지폐는 그 즉시 두 번째 양철통 속으로 재빨리 옮겨졌다.

"아세톤과 물을 반반 섞은 용액이야. 여기선 10초간 씻겨야 해."

통 안에 들어 있던 용액이 연한 핑크색으로 변하면서 남아 있던 빨간 잉크가 거의 떨어져 나갔다. 젖은 지폐는 또다시 마지막, 세 번째 양철통 속으로 들어갔다.

"그냥 물이야. 헹구는 과정이야. 딱 3분간."

두 동생들은 숨죽인 채 기다리면서 수면 아래 선명히 드러나는 문구를 발견했다. 스웨덴중앙은행. 모든 게 그대로 보존되었다. 레오는 지폐 하나를 건져 올려 비닐장갑을 낀 손바닥 위에 올렸다.

"봤어?"

그는 나머지 지폐를 건져 올렸다.

"야스페르 여기 있어?" 빈센트가 물었다. 레오는 막내의 목소리에서 왠지 모를 불안감을 느꼈다.

"아니."

"이리 온다고 했어?"

"그 녀석이 여기 왜 와?"

레오는 막내의 표정을 살폈다.

"왜 그러는데?"

"아무것도 아니야."

"아무것도 아닌 게 아닌데?"

뭔가가 있는 눈치였기에 나중에 물어보기로 했다.

레오는 뒤로 한 걸음 물러나 차고를 살펴보았다. 돈으로 가득 찬 공간은 아름다운 한 폭의 그림 같았다. 그의 성공을 의미하는 그림. 포기하지 않고 끝까지 매달린 결과였다. 물론 해법을 찾는데 11만 4천400크로나라는 비용이 들어가긴 했지만 바구니에 따로 모아놓은 연핑크색 지폐들도 용도가 있었다.

"이것들은 무인 주유소 같은 데서 사용이 가능해. 내가 이미 해봤거든. 최대한 조심하고 여러 곳을 두루두루 돌아다니면서 주유하면 충분히 쓸 수 있어."

펠릭스는 색이 다 빠지지 않은 지폐가 가득한 바구니에 손을 집어넣었다.

"이런 걸 통용시키는 건 멍청한 짓이잖아. 결국 경찰 손에 들어갈 텐데."

"그 반대야. 그렇게 되면 경찰은 우릴 잡으려고 아무리 애를 써도 결국 못 잡는다는 사실을 절감하게 되는 셈이거든. 보안용 염료 팩으로도 말이야."

레오가 갑자기 웃음을 터뜨렸다. 동생들 눈에는 아세톤 냄새를 하도 맡아서 머리가 어떻게 된 사람 같아 보였다.

"그러니까, 야스페르 그 자식은 여기 올 일 없다는 거지?" 펠릭스는 빈센트를 쳐다보며 큰형에게 물었다.

레오는 비닐장갑을 벗었다.

"아까부터 왜 계속 그 녀석에 대해서 묻는 건데? 무슨 일 때문에 그러는 거야? 야스페르 여기 없어. 올 일도 없어. 이제 됐냐?"

"아니 안 됐어. 빈센트도 안 됐고. 형 말이 맞아. 그 자식이 여기 올 일이 어디 있겠어? 보나마나 코가 삐뚤어지게 마시고 취해 있을 텐데. 집에 가는 기차 타기 전에 이미 만취 상태였어."

"술을 마셔?"

"그래."

레오는 빈센트 쪽으로 고개를 돌렸다.

"빈센트, 야스페르가 술을 마셨어?"

"어."

"다른 사람들 보는 앞에서?"

"그렇다니까."

"젠장, 축배는 여기서 들어야지! 나중에! 다른 사람들 앞에서가 아니라."

"사람들 관심을 좀 끌었겠지? 안 그래, 빈센트?"

분명했다. 펠릭스의 말 속에서 압박감을 떨치고 싶다는 마음이 느껴졌다.

"그런 거야, 빈센트?"

막내는 형들을 쳐다보지 않았다. 그저 앞만 응시할 뿐이었다.

"무슨 말을 하고 싶은 건데? 그냥 넘어가."

레오는 무언가가 더 이어지기를 기다렸지만 펠릭스도 더 이상은 말을 하지 않았다. 레오는 아마 나중에 다시 말할 기회가 있을 거라 확신했다.

그는 양철통 세 개에 든 액체를 싱크대에 쏟아 붓고 깨끗이 닦은 뒤 다시 똑같은 방식으로 채웠다.

"다음 건수를 구상 중이야." 레오가 말했다.

"다음 건수라니? 이번 일을 끝으로 접는다고 했잖아." 펠릭스가 되물었다.

레오는 노란 비닐장갑을 다시 착용하고 시뻘건 지폐 한 움큼을 집었다.

"그러기로 했었지. 그런데 결과가 예상을 한참 밑돌잖아. 여기 '세탁'해야 할 돈하고 지하창고에 보관하고 있는 돈으로는 이삼 년 이상 못 버텨."

"그때 가서 취직하면 되지 뭐. 다들 그러고 살잖아."

빈정대는 펠릭스의 말투는 반대한다는 의사 표현이었다.

"그럴 필요 없어. 다시 한 번 반복할 테니까."

"반복? 뭘?"

"욀라레드. 이번에도 똑같이 세 곳을 털 거야. 지난번하고 똑같이. 실수는 그때 다 했어. 실수까지 반복할 일 없어. 1천만에서 1천5백만이 될 거라고!"

1차 입수. 500크로나 10장과 100크로나 10장이었다.

"장난 아니야. 계획은 이미 다 짜놨어. 대략 한두 달 후야. 스웨덴 경찰 중에서 설마 이런 일이 또 일어날까 생각한 사람은 아무도 없을 테니까. 똑같은 은행을 똑같은 강도가 또다시 노리는 거 말이야!"

5초. 다음 단계로 옮겨가야 한다.

"검문을 피할 수 없었잖아." 펠릭스는 반대 의사를 드러냈다.

"네가 잘 빠져나왔잖아!"

"만약 경찰이 단열재를 다 드러내고 비밀 공간이 있다는 걸 알아냈다면?"

"그러지 않았잖아."

"만약 그런 일이 벌어지면?"

"다리에 몇 발 박아줘야겠지."

"명중시키지 못하면? 그땐……."

"펠릭스, 젠장! 우린 은행 강도야. 무기도 있고 실탄도 넉넉하다고. 경찰이 총을 꺼내거나 누군가 죽어야 할 상황이 닥치면 난 무슨 수를 써서라도 우리 쪽에 피해가 발생하지 않도록 할 거야."

"그래도 만에 하나 무슨 일이 생기면, 형? 형이나 나나, 아니면 빈센트한테?"

"그럼 병원을 칠 거야. 앰뷸런스를 강탈하던지, 의사 하나를 납치하던지."

세 번째 단계. 시간은 얼마든 남아 있었다.

"형! 아세톤에 취하기라도 한 거야, 뭐야?"

"난 일 벌리기 전에 항상 근처에 살고 있는 외과 의사 주소부터 확인해. 앞으로도 그럴 거고."

"외과 의사라니?"

"우리 중 누군가 총에 맞으면 응급실에 갈 수 있겠어? 그러니까 누군가를 데려와야 할 거 아니야. 의사를 찾아가서 트렁크에 태우고 그 집에 있는 비상약 같은 것도 챙길 거야. 실과 바늘은 차에 항상 가지고 다니잖아. 소독약도 있고."

지폐들이 완벽하게 깨끗해졌다. 레오는 바로 옆에 있던 펠릭스에게 양철통을 건넸다.

"빨랫줄에 돈이나 널자고 여기 온 거 아니야. 빈센트도 마찬가지고. 우린 빠질 거야."

레오는 양철통을 빈센트에게 건넸지만 막내는 둘째처럼 고개를 절레절레 흔들었다.

"무슨 뜻이야? 빠진다니?"

"다시 이 일 안 할 거라고. 관여 안 할 거라고." 펠릭스가 말했다.

"그게 지금 무슨 말이야?"

"첫 번째 작업할 때 난 언덕 위에 있었어. 어두워서 날 볼 수 있는 사람도 없었고. 그때까지 총이란 걸 제대로 만져본 적도 없었고. 그 위에서 조준하고 있을 때 형이 탄 현금 수송차가 지나갔고 뒤에 따라붙은 차가 하나 있었어. 자칫 방아쇠를 당길 뻔했다고. 난 그 순간 괜한 시간에, 괜한 장소를 지나가던 두 사람을 죽음으로 몰아갈 수도 있었어."

"하지만 넌 그러지 않았잖아."

"그리고 지난번에도…… 그땐 내 손에 기관총이 있었어. 그것도 대낮에! 사람들이 다 보는 앞에서, 누구 하나라도 우리 길을 막아서면 난 주저하지 않고 방아쇠를 당길 준비를 해야 했다고."

"그때도 그럴 일은 없었잖아."

"그럼 빈센트는? 우리 막내 빈센트는? 단지 내보내달라는 말을 하려고 했던 노부인을 쏴죽일 뻔했어. 우리 막내가!"

"그러지 않았잖아."

"나도 겪었고, 빈센트도 겪었어. 우린 경계선에 서 있었다고. 경계선에 서면 발 한번 잘못 디디는 순간…… 그냥 경계선 밖으로 넘어가는 거라고. 만약 그날도, 검문하던 경관이 작정하고 자세히 뒤져봤으면 형을 찾아냈을지도 모르는 일이야. 무슨 말인지 알겠어?"

"펠릭스, 형 똑바로 쳐다보고 따라 해봐. 그런 일은 없었어."

"운발도 이제 끝이라고. 이 짓을 또 하면 다음에는 누군가 죽는 일이 생길지도 몰라. 저쪽이든, 우리 쪽이든."

레오가 손에 남아 있던 지폐 네 장을 빨랫줄에 걸려고 할 때 빈센트가 앞을 막아섰다.

"큰형, 펠릭스 형하고 나……. 우리 예테보리로 갈 거야."

빈센트가 그런 눈빛으로 큰형을 쳐다보는 일은 거의 없었다.

"살 집도 마련했어."

레오는 막냇동생의 설명을 기다렸지만 이어지는 말은 펠릭스의 입에서 흘러나왔다.

"형은 차로 스톡홀름에 왔잖아. 빈센트는 그놈이랑 같이 기차 타고 왔어. 빈센트, 네가 무슨 말을 하든 나중에 큰형하고 그 자식 얘기 할 생각이었어……. 란드베테르 공항에서 비행기를 타고 올 때 결정한 일이야. 그래서 비행기 표도 바꿔서 예정보다 늦게 돌아왔던 거고. 《예테보리 포스트》에 보니까 아파트 임대 광고가 엄청나게 많더라고. 월세가 터무니없이 비싼 데다 3개월치를 선불로 내는 조건이긴 했지만 위치가 시내였어. 방 두 개짜리 아파트라 하나씩 쓰면 돼."

레오의 신발 위로 물이 뚝뚝 떨어지면서 바닥으로 흘러내렸다. 그는 마지막 지폐를 빨랫줄에 걸었다.

"방이 몇 개인지는 관심 없어."

그러고는 동생들을 향해 돌아섰다.

"그래서…… 예테보리에서 도대체 뭘 할 건데?"

"공부할 거야. 살메스 공과대학에서 수업 들을 생각이야. 빈센트는 고등학교 다시 다니고."

"너희들 장난하는 거야?"

"우리 이번 주말에 떠나."

"너희 둘이서? 지금 제정신이야? 장난해?"

"아니, 진지해. 그러니까 형도 형이 하겠다고 했던 그 일을 해."

"무슨 일?"

"총들 다 되판다고 했었잖아. 다 끝나면 그렇게 한다고 했잖아. 골치 아픈 물건도 처리하고 돈도 버는 거니까."

"그것까지 다 같이 해야 마무리 짓고 끝내는 거야!"

"그렇게는 안 될 것 같아."

"이런 식으로 뒤통수를 치는 거냐? 그런 거야? 우린 서로를 믿어야 하는 사이 아니었나? 비밀은 없어야 하잖아! 그런데 일은 너희 둘이 몰래 벌려놓고 이렇게 뒤통수를 쳐? 그걸 이제 와서 말해? 이미 결정까지 해놓고, 같이 상의할 기회도 안 주고?"

빈센트는 바닥만 내려다보았다.

"형은…… 반대했을 거잖아. 우릴 붙잡으려고 설득했을 거고."

"내가 반대해?"

"그래."

"내가 반대했을 거라고? 그래? 뭐 개소린지……. 좋아, 그렇게 해. 가라고, 뒤통수치고 잘들 가라고! 뭐 하는데 아직까지 남아 있는 건데? 짐이야 이미 다 싸놨겠지? 내 말이 틀려? 난 아직 세탁해야 할 돈이 남아서 바쁘다."

레오는 다시 지폐를 한 움큼 집어 들었다. 동생들이 가거나 말거나 아예 관심을 돌렸다.

60

아넬리는 왼손에 전화기를 들고 오른손으로는 담배를 피우고 있었다. 바깥에서 얼굴에 햇살을 받으며 통화하는 기분은 남달랐다. 벽에 기대서면 바람도 피할 수 있었다. 그러다 전화를 끊을 때면 어딘가가 뚫린 듯한 공허감이 메아리처럼 퍼져나가는 것 같았다.

너무나 보고 싶었다.

그녀는 폐 속 깊숙이 담배 연기를 빨아들인 다음 잠시 붙잡아두었다. 공허함을 채우기 위해서. 그래야 마음이 다소 진정되니까. 잠자코 기다리기만 하면 모든 일이 잘될 거라는 것도 알고 있었다. 세바스티안을 낳던 날처럼. 병원에서 조산사는 벽에 걸려 있던 산소 튜브를 뽑아버렸다. 그러고는 신생아를 품에 안고 미친 듯이 병원 복도로 뛰쳐나갔다. 폐에 물이 찬 아이는 숨을 쉬지 않았다. 지옥 같았던 몇 분간, 아넬리는 최악의 상황을 상상했다. 그리고 그 순간에도 담배꽁초가 수북이 쌓인 재떨이가 놓인 병원 발코니에 나가서 담배를 피웠다.

조산사는 발코니에 나가 있던 아넬리를 찾아왔다. 세바스티안은 처음으로 힘차게 울음을 터뜨렸다. 폐에 찼던 물이 빠지며 호흡이 정상으로 돌아왔다. 그날 저녁, 세바스티안은 산소가 공급되는 요람에 누워 엄마 곁에서 잠들 수 있었다. 아넬리는 한참 동안 아기를 바라보았다. 아기도 자신을 바라보고 있다고 생각했다.

세바스티안은 그녀에게 세상의 전부였다. 하지만 그녀는 그런 아들을 버렸다. 지금은 일주일에 세 번씩 전화로만 통화를 하고 2주에 한 번씩 만나면서 지내고 있다.

아넬리는 자신보다 어린 남자를 만났다. 세바스티안의 아빠와는 모든 면에서 정반대인 스물한 살 청년. 힘이 넘치고 어느 정도 광기를 지닌 데다, 강인한 면모를 갖추고 있으며 다른 사람들의 꿈을 실현시켜주는 능력을 가진 남자.

그녀는 사랑에 빠졌고 여전히 레오를 사랑하고 있었다. 1년만 더 기다리면 모든 게 이전으로 되돌아갈 수 있을 거라 생각했다. 세바스티안과 다시 함께 살 수 있을 거라고. 모든 게 끝나면 진짜 가족을 꾸리게 될 거라고. 그녀가 할 수 있는 일은 참고 기다리는 일이었다.

"안녕하세요."

봄 햇살에 눈이 부셔 잘 보이지 않았다. 이웃집 여자가 철책이 쳐진 담장 너머로 그녀를 쳐다보고 있었다. 아기는 좀 떨어진 잔디밭에서 놀고 있었다. 서로 이야기를 해본 적은 없었지만 창문을 통해 그녀가 아이와 함께 갈퀴로 나뭇잎을 그러모으거나 노란 공을 주고받는 모습을 자주 지켜보곤 했다.

예전의 아넬리와 세바스티안처럼.

"네, 안녕하세요."

그녀는 담배꽁초를 신발로 비벼 끈 다음 가까이 다가갔다. 이웃집 여자는 아이를 두 팔로 안아 올렸다. 아넬리는 아이의 뺨을 쓰다듬어보고 싶었다. 손의 절반은 철책 구멍 사이로 빠져나갈 수 있었다.

"저는 스티나라고 해요."

"아넬리예요."

"이사 오신 지 좀 되셨죠? 마당에 나오시는 거 자주 봤어요. 언제 저희 집에 오셔서 저녁 한번 같이하시겠어요?"

간혹 별 대수롭지 않은 일을 계기로 모든 게 달라질 때가 있다. 지금이 바로 그런 순간이었다. 아스팔트와 가시철조망 너머로도 보이는 게 있기 마련이니까. 철책 반대편에 사는 사람은 평범한 일상을 보내고 있었고 그 일상을 아넬리와 공유하고 싶어 했다. 어쩌면 친구가 될 수도 있을 일이다. 이런저런 대화를 주고받고 수다도 떨 수 있는 친구. 공허한 가슴을 채우기 위해 폐 속에 담배 연기를 꾸역꾸역 밀어 넣을 필요가 없어질지도 모를 일이다. 그러다 서서히 춤추고 싶다는 생각이 들기 시작했다. 아무도 그녀를 집에 가둬두지 않았다. 작고 허름한 그 집구석에 틀어박혀 지내게 된 건 그녀의 선택이었다. 그리고 그 선택은 그들의 평범한 일상이 되돌아오기를 기다리는 준비 과정이었다. 하지만 그러는 동안 이런 일이 가능하리라고는 상상도 하지 못했었다. '안녕하세요? 남편은 무슨 일 하세요? 아, 네? 선생님이시라고요? 우리 남편은 은행 강도예요.' 그런데 그런 일이 가능해졌던 것이다. 굳이 레오가 무슨 일을 하는지 알릴 필요는 없다. 자신은 예술가가 될 수도 있다. 아니면 그냥 전업주부이거나, 허리에 장애를 가진 평범한 여성이라도. 그렇게 저녁을 함께할 수 있다. 그다음에는 간간이 커피도 같이할 수 있을 것이다. 아이들을 돌봐주는 일까지도. 그런 평범한 일상.

아넬리는 황급히 집 안으로 발걸음을 옮겼다. 현관문을 벌컥 열고 그대로 부엌으로 달려가 레오의 목에 안겼다. 그 바람에 레오가 테이블 위에 커피를 쏟았지만 그녀는 개의치 않고 그를 꼭 끌어안았다.

"우리 저녁 먹으러 가자!"

레오는 어안이 벙벙한 눈으로 그녀를 쳐다보았다.

"옆집으로! 옆집 여자 말이야, 저기 잔디밭에 있는 여자. 우릴 저녁 식사에 초대했어. 금요일에."

"저녁 식사?"

"그렇다니까."

"아넬리…… 난 유모차나 강아지 끌고 다니는 옆집 사람들 관심 없어. 내가 여기로 이사 온 이유는 따로 있다는 거 잘 알잖아. 저 사람들, 이름은 알아?"

"저 여자 이름은 스티나고 아들 이름은 뤼카스야. 그리고 남편은……."

"진짜 이름을 묻는 게 아니잖아. 난 관심 없다고."

레오는 아넬리에게 상처를 주고 있다는 사실을 알고 있지만 자신의 생각을 단단히 못 박아두고 싶었다. 다시 반복하고 싶지 않았다.

"우릴 초대했다고. 당신은 하루 종일 차고에 틀어박혀 살잖아! 나도 사람을 만나고 싶어!"

"아넬리…… 내 얘기 잘 들어. 스티나도 이해해줄 거야. 우선 일부터 끝내고 보자. 우리 상황부터 정리하고, 깨끗이 해결한 다음에 말이야. 그러고 나서 내가 일말의 관심도 없는 그런 사람들 집에 저녁을 먹으러 갈지 말지 편하게 얘기도 하고 생각도 해보자고."

아넬리는 안고 있던 그를 놓았다.

그녀는 식탁에 앉아 등을 돌리고 있는 남자를 쳐다보았다. 가능하다면 시간을 되돌리고 싶었다. 파슈타 은행을 털기 이전의 순간으로. 하지만 그날, 자신이 선을 넘었다는 사실을 절감했다. 그리고 다시는 안전한 곳으로 되돌아올 수 없다는 것도.

"지금 가서 말해? 그런데 뭐라고 말해? 금요일에 같이 저녁 먹을 수 없다고? 우리 남편이 해결해야 할 문제가 있어서? 동생들이 더 이상 강도질을 안 하겠다고 해서? 그저 동생들……. 죽으나 사나 그저 동생들……. 당신한텐 동생들만 있으면 되는 거야!"

그녀가 경계선을 넘어갔던 건 그 세상을 알고 싶었고, 같은 편이 되고 싶었기 때문이다. 하지만 두려움은 줄어들지 않았다. 오히려 더 악화될 뿐이었다. 그녀는 그들이 위험을 감수하고, 그 위기를 모면하고 나면 더 큰 위험을 찾아 나선다는 걸 알고 있었다.

"이해 못 하겠어? 난 이제 친구도 없다고. 누굴 사귀고 친분을 쌓지도 못한다고."

"그게 정말 내 잘못이야?"

"집에 누굴 초대할 수도 없잖아. 내 아들도 마음대로 못 데려오는데……."

레오는 그런 두려움을 이해할 수 없었다. 남들과 달랐으니까. 무언가를 두려워해본 적도 없었다. 아니, 자신은 결코 무언가를 두려워해선 안 된다고 스스로를 길들여왔다. 그녀가 세바스티안을 딱 한 번 잃어버렸을 때도 그랬다. 아넬리는 세엘 광장 한가운데서 아들을 잃어버린 적이 있었다. 잠깐 눈 돌린 사이에 아이가 사라졌고 그녀는 순식간에 시공간 개념을 상실했다. 공포에 질려 이리저리 뛰어다니면서 아들의 이름을 부르고 어딘가에 홀로 남겨진 아들의 모습, 차들이 오가는 도로 한복판에서 걷고 있는 아들의 모습, 누군가의 손을 잡고 어딘가로 걸어가는 아들의 모습을 떠올렸다. 다시는 아들을 볼 수 없다는 생각마저 들었다.

"난 당신을 위해서 뭐든 했어, 레오! 항상 그랬고, 매일 그렇게 살았어! 하고 싶지 않은 일도 했어. 당신을 위해서!"

레오는 아넬리와 달랐다. 그는 군중이 오가는 광장 한복판에서 아넬리의 손을 잡고 이렇게 말해주었다. '당신은 저쪽으로 가봐. 난 이쪽으로 가볼게. 5분 후에 여기서 다시 만나는 거야.' 그는 두려움과 공포를 행동으로 풀어내는 법을 알고 있었다. 두려움에 압도되어 시공간 개념까지 상실했던 그녀와 달리 레오는 당장 아이 찾는 일에 나섰다. 레오는 언제나 그런 식으로 행동했다. 그에게 있어 일상은 그저 겉치레에 불과했다. 그는 일상의 실용적이고 실질적인 측면만 바라볼 뿐이었다. 필요 따위는 안중에도 없었다. 그런 걸 마음에 품을 여유가 없다고 단정했기 때문일 것이다. 두려움을 느껴서는 안 된다고 자신을 길들였던 것처럼.

"난 당신한테 강요한 적 없어."

"난 당신이 날 위해 뭔가를 해줬으면 좋겠다고!"

"아넬리, 하고 싶은 마음이 없으면 그냥 나한테 얘기를 해. 불편하면 하지 말라고. 내가 이웃집에 가기 싫다고 하는 것처럼."

"이 집에 들어와서 같이 살고 싶은지 나한테 물어보기나 했어? 난 여기 싫어! 빌어먹을 벽돌집이며 강도 놀이 연습하는 저 흉측한 차고도……."

눈물을 보이는 일이 거의 없었던 아넬리가 울음을 터뜨렸다. 분노가 오열로 이어졌다.

"당신이 이미 다 결정했잖아. 여기서 살고 싶다고. 여기가 마음에 든다고. 당신 마음에. 우리가 아니라! 지하창고에는 총에다 처바른 기름 냄새가 진동하고, 허접한 부엌에서는 식사보다 얼어 죽을 작전만 짜잖아! 이 집에서, 이 빌어먹을 집에서 그나마 다행인 게 뭔지 알아? 저기 저 담장이라고. 왜? 담장 너머에 사는 평범한 가족은 우릴 저녁 식사에 초대하는 사람들이거든. 우리가 어떤 사람인지 궁금해서. 우리를 궁금해한다고! 이런 걸 알기나 해?"

아넬리는 쉽게 울음을 그치지 못했다. 달래주고 위로해줘야 했지만 그럴 수 없었다. 지금은 그럴 수 없었다. 펠릭스는 예테보리로 떠나겠다고 했다. 빈센트도 따라간다. 게다가 야스페르가 언제 들이닥칠지도 모르는 상황이었다. 위로는 나중으로 미뤄도 된다.

그는 아넬리의 이마에 입을 맞추고 밖으로 나갔다. 이웃집 여자는 아직도 마당에 서 있었다. 레오는 그녀와 눈이 마주치자 고개를 끄덕여 인사를 건넸다. 이웃 사람들은 으레 그러는 법이니까.

그러고는 야스페르와 만나기로 한 차고로 걸어갔다.

그 사이코패스 같은 자식, 내 눈에 띄기만 하면…….

펠릭스가 돌아가기 전에 마지막으로 한 말이었다. 주체할 수 없는 분노를 형에게라도 전하고 싶었던 것처럼……. 마당에 있을 때였다. 빈센트가 아넬리에게 작별 인사를 건네기 위해 집으로 들어갔을 때, 펠릭스는 그 틈을 이용해 막냇동생이 큰형에게 하지 말라고 당부했던 이야기를 흘렸다. 기차에서 있었던 일.

그 사이코패스 같은 자식, 내 눈에 띄기만 하면 아주 죽여버릴 거야.

펠릭스는 레오에게 자신의 분노를 남겨두고 떠났다. 이제 레오는 전달받은 분노를 혼자 짊어지게 되었다. 조만간 털어내긴 하겠지만.

그는 망치와 드라이버 사이에 있던 공구 상자를 꺼냈다. 그 안에는 월라레드를 치기 전, 숲에서 밤을 보내던 날 사용했던 알루미늄 포일이 남아 있었다. 그는 각기 다른 열 개의 시제품을 만들어 일일이 테스트한 끝에 이미 오래전부터 단열재의 성능이 가장 뛰어나다는 사실을 알고 있었다. 그래서 알루미늄 단열재를 길게 자른 뒤 총열에 감았다. 완벽하진 않지만 제법 쓸 만했다.

소음기로 사용하기에는.

레오는 총을 작업대 위에 올려놓고 기다렸다.

노크 소리가 들렸다. 망설이는 듯한 소심한 소리는 점점 커졌다.

레오가 차고 문을 열었다.

야스페르는 피곤에 지친 표정이었다. 진이 다 빠진 사람처럼. 그러더니 씩 웃었다. 겸연쩍기도 하고 미안하기도 한 웃음이었다. 뭘 미안해야 하는지 몰라도 어쨌든 미안한 사람처럼.

"나한테…… 할 말이 있다고?"

"들어와."

야스페르는 멋쩍은 웃음을 그대로 머금은 채 차고 안으로 들어왔다. 레오는 아무 말 없이 차고 문을 닫았다.

야스페르는 몇 걸음 걷다가 벽과 벽 사이에 연결된 빨랫줄 아래서 멈춰 섰다. 그리고는 손을 뻗어 500크로나 지폐를 손바닥으로 쓰다듬다가 마치 간지럼을 타는 사람처럼 키득거렸다. 멋쩍고 미안해하던 웃음은 어느새 상대를 향한 과찬으로 이어졌다.

"레오, 이건 진짜 천재적인데, 이걸 성공……."

"1만 크로나 가져갔지. 깨끗한 돈으로."

"그런데 그건……."

"궁금한 게 하나 있어서 그러는데 설명 좀 해봐. 도대체 뭘 해야 나흘 만에 1만 크로나를 다 쓸 수 있는 거야?"

야스페르는 한숨을 내쉬었다. 그제야 자신이 왜 불려왔는지 알게 되었다. 돈 문제였다.

"어떻게라니? 벌써 잊은 거야? 그러니까, 바에서 여자 하나 꼬시고 술도 좀 마시면 벌써 300크로나 정도 쓰게 되고, 근사한 식사에 와인까지 곁들이면 또 한 1천 크로나가 나가고……. 그다음은 뭐 나이트 갔다가 택시 타고, 또……."

"알았어. 그런 거면 좀 더 가져가."

그는 빈 봉투를 들고 야스페르에게 건넸다.

"가져가라고. 어서, 네 몫이잖아."

야스페르는 손을 밀어냈다. 더 이상 신나거나 재미있는 분위기가 아니었다.

"남은 돈 4등분한 거야."

"그럼……. 다음 건은? 거기에 들어가는 비용도 있고……."

레오는 상대의 말을 끊지 않았지만 야스페르는 말꼬리를 흐렸다. 그의 관심이 온통 레오의 손에 들린 물건에 쏠렸기 때문이다.

AK4 자동소총. 하지만 그것 때문만은 아니었다. 총열을 감싼 이상한 물건 때문이었다. 야전침대로 썼던 단열재.

"그건 뭐야? 그걸 계속 만들고 있었던 거야?"

"작동을 하더라고. 여기서 총을 쏴도 아무도 못 들어. 저 밖에 있는 이웃집 사람들도."

레오는 턱으로 빨랫줄 아래로 보이는 나무판을 가리켰다.

"보여줄게. 어떤 소리가 나는지 들어봐."

레오는 실탄을 장전하고 조준한 뒤 방아쇠를 당겼다. 쩌렁쩌렁 울려야 할 총성이 수제 소음기에 흡수되었다.

"네가 안전장치 뽑은 거 나도 알아."

"무슨 안전장치?"

"폭탄 말이야, 야스페르!"

아무 의미 없이 미안해하는 멋쩍은 미소.

"아니…… 아니야, 레오. 그런 거…….

"그거 만든 사람이 나야. 그리고 네 말대로 난 지폐에 스며든 염료도 벗겨냈고, 이런 소음기도 만들어낼 만큼 천재적이야. 무기 보관소 턴 거, 그리고 승합차 안에 비밀 공간 만든 것도 나야. 그런데 내가 그런 위험한 물건을 만들었을 거라 생각하는 거야? 언제든 폭발할 수 있는 물건을 만들어서 우리 중 하나한테 그걸 가져다 놓으라고 했을 것 같냐고! 처음엔 거짓말을 하더니, 이젠 아예 대놓고 날 모욕해?"

레오는 총구를 아래로 향하게 하면서 총을 슬쩍 들어 올렸다.

"레오, 내 말 들어봐. 난…… 그러니까, 내 생각엔……. 아……. 레오 이건 이해해줘……."

야스페르가 갑자기 말을 멈췄다. 하지만 레오는 턱을 들어 올리며 계속하라는 자신의 뜻을 전했다.

"난 그게, 그러니까…… 우리 손에 쥐고 있던 걸 실제로 쓰면 상황을 더 혼란스럽고 어수선하게 만들 수 있을 거라 생각했었어. 알겠지? 극도의 무력을 동원하는 거 말이야, 레오! 네가 항상 그랬잖……."

"나한테 뭐 말하고 싶은 거 없어?"

야스페르는 소음기 달린 소총만 쳐다보고 있었다.

"말하고 싶은 거라니?"

"예테보리에서 돌아오는 기차에서 벌어진 일 같은 거……."

"딱히 없어."

레오의 오른손이 강력한 힘과 함께 야스페르의 얼굴로 날아들었다. 신체적인 아픔보다 심리적인 수치심을 떠안기는 손찌검이었다. 야스페르는 철퍼덕 주저앉았다가 엉금엉금 기었다. 자신에게 무슨 일이 벌어졌는지 모를 때, 철석같이 믿었던 사람에게 얻어맞았을 때처럼.

야스페르는 벽에 기대 몸을 일으켰다. 다리가 후들거려 제대로 서기도 힘들었다. 반대편 뺨으로 다시 한 번 레오의 손이 날아들었다. 야스페르는 또다시 쓰러지면서 바닥에 강하게 목을 부딪쳤다.

"넌 다른 사람들을 굴욕적으로 대하는 게 재미있어, 야스페르? 그래?"

야스페르는 눈도 들어 올릴 엄두도 내지 못했다. 얼굴은 온갖 감정의 팔레트가 된 상태였다. 혼란, 실망감, 증오심, 고통. 상대에게 덤빌 준비는 됐지만 자칫 목을 노출해 물리기 쉬운 상태에 처한 한 마리 야생동물이 따로 없었다.

레오는 야스페르가 다시 일어날 때까지 기다려주었다. 그러고 나자 이번에는 소총을 들더니 상대에게 건넸다. 야스페르는 영문도 모른 채 총을 받았다. 레오가 총구를 자신의 이마에 갖다 대고 분노의 힘을 동원해 강하게 관자놀이를 누를 때도 왜 그러는지 이해할 수 없었다.

"넌 빈센트에게 굴욕감을 안겼어! 내 동생한테!"

야스페르는 반강제로 받아 든 총을 치우려 했지만 레오는 그의 오른손을 붙잡고 강제로 손가락을 펴게 해 방아쇠에 얹게 했다.

"그만해, 레오! 그만!"

레오는 이미 벌겋게 달아오른 상대의 뺨을 또다시 후려쳤다.

"내 동생을 협박하는 건 날 협박하는 거야!"

그러고는 두 손으로 총구를 붙잡고 다시 자신의 이마를 눌렀다. 그 상태로 레오가 한 걸음 다가가자 야스페르는 뒤로 물러섰다.

"빈센트를 그렇게 대하는 건 날 그렇게 대하는 거야!"

뒤로 물러서던 야스페르는 벽에 부딪혔다. 빨랫줄에 걸려 있던 지폐가 두 사람 얼굴 사이에서 흔들거렸다.

"빈센트를 죽이고 싶다면 날 먼저 죽여야 한다고!"

표정에 서려 있던 실망감과 증오심, 혼란이 싹 사라지더니 내면에서 올라오는 무언가, 단 한 번도 본 적 없는 감정이 그 자리를 대신했다. 바로 공포심이었다.

"미안해, 레오……. 정말 미안해."

두 사람은 서로를 마주 보면서 그 자세로 한참을 서 있었다.

레오는 더 이상 몰아붙이지 않았다.

"네 돈 챙겨서 꺼져."

레오는 부들부들 떨고 있던 야스페르의 손에서 총을 낚아채 안전장치를 채웠다.

"레오…… 레오, 정말 미안하다고! 다시는 안 그럴게! 맹세해! 다시는 그럴 일 없을 거야. 절대로……."

마지막 한 방은 손바닥이 아니었다. 야스페르는 바닥에 쓰러지지는 않았다. 벽에 기대 간신히 버틸 수 있었다.

"맹세한다고……."

입술이 터지며 피가 흘러내렸다.

"네가 나에 대해 아는 거나, 내가 너에 대해 아는 건 여기서 밖으로 가져 나가지 않는다." 레오가 말했다. "그리고 우린 다시 볼 일 없어."

———

레오는 차고 문이 닫힐 때까지 기다렸다. 또다시 혼자가 됐다.

모든 게 끝날 수도 있었다.

하지만 아직은 아니다.

아직은, 그에게는 아직 아니다.

그와 그들 간의 싸움이다. 망할 경찰들과의 싸움. 그는 전국의 경찰을 상대로 도전장을 던질 것이다. 그리고 철저히 짓밟을 생각이다. 이제 그가 질문을 던질 차례였다. 그들은 질문을 듣고 그가 원하는 대답을 내놓아야 할 것이다.

61

브론크스는 거슬리는 문제가 발생하면 결코 그대로 내버려두지 않았다. 그럴 수 없었다. 단순한 성격 문제가 아니었다. 수사와 관련된 것이든, 사람과 관련된 것이든, 그게 뭐든 간에. 그런 성격이 힘을 만들어냈다. 절대 포기하지 않고, 결코 물러서지 않는 힘. 어떤 상황에서도 꺼지지 않는 모터를 심장에 달고 돌아다니는 사람같아 보일 정도로. 하지만 동시에 그런 성격이 지옥을 연출하기도 했다. 아무리 애를 써도 덜어지지 않는 부담감과 책임감 때문이었다.

그런데 지금 그는 막중한 짐을 내려놓기 직전이었다. 한 주, 한 주가 지나면서 한 달, 두 달이 넘어가는데도 여전히 뚜렷한 단서 하나 찾아내지 못했다.

이 세상에 존재하지 않는 유령을 쫓는 느낌이었다.

더 이상 수사를 진행할 수 없다는 포기 의사를 밝히려고 카를스트럼 경감 사무실로 찾아간 게 한두 번이 아니었다. 그리고 그때마다 발걸음을 되돌렸다.

놈들은 분명 바깥세상 어딘가에 존재한다. 하지만 이번만큼은 결심을 굳혔다. 더 이상 이 사건에 매달리지 않겠노라고, 활기를 되찾기 위해서라도 다른 사건에 더 집중하겠노라고.

"별일 없어요?" 산나가 말했다.

그녀는 더 이상 문턱에서 발걸음을 멈추거나, 무관심한 눈빛으로 그를 쳐다보고 기계처럼 말하지 않았다. 그러나 그녀를 볼 때마다 그의 머릿속에 떠오르는 단 한 가지는 결코 입 밖으로 꺼내지 않았다. 긴 산책, 그리고 새로운 시작을 의미하는 입맞춤 같은 것들.

"시간 좀 있어요?"

브론크스는 고개를 끄덕였다. 산나는 그의 맞은편에 놓여 있던 종이 상자 위에 앉았다. 얼마 전부터 산나는 일주일에 한 번씩, 과학수사대의 추가 감식보고서를 가지고 그를 찾아왔다. 이번에는 플라스틱 홀더 두 개와 밤색 편지봉투를 그의 책상에 내려놓았다.

"이 편지가 당신 우편함에 들어 있었어요. 그리고 이건 1만4천400크로나고요."

그녀는 편지봉투를 옆으로 치우고 그 위에 올린 홀더에 관심의 비중을 실었다. 그 안에는 500크로나와 100크로나 지폐가 들어 있었다. 하나같이 연한 핑크색으로 물든 상태였다.

"무인 주유소에서 수거된 지폐들이에요. 가게에서는 사용이 불가능하지만 기계는 정상 지폐와 구분을 못 하거든요."

브론크스는 염료팩에 물든 도난 지폐들을 여러 번 본 적이 있다. 그리고 그것들은 완전히 시뻘건 색이었다.

"이 돈들, 월라레드 스파르방크를 턴 강도가 훔쳐 간 바로 그 돈이 확실해요." 산나가 설명을 이어나갔다. "잉크 성분 분석 결과, 해당 지점에서 사용하는 것과 일치하는 것으로 밝혀졌어요. 그리고 폐기 판정 받은 지폐들을 회수해서 실험해봤는데 모두 동일한 제조사에서 똑같은 시기에 생산한 잉크 성분으로 판명됐어요."

서류 묶음 서너 개. 깔끔하고 명확하게 정리된 자료들. 산나가 만들어 가져오는 분석 결과는 항상 그랬다.

"그런데 흥미로운 점은 바로 이거예요. 각각의 지폐에서 아세톤 성분이 검출됐어요. 아세톤 원액 같은 화학약품으로 잉크를 씻어낸 거라고요! 알겠어요? 이런 건 정말 듣도 보도 못한 기술이에요. 이제 어떻게 수사할 생각이에요? 나도 한번 실험해봤어요. 아세톤과 물을 적절하게 배합해서 해봤더니 빨간 염료가 거짓말처럼 사라져버렸다고요!"

브론크스는 두 번째 홀더를 펼치고 지폐를 꺼내 손으로 만져보며 유심히 살펴보았다. 일반 지폐와 똑같았다. 흠결 하나 없이.

"지금 당신이 들고 있는 그 지폐는 며칠 전, 내가 해당 은행 지점에서 가져온 염료를 묻혔던 거예요. 지금은 멀쩡해 보이잖아요. 만약 강도들이 염료팩을 지워내는 방법을 확실히 알아낸 거라면……. 이 친구들, 그때 훔쳐 간 돈 대부분을 멀쩡히 사용할 수 있다는 뜻이 되는 거예요. 은행 보안규정도 대폭 수정이 불가피할 거고요. 또다시요."

산나는 자신의 용무가 끝나자마자 평소처럼 뒤돌아 나가려 했다. 마치 아무 일도 없었다는 듯.

"산나?"

그녀는 문 앞에서 걸음을 멈췄다.

"왜요?"

"우리…… 나가서 좀 걷는 건 어때? 아니면 맥주 한잔하거나?"

"별로요."

"별로라고? 하지만…… 지난번……."

"지난번이라뇨?"

"잘 알잖아."

"그냥 단순한 입맞춤이었어요."

"단순한 입맞춤 이상이었어."

"욘, 살다 보면 생각보다 단순한 게 많아요."

산나는 다시 사무실로 되돌아왔다. 양 볼이 벌겋게 상기되고 있었다. 용기를 내려고 힘을 끌어모을 때마다 보이는 그녀만의 특징이었다.

"욘?"

그에게 사랑한다고 말할 때도 그랬었다.

그가 함께 살던 집에서 나가달라고 말했을 때도 그랬었다.

"왜?"

"당신도 알다시피 나도 당신 생각해요. 지난 몇 년간 그랬어요. 하지만 지금은 이렇게 다시 얼굴 보며 일도 같이 하고 있어요. 이걸 어떻게 설명해야 하나…… 그냥 다 지난 일이잖아요. 지금은 처음부터 당신을 몰랐던 것처럼, 우리 사이에 아무것도 없었던 것처럼 살고 있어요. 기억나는 것도 없고요! 우리가 같이 살았던가? 서로의 몸을 만졌던가? 같이 아침을 먹고 가구도 조립하고 그랬던가? 함께 울고 웃고 그랬었나? 당신은 그냥…… 사진 같은 사람이에요, 욘. 이따금 옛날에 찍은 내 사진을 보고 있으면 다른 사람 같아 보이거든요. 당신을 보고 있으면 점점 더 그런 기분이 들어요. 이 세상에 존재하지 않는 사람 같다는 기분이요."

브론크스는 그녀가 끌어모았던 힘을 모두 소진하고 떨고 있음을 깨달았다.

"입맞춤이요? 그냥 그렇게 된 거예요. 의도가 있는 게 아니라 그냥 그렇게 된 거라고요. 당신 스스로 우리 사이에 종지부를 찍은 적 없다는 거 알기나 해요? 끝까지 밀고 나갈 용기가 있었으면 더 이상 내가 그리울 일도 없었을 거예요. 어느 순간부터는 우리 사이에 마침표를 찍을 수 있었을 거라고요."

브론크스에게는 견디기 힘든 순간이었다. 산나는 쌓아놓은 상자 사이로 가까이 다가오면서 언성을 높였다. 마치 그를 한 대 칠 것 같은 분위기였다.

"마침표 하나 찍으면 그만이에요, 욘! 이 빌어먹을 상자들도 마찬가지에요. 내려놓지도, 치우지도, 풀지도 못하고 끝까지 가지고만 있는 거잖아요. 제발 부탁인데 그냥 포기하고 잊어보란 말이에요! 제발 좀! 난 같이 사는 사람이 있어요. 지금 그 사람 곁으로 갈 거예요. 당신하고 달리 이 세상에 존재하는 그런 사람한테요."

산나가 떠난 후에도 브론크스는 한참을 그렇게 앉아 있었다. 책상 한가운데 연분홍색 지폐와 깨끗이 '세척'된 지폐를 마주한 채. 그 옆으로 군용 무기 도난 사건과 관련된 41페이지 분량의 보고서 하나와 3,109페이지 분량의 수사 관련 보고서가 놓여 있었다. 그리고 그녀가 가져왔던 밤색 편지봉투.

브론크스는 앉아 있던 의자에서 두 다리가 책상 다리에 닿을 때까지 축 늘어졌다가 발로 힘차게 밀었다. 의자가 벽으로 굴러가 부딪혔다.

도난당한 뒤 깨끗하게 세척된 지폐나 수사, 편지 따위는 아무래도 상관없었다. 현실 세계에 실제로 존재한다는 그녀의 동거인 따위도 관심 없었다. 경시청에서 근무를 시작한 이래 처음으로 해도 떨어지기 전에 자리를 박차고 나가고 싶다는 생각이 들었다. 그래도 되는지 스스로에게 되묻기 전에 그는 스탠드를 끄고 사무실 문

을 향해 걸어가다 멈춰 섰다. '공개 금지.' 그녀가 그의 우편함에서
가져왔다는 봉투에 적혀 있는 문구였다. 그리고 그 아래 그의 이름
이 적혀 있었다. '욘 브론크스 형사님.'

공개 금지라니.

이 빌어먹을 건물 안에서 공개 안 되는 게 어디 있다고.

그는 풀이 제대로 붙지 않은 봉투 입구를 검지로 뜯어내고 황급
히 봉투를 열었다.

그리고 내용물을 꺼내 읽기 시작했다.

브론크스 형사님께.

경찰의 분류 기준에 근거해 국내에서 가장 악명 높은 범죄 조직 스무 곳과 접
촉한 결과, 우리가 보유하고 있는 물건에 대단한 관심을 갖고 있다는 답변을
얻었습니다. 이에 형사님이 몸담고 계신 조직에도 입찰 기회를 드리기로 결
정하였습니다.

먼저 입찰에 공개될 물건들은 다음과 같음을 알려드립니다.

AK4 자동소총 124정.

M/45 경기관총 92정.

KSP 58 기관총 5정.

브론크스는 첫 번째 서랍을 열었다. 그는 부리나케 라텍스 장갑
을 꼈다. 편지를 뜯기 전부터 그랬어야 했다. 그다음 다시 '뜻밖의'
편지를 읽어나갔다.

아래에 입찰 관련 세부 사항을 알려드립니다. 형사님과 우리만 알고 있는 참

고 자료로 삼으시기 바랍니다.

스베드뮈라 12/12: KSP 58. 실탄 8발 사용. 모퉁이 감시 카메라 파손. 금고문 파손. 위 칸만 비움.
외스모 1/2: 추격을 따돌리기 위해 동일한 도주 차량 두 대 사용. 한델스 은행 현금 보관 서랍 한 칸은 시간 부족으로 건드리지 않음.

지난 6개월간 거의 동거하다시피 놈들을 찾고, 뒤지고, 쫓았지만 단서 하나 발견할 수 없었다. 그런데 놈들은 자신들이 벌인 사건을 담당하는 형사에게 직접 연락을 해왔다.

다음 장소에 형사님 앞으로 견본품 하나를 남겨놓겠습니다.
감라 쇠데르텔예베겐.
바리케이드 앞에 멈춘 다음 바리케이드를 정면으로 바라보시기 바랍니다.
거기서 오른쪽으로 7미터 정도 이동한 다음 길을 따라 언덕 정상까지 35미터 올라가시기 바랍니다.
꼭대기에 보시면 쌓여 있는 돌멩이 다섯 개와 가문비나무 한 그루가 있을 겁니다.
그 나무 아래를 파보시면 견본품이 있습니다.

진심을 담아, 안나 카린.

브론크스는 재빨리 수첩을 꺼내 해당 장소의 위치를 옮겨 적고 조심스레 편지와 봉투를 증거물 봉투에 밀어 넣었다.
불과 얼마 전까지만 해도 사건을 포기하기로 마음먹은 터였다.

그런데 놈들이 직접 연락을 해왔고, 그는 다시 자신의 시간을 오롯이 이 사건에 쏟아부을 수 있게 되었다.

놈들은 저 바깥, 어딘가에 있다.

놈들을 체포할 때까지 결코 포기하지 않으리라.

62

요아킴 닐센은 빨간색과 노란색 바리케이드 옆에서 담배를 피우고 있는 병기창고 감독관의 이름이었다. 이전에 비해 좀 더 차분해진 데다 왠지 힘도 솟구치는 것 같은 인상을 풍겼다. 시간이 흐르면 뭐든 나아지는 법이니까.

"더 끔찍한 건 말입니다. 놈들이 몇 주에 걸쳐 나를 감시한 게 분명하다는 사실입니다."

그는 담배를 한 모금 빨았다.

"이 지점까지 데려다주시면 좋겠습니다." 브론크스는 위치를 황급히 휘갈겨 적은 노트를 들고 상대에게 보여주었다.

"무슨 일 때문에 그러십니까?"

"가서 땅을 좀 파봐야 할 것 같습니다."

감독관은 어깨를 한 번 들썩이고는 성큼 걸어갔다. 7미터 정도 이동해 숲길 앞에 멈춘 그는 지시 사항을 읽어보았다.

"35미터 떨어진 지점이면 어딘지 압니다. 언덕이 있는 곳입니다."

오솔길은 어두운 숲 안으로 이어졌다.

"놈들은 내가 언제, 어디서, 어떻게, 어디로 이동하는지 속속들이 꿰고 있었던 겁니다. 그리고 내 빈 자리를 최대한 활용해 눈치채지 못하게 했던 거고요."

브론크스의 눈에는 감독관이 더 이상 긴장감을 느끼는 것 같지는 않았다. 하지만 눈을 감을 때까지 그 긴장감을 끌어안고 살게 되리라는 게 그의 생각이었다.

두 사람은 바닥에 박힌 나무 둥치를 펄쩍 뛰어넘었다. 어디선가 올빼미 울음소리가 들려왔다.

"여깁니다."

그들은 돌멩이 다섯 개와 가문비나무 한 그루 앞에 섰다. 브론크스는 야전삽을 펼치고 이끼로 뒤덮인 땅을 파헤치기 시작했다. 지표면은 말랑말랑했다. 최근에 누군가가 땅을 판 적이 있다는 뜻이었다. 삽을 깊숙이 한 번 박아 넣은 다음 흙을 파내자 무언가와 부딪히는 둔탁한 소리가 들렸다. 그는 재빨리 주머니에서 라텍스 장갑을 꺼냈다. 그런 다음 무릎을 꿇고 흙 속으로 손을 넣어 검은색 비닐봉지를 꺼냈다.

"일을 아주 제대로 하고 있군요. 지금까지는요." 브론크스가 말했다.

재킷 반대편 주머니에는 칼이 들어 있었다. 그는 칼을 꺼내 비닐을 뜯어 안에 든 물건을 펼쳐 보였다.

"놈들이 거래를 제안해왔습니다. 즉 무슨 일이 생긴 겁니다. 놈들 사이에 변화가 있었을 겁니다. 그렇다면 이제부터 모든 게 달라진다는 뜻입니다."

그는 비닐봉지에서 꺼낸 총을 감독관에게 건넨 다음 또 다른 총을 들어 올렸다.

"은행털이를 관두기로 한 겁니다."

그는 더 많은 사람들이 모여들 거라고 생각했다. 브론크스 형사가 다른 형사들을 비롯해 과학수사대도 동원할 거라 예상했다.

레오는 망원경의 초점을 맞춘 다음 시야를 확보하기 위해 옆쪽으로 살짝 움직였다. 가문비나무가 보이자 그들은 땅을 파기 시작했다. 레오는 숲에서 가장 높은 지점에 깔린 이끼 위에 엎드린 채로 상대를 관찰했다. 관목과 바위 사이에 숨어 편하게. 사전에 신중히 고른 두 지점이었다. 무기를 파묻은 곳, 자신의 위치를 노출할 일 없이 최상의 시야를 확보할 수 있는 곳.

브론크스는 자신보다 10살에서 15살은 많아 보였다. 서른다섯에서 마흔 정도. 걸음걸이에 힘이 넘쳤다. 운동선수 출신일 수도 있지만 그건 아니다. 입고 있는 옷도 자신과 비슷했다. 청바지에 가죽점퍼, 평범한 구두 차림. 도시에서 일하는 전형적인 형사의 옷차림이었다. 숲 속으로 들어와 땅을 파헤치기에는 적절하지 못한 복장이었다.

그곳까지 직접 찾아오는 건 위험한 행동이었다. 하지만 레오는 마음이 평안했다. 들키지 않고 조용히 상대를 관찰할 수 있기 때문이었다. 누구에게도 얘기하지 않고 혼자 계획한 일이었다. 그리고 지금 그가 보고 있는 장면, 땅에서 총을 파내고 있는 형사, 조만간 또 다른 지시 사항을 발견하게 될 형사, 그 장면은 거래의 첫 단계에 불과했다.

AK4 자동소총 세 정과 경기관총 두 정은 완벽히 기름칠이 된 데다 곱게 비닐 포장까지 된 상태였다.

브론크스는 자신이 처한 상황을 진지하게 받아들여야 하는지, 아니면 고도의 장난에 놀아나고 있는 건지 알 수 없었다.

"잠깐만요."

감독관은 비닐 포장을 풀고 마지막 총을 돌려보았다. 방아쇠울에 끈 하나가 달려 있었다. 그리고 그 끈 끝에는 봉투 한 장이 매달려 있었다. 브론크스가 먼저 받았던 편지봉투와 같은 봉투였다. 하지만 이번에는 겉봉에 꽃과 하트 문양이 그려져 있었고 주소지에는 빨간 동그라미가 쳐져 있었다.

브론크스는 봉투를 열고 안에 들어 있던 편지를 꺼냈다.

브론크스 형사님께.

우리가 준비한 견본을 무사히 회수하셔서 다행입니다.

형사님이 소속된 기관에서 관심 있게 지켜보는 다른 잠재 구매자들에게 나머지 물량을 판매했을 경우 벌어질 결과를 감안했을 때, 거래 가격은 2천5백만 크로나 정도로 책정해도 무방하지 않다고 생각합니다.

거래에 응하실 경우 5월 4일 자 〈다겐스 뉘헤테르〉지 소식란에 다음과 같은 메시지를 남기시기 바랍니다.

"보고 싶어. 안나 카린."

"안나 카린이라……." 브론크스는 혼잣말로 중얼거렸다. "유머 감각이 남다른 친구군요."

"유머 감각이라고 했습니까?"

"어제 애인과 헤어졌거든요. 그런데 지금, 이렇게 새 애인이 생겼으니까요."

"잠깐만요…… 안나 카린!" 감독관은 갑자기 씩 웃으며 소리쳤다. "진짜 남다른 친구이긴 하네요."

"그게 무슨 말씀입니까?"

"스웨덴군의 일부 연대에서는 그걸 그렇게 부릅니다. 모르셨습니까? AK4, 안나 카린."

브론크스는 주변을 둘러보았다.

감시받고 있다는 묘한 기분이 들었다.

브론크스는 다시 한 번 주변을 둘러보았지만 보이고 들리는 거라곤 나무와 올빼미 울음소리뿐이었다.

63

아무도 보이지 않았다. 레오는 스톡홀름에서 북서쪽으로 140킬로미터 떨어진 지점, 살라와 아베스타라는 마을 사이에 있는 숲 속 빈터에 나와 있었다. 지도를 연구해서 고른 지역이었다. 그는 30여 분 전, 소형 고무보트를 타고 호수를 건너면서 쓰러져가는 폐가를 지나왔다. 그 빈터가 경찰에게 2천5백만 크로나를 받아낼 장소였다.

레오는 나무껍질에 못을 박아 넣었다. 생각했던 것에 비해 훨씬 수월한 작업이었다. 마치 나무가 못을 빨아들인 것처럼 그 자리에 고정됐다. 레오는 한 걸음 뒤로 물러서 촉촉한 이끼를 밟고 서서 밤색 테이프로 둘둘 감아 나무의 일부처럼 보이게 만든 양철통을 쳐다보았다. 그 안에는 나사와 못을 비롯한 플라스틱 폭약이 들어 있고 통 아래로 짧은 도화선이 달려 있었다.

사제 대인지뢰. 총량 5백 그램에 달하는 폭약과 파편용 쇠붙이. 차고에서 만들어 스컬 케이브에 보관한 대인지뢰는 15개였다.

그는 주변을 둘러보았다. 나무가 너무 촘촘히 붙어 있거나 듬성듬성 떨어져 있으면 안 된다. 헬기에서 내려다보았을 때 레오가 보내는 신호를 식별할 수 있을 정도로 시야가 확보돼야 하고, 손전등 불빛으로 헬기 조종사를 안내해 또 다른 손전등 네 개를 비치해 만든 현금 가방 투하 지점으로 이동시키기 편한 조건을 갖추고 있어야 했다.

경찰들은 마지막 지시 사항을 전달받을 때까지 기다려야 한다. 기습을 무력화시키기 위한 작전이었다. 레오가 2천5백만 크로나를 수중에 넣어야만 무기가 숨겨진 장소를 전달받게 된다.

헬기는 그가 미리 지도에 표시해둔 원형 반경 2백 킬로미터 지역을 돌아야 한다. 급유가 가능한 소규모 헬기 이착륙장 다섯 곳이 포함된 반경이었다. 출발 시간과 비행 속도는 레오가 정한다. 그래야 헬기의 위치를 정확히 파악할 수 있기 때문이다.

돈 가방이 언제 배달될지는 알 수 없지만 아마 스웨덴 중부 지역 경찰들은 무전을 기다리며 도로 곳곳에 포진되어 있을 것이다. 그리고 레오가 헬기에게 신호를 보내는 순간, 그쪽을 치기 위해 몰려들 것이다.

아치 형태의 우듬지를 뚫고 들어온 햇살은 그가 기폭 장치와 잘 연결해둔 투명한 낚싯줄을 반짝이게 했다. 지뢰 매설 작업은 끝났다. 그는 낚싯줄을 길게 늘이며 뒷걸음질 쳐서 줄을 팽팽하게 당겼다. 레오는 말 그대로 혼자였다. 대신 그에게는 열 명, 스무 명, 아니 서른 명도 사살할 수 있는 무기가 있었다.

지난 3일 동안 침낭에 누워 별을 바라보며 지냈다. 같이 웃고 떠들 사람도 없었다. 흥분을 공유할 동생들마저도.

그는 낚싯줄을 좀 더 팽팽하게 당겼다. 기폭 장치는 미끼를 물고 놓지 않는 물고기처럼 팽팽한 힘에도 제법 잘 버텼다.

다음 날이 되면 대답과 함께 신문이 올 것이다. 자신이 상대해야 하는 적의 얼굴과 이름을 알게 되었다. 욘 브론크스. 이제 그가 안나 카린이 보고 싶다는 안부 인사를 신문에 실을 것이다.

레오는 경찰이 이 사건을 끝까지 물고 늘어질 거라 확신했다. 단지 다른 범죄 조직에 무시무시한 물건이 흘러들어갈 수 있다는 우려 때문만은 아니었다. 레오 그 자신이 궁극적인 목표물일 수도 있었다.

그를 체포할 수 있다면 경찰은 무슨 일이든 할 기세였다. 그래서 만반의 사태에 대한 준비를 했다.

경찰은 최정예 부대를 풀어놓을 것이다. 대테러 특수부대.

하지만 그는 자신이 설치한 낚싯줄만으로 그들 모두를 무력화시킬 수 있었다.

레오는 귀마개를 착용하고 10여 미터 떨어진 소나무에 걸어둔 시험용 지뢰에 연결한 낚싯줄을 살짝 잡아당겼다. 갑작스런 폭발음이 쩌렁쩌렁하게 울려 퍼졌다. 지표면에서 1미터 위에 있는 생명체는 모조리 날려버릴 수 있을 정도로 위력적이었다. 빈터에서 다소 비껴서 있던 자작나무조차 우지끈 소리와 함께 바닥으로 쓰러졌다.

위력은 애초 예상보다 훨씬 강했다.

이제 모든 건 당신한테 달려 있는 거야, 브론크스 형사. 평화를 원하는지, 혼돈을 원하는지는.

레오는 마지막으로 주변을 한 번 더 둘러보았다. 숲은 어마어마한 폭발음을 이미 집어삼킨 뒤였다. 새들이 다시 지저귀기 시작했고 산들바람이 숲 사이를 오가고 있었다. 집으로 돌아가 청바지와 일부러 커피 얼룩을 연하게 묻힌 셔츠, 그리고 재킷으로 갈아입을 시간이었다. 야간 택시운전을 하는 기사라면 흰 셔츠에 그런 얼룩을 묻히는 게 일상일 테니까.

그는 쑥대밭이 된 빈터에서 나와 결코 잠들지 않는 사람들이 일하는 곳으로 향했다. 답을 기다리기 위해서.

64

새벽 4시, 스톡홀름 대부분은 잠들어 있었다. 끝까지 바를 지키던 취객들도 집으로 돌아가고 아침 일찍 출근하는 부지런한 사람들조차 잠에 취해 있을 이른 시각이었다. 하지만 그곳은 예외였다. 굴마슈플란 모퉁이에 자리 잡고 있는 24시간 카페는 택시 기사들이 모여드는 곳이었다. 시끌벅적한 대화 소리, 플라스틱 컵에 담긴 커피, 잉크를 묻혀가며 조간신문을 넘기느라 바쁜 손가락들.

레오는 구석 자리를 차지하고 소나무 테이블 위에 〈다겐스 뉘헤테르〉를 펼쳐놓고 앉았다. 종합면, 문화면, 스포츠면은 건너뛰고 그대로 광고 지면으로 넘어갔다. 자동차 매매, 부동산 거래도 뒤로 하고 갓 인쇄돼 나온 잉크 냄새를 맡으면서 얼굴을 신문 가까이 가져갔다. '잉예르와 아이들, 파니와 미아에게. 즉시 연락 바람. 아니타.' 오늘의 개인 광고는 단 두 개였다. '페리 B에서 기다리고 있겠습니다.'

아니타라는 여성과 페리호에서 누군가와 약속이 있는 어떤 사람. 그게 전부였다!

레오는 신문을 구겨버렸다.

이제 동생들도 없다. 팀도 없다. 은행 강도도 끝이다. 아넬리가 싫어하는 집과 그 집에 숨겨둔 2백여 정이 넘는 무기들만 남았다.

그리고 거래 제안에 아무런 대꾸도 하지 않은 망할 형사.

레오는 각기 다른 이름의 회사에서 일하지만 대부분 파란 옷을 입고 있는 택시 기사들 틈바구니를 뚫고 싸늘한 새벽바람을 맞으며 바깥으로 나왔다. 광장 한쪽에 공중전화가 보였다. 폭탄 테러 위협을 할 때 사용했던 부스였다. 다시는 사용할 일 없기를 바랐던 그 부스. 레오는 유리 부스 안으로 걸어 들어가 전화번호를 눌렀다. 신호음이 여섯 번 울렸다. 자동 응답기가 받았다.

다시 걸어보았다. 신호음 여섯 번. 또다시 여섯 번.

"여보세요."

"견본품."

"뭐라고요?"

"견본이 마음에 들지 않는다는 겁니까?"

"누…… 구십니까?"

아직 잠에서 다 깨지 않은 무방비 상태의 목소리.

"당신 인생의 여자."

브론크스는 침대 위에 앉아 차가운 바닥을 밟은 다음 창가로 다가갔다. 혹시 밖에서 지켜보는 사람이 있는지 확인하기 위해서였다.

"누구시라고요?"

"당신이 그리워하는 안나 카린."

남자 목소리였다. 나이가 들어 보이진 않았지만 얼마나 젊은지는 가늠할 수 없었다. 날카로운 고음도, 묵직한 저음도 아니었다.

"그래…… 원하시는 게 뭔지……. 안나 카린 씨."

"오늘 아침 신문에 답장을 안 하셨더라고."

"굳이 신문 광고를 내면서까지 여자 친구 찾을 일이 없어서."

브론크스는 창문에서 떨어져 황급히 현관으로 향해 걸어둔 재킷 안주머니에 있던 테이프리코더를 꺼냈다. 그러고는 잭을 꺼내 재빨리 전화기에 연결했다.

"형사님께서 거래를 거부하시겠다……. 시장에서 이 물건들을 빼지 않으시면 당장 거래에 응할 고객들이 여럿입니다."

"당신이 묻어둔 견본은 찾았어. 조사도 해봤지. 예트뤼겐 군수품 보관창고에서 도난된 물건이 맞더군. 그런데 당신이 훔친 거라는 걸 어떻게 입증할 건지 그걸 모르겠어."

"이 물건 형사님이 거둬가지 않으시면 다른 사람들 손에 넘어갈 겁니다. 범죄자들 손으로 말입니다. 물론 우리 팀만큼 잘 훈련된 건 아니겠지만 말이야. 형사님이 입버릇처럼 말씀하시는 그 조직범죄 니, 폭력이니 그런 거 말입니다.

"견본 몇 개 있다고 당신이 나머지까지 다 가지고 있다는 걸 어떻게 입증하지?"

"내가 바리케이드 자물쇠를 일련번호가 똑같은 걸로 바꿔치기 했다는 사실, 10월 4일 자 창고 조사 목록을 봤다는 사실이 입증해

줄 테니까. 다시 말하면 6개월 동안은 그 창고가 도난당했다는 사실이 드러나지 않는다는 걸 내가 알고 있었다는 겁니다. 왜냐하면 내 일 처리가 워낙 깔끔해서 낡은 파란색 볼보 타고 다니는 감독관 노인네가 아무것도 알 수 없었거든. 병기창고 털어간 사람만이 알 수 있는 세세한 것들 더 늘어놓아볼까요?"

브론크스는 시간을 확인하기 위해 고개를 돌렸다. 새벽 4시 10분. 다시 잠을 청할 생각은 없다.

"안나 카린 씨, 정 그렇다면 한 가지 알고 싶은 게 있어."

"24시간 드리지요."

"도대체 왜…… 이러는 거지?"

"거래에 응하실 거라면 딱 하루 드립니다."

"그 물건들, 더 이상 사용하지 않기로 결심한 건가?"

"2천5백만 크로나입니다."

"안나 카린……. 당신, 이거 진짜 큰 실수한 거야. 나한테 연락을 하지 말았어야 했어. 그 물건들 어딘가에 파묻어버리거나 강 속에 던져버리던가 했어야지……. 나한테는 연락하지 말았어야 했어. 그랬으면 지금까지 훔친 것들, 고스란히 지킬 수 있었을 거야. 앞으로 걱정할 일도 없을 테고."

수도꼭지는 처음 돌리면 매번 꿀럭거리면서 미지근한 물이 나왔다. 브론크스는 물이 차가워질 때까지 흘려보냈다.

"한 가지 더. 당신 이름이 진짜 안나 카린이라면……."

"당신 지금 뭐 하자는 거야?"

"난 지금 물 한 잔 마시는 중이야. 당신 이름이 진짜 안나 카린이라면 동생 이름은 어떻게 되는 거지?"

브론크스는 단숨에 물을 마시고 다시 컵을 채워 반을 또 비웠다.

"당신 동생 말이야. 같이 은행 털었던 그 동생."

"대답할 때까지 24시간 남았습니다. 개인 광고란의 똑같은 자리. 첫 줄은 안나 카린으로 시작해야 합니다."

"나도 형이 있어. 그래서 형제들이 어떻게 서로를 쳐다보고, 어떻게 신체 접촉을 하는지 잘 알아. 비록 감시 카메라 영상으로 본 장면이긴 하지만 말이야. 당신이 형이더군. 그래서 동생 귀에 대고 뭐라고 속삭인 거잖아. 그 덕에 동생은 생전 처음으로 사람들 앞에서 총질을 해댄 거고."

"그다음 줄에는 '보고 싶습니다. 다시 만났으면 합니다'라고 써야 합니다."

통로에 놓인 의자 등받이에 회색 후드 티가 걸려 있었다. 봄이 오긴 했지만 새벽은 아직 쌀쌀한 터라 브론크스는 맨몸 위에 후드를 걸쳤다.

"이봐, 안나 카린. 난 폭력이 싫어."

"당신이 대답하면 안나 카린이 다시 광고를 내서 거래에 필요한 지시 사항을 알려줄 겁니다. 지불 방식이나 배달 장소 같은 거."

"내가 그걸 왜 싫어하는지 알아? 그 속에서 자랐기 때문이야. 폭력이 어떻게 작용하는지 잘 안다고. 죽도록 싫어하거나 아니면 욕하면서 따라 하게 되는 법이지. 그렇지 않아?"

"24시간 남았습니다."

"너무 짧아."

"그 안에 결정하시기 바랍니다."

"이런 식으로는 우리한테 아무것도 얻어낼 수 없을 거야. 윗선에 설명하고 설득할 시간이 필요해."

브론크스는 집 안을 빙빙 돌면서 상대의 침묵에 집중했다. 전화를 건 상대는 아직 끊지 않았다. 길거리 소음이 들리고 숨소리도 들렸다. 상대는 계산하고 저울질하는 중이었다.

"좋습니다."

갑자기 또렷하고 자신 있는 목소리가 되돌아왔다.

"일주일 드립니다. 5월 11일 자 〈다겐스 뉘헤테르〉. 그날도 안나 카린을 볼 마음이 없으실 경우, 지옥을 경험하게 될 겁니다."

또다시 침묵이 이어졌다. 이번에는 진짜로 전화를 끊었다.

65

브론크스는 피곤했지만 다시 침대로 돌아가지 않았다. 대신 부엌으로 가 맨발로 차가운 마룻바닥을 밟고 돌아다니며 차 한 잔을 마신 다음, 쇠데르말름 해안을 따라 걷다가 롱홀멘 섬을 한 바퀴 돌았다.

과거에 산나를 대한 것처럼, 무심하게 안나 카린의 제안을 거절한 건 옳은 결정이었다. 기대 이상으로 먹혀들었다. 상대를 자극해 결국 직접 전화까지 걸게 만들었다.

다음 단계로 넘어가기까지 남은 시간은 7일이었다.

그래서 지금 눅눅하고 거대한 경시청 지하 주차장에서 카를스트럼 경감을 기다리고 있는 것이다. 다시는 집으로 찾아가 번거롭게 하거나, 사무실 책상에 앉을 때까지 기다리고 싶지 않았다. 그는 상관의 일상 습관을 잘 알고 있었다. 카를스트럼 경감은 평일이면 먼저 막내딸을 어린이집에 내려주고, 큰딸은 학교에, 그다음 아내는 직장에 데려다준다. 비록 몇 시간 후면 다시 재회하겠지만 그렇게 순서대로 서서히 헤어지는 과정으로 하루를 시작한다. 그리고 경시청 지하 주차장에 마련된 자신의 지정석에 차를 세우는데 8시 15분 이전이나, 8시 45분을 넘기는 일은 결코 없다.

딱히 숨을 의도는 없었지만 기둥에 기대서서 기다렸던 탓에 주차하던 경감은 그를 발견하지 못했다. 차가 멈추자마자 그는 뒷문을 열고 상관의 차에 올라탔다.

"큰형이란 녀석과 연락했습니다. 오늘 새벽에 저한테 직접 전화를 걸어왔습니다."

브론크스는 10분에 걸쳐 그간의 이야기를 늘어놓았고 거기에 1분쯤 더 지나자 결국 카를스트럼 경감이 입을 열었다.

"도대체 그 총 다섯 자루를 파헤친 게 정확히 언제였어?"

"8일 전입니다."

"그런데 그걸 지금 털어놓고 있는 거야?"

"놈이 어떻게 반응할지 확실히 파악할 생각이었습니다. 미리 말씀드렸으면 수사 인력이 추가될 게 뻔하고 혼선만 빚어질 테니, 여기까지 올 수도 없었을 겁니다. 아시잖아요. 그런데 놈이 저한테 직접 연락을 해온 겁니다. 개인적으로요. 단둘이 거래를 하자면서."

카를스트럼 경감은 회백색 벽과 자신의 이름이 찍힌 표지판을 멍하니 쳐다보았다.

"알았어. 그런데 지금 내 도움이 필요한 이유는 뭐야? 자네 혼자 해결할 수 없으니 내가 해줘야 하는 게 뭐냐고?"

2천5백만 크로나요.

"욘, 내 말 듣고 있는 건가?"

돈을 지불해야 합니다. 큰형이라는 놈이 무기를 포기하게 만들기 위해서는요. 스웨덴 역사상 최악의 은행 강도단이 더 이상 범행을

이어나가지 못하게 만들려면요. 수개월에 걸친 추격 끝에 놈들을 설득해 범행을 포기하게 만들고 영원히 일선에서 물러나게 해 북유럽 범죄 역사에 이름 없는 강도단으로 남게 한 경찰이 되기 위해서는요.

"욘, 원하는 게 뭐냐니까?"

아니면 돈을 주지 않는 겁니다. 큰형이란 놈이 계속 범행을 이어가고 사람을 다치게 만드는 겁니다. 그렇게 되면 놈을 체포할 수 있는 가능성도 높아지기 때문입니다.

"이런 건물에 전용 주차 공간을 가질 수 있는 사람들의 도움이 필요합니다."

"그게 무슨 소리야?"

"2만5천 크로나가 필요합니다. 현금으로요."

66

"우리 아빠 아니잖아."

가수면 상태의 경계에 서 있던 레오의 첫 반응은 놀라움이었다. 하지만 그 즉시, 익숙한 감정으로 변해갔다. 두려움. 그 단어가 머릿속 깊숙이 파고들면서 나머지 것들을 장악해버렸다. 마치 기차의 기적 소리나 공습을 알리는 사이렌 소리처럼.

하지만 깊숙한 곳에서 들리는 그 소리는 비명이 아니었다. 사이렌 소리도 아니었다. 시간의 벽을 거슬러 올라오는 듯 멀리 들리긴 했지만 동시에 또렷한 누군가의 목소리였다.

"우리 아빠 아니잖아."

그런 말은 하지 말아야 했다. 온당치 못하니까. 하지만 목소리는 계속해서 그렇게 말하고 있었다. 레오는 배 속이 뒤틀린 듯 구역질이 치밀어 올랐다. 그로 인해 갑자기 현실로 돌아오면서 방금 느꼈던 감정들이 그냥 지나간 과거라는 걸 깨달았다.

펠릭스의 목소리는 아니었다. 그런 식으로 말하는 녀석이 아니니까.

펠릭스처럼 진한 밤색 머리도 아니었다. 천사에 가까운 헝클어진 금발 머리에 상대를 비난하기보다는 장난기 어린 말투에 가까웠다.

"우리 아빠 아니잖아!"

세바스티안이었다.

두려움과 구역질이 짜증으로 변했다. 가능한 도주로와 지뢰 설치 지점을 찾기 위해 하루 세 시간밖에 못자면서 꼬박 닷새를 숲 속에서 보내고 왔는데.

"우리 아빠 아니잖아."

"아니지……. 대신 아빠 2호가 될 순 있지." 레오는 비틀거리며 몸을 일으켰다.

"싫어!"

"6개월에 한 번씩 만나는 사람은 그렇게 부르는 거야, 이 꼬마 깡패야!"

레오는 세바스티안을 들고 목말을 태웠다. 세바스티안은 머리가 헝클어질 때까지 고개를 흔들며 까르르 웃었다.

"잠자는 레오 왕을 깨우면 그 벌로 오트밀밖에 못 먹는다고 엄마한테 못 들었어?"

"우웩! 오트밀 싫어!"

세바스티안은 계속해서 까르르 웃으며 소리쳤다. 레오가 바닥에
내려주자 쪼르르 통로로 도망가더니 걸려 있던 레오의 외투 뒤에
숨어 오트밀을 억지로 먹어야 할까 무서워하는 아이 흉내를 냈다.

"세바스티안?"

아넬리는 이미 테이블에 앉아 커피를 마시며 담배를 피우고 있었
다.

"우리 아들, 엄마 말 들어야지. 옷 갈아입을 시간이야. 네가 빨리
할수록 빨리 나갈 수 있어."

아넬리는 거의 꽉 찬 상태의 재떨이에 담배를 비벼 끄고 새 담배
에 불을 붙이며 레오를 쳐다보았다.

"무슨 일 있어?"

"아니, 없어." 그가 대답했다.

"레오…… 내 눈은 못 속여."

"그냥 커피 한 잔 마시고 나면 괜찮을 거야."

커피포트에는 딱 한 잔 분량만 남아 있었다. 레오는 마지막 한 방
울까지 컵에 털어 부었다.

"서둘러야 하니까 얼른 옷 갈아입어."

"그래서 꼬마 깡패 올려 보내서 나 깨운 거야?"

"애한테 그렇게 부르지 마. 싫어."

"난 당신이 집 안에서 담배 피우는 거 싫어."

레오는 그녀가 물고 있던 담배를 빼앗아 창가로 걸어가 밖으로
던져버렸다.

"특히 지금 같은 때는 더 싫어. 어린 아들이 여기 있는데 굳이 집
안에서까지 담배를 피워야겠어?"

레오는 창문을 활짝 열었다.

"그리고…… 오늘은 같이 못 나갈 것 같아."

아넬리는 레오의 예상대로 실망스런 표정으로 현관 쪽으로 시선을 돌리고는 중얼거렸다.

"약속한 거잖아. 애도 옷 갈아입는 중이고."

"미안해."

"무슨 일 있는 거지? 어제도 늦게 들어오고. 어디 있었던 거야? 도대체 무슨 일을 벌이는 중이냐고."

"일했어."

"그런데 지금은 우리랑 같이 갈 수 없다고?"

"계속 하던 일을 해야 하니까."

"하던 일? 애가 얼마나 실망할지 알기나 하는 거야?"

"젠장……. 당신 아들이잖아. 애는 나 신경 안 써."

레오는 주머니를 뒤적여 1천 크로나 지폐 한 장을 꺼냈다. 혼자 도맡았던 윌라레드 스파르방크에서 가져온 지폐였다.

세바스티안은 기대에 잔뜩 부푼 눈빛으로 현관에 서서 채비를 마쳤다. 레오는 아이의 손바닥을 펴고 지폐를 쥐어 주었다.

"대신 가서 재미있게 놀다 오는 거야."

아넬리는 언짢은 표정을 지었다. 굳이 그 감정을 숨기려 들지도 않았다. 레오의 행동이 모욕처럼 느껴졌기 때문이다. 지금껏 그가 그런 기분을 들게 한 적은 거의 없었다.

"이 돈이면 모든 놀이기구 다 타고도 남는다고, 꼬마 친구!"

레오는 자신의 손바닥에 놓인 1천 크로나 지폐를 내려다보고 있는 세바스티안의 금발 머리를 마구 헝클어뜨렸다.

"놀이기구를 다…… 타도 된다고요? 정말?"

"재밌을 것 같지 않아? 하루 종일 못 하게 하는 어른들 없이 너하고 싶은 거 다 할 수 있어."

레오가 목덜미가 화끈거릴 정도로 따가운 아넬리의 눈총을 받는 동안 세바스티안은 아무 생각 없이 고개를 끄덕였다. 아넬리가 다시 한 번 나지막이 속삭였다.

"이미 약속했었던 거잖아."

"갑자기 난처한 일이 생겼어. 업무와 관련된 거야."

"업무? 무슨 '업무'?" 아넬리는 손가락으로 허공에 따옴표까지 만들면서 되물었다.

레오가 끔찍이 싫어하는 동작이었고 그녀도 알고 있었다. 멍청한 인간들이 자신도 무슨 말을 하는지 모를 때, 어떻게든 자신의 주장에 설득력을 싣기 위해 되도 않는 수식어처럼 쓸데없이 갖다 붙이는 과장된 동작이기 때문이다.

"그 '일'은 당신이 '원하는' 그 '집' 살 돈 마련하기 위한 '일'이야." 하지만 레오도 똑같이 따라 했다.

빌어먹을 전화 통화 후 계속해서 신경이 날카로운 터였다.

당신 이름이 진짜 안나 카린이면······.

그 형사는 알고 있었다. 알아서는 안 될 사실을 알고 있었다.

동생 이름은 어떻게 되는 거지?

레오가 많은 정보를 흘린 건 아니었지만 형사는 결과적으로 그에게 필요 이상의 말을 하게 만든 셈이었다. 경찰이 결코 알아서는 안 될 동생들의 연루 사실을 은연중에 흘린 꼴이라, 자신이 잡히면 동생들까지 잡혀 들어가게 만들 판이었다.

레오는 현관문 소리를 들었다. 아넬리가 간다는 인사도 없이 나가버렸다. 그는 작업복으로 갈아입었다. 모든 게 정상처럼 보이도록 현상 유지를 하는 게 관건이었다.

그는 커피 한 잔을 더 만들어 마셨다. 곤두섰던 신경이 서서히 느슨해지는 것 같았다. 빌어먹을 브론크스도 결국 그 옛날, 집에 찾아와 부엌 식탁에 앉아 있었던 뚱뚱한 형사와 다를 바 없었다. 손등에 연필을 꽂아도 시원찮을 놈들. 어린 애도 가만히 앉아 그런 놈의 명령을 따르지는 않는다.

없으면 가져야 한다.

되돌려 받아야 한다.

그리고 절대 놓지 말아야 한다.

67

경시청 내에 있는 카페는 절반 정도 들어찬 상태였다. 점심시간을 이용해 그곳을 찾는 사람들 대부분이 공통의 대화 주제로 삼는 것은 업무 이야기 하나였다. 브론크스는 가급적 그곳에서 식사하는 일은 피하는 편이었다. 수사에 관한 자연스러운 대화도 천편일률적으로 똑같이 기다란 의자 위에서 이어지면 가식적인 느낌이 들기 때문이었다. 그는 정수기에서 뜨거운 물 한 잔을 공짜로 받았다.

카를스트럼 경감은 안뜰이 내려다보이는 창가 옆 작은 테이블에 앉아 있었다. 오른손에는 포크를 들고 왼손으로 서류 더미를 넘겨보고 있었다. 브론크스는 상관의 그런 모습을 본 적 없었다. 카를스트럼 경감은 식사 시간에는 자신이 먹는 음식에 집중하는 사람이었다.

"안녕하십니까."

바싹 구운 감자튀김이 질긴 고기 요리를 빙 둘러싼 접시 하나가 놓여 있었다. 딱히 카를스트럼 경감이 즐기는 메뉴는 아니었다. 그래도 그는 서류 더미 너머로 차가운 얼음물 한 잔을 들이켜고 음식을 한입 집어먹었다. 그것만으로도 배부른 눈치였다. 경감은 음식을 입에 물고 이야기하는 사람이 아니었다.

"욘, 어서 오게."

브론크스가 자리에 앉자 카를스트럼 경감은 냅킨에 손을 닦았다.

"필요한 건 다 준비됐네. 현금 가방은 내 사무실 책상 뒤에 있어. 현찰로 2천5백만 크로나. 여러 번 사용한 헌 돈으로."

다소 떨어진 테이블에서 깔깔대는 웃음소리가 들려왔다. 응급 구조대 콜센터 직원이었다. 지금 이 순간, 걸려오는 전화를 받고 응대해야 할 필요가 없다는 사실에 안도하는 분위기였다.

"이제 거래 조건은 다 갖춘 셈이야. 무기와 맞바꿀 현금. 하지만 그걸로는 부족해."

"부족하다니요?"

"이거 끌어오느라 청장님하고 법무부 장관한테 통사정을 했거든. 그 양반들은 유통 경로를 차단하는 것만으로는 부족하다고 생각해. 놈들이 체포되는 장면을 직접 보고 싶어 한다고."

"아니, 그 양반들은 도대체 내가 뭘 원한다고 생각하는 겁니까?"

"무기 회수. 그리고 용의자 체포. 무슨 말인지 알겠어? 한 가지 더, 무슨 일이 발생할 때마다 수시로 나한테 보고해야 하고."

"당연하죠. 무슨 일이 생기면요."

"그래서 하는 말인데 언제, 어디서, 그리고 어떤 방식으로 교환할 건지 궁금해."

"아직 그 단계까지는 아닙니다. 이제 겨우 대화를 텄을 뿐입니다."

"놈들이 거래 조건을 제시하고 원하는 거래 방식을 알려오면 자네 자네 요구 조건을 내걸라고. 그래야 우리도 기습 작전을 준비할 거 아니야."

"그런 작전이 과연 통할지 모르겠습니다."

브론크스는 카를스트럼의 표정을 유심히 살펴보았다. 같이 일한 지 십 년째였다. 그만큼 서로를 잘 알았다. 적어도 경시청 내에서만큼은. 그렇기 때문에 서로 다른 결론을 향해 달려가고 있다는 걸 경감이 직감하고 있다는 사실도 간파할 수 있었다.

"통할 걸세, 욘. 작전만 제대로 짠다면 말이야."

"폭탄과 총으로 무장한 놈들입니다. 무력으로 진압한다고 물러설 놈들이 아니란 뜻입니다. 언제나 치밀한 계획하에 움직였습니다. 만에 하나 거래 도중 자칫 불미스런 상황이 발생할 경우 사상자까지 나올 수 있습니다."

"그렇기 때문에 더더욱 놈들을 체포해야 하는 거라고."

"만에 하나 놈들이 경찰 병력에 해를 입히고 운 좋게 빠져나간다면 놈들에 대해서 알아낼 방법이 없어진단 말입니다. 놈들의 정체에 대해 아는 사람은 지금까지 아무도 없었습니다! 투명 인간 같은 존재입니다. 그리고 그렇게 살기 위해서라면 무슨 짓이든 할 놈들입니다."

이번에는 카를스트럼 경감이 브론크스의 표정을 살폈다. 경감의 얼굴빛이 변했다. 브론크스의 상사는 화내는 일이 거의 없었다. 성격이 그랬다. 하지만 자신의 정체성의 일부였던 자제력을 점점 잃어가고 있었다.

"욘?"

"네."

"일이 어떤 식으로 진행되는지 자네도 잘 알잖아. 윗사람들의 신임을 얻으려면 시간이 필요하다는 거. 그렇게 얻은 신임으로 그 양반들한테 부탁이란 걸 할 수 있는 거야. 그런데 거기도 한계라는 게 있어. 특정인에게 계속해서 그 혜택을 남발할 수는 없는 법이니까. 그래서 선택을 해야 하는 거고. 난 이번에 그걸 한 거야. 회수가 불가능할지도 모를 현금 2천5백만 크로나를 융통했다고. 그 자식들이 그 돈을 꿀꺽 집어삼키고도 정부를 상대로 협박을 일삼을지도 모를 위험을 감수하면서. 나중에 이 사실이 알려질지도 모를 위험을 감수하면서까지……. 이 나라 고위 관료들도 그걸 알고 받아들였어. 왜냐하면 그런 부탁을 한 게 나였기 때문이야. 얼마 남지도 않은 카드를 꺼냈다고, 욘. 젠장, 그러니까 허탕 칠 일 없게 잘 마무리해!"

브론크스는 테이블 위에 남은 음식 접시 너머로 몸을 구부렸다.

"경감님, 놈들은 줄을 댈 데가 없습니다. 전 압니다. 범죄 전과가 전혀 없는 놈들이라 만약 총을 팔기 위해 잠재적 구매자인 범죄 조직에 접촉하는 날엔 정보원들이 알려올 겁니다. 그래서 더더욱 그쪽으로 수소문할 일이 없는 겁니다. 두려워서가 아니라 영리하기 때문입니다."

"확신할 수 있나?"

"제가 유일하게 확신할 수 있는 건 놈들이 강도 행각을 이어나가게 내버려둘 경우 오히려 체포할 수 있는 가능성이 높아진다는 사실입니다. 그렇기 때문에 우리 쪽에서 연락을 끊고 무기를 사들일 생각이 있는지, 없는지 가르쳐주지 않으면 놈들은 자포자기 상태로 다시 범죄를 저지를 겁니다. 자포자기 상태가 되면 그만큼 스스로를 노출시킬 위험이 높아집니다."

카를스트럼은 자신의 쟁반에 내려놓았던 식기류를 가지런히 정리했다. 불량식품과 다를 바 없는 식사가 나오더니, 이제는 이런 상황까지…….

"얼마나…… 빌어먹을, 도대체 얼마나 된 거야……. 이런 결정을 내리고 사건을 끌어온 게? 도대체 언제부터 돈을 주지 않을 거라고 결심한 거야?"

"첫 번째 편지를 받은 뒤로요."

"그런데 어차피 주지도 않을 돈을 나더러 쓸데없이 구해오라고 했던 거야?"

"쓸데없는 건 아닙니다. 실체가 있다는 걸 저도 알고 있어야 하니까요. 그냥 수동적인 거짓말은 하고 싶지 않았습니다. 큰형이란 놈이 의심을 품으면 안 되니까요. 놈은 제 수중에 2천5백만 크로나가 있다고 확신해야 합니다. 원한다면 사진을 찍어 보내줄 수도 있어야 하니까요."

브론크스는 테이블에서 뒤로 물러나며 자리에서 일어나려 했다.

"그리고 만에 하나 제가 틀릴 경우…… 그땐 이 돈을 쓸 겁니다. 다른 대안이 없는 경우라면요. 상황이 악화일로로 치닫는 걸 막을 수 있는 유일한 방법이라면요."

그가 일어나서 발걸음을 되돌리려하자 카를스트럼 경감은 지난번 자기 집에서 함께 식사했던 날처럼 그를 붙잡고 어깨에 손을 올렸다.

"욘, 내 생각이 어떤지 알고 싶나?"

브론크스는 억지로 고개를 끄덕이고는 귀를 기울였다.

"난 우리가 거래에 응한 다음 놈들을 체포해야 한다고 생각하네. 병력이나 화력 면에서 우리가 월등하거든. 그런데 여기서 가장 중요한 건 이 광기 어린 사건에 종지부를 찍어야 한다는 사실이야. 운이 아니라, 기회를 포착하는 순간 우리가 놈들을 제압했다는 사실을 만인에게 보여줘야 한다고. 그렇게 되면 은행 강도도 줄어들 테고, 그만큼 피해자들도 줄어들 테니까."

카를스트룀은 여전히 돌아서려는 그의 어깨를 붙잡았다. 지난번처럼.

"그리고 한 가지 더."

브론크스는 갑자기 불안해지기 시작했다.

"이번 사건 마무리하고 나면 사건에서 손 뗐으면 좋겠어. 무슨 말인지 알아듣겠나?"

"알아들었습니다."

"내 말 잘 들으라고, 욘. 어떤 사건도 맡지 말고 그냥 휴가만 즐기는 거야."

"나중에 다 끝나면요. 하지만 아직 처리해야 할 일이 몇 가지 남아 있습니다. 생전 처음으로 신문에 개인 광고를 내야 하거든요."

68

주말 동안 여섯 살 꼬마는 그들의 집에 머물렀다. 하지만 레오는 거의 집에 없었다. 아넬리가 실망했다는 건 알고 있었다. 그녀의 아들이 그들과 함께 시간을 보내는 기회는 드물었다. 하지만 아넬리는 이해해줄 것이다. 레오는 그 역시도 알고 있었다.

모든 게 끝나고 나면.

아넬리는 잠들어 있었다. 세바스티안도 자고 있었다. 레오의 귀에 우편함 뚜껑이 열리고 닫히는 소리가 들렸다. 화창하고 따사로운 5월, 어느 새벽에 들려온 쇠붙이 달그락거리는 소리였다. 신문이 배달되었다는 뜻이다. 동시에 마지막의 시작을 알리는 신호이기도 했다. 레오는 머그잔에 커피를 가득 채워 식탁에 내려놓았다.

지금까지 해온 모든 일은 지금 이 순간에 이르기 위한 과정이었다. 그는 현관 밖으로 나가 우편함으로 걸어갔다. 오후에는 마지막 편지를 쓸 생각이었다. 거래에 나설 형사에게 알리는 지침을 담은 편지.

그러고 나면 끝이다.

모든 계획, 모든 준비 과정이 지금 이 답변을 얻어내기 위해 부글부글 끓고 있었던 것이다. 레오는 신문 가운데를 펼친 다음 뒤로 넘기며 훑어보았다.

37면.

레오는 갑자기 동작을 멈췄다. 불시에 얼음물 한 바가지를 뒤집어쓴 듯 머리가 띵했다. 그렇게 시작된 분노가 가슴속까지 파고들었다.

그는 김이 모락모락 올라오는 커피가 기다리고 있는 테이블로 돌아가는 대신 운전석에 앉았다. 그리고 동이 트기도 전에 차를 몰고 튀어 나갔다.

빌어먹을 형사가 죽도록 미웠다.

───────

브론크스는 잠을 자지 않았다. 굳이 자려고 하지도 않았다. 침대는 가지런히 정리된 상태에 침실문도 닫혀 있었다.

부엌에 앉아 마신 커피만도 석 잔이었다. 평소 입에도 대지 않는 커피였다. 하지만 시큼털털하고 검은 액체는 기다림의 밤을 보내는 데 좋은 동반자가 돼주었다.

37면을 펼쳐둔 조간신문 옆에 있던 전화기가 한 번 울렸다. 그리고 그가 신문을 읽는 동안 또 한 번. 그리고 또다시 울렸다.

안나 카린.

당신한테 관심도 없고

다시는 보고 싶지도 않습니다.

광고란을 들여다보는 동안 전화벨이 네 번, 그리고 다섯 번 울렸다. 그러다 갑자기 멈췄다. 브론크스는 번개가 치고 천둥소리가 들려올 때까지 얼마나 시간이 걸리는지 시간을 세어보는 어린아이처럼 시간을 계산했다.

7초. 다시 전화벨이 울렸다.

이번에는 세 번 울릴 때까지 기다렸다.

"여보세요, 안나 카린 씨."

"당신 제대로 실수한 거야!"

안나 카린이 신경이 날카로워지면 어떤 목소리인지 알 수 있었다. 힘이 넘치는 것도 아니고, 그렇다고 기어들어가는 것도 아니었다. 특징적인 억양도, 특정 지방 억양도 없는 말투. 수도 없이 들여다본 화면 속 검은 복면의 그림자와 너무나 잘 어울리는 목소리였다.

"그렇게 생각하신다⋯⋯."

"지금부터 내 말 잘 들어, 이 개⋯⋯."

"굴마슈플란에 사람이 많나? 그래 맞아, 위치를 추적했거든. 원하면 순찰차도 보내줄 수 있어."

"우리 통화 시간은 고작 15초였어. 추적이 가능해지기까지 아직 30초가 더 남아 있어. 그런데 그보다 먼저, 당신이 알아둬야 할 게 하나 있어. 당신은 지금 전쟁을 선포한 거야. 국가 소유의 물건들을 범죄 조직의 손에 넘겨버린 거니까."

브론크스는 배경음을 구분해보려 했다. 적막감만 느껴질 뿐이었다. 말을 하지 않을 때는 손으로 수화기를 막고 있거나 교통량이 거의 없는 지역에 있는 공중전화일 수도 있었다.

"이봐, 큰형. 그럴 일이 없다는 건 나도 알고 당신도 아는 사실이야. 안 그래? 당신은 전과가 없어. 물론 지금까지 내가 본 최악의 은행 강도이긴 하지만 말이야. 어떻게 이런 일이 가능했을까? 곰곰이 생각해보니 당신은 생각이란 걸 하는 영리한 친구라는 결론을 얻었어. 그렇기 때문에 당신은 그 무기들을 범죄 조직에 넘기지 않을 거야."

"닥치고 내 말 잘 들어! 무기 파는데 군이 연락해서 만나야 한다고 생각한다면 오산이야! 어디에 몇 박스 묻어두고 빨간 하트 편지지에 위치 적어서 보내면 끝이니까. 당신도 해봐서 무슨 뜻인지 알 거야. 박스당 자동화기 40정씩 실어서 하나는 헬스 엔젤 쪽으로, 또 하나는 유고슬라비아 마피아에게, 또 하나는 변두리를 돌아다니는 미친놈들에게 보내는 거지. 모든 잘못은 당신한테 돌아가는 거야. 당신이 내가 훔친 물건들을 되사지 않겠다고 제안을 거절했으니까!"

"그래? 그럼 이번에는 내 말 잘 들어. 지금 경시청 내 사무실 책상에 2천5백만 크로나가 들어 있는 검은색 가방이 하나 있어. 당신

166

이 가지고 있는 무기와 맞바꿀 돈이야. 내가 그 거래를 무시하기로 마음먹지 않았다면 말이지."

침묵이 흘렀다.

"왜냐하면 당신이 유일하게 잘하는 건 바로 은행 터는 일이거든, 큰형. 당신은 다시 할 거야. 그리고 계속할 거라고! 알아들었나 안 나 카린 씨? 당신은 계속해서 그 짓을 할 거라고!"

"브론크스 형사…… 당신이 미처 생각하지 못한 게 하나 있어. 당신은 내가 누군지 모르고 어떻게 생겼는지도 몰라. 그런데 난 당신이 누구인지, 어떻게 생겼는지 잘 알고 있어."

또다시 이어지는 침묵은 분위기가 달랐다. 아무런 배경음도 들리지 않았다. 큰형이 전화를 끊었다. 브론크스는 전화기를 내려놓으면서 자신이 통화를 하는 동안 자리에서 일어나 있었다는 사실을 깨달았다.

이제 남은 건 큰형이 어떻게 나올지 반응을 기다리는 일뿐이었다.

———

레오가 집으로 돌아와 차를 세운 시각은 오전 8시였다. 문 열린 카페에서 커피 한 잔을 마시고 정처 없이 남부 외곽 지역을 돌아다녔다. 마음을 가라앉히기 위해서였지만 아무 소용 없었다. 모든 계획이 물거품이 돼 날아가버린 것 같은 기분을 떨쳐낼 수 없었다.

그는 차에서 내려 차고로 걸어갔다. 안 그래도 계속해서 곤두선 신경이 공 튀는 소리에 점점 더 날카로워졌다. 벌써 이부자리를 박차고 나온 세바스티안이 차고 문을 향해 축구공을 차면서 되도 않는 영어로 해설까지 하고 있었다.

"안녕, 아빠 2호. 어디 가요?"

"더 자야지, 벌써 일어났어?"

"같이 축구해요. 나 골키퍼가 필요한데."

레오는 차고 옆문을 열었다.

"세바스티안, 엄마한테 가봐."

여섯 살 꼬마의 예상 외로 강력한 오른발 슈팅에 차고 문이 출렁거렸다.

"엄만 맨날 잠만 자요. 안 일어나."

레오는 반쯤 바람 빠진 공을 아스팔트 정원 너머 집과 가까운 쪽으로 날려 보냈다.

"저기 가서 놀아."

세바스티안은 실망스런 눈빛으로 레오를 쳐다보고는 공이 날아간 방향으로 뛰어갔다. 아빠 2호는 차고 안으로 들어가 불을 켜고 문을 닫았다.

작업대 아래 내려놓았던 물건은 그 자리에 그대로 있었다. 그는 물건을 집어 들고 전과 똑같은 자리에 다시 내려놓았다.

타자기였다.

모든 일이 순식간에 지나갔다. 레오는 벽 쪽으로 몇 걸음 걸어가 대형 해머를 잡고 머리 위로 힘껏 들어 올린 다음 타자기를 내리찍었다. 철제 부속과 문자판이 가루로 변했고 해머를 내리찍을 때마다 그의 입에서 큰 비명이 터져 나왔다.

"뭐 해요?"

꼬맹이가 문을 열고 기웃거렸다.

"나가!"

"너무 시끄러워."

"당장 나가라고!"

레오는 동작을 멈추지 않았다. 세바스티안이 문을 닫고 나가는 동안에도 해머질은 계속되었다. 타자기가 고철과 플라스틱 조각으로 '분해'될 때까지. 다시는 사용할 수 없는 수준이 될 때까지. 그 누구도 협박 편지를 문제의 타자기로 작성했는지 확인할 수 없도록. 브론크스의 결정은 그랬다. 이제 레오가 바라는 것은 브론크스 형사의 삶을 지옥으로 만들어주는 일뿐이었다. 다시 한 번 그를 약 올리고 눈앞에서 사라지는 것.

69

7개월 전만 해도 500크로나 지폐 86장이 담긴 봉투는 흰색이었다. 그러나 지금은 봉투를 여닫으면서 검게 손때가 묻었고 남은 지폐도 달랑 4장뿐이었다.

몇 년간 아무런 연락도 없었던 큰아들이 집으로 찾아와 두툼한 봉투를 건넸다.

툼바에서 대형 공사 한 건도 마무리 지었습니다. 솔보 센터라고 규모가 7백 제곱미터 정도 되는 상업 시설인데, 돈벌이가 좀 되더군요.

장남이 번쩍이는 회사 트럭을 타고 돌아가자마자 이반은 안으로 들어가 복권 아래 있던 볼펜을 들고 재빨리 자신이 기억해야 할 내용을 적었다. 이미 그때부터 직감하고 있었던 것이다. 보드게임 속 장난감 지폐 같았던 4만3천 크로나.

아버지가 저한테 받을 빚이라고 생각하시는 3만5천에, 이자로 5천 더 얹었습니다. 그리고 거기다 3천 더 넣었어요. 갈비뼈 한 대에 1천씩 쳤어요.

이반은 자신이 앉아 있던 노란 의자와 똑같은 노란색 플라스틱 테이블 위에 놓여 있던 유리 맥주잔과 봉투의 무게를 비교해보았다. 피자 굽는 커다란 오븐에서 열기가 전해졌다. 그는 맥주 한 모금을 마셨다. 아주 조금. 온전한 정신 상태로 길을 나서야 하기 때문이었다.

그는 창문으로 고개를 돌렸다. 교통량이 많은 국도는 초여름 열기로 달아오르고 있었다. 더위가 사방에서 그를 감쌌다.

그는 두 차례 아들에게 전화를 걸어 혹시 해선 안 될 불법적인 일을 저질렀는지 직접 확인하고 싶었지만 아무런 대답도 얻어낼 수 없었다. 얼마 전까지만 해도 자신의 직감이 틀렸을 수도 있다는 생각이 들었다. 하지만 마지막 남은 의심은 성마르고 뚱뚱한 남자가 마지막 맥주잔을 비우고 피자집을 떠나는 순간 날아가버렸다. 가베라는 이름을 가진 공사장 감독관이었다. 이반은 여기저기 전화를 돌린 끝에 레오에게서 받은 봉투 뒷면에 적어놓았던 건설 현장 책임자라는 사람의 연락처를 알아냈다. 자신을 목수라고 소개하고 얼마 전, 레오 뒈브냑이라는 건축업자에게 일자리 제안을 받았는데 평판이 어떤지 궁금해서 찾아왔다고 말했다.

대화는 순조롭게 진행되었다. 불같은 성격에 날카로운 목소리를 가진 감독관은 레오의 회사에 하청을 준 적이 있다고 했다. 그렇다면 큰아들이 건넨 돈은 거기서 온 걸 수도 있다. 하지만 감독관은 술이 어느 정도 들어가자 그에게 가까이 다가와 충고 한마디를 건넸다.

그 친구한테 일자리 제안을 받으면 조심하는 게 좋을 거요. 댁한 테 솔직하게 하는 말이지만 손해 보는 장사가 될 수도 있거든. 그 친 구, 가격을 후려치는 편이라서 말입니다. 나야 뭐 일을 맡기는 입장 이니 싸게 해주면 좋지만 댁은 그 친구랑 일해야 하는 처지 아니요. 시장가격을 한참 밑도는 그런 단가로 도대체 어떻게 버티고 있는 건지, 그게 의문입니다.

그리고 이제 알게 되었다. 의심할 만했던 일이었다. 감독관은 자 신의 의사와 상관없이 이반이 한동안 키워왔던 의심을 확신으로 바 꿔주었다. 뉴스에 나온 복면을 뒤집어쓴 은행 강도가 아는 인물 같 다는 의심. 그리고 그 강도가 큰아들이라는 확신.

길 반대편에 커다란 창고가 딸린 작은 집 한 채가 보였다.

감독관이 가르쳐준 바로 그 집, 레오가 살고 있는 집이었다.

이반은 잔을 비우고 테이블 위에 50크로나 지폐를 내려놓았다. 와인조차 구역질이 나서 못 마실 만큼 몇 날 며칠, 잠을 설치고 고 민하고 생각했던 그림이 눈앞에 펼쳐질 것만 같았다. 자신과 레오 가 구심점 역할을 해서 회사를 키워나간다. 그리고 펠릭스와 얽힌 문제를 푼 다음 빈센트에 대해 알아나간다. 그렇게 모두가 한자리 에 모여 밤새도록 이야기꽃을 피운다.

네 부자가 한자리에 모여 가족 사업을 키워나가면서. 진정한 클 랜처럼.

그는 발걸음을 옮겼다. 대로를 지났다. 가시철조망을 얹은 철책 으로 둘러싸인 묘한 분위기의 작은 집이 가까워졌다. 집이라기보 다 요새 같은 분위기를 풍겼다.

손으로 앞주머니를 만져보았다. 봉투가 느껴지지 않았다. 피자 집에 두고 온 것 같았다. 다시 한 번 만져보니 가슴 한쪽으로 처진 상태 그대로 들어 있었다. 큰아들을 마지막으로 만났을 때를 떠올리게 하는 물건이었다. 그래서 보관하고 있었던 것이다. 심장에서 가까운 위치에.

평소 누군가와 마주칠까 두려워해본 적 없는 그였지만 다른 사람도 아닌 아들을 만나러 가는 길이 초조하고 불안할 뿐이었다.

제법 교통량이 많은 대로를 건너 구부러진 골목길로 접어들자 근사한 목조 빌라가 나왔다. 더운 날이었다. 어깨에서 흘러내린 땀이 셔츠를 적셨다. 그는 터덜터덜 걸어 빌라를 지나친 다음, 교도소 문이 연상되는 철책 담장의 개방된 입구로 들어갔다. 텅 빈 정원 같은 곳으로 이어지는데 전체가 아스팔트로 덮여 있었다.

그는 정원으로 들어갔다. 바닥 공사를 한 사람이 일을 엉망으로 한 것 같았다. 울퉁불퉁한 데다 발걸음을 옮길 때마다 신발 밑창과 부딪히며 소리를 냈다.

차고를 거쳐 집으로 걸어가려던 그는 차고 문이 올라가 있는 걸 발견했다. 누군가 그 안에서 콘크리트 혼합기를 돌리고 있었다. 익숙한 뒷모습이었다. 검은색 점프슈트를 입은 그 뒷모습을 본 적 있었다. TV를 통해, 자신의 집 거실에서.

"레오?"

그는 어두운 차고 안을 들여다보며 큰아들을 불렀다. 혼합기가 멈추고 뒷모습이 돌아섰다.

지난번에 본 게 4년 반 만이었다. 게다가 그 집은 처음이었다. 하지만 큰아들은 마치 예상했던 일처럼 아버지를 보고도 놀라는 기색을 보이지 않았다.

"오셨어요."

"레오, 우리 얘기 좀 하자."

레오는 얼마 전에 만났을 때보다 나이가 더 들어 보였다. 그 사이 아들은 은행을 아홉 군데나 털었다.

"말씀하세요."

"들어가서 얘기하면 안 되겠냐?"

이반은 한 번도 구경해보지 못한 아들의 집을 가리키며 말했다. 레오는 벽으로 가더니 버튼을 눌렀다. 차고 문이 스르르 아래로 내려왔다. 이반은 황급히 차고 안으로 들어왔다.

"레오."

"네."

"너하고 나는 부자지간이다."

이반은 자신의 앞주머니 부분을 툭툭 쳤다. 가슴속 박동 소리는 오직 자신의 귀에만 들렸다.

"우리 사이에 비밀은 없는 거야."

그는 아들이 뭐라고 말해주기를 바랐지만 아무런 대답도 없었다. 그래서 다시 말을 이었다.

"그게 말이다…… 너라는 거 나도 안다."

"아신다고요? 뭘요?"

"네가 그랬다는 거…… 동생들하고."

"저하고 제 동생들에 대해 뭘 아시는데요?"

입 밖으로 꺼내기 참 어려운 말이었다. 이렇게 어려운 일인지는 미처 몰랐다. 아들 앞에 서서, 아들을 바라보며 그 말을 한다는 게. 그냥 그렇게 진실을 털어놓고, 아들의 반응을 기다린다는 게.

"경찰 놈들이 찾고 있는 게 너하고 네 동생들이라는 거…… 그 특수부대……."

큰아들은 아무런 반응도 보이지 않았다. 표정 하나 변하지 않았다.

"네가 그 빌어먹을 복면을 쓰고 있어도 내 눈은 못 속인다. 난 꿰 뚫어 볼 수 있거든. 그게 너였다는 걸. 네 동작을 통해서 말이다. 난 네 아버지다."

"저에 대해 아무것도 모르시잖아요. 애들에 대해서는 더더욱 그 렇고요."

"날 속일 수 있다고 생각하는 거냐? 경찰은 속여도 나한테는 안 통해!"

아무런 변화 없는 표정.

"이거 보세요, 아버지. 정말 그렇게 생각하시는 거면…… 그게 저희들이라고 생각하시면……. 진심으로 그렇게 믿으시면 가서 신 고하세요. 어디 가서 해보시라고요, 고자질."

갑자기 신경과민에 가까웠던 불안감이 사라진 기분이 들었다.

"뭐라고?"

더 이상 가슴팍에 들고 다니는 봉투를 만질 필요도 없었다.

"경찰서로 가세요. 가서 신고하시라고요. 사실은 우리 아들 삼 형제가 특수부대라고 불리는 그 은행 강도단이라고 해보시라고 요."

작업대 위에 나무 상자 하나가 놓여 있었다. 바나나 상자 크기였 다. 레오는 플라스틱 양동이 하나를 들고 거꾸로 쏟았다. 가장 먼저 검은색 원통 같은 물건이 떨어졌다. 그리고 끝에 문자가 찍힌 기다 란 작대기 같은 것들이 주르르 흘러내렸다. 타자기였다. 산산조각 난 타자기.

"똑같이 해보세요. 절 고발하시라고요! 제가 아버지를 고발했다 고 믿으시는 것처럼, 그렇게 똑같이 해보시라고요!"

콘크리트 혼합기에 달린 원형 손잡이가 끽 소리를 냈다. 레오는 기계를 작업대 쪽으로 가져가 잿빛 내용물이 타자기 조각들을 완전히 뒤덮을 때까지 기울였다.

"아버지 말씀대로 우린 부자지간이에요. 서로 비밀이 없어야 하는 거고요. 병에 휘발유를 정확히 얼마만큼 채워야 하는지 설명해 주시던 그때처럼요. 안 그래요, 아버지?"

레오는 차고 문을 다시 올리고는 밖으로 나가 다시 닫았다. 땀에 젖은 등을 보이고 있는 아버지를 그대로 둔 채.

"내가 경찰서 갈 일 없다는 건 너도 잘 알 거다."

레오는 집으로 걸어갔다. 이반은 뒤처지지 않으려 허겁지겁 아들을 따라갔다.

"레오, 내 얘기 좀 들어봐라."

큰아들은 눈길 한 번 주지 않고 그냥 계속 걸었다.

"그만 좀 하세요."

"내 도움이 필요하면 연락해라, 레오. 같이 일도 할 수 있고, 우리 회사를 세우는 거야. 과거는 묻어두고, 미래를 내다볼 수도 있지 않겠냐."

그 말에 레오는 발걸음을 멈췄다. 그러고는 아버지를 쳐다보았다.

"아버지가 저를 도와주신다고요?"

질문 아닌 질문을 던진 큰아들은 그대로 집 현관 앞으로 걸어가 뒤도 돌아보지 않고 문을 열었다.

"들어오시는 길을 알아서 찾으셨으니 나가시는 길도 아실 거라 믿습니다."

176

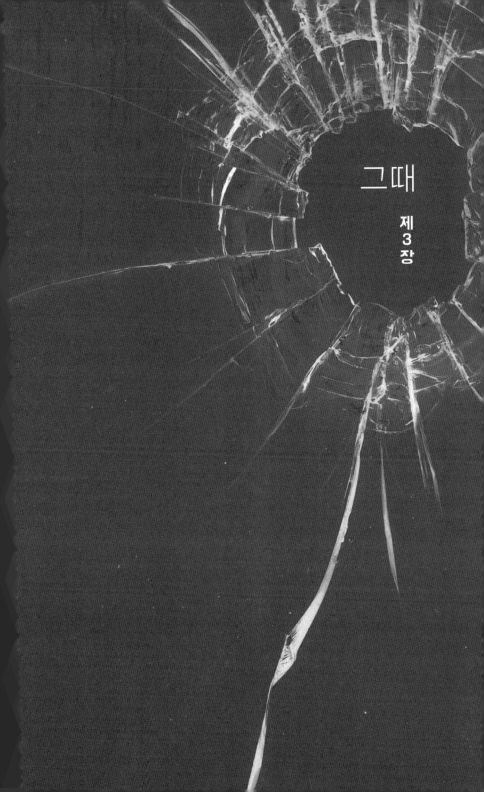

그때

제
3
장

70

그녀는 곁에 누워 있었다. 평온한 숨결을 따라 머리 냄새가 퍼져 나갔다. 그녀는 꿈틀대는 알몸이 돌아눕는 과정을 조용히 지켜보고 있었다. 그러고는 뺨에 손을 올리고 어루만지다가 입을 맞춰주었다.

빈센트의 뺨이었다. 추위와 바람, 햇살을 만난 지 3년밖에 되지 않은 아이의 살갗은 여전히 매끈하고 보드라웠다.

그녀는 가장 먼저 펠릭스의 빈 침대에 앉았다. 펠릭스는 아버지가 손을 들어 올리자 고래고래 소리를 지르고는 물소리로 가리기 위해 잠가놓은 욕실 문을 두드렸다. 그러고는 자신의 방에서 슬쩍 나와 어둠 속으로 달아나버렸다. 그런 다음 레오의 빈 침대로 옮겨 앉았다. 불과 열 살의 나이였지만 레오는 마치 자신이 어른이라도 된 것처럼 한밤중에 동생을 찾으러 나갔다.

빈센트 침대는 왠지 평화롭게 느껴졌다. 그렇다고 거기 누워 잠을 잔 건 아니다. 그럴 수도 없었다. 하지만 심장박동이 느려졌다.

그녀는 아이의 머리에 코를 파묻고 그대로 엎드렸다. 순간, 현관문 열리는 소리가 들렸다.

그런데 동시에 그 느낌이 반복되기 시작했다. 자신이 감당할 수 없는 일이 벌어지고 무언가를 잃게 될 것 같다는 그 불안감.

그녀는 빈센트의 머리에 파묻고 있던 자신의 얼굴을 조용히 들어 올린 다음 조심스레 방문을 닫고 옆에 있는 부부 침실 상태를 확인했다. 불규칙적으로 코 고는 소리가 이어졌다.

레오와 펠릭스. 사랑스런 두 아들. 그녀는 비좁은 통로에서 두 아이를 꼭 끌어안았다. 펠릭스는 엄마의 귀가 젖을 정도로 입을 가까이 가져가 속삭였다.

"엄마가 도망가려는 거 나도 알아."

레오도 듣고 엄마도 들었다. 하지만 레오는 속삭이지 않았다.

"난 엄마가 가지 않을 거라는 거 알아. 그렇지, 엄마?"

엄마는 두 아이를 동시에 품에 안았다.

"너희들은 걱정할 거 하나 없어."

"하지만…… 엄마가 외할머니하고 얘기하는 거 들었어. 들었다고. 언제야, 엄마? 언제 떠날 거야?"

엄마는 자신을 쏙 빼닮은 두 아이의 눈을 바라보았다.

"엄마가 이렇게 여기 있잖아, 펠릭스. 그렇지? 이제 얼른 가서 씻어라. 엄마가 아침 만들어줄게. 이제 학교 가야지.

두 아들이 엘리베이터로 향하는 동안 엄마는 현관 벽장을 열었다. 구석 자리에 놓인 연갈색 가죽 여행 가방이었다. 지난번 가출을 결심했을 때 이미 양말과 원피스, 바지, 상의 등 각종 옷가지들로 반쯤 채워놓은 상태였다. 한 손에 들어오는 삶의 단편이었다. 그녀는 곧바로 빈센트의 방으로 향해 막내아들의 옷가지들을 챙겨 가방에 넣었다. 바로 그 순간, 부엌에서 인기척이 들렸다. 수돗물 트는 소리였다. 이반이 잠에서 깼다. 그녀는 온몸이 얼어붙는 것 같았다.

싱크대 위에 컵 내려놓는 소리가 이어졌다. 이반은 다시 방으로 되돌아갔다. 삐걱거리며 문 열리는 소리와 닫히는 소리가 이어졌다.

그녀는 숨죽인 채로 귀를 쫑긋 세우고 기다렸다.

그녀는 소리 나지 않게 여행 가방을 들고 신발장 옆에 내려놓은 다음, 다시 빈센트의 방으로 되돌아가 새근거리며 자고 있는 막내아들을 안고 조심스레 현관으로 향했다.

외투 주머니를 뒤져보았다. 차 열쇠가 손에 잡히지 않았다.

부엌이다. 식탁 위에.

빈센트를 팔에 안은 채 차 열쇠를 가지러 부리나케 부엌으로 향하던 도중 신발이 살짝 소리를 냈다. 차 열쇠는 재떨이 옆에 놓여 있었다. 그녀는 열쇠를 집어 들고 뒤로 돌았다.

"이건 뭐지?"

이반이 연갈색 가죽 가방을 손에 들고 문턱에 서 있었다.

"내가 들고 있는 이거, 뭐냐고." 그가 나지막이 중얼거렸다.

그러고는 한숨을 내쉬며 가방을 열고 거꾸로 뒤집어 안에 있던 물건들을 쏟았다. 통로와 부엌 사이에 옷 더미가 쌓였다. 맨 마지막으로 떨어진 흰 슬립이 대미를 장식했다. 이반은 허리를 숙이고는 마치 더러운 물건을 집듯 손가락 두 개로 슬립을 집어 올려 뭐가 있는지도 모를 자신의 뒤로 집어 던졌다.

"내 아들 데리고 어딜 가겠다는 거야? 당장 자기 방에 데려다놔. 당장. 내 말 알아듣겠지, 브릿 마리?"

그는 육중한 체구로 막아선 채 문턱에 섰다. 그녀가 정면으로 다가오자 그는 옆으로 비키며 길을 내주었다. 그녀는 방으로 들어가 침대 가까이로 다가간 뒤 이불로 막내아들의 팔과 다리를 잘 덮어 주었다. 엄마가 베개 위치를 만져주자 아이가 뒤척였다.

브릿 마리는 방에서 나와 쏟아진 옷 더미 앞에 무릎을 꿇었다.

팬티 몇 장을 시작으로 소매에 노란 줄무늬가 들어간 초록색 원피스까지 가죽 가방에 다시 챙겨 넣은 그녀는 가방을 가슴에 꼭 끌어안고 현관으로 걸어갔다.

"그래서 어디로 가겠다는 건데?"

남편은 허둥지둥 아내를 뒤쫓아 와 현관 앞을 막아섰다.

"여보?"

그는 두 팔을 벌렸다. 그녀와 비교할 수 없을 만큼 기다란 두 팔. 모든 걸 거머쥐고 파괴하는 두 팔.

"일단 부엌으로 들어가자. 우리 식탁으로 돌아가 우리 의자에 앉자고. 우리가 같이 산 의자에."

잡히는 건 뭐든 갈기갈기 찢어놓는 두 팔.

"거기서 얘기 좀 하자고. 잠깐이면 되니까."

"우린 할 얘기 없어."

"아니, 우린 얘기를 해야 해, 브릿 마리. 당신하고, 나하고."

"내 말 못 들었어? 내가 하는 말을 진짜 못 알아듣겠다는 거야? 우리 사이엔 더 이상 이야기할 게 없어."

남편은 어제처럼 번쩍 손을 올렸다. 그리고 그녀 얼굴 앞에 대고 마구 흔들었다.

"우리한테 아들이 셋 있어. 그렇지? 아주 멋진 아들 녀석들! 그리고 나한테는 일자리가 있어. 당신도 괜찮은 직장이 있고. 우리는…… 브릿 마리, 우리는 이것도 있잖아. 우리가 살고 있는 이

집."

거친 손바닥이 그녀의 뺨을 어루만졌다.

"내가 하는 말을 못 알아듣는 건 당신 아니야? 내 사랑, 나한테
는, 그리고 우리한테는 중요한 일이라고. 우리 아들들은 자기 자신
을 지킬 수 있어야 해."

남편은 다시 손등으로 그녀의 뺨을 문질렀다. 손바닥보다는 부드
러웠다.

"당신이 진짜 원하는 게 뭐야? 난 도대체 모르겠어. 여보, 원하는
게 뭐냐고? 뭘 그렇게 바꾸고 싶은 건데? 도대체 당신은 왜……
이 모든 걸 파괴하려고 드는 거야?"

"파괴하는 건 내가 아니야, 이반."

그는 순간적으로 그녀의 기다란 머리를 붙잡고 귀 뒤로 슬쩍 당
겼다.

"솔직히 어젠 내가 좀 너무 나가긴 했어. 하지만 왜 그랬는지는
당신도 이해하잖아. 안 그래? 상황이 어땠는지 당신도 알잖아. 난
우리 아들들을 사랑해. 레오를 사랑한다고. 우리…… 아들들 말이
야."

속삭이던 그의 목소리가 바람을 가르는 소리처럼 변했다.

"난 단지 화가 치밀어 올랐던 것뿐이라고! 그 하세 애비라는 작
자가 우리 집까지 찾아왔었잖아……. 사과를 받아내겠다고! 우리
한테 사과를 하라잖아! 당신도 알거 아니야, 내가 왜 그렇게 화가
났었는지. 안 그래, 여보?"

그는 손가락으로 그녀의 입술을 쓸어내렸다.

"다음부터는 내가 참을게. 자제하겠다고. 정말이야. 약속해."

아내는 남편의 눈을 똑바로 쳐다보았다.

"난······."

그리고 들고 있던 가죽 가방을 더 꽉 끌어안았다.

"떠날 거야."

"그게 무슨 뜻이야······ 떠나다니?"

그녀는 현관 잠금장치를 풀었다.

"당신이 떠나면 어떻게 되는 건데? 내 가족은 어떻게 되는 거냐고? 내 아들들은?"

"너무 늦었어."

"여보, 난······."

"난 떠날 거야, 이반. 당신은 이해하고 받아들여야 해."

순간 상황이 돌변했다. 남편은 아내의 팔을 붙잡고 끌어당겨 문 손잡이에서 떨어뜨렸다. 그러더니 말투가 거칠어졌다.

"마음대로 떠날 수 있을 것 같아? 그럴 것 같으냐고? 그래, 여기서 뭘 들고 나갈 건데? 아무것도 없어! 여기선 아무것도 못 가지고 나간다고! 절대, 아무것도!"

이반은 그녀의 팔을 잡고 벽으로 밀어붙이고는 다른 손으로 그녀의 외투 주머니를 뒤적여 차 열쇠를 강제로 빼앗아 들고 눈앞에서 흔들어 보였다.

"당신은 빌어먹을 차, 못 가지고 가. 알아듣겠어! 못 가져간다고! 당신 차가 아니니까! 여기, 당신 건 없어!"

그의 손은 또다시 다른 주머니로 들어가 이번에는 지갑을 꺼냈다. 그러고는 지갑에 들어 있던 지폐와 동전을 가져갔다.

"아무것도 못 가져간다고! 이건 당신 돈도 아니야!"

"절반은 내 거야."

"당신 건 없어!"

"차도 반은 내 거야. 그 돈도 반은 내 돈이고."

이반이 팔을 놓자 그녀는 비틀거리며 바닥에 쓰러질 뻔했다. 그는 각종 장비들과 작업복을 걸어놓는 자신의 벽으로 뛰어갔다. 장갑을 넣어두는 나무로 짠 광주리와 펠릭스가 엄마를 위해 그린 그림 두 장이 걸린 그녀의 벽과는 확연히 구분되는 그만의 공간이었다. 이반은 그 벽에서 자랑스럽게 걸려 있던 검을 빼들었다.

"절반이 당신 거라고 했었나?"

방금 전 눈앞에서 반짝이던 차 열쇠처럼 칼날이 불을 내뿜는 것 같았다. 남편은 그런 검을 들고 앞으로 찔렀다가 위아래로 흔들었다.

"절반이라고 했지?"

그는 그 말과 동시에 나무 광주리를 두 동강 냈다. 안에 들어 있던 장갑 두 쌍과 모자가 바닥에 떨어졌다.

"그렇게 하자고. 정 그렇게 떠나겠다면 여기 있는 거 다 나누자고."

그는 검을 손에 들고 통로로 걸어가 침실을 지나쳐 그대로 빈센트의 방으로 들어갔다.

"반반씩."

그때까지만 해도 아내는 그게 무슨 뜻인지 이해하지 못했다. 하지만 문득 이건 아니라는 생각이 들었다. 그래서 미친 듯이 남편을 쫓아갔다.

"나누는 거야, 반반씩. 여기 있는 모든 걸."

그는 빈센트가 덮고 있던 이불을 걷어내 바닥에 떨어뜨렸다. 알몸 상태로 옆으로 돌아누워 자고 있던 세 살 꼬마는 몸을 살짝 웅크리고는 볼과 코를 긁적이다 하품을 했다.

"전부 다."

멋들어지게 휜 칼날이 세 살 꼬마에게 향했다. 막내아들 빈센트에게.

"당신이 떠나면 난 어쩔 수 없이 모든 걸 절반으로 나눌 수밖에 없어."

그녀는 거칠고 불규칙적인 남편의 숨소리를 감지할 수 있었다. 두려움과 공격 성향이 동시에 느껴졌다.

"반은 당신 거, 반은 내 거."

"당신, 지금 속삭이고 있어."

"다 반반씩 나누는 거야, 브릿 마리. 당신이 원하는 대로. 당신이 선택한 거라고."

"당신 지금 속삭이고 있다고, 이반. 왜 그러는지 알아? 빈센트를 깨우고 싶지 않아서야. 당신이 지금 진심으로 그 아이를 반으로 가를 생각이었다면 그렇게 나지막이 속삭이지는 않았을 테니까."

그는 식은땀을 흘리며 부들부들 떨고 있었다. 칼끝이 거의 빈센트의 맨살과 맞닿기 일보직전이었다.

"칼을 보자마자 맨발로 미친 듯이 뛰어나갔던 건 당신이었어, 이반. 당신은 아들 하나를 잃게 될까 봐 그게 두려웠던 거잖아."

그녀는 하품을 하며 반대편으로 돌아눕는 빈센트에게서 시선을 돌려 점점 더 움츠러드는 사람을 쳐다보았다.

"당신은 그런 행동 하지 않을 거야, 이반. 난 당신이 그 아이, 사랑하는 거 알거든."

온몸이 땀에 젖으며 심하게 떨렸다. 결국, 그는 검을 꽉 쥐고 있던 손에 서서히 힘을 뺐다.

그 방을 나서면서 그녀는 그를 쳐다보지 않았다. 그리고 그렇게 집에서 나와 아파트 밖으로 걸어나갔다. 그래서 그녀가 떠난 후, 서서히 바닥에 주저앉아 칼을 내려놓고, 생전 처음 울어보는 사람처럼 오열하는 소리를 들을 수 없었다.

71

레오는 입에 젤리를 물고 동생의 교실이 딸려 있는 4학년 건물 벽돌 담벼락을 따라 늘어선 나무 벤치에 앉아 있었다. 레오는 노란색 젤리를 찾기 위해 봉투 안을 들여다보았다. 처음에는 신맛이 나다가 달콤한 맛에 이어 짠맛까지 담고 있어 오래 씹을 수 있었다.

레오는 지난 몇 주간 계속 그래왔던 것처럼 주변을 유심히 살펴보았다. 마치 산꼭대기에서 계곡 아래를 내려다보는 인디언처럼 경계심을 발동시키고 중학교 운동장을 주시했다. 운동장 정중앙, 깃발 게양대, 흡연 구역. 특별한 위험은 감지되지 않았다. 3월의 찬바람이 부는 데도 외투도 없이 삼삼오오 모여 있는 학생들이 보였다. 7학년 여자 셋, 남자 셋이었다. 아는 얼굴은 없었다. 자신이 찾는 2인조는 얼마 전부터 통 보이지 않았다.

하세의 아버지가 여전히 겁에 질려 있는지 궁금했다. 속으로 떨고 있었던 아버지는 집으로 찾아온 하세의 아버지에게 그 두려움을 넘겼다. 우리를 떨게 만드는 건 그렇게 남들에게 넘겨버려야 한다.

시작이다.

성가시고 짜증 나는 벨 소리가 길게 이어졌다.

레오는 등에 달라붙은 먼지를 툭툭 털어내고 성큼성큼 걸어가 겨우 시간에 맞췄다.

문이 열리자마자 둘째 동생은 주변을 살피지도 않고 뛰쳐나갔다.

"펠릭스! 기다려!"

형제는 서로의 위치를 확인할 정도로만 눈을 맞출 뿐, 펠릭스는 걸음을 멈추지 않고 달려 운동장을 지나쳐 길을 건너서 반대편으로 넘어갔다. 펠릭스는 빠르긴 했지만 주차장 거의 끝자락에 다다를 때쯤 큰형에게 따라잡혔다.

"엄마, 아직 있어."

형제는 빨갛고 하얀 다지 승합차로 가까이 다가가 운전석을 들여다보기 위해 폴짝폴짝 뛰었다.

"엄마가 나갔으면 차를 가져갔을 거야, 그렇지?"

펠릭스는 그제야 처음으로 큰형을 쳐다보며 자신을 향해 고개를 끄덕여주기를 기다렸다. 그래, 네 말이 맞아. 가져가셨을 거야.

"자, 네가 좋아하는 맛 골라."

레오는 젤리와 사탕이 담긴 봉지를 내밀었다. 알사탕과 젤리, 라즈베리 맛, 생쥐 모양, 마시멜로 모양의 젤리가 담겨 있었다.

형은 고개를 끄덕이지 않았다.

펠릭스는 가방을 발로 차고 다시 뛰기 시작했다. 레오는 가시덤불을 뚫고 인도로 나가 아파트 엘리베이터에 올라타는 동생을 문이 닫히기 직전에 간신히 따라잡았다.

"네가 좋아하는 맛 고르라니까. 아무거나. 하세 코를 납작하게 눌러줬다고 아빠한테 받은 돈으로 산 거야."

레오는 씩 웃으면서 펠릭스의 코를 향해 주먹 뻗는 동작을 보여주고 다시 사탕 봉지를 내밀었다.

"펠릭스."

사탕과 젤리가 가득 담겨 있었지만 펠릭스는 눈길 한 번 주지 않았다.

엘리베이터에서 내려 집으로 들어가자 펠릭스는 모자걸이 앞에
서 걸음을 멈췄다. 그러고는 무언가를 찾다가 차 앞을 지나올 때처
럼 폴짝폴짝 뛰기 시작했다. 엄마가 평소에 신던 검은 신발이 보이
지 않았다. 엄마 외투와 장갑도 보이지 않았고 올란드에 갔을 때 사
가지고 와서 이따금 머리에 싸매고 다녔던 얇은 스카프도 그 자리
에 없었다.

"엄마?"

부엌에는 사용하고 씻지 않은 접시들이 가득했고 뚜껑을 열어놓
은 설탕통과 빈병들뿐이었다. 부모님이 쓰는 침실은 엉망진창인
데다 블라인드도 내려가 있었다.

"엄마!"

작업실로 가보니 천장에 조명이 그대로 달려 있었다. 펠릭스와
레오의 방은 전과 다를 바 없었다.

"엄마!"

빈센트와 아버지는 장난감 병정과 레고에 둘러싸인 채 카펫 위에
앉아 있었다. 무언가를 만드는 중이다. 아버지는 한 손에 담배를 들
고, 다른 손으로 빈센트에게 한 번에 하나씩 레고 블록을 건네주었
다. 빈센트는 그걸 받아 사각형 기지 위에 차곡차곡 눌러 붙였다.

"왔냐?"

이반은 기다란 팔로 자욱한 담배 연기를 휘저어 잠시 숨 쉴 공간
을 만들었지만 이내 다시 담배 연기로 가득 찼다.

"어서오너라. 여기 앉아, 이 옆에."

"엄마 어디 있어요?"

"앉으라니까."

"알고 싶어요."

"펠릭스, 앉으면 가르쳐줄게. 앉아라."

아버지는 레고 블록을 건네던 손으로 멀쩡히 서 있던 장난감 병정들을 밀어내고 만들고 있던 기지 일부도 무너뜨렸다.

"엄마 여기 없다."

"어디 가셨어요?"

"더 이상 여기 안 살아."

"어디 가셨나고요, 아빠?"

"모른다."

"엄마 어디 있어요?"

"숨었어."

그는 우락부락한 두 팔로 아들들의 목을 감싸 안았다. 와인에 설탕을 녹여 마셨을 때만 나오는 행동이었다.

"어디로 숨었는지는 아빠도 몰라. 너희들 생각에는 엄마가 어디 숨었을 것 같니? 너희들 학교 가기 전에 뭐라고 말한 거 없냐? 엄마가 말했지? 너희들한테?"

펠릭스는 고개를 돌렸다. 눈을 아래로 깔고 자신의 발만 내려다보고 있었다.

"펠릭스? 넌 뭐 아는 거 있지?"

펠릭스는 모른다고 소리를 지르고는 욕실 문을 쾅쾅 두드렸다.

"아빠한테 거짓말하면 안 되는 거 알지, 펠릭스? 넌 알고 있지, 그렇지? 아빠한테 거짓말해봐야 소용없어. 아빠는 다 아니까."

눈물이 찔끔 흘러나왔다.

"울지 마라, 펠릭스. 지금은 울 때가 아니야."

그러자 이제 펑펑 울기 시작했다.

"자, 아빠 봐라, 펠릭스. 엄마는 아빠를 배신했어. 엄마가 배신했다고!"

펠릭스는 계속해서 울었다. 그래선 안 되지만 눈물이 멈추지 않았다.

"엄마는 우릴 떠났어. 알겠니? 그러니까 우린 울어선 안 되는 거야. 울 사람은 우리가 아니라 엄마야. 자, 이제 아는 거 다 말해봐. 가서 엄마를 데려오자. 집으로 데려오는 거야. 너하고, 아빠하고, 레오 형, 그리고 빈센트, 우리 모두가 같이 사는 집으로."

"엄마, 외갓집에 갔어요. 할머니, 할아버지한테요."

레오는 자신이 말해놓고도 스스로 깜짝 놀랐다. 하지만 그 지경이 되도록 울고 있는 펠릭스를 더는 두고 볼 수 없었다.

72

운전석에 앉을 때부터 이미 이반은 제정신이 아니었고 동작도 부자연스러웠다. 빈센트를 주차장에 내버려두고 출발하려 했을 뿐만 아니라, 또 다른 아들이 '아빠, 멈춰요!'라고 고래고래 소리를 지를 때도 뒤늦게 알아듣고 다시 전속력으로 차를 후진하기도 했다.

차를 타고 가는 동안 아이들은 입도 뻥끗하지 않았다. 아버지가 입을 열다가 자칫 중앙선 반대편으로 넘어가는 불상사가 발생할 것만 같았기 때문이다. 아이들은 파슈타 광장에 있는 쇼핑몰 앞에 멈춰 설 때까지 침묵을 지켰다. 아버지가 그길로 차에서 내려 주류 판매점으로 향했다가 검은색 말 그림이 상표로 붙어 있는 와인병을 사 들고 다시 차로 돌아와 따는 동안에도 침묵을 지켰다. 그렇게 뉘네스 대로를 건너 인디언들에게 유리한 높은 언덕을 지나 반대편으로 내려와 스토라 쉔달이라는 지역 명이 찍힌 표지판을 지나칠 때까지 아이들은 묵묵히 자리에 앉아 있었다.

드디어 목적지에 도착했다.

이반은 운전석 창문을 내리고 얼굴에 바람을 쏘이며 남은 와인을 다 마시더니 빈병을 밖으로 힘차게 던졌다. 날아간 병은 표지판에 부딪히며 큰 소리를 냈다. 레오는 그제야 눈을 떴다. 여행은 이제 끝이다. 옆에 앉아 있던 아버지는 풀숲으로 떨어진 빈병을 멍하니 응시했다. 펠릭스와 빈센트는 두 눈을 꼭 감고 조용히 앉아 있었다. 대략 25미터 앞으로 아기자기한 화분이 놓여 있고 레이스 달린 커튼에 작은 정원이 딸린 작은 집들이 줄지어 서 있었다.

할머니와 할아버지 집은 대략 그 주택단지 가운데 지점, 짤막한 세 줄로 늘어선 산딸기나무 울타리 뒤편이었다. 레오는 외갓집을 좋아했다. 고함을 지르는 사람도 없고 라디오에서 뉴스나 클래식 음악이 흘러나왔고, 방마다 양초 냄새가 은은하게 풍겼기 때문이다.

차 바닥, 아버지 다리 사이, 가속페달 바로 옆에 비닐봉지 하나가 놓여 있었다. 또 다른 술병이었다. 그는 병을 따자마자 그대로 세 모금, 네 모금, 다섯 모금, 그리고 여섯 모금을 연거푸 들이켰다.

"만약 엄마가 우리를 따라 나오지 않겠다고 하면 어떻게 해야 하는지 알지?

이반이 룸미러를 왼쪽으로 조정해 뒷자리에 앉아 있던 펠릭스를 무섭게 쏘아보았다.

"왜냐하면 레오 형은 그럴 수가 없거든. 알겠니? 형은 너무 커. 빈센트도 마찬가지고. 너무 작잖아. 그러니 네가 해야 한다."

펠릭스는 한참 동안 그를 빤히 쳐다보다가 고개를 숙였다.

"아빠 봐라."

계속해서 바닥에 깔린 매트만 쳐다보면 뭐라고 하는지 들리지 않을 것만 같았다.

"펠릭스?"

아버지는 둘째 아들의 시선이 바닥에서 등받이로, 등받이에서 머리 받침으로, 머리 받침에서 아버지로 올라올 때까지 기다렸다.

"엄마를 이렇게 쳐다봐야 해. 지금 아빠가 널 쳐다보듯이. 그리고 다시 한 번 똑같은 질문을 던져야 해. 항상 그래야 하거든. 누구든지 마지막 기회는 줘야 하니까. 그리고 아주 가까이 다가가야 해. 가까이서 해야 된다고."

그는 손가락으로 호각 소리를 냈다. 아무도 그렇게 큰 소리는 내지 못한다.

"네가 그렇게 못 하면 말이다, 펠릭스……. 아빠가 설명한 그대로 하지 못하면, 엄마는 우리가 한 식구라는 걸 이해할 수 없게 되는 거야."

그는 조수석을 쳐다보며 말을 이었다.

"안 그러냐, 레오?"

레오는 대답은커녕 꼼짝도 하지 않았다.

"안 그러냐고, 레오?"

포기하지 않는 아버지의 눈빛. 결코 뒤로 물러서지 않겠다는 강렬한 눈빛. 그래서 레오는 고개를 끄덕였다.

열, 열하나, 열두 모금. 아버지는 드디어 차 문을 열고 밖으로 나갔다.

작업복 차림의 이반. 모라 나이프의 빨간 손잡이가 한쪽 주머니

위로 튀어나와 있었고 반대편 주머니에는 접자가 들어 있었다. 그는 아들들에게 뒤에 가까이 붙어 따라오라고 손짓했다. 그들은 배수로를 건너 정원으로 들어가 레오가 올 때마다 신나게 타고 올라가던 커다란 체리나무 옆을 지나 산딸기나무 울타리 뒤로 들어갔다.

"아빠는 여기서 기다리마."

그는 산딸기나무 잔가지를 붙잡았는데 그럴 때마다 가지가 부러지는 바람에 중심을 잃었다.

"너희들은 계속 가라."

빈센트는 큰형의 손을 더듬어 찾았다. 펠릭스는 구부린 자세로 걸어갔다.

"레오, 펠릭스, 빈센트. 가서 우리가 얘기했던 그대로 하는 거야."

하얀 집이었다. 다섯 걸음만 걸어가면 현관 포치와 물결무늬가 들어간 작은 불투명 유리창이 나 있는 나무문이 나온다. 유리창 바로 아래에는 할아버지가 못으로 직접 박아 넣은 황금색 판이 하나 있었는데 그 위에는 '악셀손'이라는 성이 새겨져 있었다. 엄마가 결혼하기 전에 썼던 성이었다. 현관 벨 소리는 두 번 울리는 은은한 소리였다. 아파트나 학교에서 듣는 머리가 깨질 것처럼 날카로운 벨 소리와 차원이 달랐다.

아무도 문을 열어주지 않았다. 빈센트는 큰형의 손을 붙잡고 있었다.

"엄마 없나 봐." 펠릭스는 큰형의 목덜미에 대고 거친 숨을 몰아쉬며 말했다. "엄마 여기 없어!"

삼 형제는 계단을 내려왔다. 아버지가 산딸기나무 아래서 되돌아가 벨을 누르라고 손짓하고 있었다.

아무도 열어주지 않는다. 현관 벨을 눌렀다. 아무도 열어주지 않는다……. 두 번 울리는 벨 소리. 아무도…….

누군가 문을 열고 나왔다. 할아버지였다. 평소처럼 반가워하는 눈빛이 아니었다.

"여기……. 엄마 있어요?"

할아버지는 세 손자들을 내려다보다가 정원을 훑어보았다.

"아빠 어디 계시니?"

할아버지는 집 밖으로 나왔다.

"차에 계세요, 할아버지."

그러고는 현관문을 닫았다.

"차에 있다고?"

"엄마하고 얘기하고 싶어요."

할아버지는 다시 한 번 주변을 둘러보다가 한숨을 내쉬었다.

"들어들 와라."

"여기서요. 밖에서. 제발요, 할아버지."

할아버지는 아이들이 왜 그러는지 이해할 수 없었다. 아이들 역시 자신들이 왜 그래야 하는지 알 수 없었다. 할아버지는 맏이인 레오를 쳐다보았다. 레오는 아버지가 전하라고 했던 말을 할아버지에게 하려고 했다. 큰형 손을 꼭 잡고 있는 빈센트는 아장거리며 다가오는 게 더 작아 보였다. 두 형제랑 다소 거리를 두고 떨어져 있던 펠릭스는 점퍼 주머니에 두 손을 찔러 넣은 채 땅만 내려다보고 있었다.

"제발요."

"여기서? 알았다. 기다려라."

할아버지는 조심스레 문을 닫고 안으로 들어갔다. 1초가 한 시간 같았다.

레오는 멍청하게 생긴 자신의 손목시계 초침을 들여다보았다.

누군가 계단 밟는 소리가 들렸다. 지하실에서 올라오는 계단 같았다. 삼 형제가 동시에 누워서 잘 수도 있을 만큼 커다란 침대가 있는 곳이었다. 미끄럽기도 하고 밟을 때마다 소리가 나는 계단이었다.

엄마였다. 엄마는 웃고 있었지만 동시에 두려워하는 눈빛이었다. 그래서인지 할아버지처럼 정원을 이리저리 살펴본 다음 현관문 밖으로 나왔다.

"아빠 근처에 없어요, 엄마."

엄마는 세 아들을 하나씩 꼭 끌어안았다.

"엄마?"

레오는 아버지가 전하라는 말을 자신이 직접 하려고 정신을 집중했다. 자신이 그 말을 하면 엄마는 차마 입 밖으로 내뱉을 수 없는 그 말만큼은 들을 일 없을 테니까.

"그래."

"집으로 가요."

엄마는 고개를 절레절레 흔들었다. 금발의 앞머리가 엄마의 이마와 눈 바로 위에서 찰랑거렸다.

"갈 수 없어."

"제발요."

"지금은 못 가. 하지만 다 괜찮아질 거야. 조금만 기다려라."

"엄마, 제발, 제발, 제발요."

"레오야, 엄마 말 잘 들어. 다 잘될 거야. 너희들도 엄마랑 같이 살게 될 거고. 나중에. 며칠만 참아라. 알았지?"

엄마는 레오와 빈센트를 끌어안기 위해 허리를 숙였다. 그렇게 한참을 끌어안고 있었다. 하지만 펠릭스는 뒤로 물러나 있던 탓에 엄마의 손이 닿지 않았다. 오직 펠릭스만이 할 수 있는 일이 있었다. 큰형은 너무 커서 못 하고, 동생은 너무 작아서 할 수 없는 일.

펠릭스는 엄마 앞으로 뛰어갔다. 두 팔을 벌리고 기다리고 있는 엄마의 앞으로. 그러고는 목을 가다듬고는 엄마를 노려보았다.

그리고 침을 뱉었다.

펠릭스는 울먹이면서도 다시 한 번 침을 뱉었다. 한참을 담아두고 있었던 미적지근한 타액이 엄마의 이마에 맞고 뺨을 따라 목까지 흘러내렸다.

펠릭스는 눈을 꽉 감고 엄마 앞에 서서 부들부들 떨면서 울기 시작했다. 엄마는 둘째 아들에게 다가가 두 팔을 벌려 꼭 끌어안아주었다. 펠릭스는 두 번이나 엄마 얼굴에 침을 뱉었지만 엄마는 아들을 꼭 안아주었다. 엄마를 밀어내고 품에서 빠져나와 도망칠 때까지. 펠릭스는 자신을 뒤따라오는 큰형과 동생의 발소리를 들을 수 있었다. 펠릭스는 찻길을 건너 차를 향해 달려갔다. 아버지는 운전석에 앉아 창문을 내리고 삼 형제를 쳐다보고 있었다.

73

밤이었다. 적어도 펠릭스는 그렇다고 생각했다. 잠에서 깰 때마다 시간의 흐름과 멀어진 세상에 들어온 기분이 들었다. 창문을 가리는 커튼이나 블라인드도 없었다. 달아놓을 필요도 없었다. 8층 건물 창문까지 들여다볼 사람은 없을 테니까. 겨울이 지나가는 동안, 지금처럼 겨울 끝자락에 다다르면 하늘은 컴컴하고 어두워서 대조적으로 하늘의 별과 보름달이 더 밝게 보였다. 침대에 누워 있으면 별과 달에 가까워지는 기분이 들어서 창문을 열고 손만 뻗으면 손에 와 닿을 것만 같았다.

펠릭스는 하늘 올려다보는 걸 좋아했다. 하지만 자기 자신이 죽도록 싫었다.

잠도 오지 않는데 침대에 누워 있고 싶지 않았다. 이런 식으로 땀을 흘리고, 이런 식으로 헐떡이는 게 끔찍했다. 하지만 더더욱 끔찍했던 건 자신을 끌어안아준 엄마의 두 팔과 품이 여전히 느껴진다는 사실이었다. 뺨을 한 대 때려줘도 시원찮을 마당에 엄마는 자신의 얼굴에 침을 뱉은 아들을 꼭 끌어안아주었다. 펠릭스는 자신을 때렸지만 아무것도 느껴지지 않았다. 그래서 가장 날카로운 엄지손톱으로 자신의 팔을 할퀴었다. 완전히 잠든 것도, 그렇다고 깨어 있는 것도 아니었지만 부엌에서 들리는 목소리는 감지할 수 있었다. 아버지는 가끔씩 알아들을 수 없는 어려운 말을 하곤 했다. 레오 형이 간간이 짤막한 대답만 할 뿐이었다.

펠릭스는 침대에서 빠져나와 거실을 거쳐 부엌 문지방 앞에서 몰래 안을 들여다보았다.

아버지는 등을 보인 자세로 의자에 앉아 있었다. 큰형은 왼쪽 옆모습이 보였다. 부엌에 모든 불이 다 켜진 상태였다. 심지어 직접 쳐다보면 눈이 부실 정도로 밝은 레인지와 싱크대 위 조명에도 불이 들어와 있었다.

식탁 위에는 뚜껑 달린 흉측한 초록색 휘발유통 하나가 놓여 있었다. 그리고 그 옆으로 빈 와인 병 두 개와 깔때기, 라이터가 늘어서 있었다.

그런 물건이 동시에 부엌 식탁에 올라와 있는 걸 본 건 처음이었다. 펠릭스는 더 자세히 엿보기 위해서 몸을 더 웅크려 팔꿈치로 문지방에 기댔다.

바로 그때 아버지가 일어나 펠릭스가 숨어 있는 방향으로 걸어왔다.

펠릭스는 어두운 통로 벽에 착 달라붙어 숨을 참았다. 아버지는 둘째 아들을 그대로 지나쳐 갔다.

"레오?" 아버지는 펠릭스 곁을 지나치면서 큰아들을 불렀다.

펠릭스는 방으로 고개를 뺐다. 아버지는 엄마가 눕는 자리로 다가가 베개를 들고 베갯잇을 벗겨냈다.

"레오, 깔때기 말이다, 듣고 있냐?"

아버지는 벗겨낸 베갯잇을 코로 가져갔다. 엄마의 이름 약자가 자수로 새겨진 귀퉁이 쪽을. 그러더니 머리를 파묻고 깊이 숨을 들이쉬었다. 누군가 어둠 속에 숨어 자신을 지켜보고 있다는 사실도 모른 채.

"병 모가지 아래로 들어가도록 눌러야 한다. 멈출 때까지."

다시 부엌으로 돌아가는 아버지의 발이 펠릭스의 발을 거의 밟을 뻔했다. 아버지는 병 하나를 들고 큰아들에게 과장된 동작으로 본보기를 보여주었다.

"아빠 어렸을 때 이런 일을 했었다. 대상은 빈병이 아니라 거위를 가지고 했었지. 네 큰아버지하고 거위 새끼들 입을 벌려서 기다란 모가지 속으로 먹이를 쑤셔 넣었어. 빨리빨리 살쪄서 맛있어지라고."

펠릭스는 다시 부엌으로 기어가다 팔꿈치로 문턱을 치고 말았다.

그 소리가 집 안 전체로 울려 퍼졌다. 숨을 죽이고 눈을 꼭 감았다. 아버지가 뒤돌아볼 순간이었지만 그러지 않았다.

"넌 모를 거다, 레오. 이런 걸 알 수가 없지. 하지만 아빠는 알고 있어. 그래서 너한테 얘기해줄 수가 있는 거고. 한 4천 년 전일 거다……. 듣고 있냐, 레오? 그 당시, 히브리 사람들이 처음으로 거위를 사육했어. 그 사람들은 노예였어. 이집트의 파라오를 위해 일하는 노예들이었는데, 파라오는 거위 간을 그렇게 좋아했어. 매일같이 푸아그라만 먹을 정도였지. 그래서 히브리 사람들은 거위를 빨리 살찌우는 방법을 찾아야 했어. 그렇겠지? 그 과정에서 거위 목구멍 속으로 먹이를 쑤셔 넣게 된 거야. 아주 기다란 막대기로 음식물을 닥치는 대로 쑤셔 넣었지. 파라오가 매일같이 가져오라고 했으니 말이야. 그 이후, 스페인 사람이 나타났어. 스페인 친구가 맞을 거야. 그 인간은 거위를 사랑해서 거위에게 말도 걸고 자신이 정원에서 직접 기른 과일도 먹이고 그렇게 키웠지. 거위들의 천국이라고 해야 하나? 그런데 가을만 되면 아프리카 등지로 이동하던 거위 새끼들이 땅에서 꽥꽥거리며 돌아다니는 그 스페인 친구 거위들을 발견한 거야. 그래서 날아가던 녀석들이 비행을 멈추고 땅으로 내려와 결국 거기 머물게 된 거지. 거위 천국에."

아버지는 휘발유통 마개로 손을 뻗으며 부들부들 떨었다. 마개를 돌릴 때도, 휘발유통을 병 주둥이에 들어간 깔때기 위로 기울일 때도.

"스페인 친구는 그 거위들까지 모두 사랑해줬어. 이 아빠처럼 말이야. 그래서 클랜을 만든 거야. 그 후로 아무도 떠나지 않았다고."

순식간에 강렬한 휘발유 냄새가 온 집안으로 퍼져 나갔다.

"여길 잡아라, 레오……. 이렇게 병을 꼭 잡아야 해. 두 손으로."

레오는 뒷발로 일어선 검은 말 상표가 붙어 있는 병을 두 손으로 꽉 쥐었고 아버지는 계속해서 용량을 확인하면서 그 안에 휘발유를 부었다.

"절반을 넘기면 안 돼. 그게 중요한 거야."

그는 적당량의 휘발유가 담긴 병을 보며 만족스러운 표정을 지었다. 그러고는 다시 아내가 쓰던 베갯잇 냄새를 맡았다. 그 숨소리가 부엌 전체를 채워나갔다. 아버지가 갑자기 그 베갯잇을 같은 크기의 세로 조각으로 길쭉하게 찢기 시작했다.

"이 길이에 맞춰라."

이반은 천 조각 하나를 들고 엄마의 이름 약자가 정중앙에 오도록 사각형으로 접은 다음 휘발유에 적셨다.

"이게 기다란 거위 새끼 모가지야. 이젠 이걸 쑤셔 넣는 거야. 반항도 못 하도록 거위 지옥으로 만들어주는 거지."

그는 천 조각이 병에 담긴 휘발유에 닿을 때까지 조금씩 안으로 밀어 넣었다.

"알겠냐? 절대로 끝까지 밀어 넣는 게 아니야. 그렇게 하면 불을 붙이자마자……."

아버지는 두 손을 이용해 폭발하는 동작을 흉내 냈다.

"바로 폭발해버리거든. 천 조각에 불이 붙을 때까지 꽉 쥐고 기다려야 해. 절대 기울이면 안 된다. 그다음에 던지는 거야. 있는 힘껏 팔과 어깨 힘을 최대한 이용해서 펀치 날리는 것처럼."

아버지는 마치 취해서 횡설수설할 때처럼 병을 손에 들고 턱과 아랫입술을 치켜세운 자세로 식탁을 두 바퀴 돌았다.

"왜냐하면 우린 악셀손 가의 후손이 아니거든!"

이반은 싱크대에서 손에 묻은 휘발유를 닦아낸 다음 필터 없는 담배에 불을 붙이고 병 하나를 땄다. 자신이 마실 와인이었다.

"알겠냐? 넌 절대로 빌어먹을 악셀손의 후손이 될 수 없어!"

아버지는 평소보다 빠른 속도로 술을 들이켰다.

"엄마를 만났을 때 말이다……. 사실 아빠는 딱히 엄마가 마음에 들지는 않았어. 그때는 엄마가 예쁘긴 했지. 그때는 말이야……. 그래도 아빠는 이렇게 말했어. 난 당신을 원하지 않아. 사랑은 배신하고 똑같아."

아버지는 방금 딴 병을 한 손에 들고 다른 손에 화염병을 든 채 숨어서 지켜보던 펠릭스 앞을 다시 지나가다 모자걸이 앞에서 멈춰 섰다.

"그런데 네 엄마가 뭐라고 했는지 아냐, 레오? 이렇게 말하더구나. '난 절대로 당신 배신하지 않을 거야, 이반.'"

외투 하나가 걸려 있었고, 신발은 현관 매트에 놓여 있었다.

"정확히 그렇게 말했어! 정확하게. 그래서 내가 말했지. 그걸 어떻게 확신하지? 그랬더니 또 뭐라고 했는지 아냐, 레오? 어디 한번 맞혀봐라."

아버지 외투 옆에 레오의 외투가 걸려 있었다. 아버지는 큰아들의 옷을 들고 여전히 식탁 의자에 앉아 있던 레오에게 던졌다.

"네 엄마가 이러더라. '내가 당신을 배신하면, 날 죽여도 돼.' 정확히 이렇게 말했다."

74

레오는 시간을 계산했다. 갑작스레 속력이 줄어들고 변속기가 이상 반응을 보이기까지 6초, 아버지가 앞차가 너무 느리게 간다고 고래고래 욕을 퍼붓고 자신의 기억보다 훨씬 가파른 회전 구간이 나오기까지 12초, 뒤에서 들리는 연이은 경적 소리와 왼쪽 차선에서 갑자기 빠져나오기까지 9초.

차가 멈춰 섰다. 그날 오후에 왔던 바로 그 장소였다. 어둠에도 불구하고 외할머니, 외할아버지 집의 땅딸막하지만 널찍한 굴뚝은 알아볼 수 있었다. 그래도 무성하게 자란 산딸기나무 울타리에 반쯤 가린 체리나무 가지 아래로 보이는 굴뚝은 외소해 보였다. 그들은 차 안에 나란히 앉아 아무런 말 없이 마치 언덕 위에 올라와 벌판을 내려다보는 사람들처럼 주변만 살폈다.

무릎 위에 비닐봉지가 놓여 있었다.

무겁지는 않았지만 그것 때문에 움직이지 않고 고정 자세로 앉아 있어야 했다. 병들이 기울어지지 않도록 똑바로 세워두어야 했기 때문이다.

끔찍한 건 바로 냄새였다. 콧속을 파고드는 휘발유 냄새가 머리까지 올라오는 것 같았다. 오늘의 경험이 있기 전까지만 해도 화염병이 어디에 쓰는 물건인지도 몰랐다.

이제 떨림은 자신의 몫이 된 것 같았다. 아버지로부터 넘겨받은 두려움이었다. 하세의 아빠가 그랬던 것처럼.

"레오, 무슨 일이 있어도 아빠가 널 사랑한다는 걸 알아주기 바란다."

주체할 수 없는 떨림에 공포심이 일었다.

"아빠."

"그래."

"꼭 이래야 해요?"

눈 한 번 껌뻑하지 않아 아프기까지 했다.

"그래."

"하지만……."

"먼저 엄마랑 얘기부터 하고."

"엄마가……. 얘기하기 싫다고 하면요?"

"그땐 앞으로 벌어질 일은 엄마가 자초한 셈이 되는 거지."

아버지는 차 문을 열고 내렸다. 첫발을 내딛자마자 미끄러질 뻔했지만 사이드미러를 붙잡고 간신히 중심을 잡았다. 그는 레오도 내리기를 기다렸다.

하지만 레오는 그러지 않았다.

대신 초침이 흉측하게 생긴 자신의 손목시계만 뚫어지게 쳐다보았다. 1시 16분 24초. 레오는 시계에 집중하고 흘러가는 시간을 생각하면 나머지 세상에 대한 관심이 사라진다는 걸 알고 있었다. 전단지를 들고 아파트 계단을 오르내리며 펠릭스와 시합할 때마다 레오는 피곤하다는 느낌을 지워버리기 위해 시간을 쟀다.

아버지는 아무런 말도 하지 않았다. 그럴 필요도 없었다. 팔만 뻗고 기다리자 결국 큰아들은 비닐봉지를 조심스레 가슴에 받쳐 들고 차에서 내렸다. 아버지 손이 그렇게 거친지는 그때 처음 알았다. 언제 그 손을 잡아봤는지 기억도 나지 않았다.

할아버지 집까지 걸어가는 길이 끝없이 길게 느껴졌다. 아버지의 걸음걸이는 불규칙적이고 휘청거리고 비틀거렸다. 하지만 가까스로 목적지에 도착했다. 두 부자는 어둠 속에서 산딸기나무 울타리 사이의 길을 걸어갔다. 할아버지가 자랑스럽게 여기는 산딸기나무 울타리. 인근에서 가장 크고, 가장 붉고, 가장 달콤한 산딸기를 내놓는 나무.

"브릿 마리!"

이반은 큰아들의 손을 잡고 침묵을 갈랐다. 하지만 어둠은 걷어낼 수 없었다.

"브릿 마리!"

레오는 왼팔을 흔들고 가로등 불빛 쪽으로 뻗어 흉측한 시곗바늘이 달린 손목시계를 확인했다. 1시 19분 52초. 다시 한 번 시계를 들여다보려던 순간, 집 안에 불이 들어왔다. 할머니, 할아버지의 침실이었다. 곧이어 또 다른 불이 켜졌다. 꽃무늬 전등갓이 달린 거실 스탠드.

"돌아가게!" 외할아버지가 소리쳤다.

할아버지가 창문을 열자 장인과 사위가 서로를 노려보게 되었다.

"이반, 지금은 한밤중이야. 돌아가라고!"

할아버지와 시선이 마주치자 레오는 고개를 돌렸다.

"브릿 마리! 이리 나와! 브릿 마리! 당신은 여기 있을 사람이 아니야!"

"경찰을 부르겠네, 이반."

"당신이? 겁쟁이 악셀손이?"

"당장 여기를 떠나지 않으면 경찰을 부르겠네!"

"브릿 마리는 나랑 같이 갑니다! 집으로 돌아갈 겁니다. 가족의 품으로!"

"난 이 창문 닫을 걸세. 당장 돌아가지 않으면…… 경찰을 부를 거야. 알아들었나? 경찰을 부를 거라고!"

할아버지는 창문을 닫고 불을 껐다. 이반은 잡고 있던 큰아들의 손을 놓고 할아버지 집을 향해, 할아버지를 향해 위협적인 주먹을 흔들어댔다.

"브릿 마리! 겁쟁이 악셀손처럼 거기 그렇게 숨지 말라고! 나와!
가족에게 돌아오라고! 당신 아들들 곁으로! 나한테 오라고!"

창문은 굳게 닫혀 있었고 집은 어둠 속에 잠겨 있었다. 아버지는
레오가 품에 안고 있던 비닐봉지를 빼앗다시피 가져가 그 안에서
병 하나를 꺼냈다.

"어서 나와! 안 나오면 불살라버릴 거야! 다들 불살라버릴 거라
고!"

그는 들고 있던 화염병을 레오에게 건넸다. 레오는 두 팔을 움직
일 수가 없었다.

"레오, 지하실 창문을 조준해라."

여전히 팔이 움직이지 않았다. 레오는 화염병을 받지 않았다. 아
버지를 쳐다보지도 않았다. 그저 바닥에서 자라는 풀만 내려다보
았다.

"저 집에 불을 내야 엄마를 밖으로 나오게 할 수 있는 거다. 알겠
지?"

아버지는 바지 주머니에서 라이터를 꺼내 불꽃을 병 주둥이 가까
이로 가져갔다. 휘발유를 머금은 베갯잇 조각이 심지처럼 튀어나
온 부분으로. 거위 목구멍 속으로 쑤셔 넣었던 음식물처럼 병 속으
로 꾹꾹 눌러 넣은 베갯잇 끝부분으로.

베갯잇의 꽃잎 무늬는 점점 노란색과 오렌지색으로 변했다.

"브릿 마리! 이 상황은 당신이 만든 거야! 당신이 선택한 거라
고! 이건……."

그는 느린 동작으로 움직였다. 레오는 영원히 그 순간이 머릿속
에 각인될 거라는 사실을 미리 알아버린 기분이 들었다. 비록, 바람
에 흔들리는 체리나무의 앙상한 가지와 혼동되긴 하겠지만…….

화염병은 지하실 창문을 뚫고 방학 때마다 레오의 형제들이 지냈던 방, 집에 가기 싫어서 며칠 더 머물렀던 그 방으로 날아들었다. 병이 창문을 깨고 들어간 순간부터 불이 타오르기까지 걸린 시간은 1분여 남짓이었다. 레오는 정확히 알고 있었다. 시간을 재고 있었기 때문이다. 둔탁한 그 소리. 작은 불꽃이 점점 퍼지며 타오르던 그 순간.

이반은 더 이상 소리 지르지 않았다. 자리를 옮기지도 않았다. 떨지도 않았다.

방 전체가 환하게 빛났다. 노란 전등 불빛과는 차원이 달랐다. 불길은 순식간에 의자와 침대를 집어삼켰다.

지하실 문이 벌컥 열렸다.

할아버지가 커다란 매트 하나를 불길 위로 던지고 다시 하나를 더 던졌다. 할머니와 엄마는 초록색과 파란색 플라스틱 양동이에 담아온 물을 불길 위에 뿌렸다.

"가자, 레오."

세 사람은 양동이를 들고 세탁실과 지하실을 분주하게 왕복하고 있었다.

"얼른."

흉측한 시곗바늘 두 개. 레오가 차에서 내려 아버지가 방금 넘어진 산딸기나무 울타리 쪽으로 걸어 들어간 지, 빨랫줄에 걸려 아버지가 턱과 볼을 다친 지 4분 44초가 흘렀다. 결코 길지 않은 시간이었다. 심각한 일이 벌어지기에는 턱없이 짧은 시간이었다.

차로 돌아온 뒤 레오는 눈을 감았다. 그리고 집으로 돌아오는 내내 감은 눈을 뜨지 않았다. 그 시간이 마치 스웨덴 반대편까지 가는 길 만큼 끝없이 길게 느껴졌다.

75

레오는 아빠가 주차하는 동안 경찰차를 발견했다. 감았던 눈을 다시 뜬 순간이었다.

아파트 정문 옆이었다. 건물 앞, 가로등 아래 비스듬히 주차돼 있던 경찰차.

집 바로 앞에서 경찰 순찰차를 본 건 처음이었다. 원래 경찰이 오면 멀리 떨어진 지점이나 주차장에 차를 세우고 아파트까지 걸어오곤 했었다. 이렇게 마치 퇴로를 차단하듯 건물 바로 앞까지 차를 가지고 들어온 경우는 본 적이 없었다.

"별일 없을 거다."

레오는 뒷자리에서 바짝 몸을 웅크렸다.

"우린 가족이야. 그렇지, 레오? 가족끼리 힘을 합치고 서로 뭉치면 아무 일도 일어나지 않아."

순찰차 앞문 양쪽이 동시에 열렸다. 아버지보다 나이 들어 보이는 남자 경관과 젊은 여자 경관 둘이었다. 정복 차림의 여자 경관을 본 것도 처음이었다. 두 경관은 부자가 타고 있던 차로 걸어왔다. 아버지를 향해.

"이반 뒤브냑 씨?"

차창이 굳게 닫혀 있었지만 똑똑히 들을 수 있었다. 경관은 아버지가 차창을 내릴 때까지 똑똑 두드렸다.

"네?"

"서로 같이 좀 가주셔야겠습니다."

"그게 뭔 개소립니까?"

"무슨 개소리인지는 잘 아실 거라 생각합니다."

아버지는 고개를 한 번 부르르 떨고 또박또박 말하기 위해 노력했다. 웅얼거리지도 않았고 입술을 정확히 움직였다.

"아니요. 전혀 모르겠습니다."

그러고는 뒷자리로 고개를 돌렸다.

"아들아, 넌 이분들이 무슨 말씀을 하시는 건지 알아듣겠냐?"

그는 아들에게 얼굴을 더 가까이 가져다댔다. 술 냄새만큼이나 손에 묻은 휘발유 냄새, 소매에 찌든 그을음 냄새가 코를 찔렀다.

그리고 경관들은 10대 소년을 주시하고 있었다.

"아니요. 전혀 모르겠어요, 아빠."

남자 경관이 레오에게 고갯짓을 하며 말을 이었다.

"뒤브냑 씨. 아이가 보는 앞입니다."

여자 경관은 수갑을 손에 들고 차 옆으로 돌아왔다.

"그러니 일단 서로 같이 가시지요. 순순히 응하시는 게 좋을 겁니다."

여자 경관은 기다렸다. 한참 동안 아무 반응이 없던 이반이 어깨를 한 번 으쓱할 때까지.

"레오야."

"네."

"집에 가서 동생들 잘 보고 있어라."

"아빠, 전……."

"시키는 대로 해! 집으로 가서, 동생들 잘 데리고 있어."

여자 경관은 차 문을 열었다. 이반은 손바닥을 펼쳐 보이며 양손을 내밀었다. 두 경관은 아버지를 데리고 순찰차로 걸어갔다. 그는 뒤로 돌아 큰아들과 눈빛을 주고받았다. 짧은 순간이었지만 충분히 긴 시간이었다.

76

레오는 조심스레 문손잡이를 누르고 신발을 벗은 다음 불도 켜지 않고 살금살금 안으로 들어갔다. 평소처럼 위아래가 뒤바뀐 위치로 자고 있던 빈센트는 뭐라고 알아들을 수 없는 말을 웅얼거리다가 다시 잠들었다. 하지만 펠릭스는 잠에서 깼다. 아니, 아까부터 깨어 있었을지도 모른다.

설명하기 쉬운 문제는 아니었다. 레오는 그래도 설명을 시작했다. 그리고 펠릭스는 들었다. 설명이 끝나자마자 엄마에게 전화가 왔다. 엄마는 모두 집에 있는지를 물었다. 레오가 그렇다고 답하자 엄마는 생각이 바뀌었다고, 집으로 돌아오겠다고 말했다. 지금 당장.

레오는 부리나케 부엌으로 달려가 조리대 아래 찬장을 열고 쓰레기봉투 두 장을 꺼냈다.

곧 엄마가 오실 거야. 식탁을 깨끗이 치워놔야 해.

휘발유통. 갈기갈기 찢어놓은 베갯잇, 와인병.

담배꽁초, 복권, 설탕통.

레오는 한 번에 하나씩 쓰레기를 들고 봉투에 담았다.

식탁 위에 이상한 물건이 놓여 있지 않고, 평범한 부엌 식탁처럼 보이면 굳이 해명할 일도 없을 테니까.

레오는 행주로 식탁을 두 번이나 훔치고 프라이팬도 닦은 다음 냄새를 맡아 보고 와인 냄새가 사라질 때까지 다시 닦았다. 안도가 되면서 마음이 편안해졌다. 레오는 엄마를 맞으러 나갔다. 엄마는 누군지 모를 두 사람과 함께였다.

"레오야, 이분들은…… 경찰이셔."

엄마가 질문을 한 게 아니라 대답할 말도 없었다.

"상황을…… 좀 알겠니? 이분들은 집을 조사하러 나오신 거야. 그리고 이야기를 좀 하고 싶어 하셔. 너하고."

우리 집에는 우리 식구만 산다.

"피곤해요."

여기는 빈센트와 펠릭스, 엄마와 아빠, 그리고 내가 사는 곳이야.

"엄마도 알아, 우리 아들. 하지만 오래 안 걸릴 거야."

저 두 사람……. 두 사람은 여기 있어선 안 돼.

"얘기만 하시고 금방 가실 거야, 레오. 알았지?"

두 경찰은 온 집안을 돌아다녔다. 통로, 부엌, 빈센트 방, 자신과 펠릭스 방, 부모님 침실, 작업실, 거실, 심지어 화장실과 발코니까지. 찬장을 열어보고, 서랍장, 벽장은 물론 신발과 장난감 병정들을 이리저리 치우거나 그림과 화분까지 마음대로 옮겼다. 아버지가 만든 샌드백도 조사하고 각종 도구들이 즐비하게 늘어선 선반 위에서 파란 벨벳 칼집에 황금 손잡이만 밖으로 나온 채 벽에 걸려 있던 검까지 살펴보았다. 레오는 통로와 부엌에 서서 그 과정을 지켜보았다. 심지어 싱크대 아래 찬장을 열고 쓰레기봉투 두 장을 꺼내 그 안에 들어 있던 물건까지 살펴보았다. 아직도 엄마의 체취가 느껴지는 찢어진 베갯잇까지.

"네가 레오구나." 두 사람 중 훨씬 뚱뚱한 경찰이 애써 미소를 지으며 말을 걸었다. "엄마가 말씀하신 그대로구나. 아저씨는 경찰서에서 일하는데 너하고 잠깐 얘기를 했으면 좋겠거든. 오래 걸리지 않을 거야."

제복을 입지 않은 경찰은 처음이었다. 긴 코트를 입고 있었는데 훨씬 밝은 색이었다. 사복 경찰은 방금 전, 레오가 여러 번 행주질을 한 식탁을 가리키며 말을 이었다.

"우린 널 잡으러 온 게 아니야. 네 잘못이 아니거든. 네가 잘못해서 일어난 일이 아니란다, 레오. 아저씨는 그냥 몇 가지만 묻고 싶은 거야. 네가 아빠랑 같이 차를 타고 나간 뒤에 무슨 일이 있었는지, 그걸 알고 싶은 것뿐이야."

뚱뚱한 경찰은 의자를 끌어당겨 앉았다. 아버지 의자였다. 그러고는 식탁 위에 스프링노트와 연필을 내려놓았다.

"넌 차에 앉아 있었고, 아빠는 운전을 하셨을 거야. 어디에 갔던 거니?"

"말하기 싫어요."

"그럼…… 왜 말하기 싫은 거니?"

"말하기 싫으니까요."

"그래도 한번 해볼래?"

"말하기 싫어요."

"레오, 아저씨가 묻고 있잖아."

"말하기 싫어요."

레오는 뚱뚱한 경찰이 자신의 겨울 점퍼를 가지고 돌아와 반짝이는 식탁 위에 내려놓을 때까지 바닥만 내려다보았다. 잠바를 내려놓는 그 손이 얼마나 큰지 새삼 깨달았다. 하지만 제 아무리 크다 해도 차곡차곡 겹쳐놓은 아이스크림 막대기 다섯 개는 부러뜨릴 수 없을 것이다.

"연기 냄새가 나는구나. 너도 느껴지지?"

우리 가족 간의 일이야.

"쓰레기봉투에 보니 휘발유통이 있더구나. 다른 봉투에는 빈 와인병과 잘게 잘린 천 조각이 있고."

212

당신들이 상관할 일이 아니야.

"그 물건들이 하나로 합쳐지면 뭐가 되는지 아니?"

여기는 우리가 사는 집이야.

"아빠가 여기서 뭘 만드셨는지 알고 있지?"

당신들이 사는 집이 아니라고.

"화염병이라는 거야. 그렇게 부르는 물건이야. 휘발유를 채운 유리병. 불을 살짝 붙여서 던지면 휘발유가 불을 일으키고 번지면서 주변을 파괴하고 사람을 죽일 수도 있어. 전쟁할 때 사용하는 불 폭탄 같은 거란다."

우린 클랜이야.

"너희 외할아버지께서 집에 불이 났을 때 집 주변에서 너와 네 아버지를 보셨다고 하셨어. 외할머니도 그렇게 말씀하셨고. 너희 어머니도. 그리고 그걸 본 이웃 사람이 다섯 명이나 돼. 그 다섯 사람 모두 널 봤고, 또 너희 아버지를 봤다고 했어."

클랜은 항상 함께 다니는 거야.

"외할아버지 말씀이, 네가 비닐봉지를 들고 있었다고 하더구나. 정확히 어떻게 된 거니? 네가 던진 거니? 아니면 아버지가 던지신 거니?"

클랜은 무너지지 않아.

"레오?"

무슨 일이 있어도.

"지금부터 내 말 잘 들어라."

진정한 클랜은 서로가 서로를 보호해주거든.

"어머니가 목숨을 잃으실 뻔했어. 세 분 다 이번 일로 목숨을 잃으실 수도 있었어."

진정한 클랜은 서로를 배신하지 않거든.

"아저씨를 좀 볼래, 레오? 아버지가 어떤 행동을 하신 건지, 알기는 하는 거니? 아버지가 무슨 생각으로 그런 일을 벌이신 건지 알기나 하냐고?"

진정한 클랜은 서로가 서로의 뒤를 봐주는 거야. 언제나, 무슨 일이 있어도.

"네가 아버지를 보호해드릴 필요는 없어. 아버지는 분명 잘못을 하셨어. 그리고 너를 보호해야 하는 건 네 아버지야."

"난 아이스크림 막대기가 아니에요!"

갑자기 튀어나온 말에 레오 스스로도 놀랐다.

"난 아니라고요, 아니에요!"

"아빠가 무슨 행동을 했는지 정확히 말해주겠니? 어머니와 네 동생들을 위해서라도, 레오…… 말해주겠니?"

엄마가 울고 있는지도 몰랐다. 방금 전부터 울기 시작한 게 아닐까? 엄마는 레오의 뒤에 있었다. 엄마의 눈을 볼 수 없었지만 소리는 들을 수 있었다. 엄마는 두려워서 울고 있는 게 아니다. 오늘 벌어진 일, 앞으로 일어날 일이 두려운 게 아니었다. 경찰 앞에 앉아서 그 어떤 누구도 대답할 수 없는 내용을 진술해야 하는 자신의 큰아들 때문이었다.

"난 아저씨가 두 동강 낼 수 있는 아이스크림 막대기가 아니라고요!"

레오는 식탁 위로 몸을 숙여 연필을 붙잡고 자신이 느끼는 두려움과 분노를 한 손에 실어 시커먼 연필심을 경찰의 오른손에 찔러 넣었다.

그러고는 미친 듯이 달아났다. 고통스런 비명을 지르는 경찰, 아들을 붙잡으려는 엄마, 통로에 서 있다 달려 나가는 레오와 부딪힐 뻔한 다른 경찰 모두 레오의 뒤를 쫓았다. 레오는 방으로 들어가 문을 잠가버렸다. 빈센트는 여전히 위아래가 뒤바뀐 상태로 침대에 누워 자고 있었다. 펠릭스는 레고 블록 더미 옆, 바닥에 앉아 있었다.

"레오나르드!"

레오는 문을 두드리는 엄마의 목소리를 들었다.

"어서 방에서 나와! 엄마 말 들어! 이분들한테 다 말씀드려야 해!"

이런 난장판 속에서 빈센트는 어떻게 계속 잠을 잘 수 있는지 이해할 수 없었다.

"당장 문 열어!"

펠릭스는 어떻게 그 수많은 레고 사이에 둘러싸여 앉아 있을 수 있는지 이해할 수 없었다.

"레오? 어머니 말씀 들어라. 어서 이 문 열어." 뚱뚱한 경찰이 소리쳤다.

"저 아저씨야?" 펠릭스가 문을 가리키며 물었다. "저 아저씨가……."

"그래, 비명 지른 그 경찰이야. 손 다친 경찰." 큰형이 대답했다

동시에 여러 명이 문을 두드리며 소리치고 있었다. 레오는 아무것도 듣지 않았다. 듣지 않기로 결심하면 모든 소리가 사라진다. 가끔 그런 경험을 했었다. 자신만 들어갈 수 있는 방에 틀어박혀 문을 걸어 잠그면 아무도 그 안으로 들어올 수 없다. 그 안에는 오직 자신만 존재했다.

"레오? 아저씨들은 이런 문 금방 열 수 있다는 거 너도 알지? 그

렇지, 레오? 어머니는 그런 걸 바라시지 않을 거야. 그러니 어서 열어라!"

순간 막냇동생이 잠에서 깼다. 레오는 동생을 두 팔로 안아 들고 방문과 창문 사이를 서성거렸다.

"빈센트, 밖에 아무도 없는 거야."

레오는 방문 앞에서 잠시 멈췄다. 당장 문을 열고 나오라는 아우성이 방 안으로 밀려들었다.

"밖에는 아무도 없어."

졸린 눈이 생기를 되찾았다. 두 눈은 큰형을 바라보고, 바깥에서 들리는 소리에 집중하고 있었다.

"저거 들리니?"

"어."

"저 사람들은 이 세상에 없는 거야. 그리고 우리는 저 사람들을 뚫고 나갈 수 있어. 다 극복할 거라고."

세 살 꼬마는 형의 말을 이해하려 애썼다. 그러고는 씩 웃었다.

"뚫고 나간다고?"

"그래, 뚫고 나갈 거야."

엄마와 두 경찰관은 여전히 방문 앞에 서 있었다. 아버지는 또 다른 경관 두 명에게 이끌려 어딘가로 가고 있었다.

레오는 한참 동안 그렇게 방 안을 돌아다녔다. 큰형은 굳게 잠긴 방 안에서, 막냇동생을 두 팔로 안고 걸어다녔다.

두 동생과 함께 있는 동안은 그 어느 때보다 마음이 차분해졌다. 누구는 존재하고, 누구는 존재하지 않는지, 자신이 결정할 수 있는 공간에서.

지금

제
4
장

71

기차는 크리스마스 준비가 한창인 나라를 배경으로 스톡홀름에서 서쪽으로 세 시간가량 떨어진 곳을 향했다. 5백여 킬로미터에 달하는 구간을 달리는 동안 겨울은 옷을 갈아입고 있었다. 멜라르 호수의 얼음과 꽁꽁 얼어붙은 잿빛 도심 거리에서 바닥만 내려다보고 종종걸음을 치던 행인들에 비해 예테보리 사람들은 여전히 가을 옷을 입고 돌아다녔다. 그래서 레오도 외투의 단추를 채우지 않고 거리를 거닐었다.

길거리 가판대에서 생수 한 병을 사고 발란드 예술학교 맞은편 간이식당에서 핫도그 하나를 샀다. 대로에서 빠지는 지점이었다. 그는 트램 선로를 따라 바사 공원까지 걸어갔다. 공원에서부터 에리크 달베리 가까지는 그리 멀지 않은 거리였다. 그들에게 가는 길. 동생들이 예테보리로 떠난 뒤 처음이었다. 가을까지만 해도 동생들의 빈자리가 크게 느껴지지 않았다. 그렇게 무시하기로 다짐했었으니까. 하지만 이제 모든 게 달라졌다. 지금은 동생들을 빨리 만나고 싶어 초조하고 조바심마저 들었다.

처음에는 마음대로 숨 좀 쉬고 살라고 동생들을 그냥 내버려둘 생각이었다. 그러면서도 큰형과 거리를 두는 게 동생들에게는 힘든 일일 거라 여겼었다. 그래도 연락은 하면서 지냈다. 서로를 판단하지 않고 각자의 길을 존중하고, 서로 도움을 주고받을 일 없도록. 그래서 지금은 한 달에 두세 번 정도 주기적으로 연락을 하게 되었다. 날씨나 택시비, 혹은 최근에 봤던 볼 만한 영화에 대한 이야기 등 평범한 대화가 주를 이루었다. 무산된 무기 재판매에 대한 이야기는 일절 꺼내지 않았다. 레오는 그런 상황이 죽도록 싫었다. 엄마와 엄마 형제들을 보는 것 같았기 때문이다. 공통의 관심사도 없는 사람들 간의 의미 없는 대화.

동생들이 사는 집은 1920년대 지어진 고풍스런 건물이었다. 안으로 들어가자 먼저 살던 세입자의 이름 위에 자신들의 이름을 적어 테이프로 덧댄 현관 안내판이 보였다. 레오는 자신의 도착을 확실히 알리기 위해 초인종을 누르고 문을 두드렸다. 현관으로 걸어오는 발걸음 소리만으로도 펠릭스임을 알 수 있었다.

언제나 짧게 깎아 올린 머리를 하고 다닌 펠릭스는 머리를 제법 기른 상태였다. 하지만 잘 어울렸다. 형제는 평소처럼 현관에서 서로를 끌어안았다.

"배고프지 않아?"

음식 냄새가 풍겼다. 그는 펠릭스를 따라 좁은 통로를 지나 부엌으로 향했다. 빈센트는 냉장고 옆에 서서 기다리고 있었다. 마지막으로 얼굴을 본 게 불과 몇 달 전이었는데 그새 몇 년치는 큰 분위기였다. 몸도 단단해진 게 움직이고 걷는 모습이 어엿한 어른이었다. 강렬한 눈빛은 예리함과 단호함이 더해졌다. 형제는 서로를 끌어안았다. 거리감과 냉담함은 오직 상상의 산물로 레오의 머릿속에만 남아 있었던 것 같은 기분이었다.

"어디 보자. 너희가 산 건 아무것도 없다고?"

"전혀."

한 번도 본 적 없는 식탁. 역시 본 적 없는 의자들. 전자레인지, 토스트, 라디오 등 모든 게 생소했다. 살바도르 달리의 포스터도 벽에 걸려 있었다. 동생들이 과연 달리가 누구인지 알기는 할지 의심스러웠다.

"어릴 때랑 똑같은 상황이구나. 내가 입던 옷 너희들이 물려받던 때처럼."

"전부 다 여기 있던 것들이야. 가구며 전자제품이며. 심지어 샴푸도 남아 있더라니까. 뭐, 엄마는 좋다고 잘 쓰시긴 했어."

"이미 와보셨다고 말씀하시더라."

펠릭스는 미트 소스를 준비했다.

"아주 잘하고 있다고 하시더라고. 학교생활도 그렇고 수업도 잘 따라간다고. 엄마가 대단히 자랑스러워하셔, 빈센트. 1년치 학점까지 이미 다 땄다면서!"

레오는 자신의 불안한 상태를 숨길 수 없었다. 펠릭스가 이미 자신의 심리 상태를 눈치챘다는 것도 알 수 있었다.

"성적표 보면 장난 아니야. 하나같이 다 만점이라니까. 이 자식, 이제 겨우 열여덟이야 형. 우리 막내는 이제 세상에 못 할 게 없다니까!"

펠릭스가 막냇동생에게 윙크하자 빈센트는 멋쩍은 미소를 지어 보였다. 적어도 그 표정 하나만큼은 변하지 않았다. 그러고는 접시와 잔, 와인병을 식탁 위에 올렸다.

"얼마나 있을 생각이야?"

"기차 시간까지 네 시간 남았어."

"네 시간? 적어도 며칠은 같이 지낼 거라 생각했는데."

레오는 아무런 말도 하지 않았다. 애새끼, 거만하기는. 동생들을 찾아온 건 벌어진 틈을 매우기 위한 것이지 더 벌리려는 건 아니었다.

"용돈벌이로 은행털이 한 건 하려고. 준비는 다 됐어. 헤뷔 쪽에 있는 작은 은행이야. 크리스마스이브 바로 전날. 몇 백만 정도 예상하고 있어."

미트 소스는 거의 완성 단계였다. 바로 옆에 있던 냄비에 물이 끓었다.

"그러면 큰 건 하나 진행할 자금이 마련되거든. 그리고 그걸 성공하면 너희들 원하는 건 뭐든 공부할 수 있게 되는 거야."

"지금 그러고 있잖아." 펠릭스는 스파게티 봉투를 뜯어 통째로 냄비에 털어 넣었다. "형도 그렇게 알고 있다고 생각했는데…….우린 지금 원하는 공부 하고 있어."

"난 너희들이 필요해."

"우린 손 털었어, 형."

무슨 일이 있어도 침착하게 대응하겠다고 다짐한 그였다. 하지만 그 다짐은 오래가지 못했다. 레오는 참지 못하고 식탁을 내리쳐 식기와 접시들을 출렁이게 만들었다.

"이제 학교 다닌다고 정상인이 됐다고 생각하는 거냐? 하루 종일 책상에 앉아 공부한다고 달라졌다고 생각하는 거냐!"

펠릭스는 형의 잔에 와인을 가득 따랐다.

"난 정상인처럼 보이려고 공부하는 거 아니야. 제대로 된 교육을 받고 싶은 것뿐이야."

레오는 와인을 한 모금 들이켰다. 싸구려 와인이었다.

"넌 어때, 빈센트?"

막냇동생은 시선을 피했다.

"젠장, 빈센트!"

"전에는 그게 훨씬 쉬웠어. 같이하는 게." 빈센트가 받아쳤다. "일이 틀어져 개판이 되더라도 나도 함께하는 거니까."

레오는 피식 웃고는 다시 와인을 한 모금 마셨다.

"일이 틀어져? 절대로 틀어질 일 없어. 절대로. 이리 와서 여기 앉아봐."

빈센트는 큰형이 시키는 대로 레오의 맞은편에 앉았다.

"만에 하나 틀어지면?"

"그럴 일 없어."

"또다시 경찰 검문에 걸리면? 그런데 발각되면? 그게 형이고, 그게 우리였으면?"

레오는 또다시 와인을 살짝 들이켰다. 싸구려는 아닌 것 같았지만 맛은 형편없었다.

"앉아서 한다는 게 고작 그런 상상이나 하는 거였냐?"

"애가 말하는 거 좀 들어봐!" 펠릭스가 버럭 소리쳤다.

스파게티 면이 냄비 속에서 흐물거렸다. 펠릭스는 플라스틱 포크로 다소 신경질적으로 면을 휘저었다.

"형, 형은 막내가 지금 무슨 말을 하려는 건지 이해를 해야 한다고!"

"막내가 하고 싶은 말이야, 네가 하고 싶은 말이야?"

"좋아. 알았다고, 알았어. 그럼 도대체 왜 그러는 거야?"

"뭘 왜 그래?"

"왜 계속 은행을 터는 거냐고!"

"그래야 우리가 경제적으로 독립할 수 있으니까."

"총도 많이 가지고 있잖아. 그걸 팔아. 그렇게 하겠다고 했었잖아."

"거의 그럴 수 있었어. 계획한 대로 실행에 옮겼었다고. 그래서 형사한테 연락하고 무기와 돈을 맞바꿀 장소도 물색하고 지뢰를 열다섯 개나 만들었어. 완벽히 준비를 했었다고. 2천5백만 크로나도 그 형사 책상에 준비돼 있었고."

레오는 잠시 말을 멈췄다.

"그런데?"

"그런데 그 형사 새끼가 슬슬 약을 올리더라고. 고의적의로 말이야. 내가 완전히 꼭지가 돌아서 자제력을 잃고 실수하기 바라는 사람처럼. 그 새끼한테 편지를 아홉 통이나 썼어. 다섯 번에 걸쳐서 개인 광고로 대답을 하더라고. 그러다 깨달았어. 그 새끼는 단지 시간을 벌 속셈이었다는 걸. 애초부터 돈 줄 생각이 없었던 거야. 날 체포할 생각만 하고 있었던 거라고. 그래서 연락을 끊어버렸어."

펠릭스는 침착하게 형의 이야기에 귀를 기울였지만 표정은 그대로였다.

"좋아, 알았어. 그럼 다시 물어볼게. 도대체 왜 그러는 거야? 왜 은행을 계속 터는 거냐고."

"내가 왜 그러냐고? 내 생각엔 너도 그런 것 같은데? 내가 착각하고 있던 거냐, 펠릭스? 넌 그 자리에 없었어? 너도 있었으면, 넌 왜 털었는데?"

"그게 바로 빈센트가 형한테 설명하려는 거잖아! 안 끼는 것보다

끼는 게 편하고 쉬우니까. 그래야 뭐가 잘못되더라도 우리가 같이 있고, 그 즉시 무슨 일이 일어났는지 알 수 있으니까. 그게 얼마나 무서운지 형은 몰라. 하지만 난 알아. 빈센트도 알고. 유일하게 그 걸 모르는 사람이 바로 형이야……. 틀어질 일 없다고 믿는 사람은 형 하나야!"

펠릭스는 면 삶은 물을 개수대에 쏟아부었다. 모락모락 올라오는 김이 긴장된 얼굴을 감싸고 돌았다.

"그럴 일은 없으니까."

"형이 그랬잖아. 절대로 아빠 찾아가지 않겠다고. 그 말 들었을 땐 그래도 안심이 됐었어. 그런데 형이 연락했잖아! 지금은 보여. 형도 아빠하고 똑같아! 그저 머릿속에 다음에 어딜 털 건지, 그 생 각밖에 없어! 그것밖에 없다고! 형 지금, 나하고 빈센트를 형이 아 빠와 관계 끊었을 때처럼 다루고 있다고!"

"그게 무슨 소리야?"

"형도 아빠랑 똑같아! 그리고 언제부터 그렇게 됐는지도 알아. 아빠가 엄마를 거의 죽일 뻔했을 때부터 그랬어. 아빠 등에 올라타 서 엄마가 도망치게 했던 그날부터였어. 난 그때 봤어, 형하고 아빠 가 서로 어떻게 쳐다봤는지. 형은…… 아빠 뒤를 잇고 있다고."

"진정 좀 해."

"그다음엔? 그다음에 어떤 일이 벌어졌는지 기억해? 설마 다 잊 어버린 거야? 형은 아빠가 떠날 때까지 기다렸어. 차로 돌아갈 때 까지. 그런 다음 양동이 들고 나가서 계단에 묻은 피를 다 닦아냈잖 아. 그거 끝내고 돌아와서 나랑 빈센트 쳐다봤지? 우린 그때 느꼈 어. 형이 아빠 자리를 대신하게 된 거라고. 정확히 그 순간부터였 어."

"다 끝났냐?"

"아니! 형이 이해할 때까지 절대 안 멈춰. 형이 그랬지, '독립'해야 한다고. 창가로 걸어가 스코고스 시내를 내려다보면서 아무도 우리한테 이래라저래라 명령하지 못하게 만들 거라고 했잖아. 그런데 상황은 정반대가 됐어. 은행을 털수록 우린 서로에게 너무 의존하게 됐다고. 그 빌어먹을 노친네한테 그랬듯이 형한테만 중요한 일이 된 거라고. 함께해라, 뭉쳐라! 형은 아직도 우리가 그 아이스크림 막대기 겹쳐서 부러뜨리기를 바라는 거야, 뭐야?"

"이제 끝났냐? 할 말 다 했냐고."

레오는 식탁 위에서 김을 뿜고 있는 냄비 두 개를 쳐다보았다. 꼭 묵직한 싸구려 맛을 풍기는 와인 같았다.

"아빠를 닮은 건 내가 아니라 바로 너야, 펠릭스. 넌 지금 계속해서 죽도록 싫다는 아빠 얘기만 하고 있잖아. 거의 집착 수준이라고. 악다구니 퍼붓는 것도 그 인간하고 똑같아. 그런데 그 인간은 죽었다 깨나도 내가 성공해낸 걸 못 해."

레오는 그렇게 말하면서 하얀 파스타 위에 밤색 미트 소스를 부었다. 자신의 접시 위에, 펠릭스의 접시 위에, 그리고 빈센트의 접시 위에.

"다시 물어볼게, 빈센트. 펠릭스가 옳다면……."

레오는 빈센트의 팔에 손을 얹었다.

"지금이 같이해야 할 순간 아니야? 그렇게 하는 게 훨씬 쉬운 거라면 말이야. 크리스마스이브 전날, 머리 싸매고 불안에 떨고 있는 것보다는 나을 테니까."

"그만해, 형. 애가 원하지 않는다는 걸 모르겠어?"

"그걸 네가 어떻게 알아? 빈센트한테 물어보는 중이잖아."

"난 알아, 느낌이 온다고!"

"그래? 느낌이 온다고?"

두 사람 사이에 미트 소스 냄비가 놓여 있었다. 펠릭스는 갑자기 그 냄비를 집어 들고 벽을 향해 던져버렸다. 소스가 사방으로 튀었다.

"그래, 온다고! 난 엄마 얼굴에 침까지 뱉은 사람이야. 전혀 그럴 마음도 없었는데! 그리고 이제는 하고 싶지 않은 건 절대 안 할 거라고! 절대로 안 해!"

밤색 소스가 하얀 벽을 타고 흘러내렸다. 레오의 흰 셔츠 위에도 마찬가지였다.

"넌 맨날 네 입장만 생각해, 펠릭스. 난 지금 빈센트한테 묻고 있어."

그때까지 접시만 내려다보던 빈센트가 고개를 들었다.

"형들, 그만할 수 없어?"

이번에는 빈센트가 레오의 팔에 손을 얹었다.

"그냥 좀 그만할 수 없는 거냐고!"

식탁 모퉁이에 나무로 된 냅킨 통 하나가 있었다. 레오는 몇 장을 뽑아 셔츠를 닦았다.

"그럼 너희들은 뭘 할 건데? 학교 다니면서 공부하고 정상인 척 연기하면 다야?"

서로 부탁 같은 걸 할 필요가 없는 사이였다. 그런 레오가 동생들에게 간절히 부탁했다.

"제발, 이렇게 부탁한다. 내가 너희들에게 언제 부탁한 적 있었어? 내가 그런 적 있냐고! 그런데 지금 이렇게 부탁하잖아. 너희들이 필요해. 딱 한 번만. 정말 마지막이다."

그는 이제 긴 머리를 갖게 된 둘째 동생을 쳐다보았다. 그리고 순식간에 어른이 된 막내를 쳐다보았다.

"제발, 애들아."

큰형은 다시 동생들에게 간청했다. 둘 다 다른 사람이 된 느낌이었다.

"펠릭스?"

대답이 없었다.

"빈센트!"

마찬가지였다.

"내가 이렇게 부탁한다."

펠릭스와 달리 빈센트는 식탁에 놓은 자신의 접시만 내려다볼 뿐이었다.

침묵만 이어졌다.

"알았다. 너희 뜻이 정 그런 거라면 혼자 할 수밖에. 믿을 가족 하나 없는데 혼자 해결해야지."

78

때론 끝이 없을 것 같은 긴 밤이 찾아오기도 한다. 때론 식은땀을 흘리다가 오한이 들기도 했다가 또다시 식은땀을 흘리면서 결국 어떻게 흘러가는지 알 수 없는 난해한 꿈속으로 빠져들기도 한다.

오늘이 그런 밤이었다. 또다시 일주일 내내. 가장 가까운 동생들에게 거부당한 뒤부터 6일 연속으로 처절한 외로움이 자신과 아넬리의 사이를 파고들었다. 차라리 두 동생이 사망했다는 소식을 들었다면 이렇게 참담하지는 않았을 것이다. 적어도 더 이상 함께할 수 없는 이유는 알 수 있으니까. 하지만 동생들은 버젓이 살아 있다. 그리고 자신이 동생들을 아끼는 만큼 동생들 역시 큰형을 아끼고 사랑한다. 그럼에도 불구하고 더 이상 함께할 수 없다. 그렇게 가까웠던 두 동생들이 한없이 멀게 느껴졌다.

레오는 땀에 젖은 시트에서 등을 떼고 부엌으로 내려왔다. 영하 8도의 날씨에도 불구하고 창문을 활짝 열어 차가운 공기를 맞으며 깊이 숨을 들이쉬고 내쉬었다.

지난 며칠간, 그간의 강도 행각에서 공통되는 세 단계를 차분히 되짚어보았다. 준비, 실행, 그리고 가장 결정적인 마지막 단계인 변신과 도주 과정. 강도에서 민간인으로 '거듭나는' 과정.

한 단계가 항상 문제였다. 실행 단계. 매번 예상 액수를 밑도는 현금이 손에 들어왔기 때문이다. 1천만 크로나를 예상했던 현금수송 차량의 경우 손에 쥔 건 고작 1백만에 불과했다. 은행을 털 때도 금고와 창구에 보관된 현금은 기대치에 턱없이 부족했다. 동시에 두 곳을 칠 때는 최소한 8백만을 기대했지만 결과는 3백만이었고, 동시에 세 곳을 노렸을 때는 기대했던 1천5백만과 달리 수중에 떨어진 건 불과 2백만이었다. 그마저도 대부분 염료팩에 '오염'된 상태였다.

레오는 얼마 전에 창턱에 쌓인 눈을 만지작거리다 한 움큼 쥐어보았다. 싸늘한 눈이 손에서 녹아내리는 느낌이 상쾌했다.

그는 다시 창문을 닫고 행주로 손을 닦은 다음 게스트 룸으로 향했다. 은행 강도만 아홉 차례였지만 빌어먹을 브론크스 형사는 범인의 윤곽조차 잡지 못한 상태였다. 날짜만 제대로 고르고 적절한 계획과 퇴로를 확보한다면 조만간 완벽한 한 탕을 성공시켜 막대한

'수익'을 올릴 수 있을 것 같았다.

열 번째 작전.

스톡홀름 외곽의 작은 마을.

12월 23일, 크리스마스이브 전날.

특수부대와 아무런 상관없는 작전.

특수부대는 영원히 사라졌으니까. 앞으로는 그들에 대한 기사 한 줄 날 일 없을 테니까. 실체 없는 유령은 사라지고 새로운 등장인물이 출현할 테니까. 림보의 은행을 혼자 털며 이미 리허설 단계는 거친 상태였다. 다른 은행 강도와 차별화되는 사건. 평상복에 검정 스타킹, 그리고 총 한 번 쏘지 않은 은행 강도. 새로운 가면을 쓰고 패턴을 깨기 위한 사전 준비 작업이었다. 언젠가, 이런 날을 대비해야 할 수도 있으니까. 그리고 지금이 바로 그 순간이었다.

레오는 바닥의 타일을 걷어내고 손잡이를 당겨 스컬 케이브 문을 수직으로 들어 올린 다음, 어둠 속에 잠겨 있는 검은 벨벳을 물끄러미 쳐다보았다. 그는 아래로 내려가며 일렬로 정렬된 각종 자동화기 위에 달린 조명에 불을 켰다.

방탄조끼 바로 옆에는 검은색 가방 하나가 놓여 있었다.

동시에 세 곳을 털어서 얻어낸 현금은 정확히 2백13만7천 크로나였다. 각종 비용으로 나간 돈이 22만5천이었다. 19만5천은 염료팩으로 못 쓰게 되었다. 그리고 그 나머지를 각각 42만8천750씩 나눠 가졌다. 그 뒤로 보유하고 있던 현금은 점점 줄어들어 이제 남은 돈은 7만5천이었다. 가방의 바닥을 간신히 덮는 정도에 불과했다.

레오는 가방을 열고 그 안에서 여러 다양한 액권의 지폐로 1만 크로나를 꺼냈다. 아넬리에게 줄 돈이었다. 크리스마스 선물도 사고 크리스마스 음식 준비는 물론, 그녀가 눈여겨봐둔 크리스마스트리와 각종 크리스마스 장식품들을 사는 데 필요한 돈이었다. 이웃집 사과나무에 만든 트리처럼. 그리고 자신에게 필요한 1만 크로나를 더 꺼낸 뒤 가방을 닫고 콘크리트 바닥에 철퍼덕 앉아 강렬한 전등 불빛을 쳐다보며 바닥에서 돌아가고 있는 배수펌프 소리에 귀를 기울였다.

계단 위로 올라가 스컬 케이브 문을 닫으면 다시 열어보지 않는 이상, 세상 그 누구도 뭐가 들어 있는지 알 수 없을 것이다.

차가운 바닥을 밟는 소리가 들렸다. 그녀의 발소리였다. 그녀가 위에 와 있었다. 조명으로 인한 역광으로 그녀의 윤곽만 알아볼 수 있었다.

"레오?"

"어."

"거기서 뭐 해?"

아넬리는 아래쪽으로 몸을 웅크렸다. 얇은 잠옷 때문에 오싹했다.

"얼른 올라와. 가서 눈 좀 더 붙여.

"1천5백만이야. 마지막 건에서 우리가 챙겨왔어야 할 돈. 그런데 거의 건진 게 없었어."

그녀는 아래로 내려왔다. 그녀의 맨발은 중심을 잡고 계단 가로 대를 차근차근 밟아 나갔다. 아래로 내려온 아넬리는 레오의 뺨을 쓰다듬었다. 추위에 떨고 있었지만 그녀의 손길만큼은 따뜻했다.

"레오?"

두 사람은 마치 화석처럼 양쪽 벽에 가지런히 정렬돼 있는 총기에 둘러싸여 있었다. 스웨덴 최악의 범죄 집단들에게 그 총들을 넘기려다 생각을 바꿨다. 자신이 협박했던 형사나 범죄 조직은 이제 모두 관심 밖이었다.

"레오, 사랑해. 그러고 보니 난 당신의 모든 걸 알고 있는 유일한 사람이네. 여기 이 물건들에 대해서도……."

그녀는 레오의 무릎에 앉았다. 사시나무처럼 떨면서도 발가락이 바닥에 닿지 않게 하려 잔뜩 구부렸다.

"펠릭스하고 빈센트가 당신한테 어떤 존재인지는 잘 알아. 정말이야. 하지만 나도 우리를 위해서 아들 곁을 떠난 사람이야. 그러니까 당신도 동생들을 그냥 내버려둬. 우리를 위해서."

그녀는 레오의 눈을 들여다보았다. 처음 만났을 때 반짝거리던 레오의 눈빛은 이제 온데간데없이 사라졌다.

"당신이 두 동생들 신경 많이 쓰는 거 알아. 하지만 아무리 큰형이라 해도 아버지 자리를 대신할 수는 없는 거잖아."

아넬리가 입을 맞추자 레오는 그녀를 바라보았다. 순간, 아넬리는 그의 눈에서 한 줄기 빛을 발견했다. 미약하고 일시적이었지만 분명 빛이었다. 확신이 들었다.

"왜 그래?"

"아넬리?"

"어."

"당신 운전할 수 있겠어?"

아넬리는 자신이 제대로 들었는지 귀를 의심했다.

"할 수 있냐고!"

"내가?"

"당신이."

특수 복면을 만들어준 장본인도, 그들을 은행 근처까지 태워다준 장본인도 아넬리였다. 그런 다음 무조건 집으로 돌아가서 범행에 가담하지 않고 조용히 기다려야만 했다.

그런데 지금, 그가 자신과 함께해주길 바라고 있다. 도주 차량을 몰고 현장을 빠져나가는 임무였다. 펠릭스처럼.

아넬리는 다시 키스했다.

"내가?"

"그래, 당신이. 지금 진지하게 묻는 거야. 당신 운전 실력은 최고 잖아."

그녀는 그의 품에 안겨 씩 웃다가 다시 키스를 했다.

79

이른 아침이라 여전히 어둑어둑했다. 가로등 불빛이 50년대 지어진 3층짜리 건물 사이로 난 길을 비추고 있었다. 아넬리의 팔에 안겨 세 시간 정도 눈을 붙인 레오는 편히 쉰 기분이 들었다. 그는 어느 정도 거리를 두고 차를 세운 뒤 가지만 남은 덤불 사이를 거쳐 운동장을 지나 건물 뒤편으로 걸어갔다. 야스페르에게 자신의 존재를 드러내고 싶지 않았기 때문이다. 그는 야스페르가 차 소리만 들려도 부엌으로 달려가 창문을 통해 바깥을 확인한다는 사실을 알고 있었다. 경찰이 들이닥치기 전에 달아날 시간을 벌기 위해서였다.

레오는 뒷문으로 들어가는 출입문의 비밀번호 네 자리를 누르며 바뀌지 않았기를 바랐다. 잠금장치 풀리는 소리가 들렸다. 그는 건물 안으로 들어와 문이 다시 닫힐 때 소리가 나지 않도록 잘 붙잡았다.

야스페르는 언제라도 달아날 만반의 준비를 해두었다. 건물 반대편, 주차장 뒤로 낙카 국립공원이 펼쳐져 있었다. 도심에서 가장 녹음이 우거진 광활한 자연 보호 구역이었다. 그곳 어딘가, 나란히 붙어 있는 육중한 바위 사이에 야스페르는 옷가지와 칼, 현금, 여권과 권총을 담은 플라스틱 용기 하나를 파묻어두었다. 베레타는 3년 전, 미국에서 구입한 물건으로 부품을 일일이 분해해 스웨덴으로 보내 재조립했었다. 하지만 오늘은 야스페르가 그렇게 달아날 필요도, 무장할 필요도, 숨을 필요도 없는 날이었다.

복도 벽은 숨 막힐 정도로 갑갑한 초록색으로 칠해져 있었다. 레오는 문으로 다가가 초인종을 눌렀다.

안에서는 아무런 소리도 들리지 않았지만 문구멍이 까맣게 가려졌다.

레오는 계속해서 문을 두드렸다. 우편물 투입구가 위로 올라갔다.

"뭐 하러 왔어?"

"얘기 좀 하자."

"무슨 얘기?"

"문부터 열어."

적잖은 시간 동안 침묵이 흘렀다. 그러고서야 안전장치로 달아놓은 체인이 늘어나며 현관문이 살짝 열렸다.

"손 내밀어봐."

열린 문틈으로 야스페르의 눈이 보였다. 불안해하는 눈치는 아니었지만 의심을 거두지 않은 눈빛이었다. 레오는 손바닥을 펼쳐 앞으로 내밀었다. 그제야 문이 다시 닫히며 체인 푸는 소리와 함께 활짝 열렸다.

야스페르는 낡은 밤색 바지에 베이지색 셔츠 차림이었다. 면도도 깨끗이 한 데다 머리도 단정히 손질한 모습이었다. 오전 6시 반, 평소라면 한참 단잠에 빠져 있을 시간이었다. 레오가 기대한 것도 그런 모습이었다. 최악의 경우, 완전히 망가진 폐인의 모습까지도 상상했다. 어쨌든, 살짝 볼까지 상기된 지금의 모습은 머릿속에 전혀 들어 있지 않았다.

하지만 의심은 쉽게 사그라지지 않았다. 야스페르는 팔뚝에 무언가를 숨기고 있다는 사실을 노골적으로 드러내려는 듯 오른손을 등 뒤로 가져갔다.

일격을 가할 기회를 노리는 것처럼.

레오가 집 안으로 들어오자 야스페르는 일정한 거리를 유지해가며 똑같이 뒷걸음질 쳤다. 일격을 가할 수 있는 거리, 급습을 피할 수 있는 거리.

"날 무서워할 필요까지는 없잖아."

야스페르는 대답 대신 고개만 좌우로 흔들었다.

"야스페르, 등 뒤에 숨기고 있는 그런 건 좀 치우자."

"치우자고? 레오, 너하고 나는……."

야스페르는 침을 꿀꺽 삼켰다.

"서로에 대해 너무 잘 알잖아."

"그렇다고 날 무서워할 필요는 없다니까."

"그래? 무기고 턴 일은? 아홉 번이나 은행 턴 일은? 중앙역 폭발은?"

레오는 다시 앞으로 한 걸음 다가갔다. 그리고 방금 전과 마찬가지로 야스페르는 상대의 보폭에 맞춰 뒤로 물러섰다.

"누가 알아…… 여기 찾아온 이유가 청소하러 온 건지, 너희 형제가 가게 문 닫고 증거를 없애기로 했는지……. 그런 상황이 닥치면 내가 쥐도 새도 모르게 사라질 수도 있겠다는 생각, 한 번도 안 해봤을 것 같냐? 어딘가에 묻혀 있는 내 워커처럼 말이야."

레오가 다시 한 번 발을 떼려 하자 야스페르가 왼팔을 들어 올리며 말했다.

"멈춰."

"칼까지 꼭 들고 있어야 해? 그거 치워."

"점퍼부터 벗어봐."

두 사람은 일정한 거리를 유지한 채 서로 마주 보고 섰다. 레오는 가죽점퍼를 벗어 손에 들고 감춘 게 아무것도 없다는 사실을 보여주기 위해 잠바를 앞뒤로 돌렸다.

"신발도."

레오는 허리를 숙여 신발 끈을 푼 다음 새 구두처럼 광을 낸 검은색 구도 옆에 자신의 신발을 내려놓았다. 워커였다. 자신이 직접 불태워버린 것과 비슷했지만 올해 나온 신제품이었다.

"이제 커피 한 잔 얻어 마실 수 있을까?

"바지까지 걷어 올리면 ."

레오는 시키는 대로 바지를 걷어 올리고 두 팔도 활짝 벌렸다.

"보다시피 양말하고 털 난 정강이밖에 안 보이잖아. 이제 커피 한 잔 마셔도 될까?"

의혹의 눈초리는 여전했다. 야스페르는 묵묵히 상대를 노려볼 뿐이었다. 어떻게 해야 할지 결심하지 못하는 사람처럼.

"아, 진짜, 야스페르……. 생각 좀 해봐라. 내가 널 죽일 생각이었으면 굳이 너희 집까지 찾아와서 일을 벌이겠어? 안 그래?"

야스페르는 잠시 멈칫거리다 고개를 끄덕이더니 길고 날카로운 부엌칼을 숨기고 있던 오른팔을 내밀었다.

두 사람은 부엌으로 이어지는 좁은 통로를 함께 걸어갔다. 레오는 가는 길에 슬쩍 거실로 눈을 돌렸다. 신줏단지 같았던 제단이 보이지 않았다. 초록색 베레모, 노를란드 특수부대 제복 차림으로 마지막 훈련 때 찍은 사진, 교본이며 총검이며, 애지중지 아끼던 모든 물건들이 사라졌다. 그대로인 건 탁자 하나뿐이었다. 꽃 없는 꽃병과 양초 없는 촛대를 올려놓은 탁자.

야스페르가 필터에 커피를 채우는 동안 레오는 식탁에 앉았다.

"무슨 이유로 날 찾아온 거야?"

"어떻게 지내나 궁금해서."

"내가 어떻게 지내나 궁금하다고?"

야스페르는 피식 웃음을 터뜨렸다. 레오는 그 순간 낯익은 무언가를 처음으로 발견했다. 식탁 맞은편 의자에 걸려 있던 물건. 야스페르가 입고 있던 바지와 똑같은 밤색 점퍼. 반쯤 접혀 있어 보이지 않았지만 오른쪽 소매에 배지가 달려 있었다.

"입고 있는 옷은 뭐야? 의자에 걸린 저 옷은 또 뭐고?"

레오는 고갯짓으로 의자에 걸린 제복을 가리키며 물었다. 옷에는 SEC라는 회사명 첫 세 글자가 보였다. 나머지 글자는 굳이 보지 않더라도 충분히 유추할 수 있었다. 그 회사 유니폼이 야스페르의 식탁 의자에 걸려 있다는 게 의아할 뿐이었다.

"내 유니폼이야."

레오는 다시 한 번 유니폼을 쳐다봤다가 야스페르 쪽으로 시선을 돌렸다.

"네 유니폼?"

"알다시피 지난번 직장에서 해고당했잖아. 안 그래?"

"좋아, 그렇다 치고⋯⋯. 그런데 거기서 뭐 하는데?"

"좋아, 그렇다 치고⋯⋯. 그런데 넌 여기서 뭐 하는 건데?"

야스페르는 등을 돌린 자세로 커피를 따르면서 휘파람을 불기 시작했다. 더 이상 상대를 의심할 이유가 없다고 판단했기 때문이다.

"여기 찾아온 이유는 네가 필요해서야." 레오가 대답했다.

야스페르는 다급한 일이 생긴 사람처럼 휙 뒤돌아섰다.

"내가 필요하다고?"

"그래, 열 번째 일을 벌일 계획이거든."

야스페르는 완전히 긴장이 풀렸다. 방금 전까지 최고조에 달했던 위협이 사라졌다. 적대감과 의심도 말끔히 사라졌다.

지난 7개월간 바란 일이었다. 또다시 하나로 뭉치는 것.

"열 번째?"

"그래, 열 번째."

"더 이상 그럴 일은 없을 거라 생각했는데." 야스페르는 만면에 미소를 띠며 말했다.

그러고는 컵 두 개에 진한 커피를 따랐다.

레오는 반대편 의자에 걸린 옷의 접힌 부분을 펼쳐보았다. 드디어 온전한 회사명이 드러났다. SECURITAS. 스웨덴 최고의 보안 경비 회사.

"이 회사에서 뭘 하는 거야?" 그가 물었다.

"경보장치가 작동하면 현장에 가서 경보장치 해제하고 학교 유리창이 깨지거나 가게에 도둑이 들면 확인하러 나가고 공장 주변을 순찰하고, 뭐 그런 일."

야스페르는 냉장고를 열고 우유를 꺼내 레오의 컵에 살짝 따랐다.

"회사 나가면 다들 우리 얘기만 해." 야스페르는 자신만만한 미소로 말을 이어나갔다. "특수부대 이야기. 놈들이 어디를 노릴까? 은행? 현금수송 차량? 병기창고? 난 그냥 앉아서 듣기만하고."

자랑스러워하는 눈치였다. 휴게실에 앉아서 다른 직원들 이야기를 들으며 그 누구에게도 털어놓을 수 없는 이야기를 하고 싶어 안달이 났을 야스페르의 모습을 그리는 건 그리 어려운 일이 아니었다.

"몇 달 있으면 내가 직접 현금수송 차량을 몰 수 있게 돼. 그래서 만약, 내가 강도를 만나면 어떻게 대처해야 할까, 그런 생각을 많이 해봤어."

그는 의자에 걸려 있던 자신의 제복을 쓰다듬으며 말을 이었다.

"답은 두 가지야. 하나는 강도들이 무슨 일을 벌일지 눈치챌 경우, 회사에서 알려준 지침에 따르는 거. 다른 하나는 강도들이 얼치기 초범일 경우…… 내가 제압하는 거. 레오, 난 강도 둘 정도는 너끈히 제압할 수 있어. 그래서 영웅이 돼서 신문에 나오는 거야. 하지만 내 실체는 아무도 모를 거라고!"

"세 번째 답도 있어."

"그게 뭔데?"

"그 강도가 나라면 어떻게 할 건데?"

"네가?"

"그래. 네가 모는 현금수송 차량을 내가 턴다면?"

"그러면…… 뭐 있어, 그냥 항복해야지. 납작 엎드려서 네 마음대로 하게 내버려둬야지. 난 네 명령에 고분고분 따르고."

설명 끝에 웃음이 뒤따랐지만 진심이 담겨 있었다.

"하지만 뭐, 당장 그럴 일은 없을 거야. 회사에 신뢰를 쌓아야 하거든. 차근차근 단계를 밟아 올라가야 해. 그렇게 해야 현금수송 차량을 몰 수 있는 자격이 생기니까."

레오는 커피를 다 마셨다. 야스페르의 집에서 그런 일은 처음이었다.

"좋아, 그럼 열 번째 작전부터 하자. 그다음에 너희 회사 쪽 일을 계획하는 거야. 너하고 나하고."

몇 시간 전만 해도 스컬 케이브에 쓸쓸히 앉아 있던 레오였다. 그런데 지금은 도주 차량을 몰아줄 기사와 자신을 따라 은행에 들어갈 든든한 파트너를 구했다.

"동생들은? 두 녀석들은 이번 일에 대해 뭐라는데?"

"아무 반응 없어. 같이 할 일도 없고."

"그러니까 이건…… 우리 둘이 한다는 거야?"

"아니, 기사도 한 명 있어."

"누군데?"

"그건 나중에 얘기하자."

"그럼 셋인 거야?"

"한 명 더 있어."

80

공동의 목표를 갖게 된 두 사람은 친구처럼 인사를 나누고 헤어졌다. 먼저 이번 크리스마스 연휴에 작은 건을 성공시켜 다가올 큰 건에 들어가는 자금을 마련하는 것이다. 대상은 중앙은행 본점. 예상 액수는 크리스마스 연휴 동안 매일같이 쇼핑몰 계산대에서 흘러나와 현금자동지급기로 흘러들어가는 4천에서 5천만 크로나. 꿈틀거리는 상거래의 심장에 마비 증상이 발생할 것이다. 야스페르의 합류로 '불가능'이 순식간에 '가능'으로 변해버렸다. 동생들이 마지막 한 건에 합류하게 할 동기가 될 정도로 어마어마한 액수였다.

스웨덴 역사상 최대 규모의 은행 강도. 그리고 곧바로 해체되는 강도단.

레오는 입구에 차를 세웠다. 지난번에는 정원에 잔뜩 쌓여 있던 나뭇잎이 하나도 보이지 않았다. 발걸음을 옮길 때마다 얼어붙은 잔디가 사각거리는 소리를 내고 눈발이 아침 햇살을 받아 반짝이며 주변을 빙빙 돌다가 뺨을 살짝 물었다. 그는 겨드랑이에 신문을 끼고 무릎 꿇은 자세로 담장 앞에서 무언가를 살펴보는 남자에게 고갯짓으로 인사를 건넸다.

"아버지 안에 계세요?"

"레오냐?"

스테베는 몸을 일으키며 안경을 벗었다.

"레오, 오랜만이구나. 좀 뜸하더구나."

스테베는 아버지가 사는 집주인으로 바로 위층에 좀 더 널찍한 집에 살고 있었다. 서로 악수를 나누면서 레오는 상대가 무엇을 살펴보고 있는지 확인할 수 있었다. 말뚝 몇 개가 반으로 부러진 상태였다.

"그나저나 계세요, 안에?"

"그럴 거다. 차가 저기 있으니."

노란색 사브 스테이션왜건. 차 상태는 점점 더 나빠졌다. 지난번과 같은 자리에 주차돼 있었지만 위치가 다소 비스듬했다. 스테베는 고개를 절레절레 흔들더니 턱을 긁적였다.

"그 양반이 정면으로 들이받았지."

스테베는 의도적으로 이반의 차를 바라보고는 한숨을 푹 내쉬면서 담장으로 시선을 돌린 다음, 부서진 담장 바로 옆에 난 타이어 자국을 가리켰다.

"저 담장을 정면으로 들이받았어."

"지금 집에 계시냐고요."

"있다니까. 그런데 내가 노크하면 문을 안 열어줄 거야."

"그럼 제가 찾아왔다는 걸 알릴게요."

스테베는 더 이상 상대의 말에 집중하지 않았다. 그는 빠진 이빨처럼 덜렁거리는 담장만 만지작거렸다.

"아버지 사정이…… 이따금 안 좋기는 했지만 이 정도까지는 아니었어. 하루 종일 집 안에만 틀어박혀 있다니까! 게다가 월세도 제때 잘 내더니 이제는 그것도 소식이 없어."

스테베는 계속해서 담장을 흔들다가 결국은 뜯어내고 말았다.

"그뿐인가, 얼마 전에는 돈까지 빌려갔어."

레오는 1층을 뚫어지게 쳐다보았다. 집 안에 있던 이불과 담요를 동원해 창문을 가려 놓았다. 마치 전시 상황처럼.

"마지막에 보신 게 언젭니까?"

"어제야. 주류 판매점에서 오는 걸 봤거든. 말을 걸어보려 했는데 면전에서 문을 쾅 닫고 들어가더라고. 음주운전을 한 모양이더군……. 난 뭐라고 말을 하려고 했다고."

"혹시 이상한 말 같은 건 하시지 않던가요?"

"이상한 말이라니?"

"그러니까…… 심리 상태를 드러내는 말 같은 거요……. 뭐 중요한 일 같은 거나 압박감에 시달린다…… 뭐, 그런 얘기요. 가끔 대화도 나누고 그러시잖아요?"

스테베는 어깨를 들썩였다.

"아니, 전혀. 아무 말도 안 했어. 나한테 던진 말이 있긴 하지만⋯⋯. 선인장이랑 붙어먹으라고 하길래 내가 그럴 생각 없다고 하니까 전기톱으로 항문을 쑤셔버리겠다더라고. 보조 열쇠를 가지고 있긴 한데 솔직히 들어가 볼 엄두가 안 나. 내 말을 오해하지 말라고. 난 자네 아버지를 좋게 봐. 대하기 까다롭고 성격이 불같긴 해도 영리하고 제법 유머 감각이 있는 친구거든. 그런데 지금은 도대체 그 사람이 어디로 갔나 싶을 정도야. 솔직히 걱정되는 만큼 좀 무섭기도 해. 상당히 위협적이야. 전에는 안 그랬거든. 적어도 나한테는. 무슨 일이 있었던 건지 도대체 모르겠단 말이지."

레오는 고개를 끄덕였다. 아버지는 예전처럼 자신의 문제를 자신만의 방식으로 해결하고 있었다. 술을 마시고 싸움을 걸 뿐, 대화를 하지 않는 식으로. 스멀스멀 피어오르던 두려움이 싹 사라졌다.

"제가 알아서 할게요. 아버지가 빌려 가신 돈은 얼마나 됩니까?"

대화를 시작한 후로 스테베는 처음으로 긴장이 풀린 표정을 지었다.

"월세에다 빌려간 걸 합치면 총 8천 크로나야."

레오는 뒷주머니에서 지갑을 꺼내 500크로나 지폐로 6천을 꺼냈다.

"나머지 2천은 이번 주 중으로 드릴게요. 그리고 담장은 제가 고쳐드리겠습니다. 괜찮으시죠?"

스테베가 돈을 받으려고 손을 뻗는 순간, 레오는 팔을 뒤로 뺐다.

"대신 보조 열쇠는 저한테 주시면 좋겠는데요."

레오는 열쇠 구멍에 열쇠를 밀어 넣고 돌렸다. 어둠이 그를 맞아 주었다. 뒤이어 아버지 특유의 체취와 악취가 코를 찔렀다. 레오는 불을 켰다. 바닥에는 신문 조각이 뭉텅이로 쌓여 있었다. 식탁 위에는 구겨진 복권, 빈 과자 포장지, 집 안에 악취를 풍기는 양파, 가위와 풀, 신문에서 오려낸 기사들, 그리고 다 비운 술병들이 꽉 들어차 있었다. 레오는 빈병 수를 세어보았다. 열네 병이었다. 어둠에 잠긴 소파 위로 시커먼 물체 하나가 보였다. 낡은 가죽 표지의 두툼한 앨범 한 권이었다. 레오는 소파에 앉아 앨범을 넘겨보았다. 신문에서 오린 기사들을 스크랩해놓은 것이었다. 특수부대라는 별칭으로 불리는 은행 강도단에 대한 기사. 유리 파편이 나뒹구는 현장 사진, 복면을 쓴 용의자 모습, 강화 유리 위에 미소 짓는 표정을 그려 넣은 여덟 발의 실탄 자국.

스크랩북이었다.

아버지는 나름의 조사를 했던 것이다. 단순한 의혹 차원이 아니었다. 아버지는 사실을 알고 있었다. 그래서 아들에 관한 내용을 다루는 기사들을 따로 챙겨두었다. 하나의 스토리로 엮기 위해서. 마치 그 사실이 자랑거리라도 되는 듯.

순간, 아버지가 지금까지 자식을 자랑스럽게 여긴 적이 있는지 궁금해졌다. 속이 뒤틀리는 것 같았다. 거북하고 갑갑했다. 그는 앨범을 닫고 닫혀 있는 두 개의 문을 향해 걸어갔다.

이반 뒤브냑은 어둠 속에 조용히 누워 있었다. 레오는 침대로 다가가 아버지의 입에 손가락을 갖다 댔다. 미약하게나마 숨결이 느껴질 때까지. 그러다가 손바닥을 코와 입술 가까이 가져갔다. 아버지의 목에서 나오던 소리가 코 고는 소리로 바뀌었다. 살아 있다는 뜻이었다. 아버지는 몸을 흔들다가 쇠망치라도 든 사람처럼 무겁게 팔을 휘저었다.

"아버지."

레오는 아버지의 어깨에 손을 올리고 조심스레 흔들었다.

"아버지!"

눈을 감은 채 육중한 몸이 서서히 돌아누웠다.

"눈 좀 떠보세요!"

이반은 반 정도 실눈을 떴다.

"레오냐······."

아버지는 큰아들이 뻗은 팔을 붙잡고 힘겹게 몸을 일으켰다.

"여긴 어떻게 들어온 거냐?"

"도대체 어떻게 된 거예요? 음주운전으로 담장을 들이받고도 집주인한테 욕이나 하고. 집주인이 경찰에 신고라도 해서 경찰이 들이닥치면 어쩌실 생각이셨어요? 여기 이렇게 널브러져 계시는 동안 집주인이 경찰한테 보조 열쇠 넘기면 어쩌실 생각이셨냐고요? 경찰들이 돼지우리 같은 데서 이걸 찾아내면 어떻게 하시려고요!"

레오는 아버지의 무릎에 앨범을 던졌다.

"아버지 타고 저까지 오는 데 오래 걸리겠어요? 경찰이 이걸 발견하면······ 아들이 셋이나 있는 아버지 집에서 이런 게 나오면 경찰이 확인 한 번 안 하겠냐고요!"

이반은 자신이 만든 스크랩북을 쳐다보다가 조심스레 침대 머리맡에 내려놓았다.

"친아들들을 손수 감방에 보낼 작정이셨어요? 그 고약한 술버릇 때문에 또다시 모든 걸 망치실 생각이셨냐고요!"

레오는 창문을 가리고 있던 담요와 이불 들을 걷어냈다. 빛이 들어오자 이반은 빛을 피하기 위해 고개를 숙였다.

"아버지, 저 똑바로 보세요. 그리고 잘 들으세요. 제가 여기 온 건 아버지한테 일자리를 제안하기 위해서예요."

"나도 일자리 있다."

"웃기는 소리 마세요. 집주인한테 방금 6천 크로나 줬어요. 그런데도 갚아야 할 돈이 아직 더 있다던데요?"

레오는 아버지가 방으로 쏟아져 들어오는 빛에 적응할 때까지 기다렸다.

"일손이 필요해요. 한 사람이 모자라거든요."

이반은 가느다랗게 실눈을 뜨고 조용히 방을 나섰다. 힘겨운 발걸음으로.

"겁나신다는 거군요. 용기가 없으니까."

레오가 뒤따라 나갔다.

"맨 정신으로는 할머니 집에 찾아가 화염병 던질 자신이 없어서 술을 그렇게 들이부으신 양반이니까."

"그래, 내가 그랬다. 하지만 난 배신은 하지 않았어."

"전 아버지 신고 안 했어요!"

"넌……."

"전 그때 열 살이었어요. 그리고 그 얘긴 이제 그만 좀 하세요. 더이상 안 먹히니까."

바닥에 쌓인 신문 조각들, 식탁에 쌓인 음식물 찌꺼기. 아버지의 이미지였다. 이반은 손으로 헝클어진 머리를 쓸어 올리고 아들을 쳐다보았다.

"레오, 이런 식으로 계속 일을 벌이면 놈들이 사냥감처럼 널 악착같이 쫓아올 거다. 절대로 포기하지 않을 거라고! 경찰 중에는 사무실에 앉아 펜대만 굴리는 놈들도 있지만 너 같은 무기를 들고 차로 돌아다니는 놈들도 있어! 놈들은 네가 실수하기를 기다리고 있다고. 그 순간을 노려서 널 죽일 수도 있어. 넌 그놈들을 이길 수 없어. 그건 불가능해."

"아버지가 끼시던지 말던지, 전 합니다."

아버지는 낡은 소파에 앉았다. 그 모습이 한없이 왜소해 보였다.

"내 도움이 필요한 거냐?"

"같이하실 거예요?"

"내 도움이 필요한 거냐, 아니냐?"

"아버지 도움이 필요해요."

레오는 그렇게 말했다. 아버지 도움이 필요하다고. 세 아들이, 아버지의 도움이 필요하다고.

"그렇다면 같이한다."

레오는 고개를 끄덕이고는 부엌 창문을 가리고 있던 담요를 떼어냈다. 강렬한 햇살 사이로 먼지가 춤을 추며 날아다녔다.

"지금 이 순간부터 술은 한 방울도 입에 대지 마세요."

81

마지막으로 선물을 포장한 게 언제인지 기억도 나지 않았다. 심지어 평생 그래본 적이 있는지도 가물가물했다. 크리스마스 선물 포장은 언제나 세 아들들이 잠든 늦은 밤, 아내의 몫이었기 때문이다.

이반은 묵직한 꾸러미를 들어 올려 무게를 재보았다. 반짝이는 빨간 광택지와 금박 리본 하나. 그는 식탁 중앙에 놓여 있던 가위를 들고 아내가 했던 대로 플라스틱 리본을 잘랐다. 아내는 작은 고리 같은 동그라미를 만들어 매듭 아래로 밀어 넣어 마치 갓 피어난 진 달래꽃 모양처럼 보이게 만들곤 했었다. 하지만 아무리 애를 써도 리본을 예쁘게 모을 수가 없었다. 가시덤불처럼 뾰족한 모양만 나올 뿐이었다.

상표는 맨 위, 가운데, 금박 '덤불' 옆에 오도록 만들어야 했다. 리본을 단단히 붙이고 파란 볼펜을 들었다가 다시 잘 보이도록 검은색 볼펜으로 바꿨다.

메리 크리스마스.

그는 식탁에 있던 선물 상자를 현관문 바로 앞, 좁은 통로에 있는 다른 선물 상자들 옆에 내려놓았다.

텅 빈 크리스마스 선물 상자들 사이에 놓인 역시 텅 빈 크리스마스 선물 상자.

그는 다시 식탁으로 되돌아가 또 다른 선물을 포장하려다 그만두었다. 또다시 손이 떨렸다. 건조한 피부를 따라 떨림이 번져나갔다. 멈출 때까지 가만히 기다려야만 했다. 남들에게 절대 보이고 싶지 않았다.

밤이 되면 더 심해질 터였다. 다음 날 아침에는 더 악화될 게 빤했다. 술을 끊는다는 건 자신의 몸으로 쳐들어와 자기 집처럼 들어 앉아 무슨 일이 있어도 나가려 들지 않는 침입자를 강제로 쫓아내야 하는 투쟁과도 같았다.

아침까지만 해도 손이 떨리지 않았다. 그래서 욕실에 서서 한 손으로 방금 면도한 탱탱한 피부를 쓰다듬어보기도 했다. 꼭 얼굴 위에 매끈한 가면을 뒤집어쓴 느낌이었다. 두 눈은 축축하고 작아진 것 같았다. 마치 어딘가로 숨고 싶은 것처럼 작아 보였고 구레나룻 쪽에 자리 잡은 잿빛 곱슬머리를 보고 싶지 않아 하는 것 같았다. 코는 스웨덴에 도착한 이래로 훨씬 커진 것처럼 보였다.

하반신에 찌릿한 통증이 지속적으로 느껴졌다. 위도 아팠지만 간 때문인 것도 같고 그 아래쪽 신장인 것도 같았다. 그간 얼마나 오랫동안 밤낮으로 와인을 마셔왔는지 기억도 나지 않았다. 하지만 모든 신경이 이전의 상태로 돌아올 때까지 최소한 3일은 버텨야 한다. 빌어먹을 통증 따위는 견딜 수 있었다. 하지만 은행을 털고 있는 와중에 몸 안에서 빠져나가는 독약의 '부작용', 곤두선 신경이 건조한 피부를 찌르고 괴롭히다 손까지 떨게 만드는 상황은 떠올리기만 해도 아찔했다.

해결책이 한 가지 있긴 했다. 술을 마시는 것이다. 많이는 아니더라도 큰 소란 없이, 몸을 망치는 사악한 악마의 '추방'을 다소 늦추게 할 정도로만. 긴장감을 일정한 수준으로 끌어가기 위해서. 두 시간에 한 잔 간격으로.

하지만 그는 장남에게 술 한 방울 입에 대지 않겠다고 약속했다. 그래서 욕실에서 나오면서 조리대 위에 올려놓은 반쯤 남은 와인병 앞에서 머뭇거리지 않고 그냥 지나쳤다. 그는 옆구리를 찌르는 통증을 달고 침실로 향했다. 그리고 밤색 가죽만큼이나 손잡이도 낡은 여행 가방 하나를 꺼내, 청바지 두 벌, 새 속옷 두 벌, 양말 두 켤레, 셔츠 두 장과 밝은 회색 정장 한 벌을 챙겨 넣었다. 그는 자신이 큰아들 집에서 자고 가도 되는 건지 알 수 없었다. 어쩌면 모두 한자리에 모여 크리스마스 파티를 할 수도 있을 것이다. 자신과 레오, 펠릭스와 빈센트도. 모두 함께 은행부터 털고, 크리스마스를 축하

하는 식으로.

그는 손 떨림이 멈췄는지 확실히 하기 위해 두 손을 뻗어보았다. 그런 다음, 다른 선물 상자 맨 위에 있던 빈 상자의 위치를 조정한 후 다시 부엌으로 돌아와 포장지와 리본, 테이프와 상표가 놓여 있는 식탁 앞에 앉았다.

"이건 누구에게 주실 건지 기억하세요?" 아넬리 맞은편에 앉아 있던 레오가 물었다. 세 사람 앞에는 각각 포장된 선물 상자가 하나씩 놓여 있었다.

"메리 크리스마스, 아버지……."

그는 문구를 쓰면서 큰 소리로 읽었다.

방금 전 자신이 현관 앞에 내려놓은 상자에 비해 월등히 작은 크기였다. 레오는 같은 크기의 선물 상자와 함께 갈색 천 가방 속에 던져 넣었다.

"행복한 가족은 이래요." 레오가 말했다. "행복한 가족들이 하는 게 이런 거라고요. 같이 선물을 포장하고 가족들이 모여 크리스마스 파티를 하는 거요. 이런 건 예상 못 하셨죠?"

식탁 위에 올려둔 손이 떨렸지만 아무도 눈치채지 못했다. 그는 얼른 옆에 있던 찬물을 들이켰다. 한 방울도 흘리지 않았다. 식탁에는 빈 의자 두 개가 놓여 있었다. 아직 빈 상태였다.

이반은 외스모 1층 집을 떠나 툼바에 있는 이 집을 찾아와 현관문을 두드렸다. 초인종도 달려 있었는데 울릴 때마다 거슬리기도 하면서 아름답기도 한 소리를 만들어냈다. 문을 열고 나온 건 레오였다. 이반은 낡은 가죽 가방을 내려놓고 검은색 외투를 벗어 걸었다. 어깨에 와 닿는 큰아들의 손이 느껴졌다. 환영 인사와도 같았다. 그는 잠시 동안 아들을 끌어안을까 고민하다 생각을 바꿨다. 한 여성이 벽에 걸린 스피커에서 흘러나오는 크리스마스캐럴을 흥얼거리며 다가왔다. 그 순간까지도, 큰아들이 누군가와 같이 살고 있는지 모르고 있었다. 그는 손을 내밀며 아넬리에게 인사말을 건넸다. 아넬리는 잘 오셨다는 말과 함께 그를 안내하며 크리스마스 장식으로 꾸며진 집을 구경시켜주었다. 게스트 룸을 보고 나서야 그녀 역시 일에 깊이 관여하고 있다는 사실을 알 수 있었다. 레오는 침대 겸 소파 옆에 서서 두 사람을 기다리고 있다가 바닥 밑에 조성된 스컬 케이브를 공개했다. 이반은 지하로 걸어 내려가 TV 뉴스로만 봤던 도난 총기들을 직접 살펴보았다. 무기 그 자체가 놀랄 건 아니었다. 하지만 지하시설의 디자인 자체가 인상적이었다. 그래서 건축업자 대 건축업자로서 아들에게 이것저것 공사에 관한 질문을 던졌다. 잠시였지만 마음이 편해지는 것 같았다. 다시 모인 아버지와 아들. 그래서 더더욱 묻고 싶은 게 하나 있었다.

펠릭스와 빈센트는 언제 오는 거냐?

선물 포장을 시작할 무렵부터 창밖은 어둑해지고 있었다. 정체 현상 끝물에 발이 묶인 퇴근 차량들의 전조등 불빛이 이어졌다. 하지만 지금은 간간이 지나다니는 차량 한두 대가 전부였다.

그들은 식탁 위에 있던 상자와 선물 포장지 등을 치웠다. 레오는 블라인드를 내리고 식탁 위에 커다란 지도를 펼쳤다. 식탁을 덮고도 남을 만큼 큰 지도라 모서리를 벗어난 게 꼭 식탁보 같았다. 이반은 지도를 읽으며 자신들이 내일 치게 될 은행이 어디쯤인지 찾아보았다. 중앙 쪽으로 보이는 웁살라의 헤뷔라는 곳과 그 왼쪽, 베스트만란드의 살라라는 곳이었다. 이름은 들어본 적 있지만 한 번도 가본 적은 없는 작은 마을들이었다. 두 곳 모두 스톡홀름으로부터 북서쪽으로 대략 1백여 킬로미터 떨어진 위치였다.

누군가 현관문을 두드렸다.

이반은 그 소리와 함께 자신이 지금까지 얼마나 긴장하고 있었는지 깨달았다. 숨이 턱 막히면서 가슴이 벌렁거렸다. 지난 몇 년간 이 순간만을 기다렸는데 당장 마음을 바꾸고 싶다는 생각이 들었다. 누구도 만나고 싶지 않았다.

레오가 일어나 현관으로 걸어갔다. 현관문에 걸린 종 울리는 소리, 잠금장치 열리는 소리가 들렸다. 두 시간여 전, 자신이 이 집에 찾아왔을 때처럼. 그러고는 웃음소리와 함께 서로 끌어안은 듯 등 두드리는 소리가 이어졌다.

목소리만으로는 20대인 것 같았고 예상했던 것과 달리 다소 날카로운 고음의 목소리였다. 자신이나 레오와는 분명 달랐다. 이반은 귀를 기울였다. 펠릭스일까? 빈센트일까? 막내도 이제 제법 어른 티가 날 터였다.

그는 현관 쪽으로 걸어갔다. 그리고 누군가를 발견했다. 펠릭스는 분명 아닌 것 같았다. 아닌가? 둘째 아들은 밤색 머리에 아빠를 닮은 얼굴이었다. 그런데 집에 찾아온 청년은 그런 구석이 전혀 없었다. 그렇다고 빈센트도 아니었다. 비록 희미한 기억이었지만 얼굴을 보면 알아볼 것 같았기 때문이다.

"안녕하세요…… 야스페르입니다."

내미는 손도 뒤브낙 부자와는 거리가 멀었다. 아들들 손은 훨씬 두꺼운 반면, 청년의 손은 뼈만 앙상한 가지 같아 한 손으로 다 감쌀 수 있을 정도였다.

"이반 뒤브낙일세."

"압니다. 저도 스코고스에서 자랐거든요. 아저씨 집에서 하루 종일 놀곤 했습니다. 기억하세요?"

이반은 고개를 절레절레 흔들었다.

"전 아저씨 기억해요. 그때 왜 아저씨가 피자집 앞에서 까불거리던 양아치들 머리도 잘라버리고 하나씩 때려눕히고 그러셨잖아요."

뒤브냑 가의 혈통을 물려받지 않은 손을 가진 청년은 부엌으로 들어갔다. 전에도 이 집에 와본 적이 있다는 뜻이었다. 아넬리란 여자에게 '여기 누가 오셨는지 알아?' 하고 떠벌리듯 말하는 목소리에 흥이 실린 건 사실이었지만 진실성은 묻어나지 않았다. 아넬리도 그 말에 웃기는 했지만 억지로 웃는 것 같았다.

이반은 현관에 그대로 서 있었다. 굳이 아직은 자리로 돌아가고 싶지 않았다. 누군가가 또 올 것 같은 생각에 그는 마지막으로 현관 쪽을 바라보았다. 하지만 레오는 무심하게 문을 닫아버렸다. 그래서 대신에 창가 쪽으로 시선을 돌렸다.

없다. 더 올 사람은 없다는 뜻이었다.

"그러니까 저 친구도 같이하는 거냐?"

"처음부터 같이했어요."

식탁 위에는 여전히 지도가 놓여 있었다. 레오는 10크로나 동전 두 개를 꺼내 헤뷔라는 마을 위에 올려놓았다.

"은행은 여기에요. 그리고 2킬로미터 정도 떨어진 이 지점에 경찰서가 있는데 일주일에 절반 정도만 문을 열고 담당 경관도 한두 명이에요. 12월 23일, 우리가 계획한 시간대는 이미 문 닫고 집에서 쉬고 있을 겁니다."

레오는 지도 위에 있던 동전 하나를 들고 지도 가운데를 톡톡 쳤다.

"아버지, 이해하시겠어요? 아버지는 여기 계시는 거예요. 은행

앞이요. 잘 보이는 지점에요. 접근을 시도하는 사람들한테 우리가 완전무장한 상태라는 걸 보여줘야 하는 겁니다."

레오는 검지로 경찰서를 대신하던 황금색 동전을 은행 쪽으로 이동시켰다.

"올 일도 없겠지만 경찰이 이쪽으로 와서는 안 되는 거예요. 굳이 경찰들이 끼어들기로 작정했다면 그 이후부터는 아버지가 책임지셔야 합니다. 놈들이 마음을 고쳐먹게요. 허공에 경고사격을 먼저 하세요. 그걸로 충분하지 않으면 머리 위쪽으로 다시 한 번 경고사격을 하시고요. 그래도 말을 듣지 않으면 순찰차 보닛을 향해 최대한 무차별 사격을 하세요. 그런데도 고집스럽게 다가오면 아버지 스스로는 물론 차에서 기다리고 있을 아넬리를 보호하셔야 해요. 아버지, 절 똑바로 보세요! 경찰을 향해 사격해야 하는 상황이 발생하면 몸을 조준하셔야 해요."

레오는 10크로나보다 좀 더 크기가 큰 은색 5크로나 동전 하나를 꺼내 지도에 올렸다. 그리고 북쪽으로 몇 킬로미터 정도 떨어진 지점에 내려놓았다. 녹지대를 가로지르는 도로 근처였다.

"은행에서 나와서 첫 번째 도주 차량을 타고 이 지점으로 갈 겁니다."

이반은 지도를 쳐다보다 동전을 움직이고 특정 지점을 가리키는 레오의 손가락을 쳐다보았다. 하지만 큰아들의 이야기가 귀에 들어오지 않았다. 비어 있는 의자 두 개 때문이었다. 오지 않은 다른 두 아들들.

"아버지, 듣고 계세요? 차에서 내리면 차를 숨기고 숲 속을 통과해야 해요. 이쪽으로요. 대략 200미터 정도 되는데…… 여기에요. 주차장에 준비된 두 번째 도주 차량이요. 크리스마스 선물 상자들과 음식이 가득 찬 차 말이에요. 훔친 차에서 렌터카로 갈아타는 거예요. 타기 전에 옷도 갈아입고요. 크리스마스 파티를 하러 집으로 가는 행복한 가족처럼 보이는 복장이요."

"우리끼리 하는 거냐? 그러니까…… 여기 네 사람만?"

"은행 딱 하나 터는 거예요. 굳이 많을 필요는 없어요."

"펠릭스는? 빈센트는? 그 아이들은 어디 있는 거냐?"

이반은 빈 의자 두 개와 레오를 번갈아 쳐다보며 물었다. 레오는 침묵을 지켰다. 그 상태가 지속되자, 이반은 야스페르와 아넬리라는 여자에게 답을 구해보려 눈길을 보냈다. 하지만 아무도 응해주지 않았다.

"아버지, 여기 보세요."

바닥에 놓여 있던 가방 속에 수건으로 싸놓은 총 한 자루가 들어 있었다. 30여 년 전, 군 복무 시절 사용했던 총과는 전혀 달랐다. 하지만 작동 원리는 그대로였다. 레오는 총을 네 부분으로 분해했다.

"개머리판, 손잡이, 그리고 이건……. 아버지, 이건 메커니즘이에요. 그리고 이 안에 있는 게 노리쇠예요. 이걸 4분의 1 정도 돌리시고 당기셔야 해요. 한번 해보세요. 직접 조립해보세요. 그러면 쉽게 이해하실 거예요."

네 부분으로 된 총을 큰아들 앞에서 조립해야 한다. 그러고 싶지 않았다. 조립이 끝나는 순간, 그 물건은 살상용 무기가 된다. 큰아들의 계획이 뭔지는 잘 알고 있었다. 하지만 그 일이 어떤 결과를 초래하게 될지에 대해서는 막연하기만 했다. 사람들을 다치게 했던 역할은 언제나 자신의 일이었기 때문이다.

"아버지, 이걸 눈 감고도 하실 정도가 돼야 해요. 예전에 몸 전체를 이용해 펀치 날리는 법을 가르쳐주실 때 기억나세요? 그렇게 감각만으로도 하실 수 있어야 해요."

이반은 두 손으로 청바지를 꽉 붙잡았다. 손을 놓는 순간, 모두에게 부들부들 손 떠는 모습을 보일 수밖에 없는 상황이었다. 그는 각기 다른 총의 부분들을 찬찬히 살펴보고는 노리쇠를 들고 메커니즘 안으로 밀어 넣은 다음 돌려보았다. 하지만 부품이 맞물릴 때 나와야 하는 찰칵 소리가 들리지 않았다. 모두의 시선이 자신에게 쏠려 있었다. 그는 다시 한 번 노리쇠를 메커니즘 안으로 조심스레 넣고 돌렸다. 그런데 갑자기 머릿속에 의혹의 목소리가 울려 퍼졌다. 모든 게 다 미친 짓이라고, 그만두는 게 나을 거라고.

"아버지, 한 번에 하나씩이요."

레오는 아버지의 손 위에 자신의 손을 올리며 말했다. 그런 식의 신체 접촉은 언제가 마지막이었는지 기억조차 나지 않았다.

이반은 밀어 넣은 부품을 돌렸다. 한 번, 두 번, 세 번. 결국 찰칵 소리가 났다. 두 손이 부들부들 떨렸지만 교묘하게 잘 숨겼다.

"잘하셨어요. 이제 나머지도 해보세요."

메커니즘. 손잡이. 개머리판. 한 번에 하나씩. 총이 완성될 때까지.

"집중하고 계세요, 아버지? 중요한 겁니다. 내일 당장, 이걸 자연스럽게 조립하고 분해하셔야 해요. 괜한 오발 사고로 애꿎은 사망자가 나오는 건 싫거든요."

레오는 아버지 손에 들려 있던 총을 가져갔다.

"이건 안전장치예요. 항상 'S' 상태로 고정하는 거예요. 경찰이 접근하는 상황이 발생할 경우는 'P'로 전환하셔야 해요. 단, 절대로 'A'로 맞추지는 마세요. 자동 모드라 2초에 스무 발씩 연사되기 때문에 총알이 언제, 어디로 날아가는지 전혀 알 수가 없어요."

그때까지 좀 떨어진 자리에서 묵묵히 지켜보며 기다리던 야스페르가 부엌 식탁과 레인지 사이에 서서 사격 자세를 취하고 아래로 내려진 블라인드를 조준했다.

"아저씨, 이거 보세요. 이런 식으로 조준한 다음 방아쇠를 당기실 때 숨을 내쉬세요. 중요한 건 반동을 밀어내야 하기 때문에 개머리판에 체중 전체를 실어야 한다는 거예요. 자칫 어깨를 다치실 수 있어요. 아시겠어요?"

야스페르는 안전장치를 풀고 고개를 비스듬히 기울였다.

"똑같이 하실 수 있겠어요? 한번 보여주세요."

자동화기가 마치 평범한 노 한 짝처럼 그의 무릎 위에 놓였다. 아들들이 있어야 할 자리를 차지한 버르장머리 없는 녀석이 아무렇게나 총을 건네고는 명령하다시피 말하고 있었다.

"자네 이름이 뭐라고 했었지?"

"야스페르요. 제가……."

"내가 피자집에서 입만 살아서 나불거리던 양아치 때려눕힐 때 봤다고 했었나?"

"네, 창밖에서 다 보고 있었……."

"나한테 이래라저래라 되도 않는 헛소리를 하던 그 자식들 말하는 거지?"

레오는 야스페르가 시범을 보이기 시작하면 어떤 일이 발생하게 될지 짐작하고 있었다. 하지만 아버지가 내일 해야 할 일을 제대로 이해하고 있는지는 심히 의심스러웠다.

"아버지."

"그래."

"외투 입으세요. 저랑 같이 가실 데가 있어요."

"어디 가는 건데?"

"차 훔치러요."

이반은 다시 선물 상자가 쌓여 있던 현관에 섰다. 자신을 성가시게 하는 게 도대체 무언지 알 수 없었다. 내면을 뒤흔드는 불안감인지, 귀를 자극하는 크리스마스캐럴인지.

안감 없는 외투를 걸치고 얇은 신발을 신은 채 현관에 서서 몇 분 동안 기다리고 있는데 레오와 같이 사는 여자가 손짓으로 그를 불렀다.

"이리 좀 와보실래요?" 아넬리가 말했다.

그녀는 거실에 설치한 크리스마스트리 옆에 놓은 계단에 올라서 있었다. 손에는 기다란 초록색 전선이 들려 있었다. 트리에 휘감아 불을 밝히는 전구 장식이었다.

"신발을 신고 있는데……."

"괜찮아요."

이반은 거실로 돌아왔다. 그리고 그녀 옆에 서서 크리스마스트리를 바라보았다. 두 사람은 다른 시각으로 똑같은 물건을 바라보고 있었다. 그녀는 만족스러운 듯 콧노래를 흥얼거리며 은색 장식을 트리에 감았다. 반면, 그의 눈에 보이는 거라곤 숲 속에서 강제로 뽑힌 가련한 한 그루 나무가 전부였다.

"이건 진짜예요." 그녀는 아래쪽 가지 밑에 있던 선물 상자 몇 개를 집어 들었다. "세바스티안이라고 제 아들 줄 건데 크리스마스이브에 올 거예요. 저희랑 같이 크리스마스 파티를 할 예정이거든요."

트리 맨 꼭대기에 얹을 별장식이 창턱에 놓여 있었다. 그녀는 그 물건을 가리키며 말했다.

"손이 안 닿아서 그러는데 저것 좀 달아주실래요?"

크리스마스캐럴이 점점 더 거슬렸다. 그는 별장식을 들고 꼭대기에 꽂았다.

"완벽해요. 정말 멋져요!"

아넬리는 자신이 원한 대로 트리가 만들어지자 행복한 표정을 지었다. 반면, 이반에게는 단지 좀 더 무거워진 트리에 불과했다.

"감사드려요. 이 아래 있는 선물 상자 정리하는 것도 좀 도와주실래요?" 그녀는 빈 선물 상자를 가리키며 물었다. "차에 실어야 하거든요."

두 사람은 밝은 갈색 가방을 한 손에 하나씩 들고 렌터카로 걸어갔다. 아넬리는 트렁크를 열었다.

"절반은 여기 실어야 해요. 내일 이 트렁크를 열어야 할 상황이 발생하면 이것들이 가장 먼저 보여야 하거든요. 시간은 대략 오후 세 시 정도 될 테니까 잘 보이게 정리해두면 될 거예요. 뒷자리에도 잘 정리해두고요. 선물 상자로 꽉 찬 차를 제가 운전해요. 제가 낸 아이디어였고요."

아넬리는 장식이 완성된 크리스마스트리를 바라보며 뿌듯해하던 표정을 다시 지어 보였다. 추운 날이었다. 이반은 떨고 있던 반면, 아넬리는 금색 상자 옆에 파란색이 더 어울릴지, 초록색이 더 어울릴지를 고민하고 있었다. 처음에는 뒷좌석에 상자를 내려놓았다가 가시 트렁크로 옮겨 실었다.

"뭐 하는 거요?" 이반이 물었다.

"최대한 그럴듯하고 깔끔하게 보이게 하려고요."

"그래 보입니다."

레오는 어깨에 가방을 둘러메고 두 사람 뒤에 나타났다.

"아버지 차 좀 써야겠어요. 쓸 만한 거 찾으면 버릴 생각이에요."

이반은 레오를 따라 문 쪽에 세워둔 차로 걸어갔다. 차 절반이 장비와 페인트브러시로 가득 차 있었다.

"그 야스페르라는 녀석 말이다……."

"네?"

"뭐 하는 자식이냐?"

"오랜 친구 사이예요. 그 녀석, 기억 안 나세요?"

이반은 자신의 검정 외투 안주머니에서 차 열쇠를 찾았다.

"넌 그 녀석 믿는 거냐?"

"네?"

"군인 흉내나 내는 저 녀석을 믿느냐고 물었다."

이반이 차 문을 열고 부자는 각자의 자리에 앉았다. 열쇠가 점화 장치 구멍으로 들어갔다.

"제가 저 녀석을 얼마나 믿는지 알고 싶으세요?"

"그래."

"아버지, 야스페르는 무슨 일이든 주저하지 않는 녀석이에요." 레오가 말했다. "제가 하라는 건 무조건 하는 녀석이에요. 내일, 일이 예상대로 흘러가지 않아서 우리가 체포되거나 추격전이라도 벌어지면 도망가지 않고 자리를 지킬 녀석이에요."

───────

아넬리는 부엌 창문을 통해 레오와 이반의 뒷모습을 바라보며 레오가 뒤돌아봐주기를 기다렸다. 한 배를 탄 팀이라는 눈빛으로 자신과 눈을 마주쳐주기를 바랐다. 하지만 그는 뒤돌아보지 않았다.

항상 그랬다. 일 벌리기 전날에는 언제나 자신이 만든 공간 속에 틀어박혀 생각만 했다. 누구와도 공유하지 않는 그 세상 속에서. 그녀의 눈에 이전과 다른 게 하나 더 보였다. 아버지와 아들. 그렇게 나란히 서 있는 모습은 처음이었다. 그렇게 두 사람은 어깨를 나란히 하고 걸었다. 비슷한 키와 비슷한 체구가 두 사람의 관계를 말해주고 있었다. 비록 당사자들은 모르고 있겠지만.

거실은 어두웠다. 아넬리는 코드를 벽에 달린 콘센트에 꽂아 크리스마스트리에 설치한 전구에 불을 밝혔다. 그녀는 트리 옆에 무릎을 꿇고 가장 커다란 가지 아래 놓여 있던 선물 상자 두 개를 옮겼다. 세바스티안이 선물을 마음에 들어 할까 궁금했다. 아들과 함께 마지막으로 크리스마스이브를 보낸 건 오래전이었다. 일을 벌인 다음 도주 차량과 돈을 숨기고 무기를 없애버린 뒤에도 아들을 데리러 갈 시간적 여유가 충분했다. 심지어 햄은 물론, 라임에 절인 청어까지 요리해 설탕과 파슬리, 식초로 양념해서 밤새도록 냉장고에 넣어둘 '시간적 호사'를 누려도 될 정도였다. 진짜 가족처럼 크리스마스를 보내는 것이다. 레오와 세바스티안, 그리고 자신이 함께.

아들의 자전거에 달아줄 경적은 물론 불꽃 문양이 장식된 하키 헬멧도 준비했다. 아들이 원하는 바로 그 모델로. 아넬리는 거실 테이블에서 선물들을 포장했다.

"크리스마스 선물로 뭐 갖고 싶어요?"

그녀는 그가 다가오는 소리를 못 들었다. 워낙 발소리 없이 다니며 사람 놀라게 하는 게 취미인 인간이었다.

"무슨 말이에요?"

"생각한 게 하나 있는데…… 올렌스 쇼핑몰에 들릴 시간이 있어요. 올해는 크리스마스 연휴 동안 9시까지 문을 연다고 하더라고요. 선물도 없이 크리스마스를 여기서 보낼 수는 없잖아요."

"그게 무슨 소리예요?"

"여기서 크리스마스를 보내려면……."

"당신은 여기 올 일 없어요. 은행 건은 같이하겠지만 그다음은 각자 알아서 크리스마스를 보내는 거예요."

"레오가 같이 보낼 생각 있냐고 물어서 그러겠다고 대답했어요. 그러니까 우리가 다 같이 가족이 되는 거예요."

야스페르는 평소 펠릭스가 이용하는 안락의자에 앉아 펠릭스처럼 의자를 앞뒤로 흔들었다.

"아니, 아니에요. 당신은 여기 올 수 없어요."

"새롭게 판을 짜서 다시 시작하는 거잖아요. 안 그래요?"

"내 말 못 들었어요? 당신은 여기 올 수 없다니까요."

"그리고 내 추측이 맞다면 우리가 만지게 될 돈이 수백만이 넘을 텐데 이번 일 끝내고……. 계속할 거잖아요."

아넬리는 아무런 대답도 하지 않았다.

"아넬리는 어떻게 생각해요?"

그녀는 상대를 쳐다보지 않고 선물 상자 포장하는 일에 집중했지만 결과는 그리 신통치 않았다.

"어떻게 생각하냐고요? 내 생각에 당신은 남 얘기를 못 알아듣는 것 같아요. 그리고 당신이 이 집에서 크리스마스 보낼 일은 없을 거예요. 가족이 아니니까. 당신은 그냥 용병 같은 존재에 불과해요. 주인이 명령하면 뛰어가서 막대기나 주워오는 개처럼 말이에요!"

아넬리는 마음에 들지 않는 포장지를 찢어버리고 다시 시작했다.

"당신은 그 사람 형제가 아니라는 거 이해 못 하겠어요? 그렇게 펠릭스 의자에 앉아 있다고 해서 다 그이 동생이 될 수 있는 건 아니거든요!"

그녀는 싸움 걸 듯 매섭게 상대를 노려보았다. 야스페르는 언제든 다른 사람 마음을 아프게 할 수 있었지만 예상과 달리 그는 의자만 앞뒤로 흔들거렸다.

"아넬리, 난 당신보다 더 오래 레오를 알고 지냈어요. 레오는 예전에도 그랬지만 앞으로도 당신 같은 사람 때문에 발목 잡힐 인간이 아니에요. 레오에겐 동생들이 있잖아요. 당신도 잘 알잖아요."

야스페르는 주먹을 꽉 쥐더니 자신의 가슴을 몇 차례 퍽퍽 두드렸다.

"레오에겐 동생들이 있다고요."

그러고는 자리에서 일어나더니 계단으로 걸어가다 갑자기 걸음을 멈췄다.

"내가 용병에 불과하다는 말, 맞는 말이에요. 유능한 용병 맞아요. 그런데 유능한 용병은 뭘 해야 하는지 스스로 잘 알고 있어요. 당신은요? 당신은 당신이 해야 할 일, 제대로 알고는 있어요?"

야스페르는 군인처럼 경례를 하고 말을 이었다.

"우리 팀 약점은 내가 아니에요. 만약 내일, 경찰 검문에 걸려 당신이 차창을 열고 대응해야 하는 상황이 발생하면 어떻게 할 거예요? 만약 당신이 '어머 경관님, 음주 측정이라도 하시는 거예요?'라고 말해야 하는 상황이 발생하면요? 그럼 우린 다 죽는 거예요."

야스페르는 그 말을 끝으로 계단으로 걸어가 스컬 케이브로 내려갔다. 그가 맡은 일을 하기 위해.

야스페르는 실탄을 하나하나 잘 닦은 다음 탄창이 꽉 찰 때까지 차곡차곡 밀어 넣었다. 그러고는 탄창도 잘 닦아 하나씩 세워놓았다. 지문 한 점 남지 않은 탄창이 열여섯 통이었다. 자신이 평소 사용하는 게 여덟 개였지만 레오는 여섯 개가 필요하다고 했고, 레오의 아버지는 두 개면 될 것 같았다.

스컬 케이브에 앉아 1천5백만 크로나를 거머쥘 수 있는 다음 작전에 대해 생각하다 보니 마음이 점점 차분해졌다. 하지만 극에 달했던 분노가 다소 사그라지기만 했을 뿐, 완전히 가시지는 않았다. 아넬리는 자신과 레오가 내년에 어떤 일을 계획하고 있는지 아무것도 모르고 있을 것이다. 전혀! 형제가 아니니까. 그녀는 시한폭탄 같은 존재였다. 야스페르는 그렇게 느끼고 있었다. 그래서 레오에게 그 사실을 큰 소리로 말해주고 싶었다. 경고를 하고 싶었지만 생각만큼 쉬운 일은 아니었다. 오히려 역효과만 가져올 수 있었다. 사실, 본심은 그녀의 이마에 총구를 들이대고 계속해서 주둥이 나불거리면 대가리를 날려버리겠다고 엄포를 놓고 싶었다. 하지만 빈센트에게 했던 똑같은 실수를 반복할 마음은 없었다. 배울 마음이 전혀 없는 사람에게는 무언가를 가르칠 수 없는 법이다. 그는 자신이 옳다고 생각했다. 그렇기 때문에 지금 이 순간, 실탄과 탄창에 묻은 지문을 지우고 있는 사람이 빈센트가 아니라 자신이라고 생각했다. 아넬리에 대한 자신의 판단 역시 틀리지 않다는 확신이 들었다.

야스페르는 시계를 확인했다. 조만간 그들이 돌아올 시간이었다.

나란히 줄지어 서 있는 자동화기들 사이로 카키색 상자 하나가 눈에 들어왔다. 한 번도 사용한 적 없는 물건이었다. 그는 상자를 들고 뚜껑을 열었다. 야스페르는 다음 날 작전에 상자 속 수류탄 세 개를 가져가기로 마음먹었다. 예방 차원에서. 레오에게는 알리지 않고.

———————

레오와 이반은 쇠데르텔예에 있는 한적한 주차장에서 훔친 포드 스콜피오를 타고 아무 말 없이 어두운 겨울밤 속을 달렸다. 스트렝네스를 지나 55번 고속도로를 탔다.

"하실 수 있겠어요?" 레오는 아버지를 힐끔 쳐다보며 물었다.

"뭘 할 수 있어?"

"술 끊는 거요."

레오는 아버지의 힘을 확인해보고 싶었다. 자신이 보고 자랐던 그 끝없는 힘, 알아보고 인정해야 했던 그 힘을. 그 옛날, 온몸에 체중을 실어 주먹 날리는 법을 가르쳐줬던 그 아버지가 여전히 살아 있는지 꼭 알아야만 했다.

"경찰들이 접근해오면 아버지가 먼저 상대하셔야 합니다. 가능하시겠어요?"

"총격전을 피할 수 없으면 방아쇠를 당겨야지."

"조준 사격은요?"

"빌어먹을 소총 사격 정도는 나도 알아!"

두 부자는 교차로가 나올 때마다 고대 스웨덴의 모습을 간직한 시골길을 아무런 말 없이 지나쳐 갔다. 온연한 가족의 모습을 간직하고 있던 시절, 여름 때마다 별장을 빌려 휴가를 보냈던 아르뇌 섬으로 향하는 대로 앞도 지나쳤다. 율스타 다리를 건너 옌셰핑과 18번 국도로 나뉘는 회전 교차로에 접어들었다. 70번 고속도로를 타고 몇 킬로미터 달리는 마지막 구간이 나왔다. 아버지가 언성을 높였다는 건 좋은 징조였다. 하지만 대답은 신통치 않았다. 아버지를 조금 더 자극할 필요가 있었다.

"그럼 오늘 밤 술 같은 건 굳이 숨겨둘 필요가 없겠네요."

아버지는 주먹을 꽉 쥐었다가 무릎에 얹었다. 레오는 그 장면을 놓치지 않았다.

"레오……. 젠장, 너 지금 이 애비한테 명령하는 거냐? 이렇게 행동하는 게 리더처럼 보이는 거라 생각하는 거냐?"

"제가 묻는 질문에 대답 안 하셨어요. 술이요, 아버지. 술! 전 알아야겠어요. 술 때문에 일 망치지 않을 자신 있으시냐고요!"

"네가 그렇게 잘난 리더라면 동생들은 도대체 어디 있는 거냐?"

레오는 아버지의 거칠고 공격적인 면을 보고 싶었다. 여전히 그런 성향을 가지고 있는지, 본능적으로 튀어나오는지를. 그 성향을 통제할 수 있다는 것은 특정 목표를 달성하기 위해 집중이 가능하다는 것을 뜻하기 때문이다.

"그래서 오신 거예요? 빌어먹을 팀이 되어 가족 강도단이라도 만들 수 있을 거라 생각하셨던 거예요? 젠장…… 상황 파악이 안 되시는 거예요, 뭐예요? 펠릭스랑 빈센트가 저랑 같이 있었다면 전 아버지 도움을 필요로 하지도 않았을 거예요."

그때까지만 해도 혼란스러워하던 그의 눈빛이 달라지기 시작했다. 검고 또렷한 눈동자는 당장이라도 주먹을 휘두를 기세였다. 두 손의 떨림도 멈췄다.

"그럼 그 녀석들은 왜 여기 없는 거냐? 왜 너 같은 리더를 따르지 않는 거냐고!"

"이 일에 끼고 싶지 않아서 그런 거예요. 그냥 단순한 이유라고요."

"너희들 싸운 거냐? 형제끼리? 내가 힘을 합치라고 그렇게 가르치지 않았냐?"

분노는 여전히 남아 있었다. 그리고 아버지가 분노를 통제할 수 있다는 건, 스스로를 통제할 수 있다는 뜻이고, 그게 가능하다면, 레오가 아버지를 통제할 수 있음을 뜻했다.

"그런 거 아니에요. 두 녀석 전부 원치 않는 일이에요. 하고 싶지 않다는 사람한테 억지로 강요할 수는 없잖아요. 안 그래요? 아버지도 마찬가지예요. 이번 일에 끼고 싶은 마음 없으시면 지금 그렇다고 말씀하세요."

마지막 출구. 도로는 좁아지고 있었고 곡선 구간 때문에 시야 확보가 힘들었다. 창밖으로 보이던 농경지가 형체 없는 검은 덩어리로 보이기 시작했다.

"레오, 정말 이 일을 할 생각인 거냐?"

전방으로 첫 번째 불빛이 보였다. 저층 건물과 헤뷔라는 작은 마을을 구성하고 있는 몇 안 되는 다가구 임대주택에서 나오는 불빛이었다.

"그러니까 내 말은…… 그 두 사람과 같이할 거냐는 말이야. 군인 흉내 내면서 당장 러시아라도 칠 기세로 까부는 광대 같은 녀석하고 자동차 뒷좌석에 놓은 가짜 선물 상자가 가지런히 정리돼 보이도록 애쓰는 그 여자하고 말이다. 걔는 운전면허가 있기는 한 거냐? 레오, 너 정말로 진지하게 생각은 해보고 일을 벌이는 거냐?"

"다 계산해서 계획한 거예요. 문제는 딱 하나예요. 바로 아버지요. 위험 요소는 아버지라고요."

"이건 미친 짓이다, 레오!"

"자그마치 아홉 번이에요. 제가 뭘 하는지는 제가 더 잘 압니다."

그제야 모든 게 자명해졌다. 그때까지만 해도 주도권을 쥐고 흔든 건 이반 자신이라고 생각했었다. 하지만 빌어먹을 훔친 차를 타고, 문 열린 차창으로 밀고 들어오는 칼바람을 맞으며 느낀 건, 모든 주도권이 큰아들에게 가 있다는 사실이었다.

헤뷔는 예전에 그가 살았던 마을보다도 작은 마을이었다. 그들이 그곳을 찾은 시각, 문을 연 곳이라고는 작은 버스정류장 옆에 있는 신문 가판대와 그 반대편에 있는 피자와 케밥 식당, 그리고 비디오 대여점뿐이었다. 그리고 눈에 들어오는 건물 하나. 최근에 표면을 긁어낸 저층 건물 1층, 담배 가게와 치과 사이에 틀어박힌 은행.

"내일 저 앞에 서 계셔야 하는 거예요. 현관을 표시하고 있는 저 밤색 나무판 바로 옆이요." 레오는 손가락으로 가리키며 말했다.

그들은 느린 속도로 그 앞을 지나갔다.

"그럼 이것도 미친 짓이라고 생각하시는 거예요?"

은행 앞을 지나자마자 마을 끝자락에 다다랐다. 유일한 길 하나를 따라가니 언덕 위로 하얀색 교회 건물이 나오고 곧바로 국도로 이어졌다.

북쪽으로 몇 킬로미터 더 달려 빽빽한 숲을 지나자 급격한 커브길이 나왔다. 부자는 다시 서쪽으로 2킬로미터를 더 달렸다. 오른쪽에는 두 줄로 늘어선 휴가철 별장들의 우편함이 보였다. 레오는 속력을 줄이며 아스팔트 도로에서 자갈길로 접어든 다음 커다란 헛간 두 개와 트랙터를 지나쳤다. 그러자 다음 날, 그들이 들려야 할 지점에 도착했다. 촘촘히 자란 나무들 사이에 자리 잡은 빈터, 한마디로 천연 주차장이었다. 레오는 차에서 내리자마자 숲 속으로 들어가 사전에 미리 준비해둔 전나무 잔가지들을 가지고 되돌아왔다. 그러고는 또다시 한 뭉텅이를 가져와 차가 보이지 않도록 뒤덮기 시작했다. 도로 쪽으로 보이는 차량 우측면과 후면을 완벽히 가리는 게 관건이었다. 두 사람은 작업이 끝나자 어두운 숲 속으로 걸어 들어갔다.

"내일 똑같은 경로로 이동할 거예요. 대략 2백여 미터 이동해서 다른 차로 갈아타는 거고요."

나뭇가지를 뚫고 내려오는 유일한 빛이라면 반달 주변을 밝히는 하얀 별들뿐이었다. 레오는 아버지를 제대로 바라보려 했지만 보이는 거라곤 뻣뻣한 나뭇가지 아래서 허리를 숙인 채 거친 숨을 몰아쉬는 형체가 전부였다.

"아버지, 지금 말씀하세요."

"뭘 말하라는 거야?"

두 사람은 어둠이 에워싼 가운데 걸음을 멈추고 서로를 마주 보고 섰다.

"전 알아야 합니다. 말씀해보세요. 지금 당장이요. 우리 둘만 있을 때요. 자신 없으면 없다고 말하시라고요. 전 이해합니다. 받아들일게요. 하지만 내일 아침 먹다 듣는 것보다 지금 당장 아는 게 나아요."

이반이 뭐라고 대답하기 전에 자갈길을 밟는 타이어 소리가 들렸다. 전조등 불빛이 나무 틈사이로 어둠을 가르기 시작했다. 툼바에 세워뒀던 렌터카였다. 색색의 포장지로 싼 빈 선물 상자들을 가득 실은 차. 운전대를 잡고 있는 건 야스페르였다.

"레오?"

이반은 나뭇가지를 밀어내며 걸어나가던 아들을 붙잡았다.

"레오, 내 얘기를 들어봐라."

가시가 잔뜩 돋아 있는 나뭇가지가 두 사람 사이를 갈랐다.

"내 얘기 들어."

이반은 가지를 눌러 부러뜨렸다.

"난 네 애비다. 이 일을 할 수 있다고."

82

현관문을 가볍게 두드리는 소리가 들렸다. 약한 소리였지만 온 집 안에 울려 퍼졌다.

아넬리는 조리대 앞에서 샌드위치를 만들기 위해 두툼한 빵 조각을 썰고 있었고, 이반은 그 옆에서 샐러드에 쓸 오이와 토마토를 다듬고 있었다. 은행 강도들이 먹을 야식을 준비 중이었다. 야스페르는 내일 사용할 장비에 기름칠을 하는 중이었고 레오는 거실에서 테이블 위에 지도를 펼쳐놓고 대체 도주로를 연구하던 중이었다.

모두가 일제히 동작을 멈췄다. 그곳까지 찾아올 사람은 아무도 없었다. 그것도 일 벌리기 하루 전날에.

레오는 살금살금 기어 침실로 올라가 창문 앞에서 블라인드를 살짝 걷어 올렸다. 하지만 포치 지붕 아래 서 있는 사람이 누구인지 확인할 수 없었다. 그래서 다시 계단으로 내려와 현관에 달라붙어 문구멍을 들여다보았다.

또다시 노크 소리가 이어졌다.

야스페르는 자동소총 두 정을 들고 뚜껑 문밖으로 나와 하나를 레오에게 건넸다. 레오는 건네받은 총을 현관 앞 선반에 올려두고 외투로 가렸다. 야스페르는 총을 들고 부엌으로 기어갔다.

"위로 올라가세요. 아넬리 데리고." 레오는 아버지에게 속삭였다. 그는 두 사람이 계단 위로 사라질 때까지 기다렸다가 현관문을 열었다.

"올해는 누가 착한 앤지 나쁜 앤지 한번 볼까?"

동생들이었다. 레오는 한숨을 내쉬었다. 안도의 한숨을 내쉬고는 씩 웃었다.

"들어와라."

레오는 두 동생들을 끌어안았다. 동생들이 돌아왔다.

"다들 들어와라!"

부엌에 있던 야스페르가 자동소총을 손에 들고 나타났다.

"가족이 다시 모였네!"

"꿈 깨시지, 가족도 아닌 주제에." 빈센트는 그렇게 받아치긴 했지만 야스페르를 제대로 쳐다보지 못했다.

뒤이어 계단에서 아넬리가 모습을 드러냈다. 그리고 이반이 나타났다. 이반은 중간쯤에서 걸음을 멈췄다. 펠릭스는 아버지를 보자마자 순식간에 인상을 찡그렸다.

"저 인간이 왜 여기 있는 거야?"

"당연한 거 아니야?" 레오가 대답했다.

"당연하긴 개뿔, 뭐가 당연해!"

"넌 떠났고, 누군가는 그 자리를 대신해줘야 하니까."

이반은 다시 계단 아래로 내려왔다.

"아들들아." 아버지는 한 걸음 옮길 때마다 점점 활짝 웃으며 다가갔다. "빈센트, 넌 이제 어른이 다 됐구나. 그리고 펠릭스…… 봐라, 레오. 녀석들이 이제 다 모였다!"

현관 입구가 붐볐다. 레오는 양쪽으로 밀리는 느낌이었다. 등 뒤로는 두 아들들에게 다가가려는 아버지가, 앞으로는 전혀 아버지를 반기지 않는 두 동생들이 있었다.

"형한테 할 말 있어. 나하고 빈센트하고. 우리끼리만." 펠릭스가 형에게 말했다.

레오는 고갯짓으로 스컬 케이브가 있는 방을 가리켰다. 삼 형제는 방으로 들어가 문을 닫았다.

"형이 무슨 생각하는지 알아." 펠릭스가 입을 열었다. "하지만 우리 생각은 변함없어. 우린 은행 강도와 관련된 일은 안 해."

펠릭스는 외투 안주머니에서 봉투 하나를 꺼냈다.

"이거 받아. 7만이야. 우리한테 남은 거 다 털었어. 돈이 필요해서 은행을 터는 거라면 이거 받아, 형. 그리고 그 일은 그만둬!"

레오는 봉투를 내려다보기만 했다. 그러다 깨달았다.

"너 지금 산타클로스처럼 여기 찾아와서 크리스마스 선물이랍시고 이걸 들이미는 거냐? 그래서 그다음엔? 7만이라고? 고작 몇 달이면 없어질 돈을?"

"형이 원하면 우리 둘 다 여기로 돌아올게. 우리한텐 아직 회사가 있잖아, 안 그래? 전처럼 일하면 되잖아. 같이 건축 회사를 운영하자고."

"빈센트, 너도 이 녀석하고 같은 생각이냐?"

"모르겠어."

"모른다고?"

"나도 몰라!"

레오는 고개를 삐딱하게 기울이더니 씩 웃었다.

"네가 아는 건, 최악의 상황을 걱정만 하면서 뒷짐 지고 집에 앉아 기다리는 건 못 하겠다는 거지? 결정은 네가 해라. 우린 어쨌든 내일 일하러 간다."

펠릭스는 아무도 원하지 않는 봉투를 바닥에 내동댕이쳤다.

"그래서 내일 다 같이 은행을 털러 간다고? 진심이야? 저렇게 넷이서?"

"그래."

"형, 저 돈, 형한테 주는 거야. 난 이제 갈 거야. 우리도 끼워달라고 말하려고 여기까지 온 거 아니야. 형 생각을 돌려놓으려고 찾아왔던 거지. 앞으로 다시는 우리한테 이 얘기 꺼내지도 마. 나나 빈센트한테나."

펠릭스는 문으로 걸어가 문을 열고 뒤로 돌았다.

"빈센트, 난 내일 아침 예테보리로 돌아갈 거야. 표는 이미 예매해놨어. 나 따라갈 거면 연락해. 번호는 너도 아니까."

식탁 의자에 앉아 있던 이반이 그 순간을 기다린 사람처럼 벌떡 일어났다.

"기다려라!"

펠릭스는 아버지를 기다려주지 않았다.

"기다려! 너희들에게 할 말이 있다!"

이반이 둘째 아들의 팔을 붙잡았다.

"이거 놔요, 젠장!"

"얘기 좀 하자. 우리고 못 보고 지낸 게 도대체……."

"얘기? 자기 아들하고 은행을 털겠다는 인간하고 무슨 얘기?"

이반은 붙잡고 있던 펠릭스를 놓아주었다.

"펠릭스, 난 너희들을 만나러 온 거다. 너, 레오, 그리고 빈센트를. 난 우리가…… 함께 일할 수 있을 거라 생각했다. 우리 넷이 함께."

"뭐라고요?"

두 사람은 몇 미터 떨어진 거리에 서 있었다. 하지만 둘째 아들은 아버지의 숨결이 달라진 사실을 느낄 수 있었다. 술 냄새가 전혀 나지 않았다.

"내가 은행 터는 일을 같이하고 싶어 한다고 생각했어요? 당신 같은 인간하고? 내가 지금 여기 있고 싶다고 생각하는 거냐고요! 당신 같은 인간하고! 우리 엄마한테 그런 짓을 하게 시킨 그런 인간하고? 정말 그렇게 생각했어요? 저기요, 그냥 나가 돼지세요!"

"언젠간 너도 지난 과거는 털어내야 한다, 펠릭스. 넌 나한테 화가 난 게 아니야……. 넌 그 인간한테 화가 난 거야……. 네가 어렸을 때 알았던 그 인간. 지금의 레오보다 고작 몇 살 더 많은 과거의 그 인간. 그러니 잊어라. 그리고 지금의 날 봐라. 난 그때와 다른 사람이다. 과거는 잊자."

"과거를 잊으라고요? 그래요? 그럼 어디 한번 대답해보세요. 집으로 찾아와 엄마를 죽도록 두드려 팼던 그날, 현관문 열어준 게 누구였어요? 나였어요? 아니면 빈센트? 그것도 아니면 큰형이에요? 기억은 해요? 그것도 다 잊으라, 이거예요?"

펠릭스는 아버지 앞으로 한 발 가까이 다가왔다. 그러고는 목청을 가다듬듯 가래를 모았다.

그런 다음 있는 힘껏 내뱉었다.

펠릭스는 위쪽을 조준했다. 엄마한테 그랬던 것처럼, 뺨이나 목이 아니었다. 하지만 그가 뱉은 침은 옛날과 마찬가지로 아빠의 얼굴을 타고 흘러내렸다.

"아 진짜, 두 사람 지금 뭐 하는 거야!"

레오는 방에서 나오면서 한 손을 아버지 가슴에, 다른 한 손을 둘째 동생 가슴에 얹고 서로 반대편으로 밀어냈다.

"펠릭스, 넌 이제 그만 가봐."

빈센트는 꼼짝도 하지 않고 서서 얼굴에 묻은 침을 소매로 닦아내는 아버지와, 현관문을 여는 둘째 형을 번갈아 쳐다보았다.

"기다려!"

막내가 아버지와 큰형을 지나쳐 현관으로 뛰어갔다.

"나도 같이 가."

83

잠자리에 들기 위해 누운 게 한 시간 전이었다. 아니면 두 시간 전이거나. 그러다 불현듯 무언가를 깨달았다. 그의 신경을 자극하는 거슬리는 그 냄새의 정체. 이반은 침대에서 일어나 베개를 코로 가져갔다. 정확했다. 거슬리는 그 냄새, 익숙한 그 냄새. 베갯잇에서 브릿 마리의 체취가 느껴졌다.

여기서 자고 간 적이 있다는 뜻인가?

순간 이반은 과거로 되돌아갔다. 그는 그 자리에 있었다. *배신자.* 그녀가 그의 머릿속에서 돌아다니고 있었다. 그는 완전히 다른 침대 모서리에 앉아 있었다. 교도소 감방에 있는 침대. 화염병을 던진 바로 다음 날. 배신당한 바로 그날. *배신자.* 그런데 어떤 형사가 감방 문을 열고 들어왔다. 초대받지 않은 손님은 오른손에 붕대를 감고 있었고 그와 대화를 원했다.

이반은 전혀 그럴 마음이 없었다.

형사는 그 자리에 서서 대화를 강요했다.

"어떻게…… 그 자리에 아들을 데려갈 생각을 한 겁니까?"

"뭔 소립니까?"

"열 살짜리 큰아드님을 말하는 겁니다. 어떻게 자신의 아내를 불태워 죽이겠다는 자리에 아들을 데리고 갈 수 있는 겁니까? 아이 어머니를요."

"난 당신한테 할 말 없습니다."

"아드님, 착한 녀석 같더군요. 그 녀석이……."

"난 당신한테 할 말 없다지 않습니까. 그래야 할 필요도 없고. 비록 내가 이렇게 감방에 갇힌 신세이긴 하지만 대화를 하고 말고는 내가 결정합니다. 그러니 그만 가시죠. 여기서 나가란 말입니다!"

"나한테 꼭 말해야 할 필요는 없습니다. 왜냐하면 이미 아드님 진술 다 받았습니다. 레오가 이미 다 말했어요. 화염병을 어떻게 만들었는지, 어떻게 차에 태웠는지, 어느 길에, 어떻게 차를 세웠는지, 어떻게 산딸기나무 울타리를 돌아갔는지, 지하실 창문으로 화염병을 던지기 전에 어떻게 기다리고 있었는지."

"난 화염병 안 던졌습니다. 그리고 우리 아들은 그런 진술 안 했을 겁니다."

"아니, 다 진술했습니다. 자발적으로 순순히 털어놨고, 아이 어머니가 그 과정에 동참했습니다. 한 시간 넘게 당신 집 식탁에 앉아서 다 들었습니다."

"그러니까 그 말은, 경찰 새끼가 내 집에 쳐들어가서 우리 큰아들이 고자질하는 걸 한 시간 넘게 들었다?"

"그렇습니다."

"그럼 그 손은 어떻게 된 거요? 아니, 내 아들은 그런 말을 할 녀석이 아니지. 우리 가족은 서로를 배신하지 않으니까."

"아드님은 진술할 필요가 있어서 자발적으로 진술한 겁니다. 도대체 상황 파악이 안 되는 겁니까? 당신은 아이 아버지 아닙니까. 아드님을 위해서라도 무슨 일이 있었던 건지 솔직히 진술하십쇼. 그래야 그 어린 아이가 이런 상황을 혼자 견딜 일 없지 않겠습니까."

"나가요! 나가, 꺼지라고! 당장!"

그 빌어먹을 체취를 없애버리고 싶었다. 베갯잇을 벅벅 찢어발겨 창밖으로 던져버렸지만 소용없었다. 이반은 어둡고 싸늘한 통로로 나갔다. 그는 마치 어린아이처럼 아들의 집에서 서성거렸다. 머릿속에서는 여전히 아내의 목소리가 울려 퍼졌다. 현기증이 일면서 비틀거리던 그는 결국 싱크대에 허리를 부딪치고 식탁에 발을 찧었다. 그때로 돌아가고 싶지 않았다. *유일한 약점이 아버지예요.* 큰아들을 따라나서서 차를 훔치고 범행 후 갈아탈 차가 있는 지점까지 미리 차를 이동시켜놓기까지 했다. 그런데 큰아들은 일을 시작하기도 전에 자신을 똑바로 노려보며 추궁하고 질책했다. 약점? 누군가의 머릿속에 악착같이 붙어 다니는 것이야말로 약점이다. 누군가를 배신하는 것이야말로 약점이자 위험 요소이다. 지난 48시간 동안 술 한 방울 입에 대지 않았다. 두 손이 떨리는 건 물론, 몇 번이나 구토 증상까지 느꼈지만 꾹 참고 견뎠다. 게다가 찬장 구석에 위스키 병이 있다는 것도 알고 있었다. 온몸에 열이 올랐다. 그런데도 오한이 느껴졌다. 집 안이 추운 게 아니라 한기가 느껴졌다. 속으로도 떨고 있었다. 위스키 옆에 와인도 한 병 있을 거란 생각이 들었다. 그는 식은땀을 흘리며 벌벌 떨었다. 단 한 방울도 용납할 수 없다. 그는 그대로 바닥에 드러누워 허공에 대고 주먹질을 했다. 머릿속에서 자신을 괴롭히는 그 소리를 쫓아내기 위해. 하지만 그 소리는 계속해서 되돌아왔다. 끝없이 쉬지 않고.

84

야스페르는 소파에 앉아 있었다. 신경이 날카로웠다. 소파 쿠션이 불편하거나 깔아놓은 시트가 두껍기 때문이 아니었다. 블라인드를 뚫고 들어오는 빛 때문도 아니었다. 그가 깨어 있는 이유는 오직 그녀 때문이었다. 아넬리. 팀을 와해시킬 수 있는 약점. 오직 자신만이 그 사실을 꿰뚫어 보고 있었다. 약점은 압박 속에서만 드러나는 법이다. 압박을 받게 되면 그녀는 도자기로 만든 계란처럼 산산조각 날 것이다. 조사실에 들어가 10분이면 어린아이처럼 질질 짜면서 모든 걸 다 불 게 빤했다. 레오가 불쌍하다는 생각까지 들었다. 그의 눈에는 아넬리가 시종일관 레오를 쥐고 흔드는 것처럼 보였다. 언젠가 경찰서에 제 발로 찾아가거나 친구들, 혹은 바에서 만난 누군가에게 너무 많은 이야기를 떠벌린 끝에 경찰들이 문을 박차고 들이닥칠 일도 벌어질 것 같았다. 만에 하나 그런 불상사가 발생할 경우, 결과는 쉽게 예측할 수 있었다. 종신형. 검찰은 공공의 안전을 위협한 죄를 물어 중형을 구형할 게 분명하니까.

아넬리가 입을 열면 종신형을 피할 수 없을 것이다.

아넬리는 그를 주범으로 지목할 터였다. 처음부터 그를 싫어했으니까. 첫 만남부터 그 사실을 알 수 있었다. 한덴에 있는 어느 불법 클럽에서였다. 그녀는 혼자 클럽을 찾았었다. 카바 와인을 마시던 그녀는 한눈에 시선을 끌어당겼다. 우아한 그 자태는 아름다우면서 동시에 너무나 자연스러웠다. 레오와 함께 셋이서 바에 앉아 이런저런 이야기를 나누었지만 야스페르는 그녀가 레오 옆에 찰싹 붙어 앉아 귓속말하는 모습을 지켜볼 수밖에 없었다. 술잔이 거듭 돌아가면서 점점 두 사람 입술이 가까워지는 장면까지도. 투명 인간이 된 기분으로.

85

레오는 그녀가 벌써 몇 시간 전부터 깨 있다는 것을 느끼고 있었다. 이리저리 뒤척일 때마다 그녀의 맨살이 와 닿은 탓이었다. 이유는 알 만했다. 지금까지 평생 경험해보지 못한 일련의 상황들을 머릿속으로 그리고 있기 때문이었다. 아넬리는 펠릭스와 달랐다. 펠릭스만큼 냉철한 판단력을 지니지 못했다. 금고를 터는 동안 차분히 기다렸다가 목격자들이 생기기 전에 신속히 범죄 현장을 빠져나가 추격을 따돌리는 동시에, 시선을 끌지 않도록 일정 속도를 유지하며 도주하는 데 절대적으로 필요한 능력. 펠릭스의 빈자리를 채우기 위해 이번에는 은행 밖에서 대기하는 인원을 2인 1조로 늘려야 했다. 운전은 애인이, 경찰은 아버지가, 그리고 은행 안에서는 자신과 야스페르가 역할을 바꿔서 작업을 진행하게 된다. 야스페르가 고객과 직원들을 통제하는 동안 자신이 금고와 창구의 현금을 터는 것이다.

옆구리와 등에 팔꿈치가 느껴졌다. 반수면 상태인 아넬리가 몸을 뒤척이고 팔을 휘젓고 있었다. 레오는 그녀의 팔꿈치를 살짝 붙잡고 부드러운 살갗을 쓰다듬어주었다.

"아넬리? 내 얘기 들려? 이제 그만 생각해."

그녀는 몸을 돌렸다. 어둠 속에서도 두 눈이 반짝였다. 그는 이마와 볼에 입을 맞추었다.

"내가 두려워할까 봐 그러나 본데, 무섭진 않아."

"그래 보여. 그러니까 좀 더 자둬."

"야스페르가 그러더라. '레오는 당신 같은 사람 때문에 발목 잡힐 인간이 아니에요. 레오에겐 동생들이 있잖아요'라는 거야. 게다가 일 끝나고도 우리랑 같이 여기 있을 생각이더라고. 난 그게 싫어. 못 참겠다고."

"아넬리, 당신이 그러는 건 야스페르 때문이 아니잖아. 안 그래? 그 녀석 때문에 당신이 잠 못 이루고 뒤척이는 거 아니라고. 내일 일 때문이잖아. 당신이 두려워하는 거 나도 이해해."

아넬리는 팔꿈치로 상체를 일으켰다.

"내 말 못 알아들었어? 난 두렵지 않다니까. 오히려 기뻐. 나도 같이할 수 있다는 게. 여기 가만히 앉아서 당신이 살았는지, 죽었는지 라디오 뉴스에 귀 기울일 일 없어서 좋다고. 그리고…… 이번 크리스마스, 당신하고 여기서 보내면 좋겠어. 당신 동생들이나, 야스페르 없이!"

아넬리는 다시 한 번 그의 옆구리를 콕 찔렀다. 힘을 주진 않았지만 고의적이었다.

"마음에 안 드는 게 딱 하나 있다면, 당신이 저 소파에 있는 사이코패스 같은 인간을 믿는다는 거야."

"아넬리, 상황은 이래. 우린 내일 다 같이 일 하나를 해야 해. 그래서 난 야스페르를 믿는 쪽을 택한 거야. 당신을 믿고, 우리 아버지를 믿기로 마음먹은 것처럼. 왜냐하면 난 그럴 수밖에 없거든. 알았지? 이제 좀 더 자."

그는 침대 끄트머리로 굴러가 몸을 일으켜 앉은 다음 차가운 바닥에 발을 댔다. 마음을 가라앉혀야 했다. 그래서 그녀가 다시 잠들 때까지 기다렸다가 조용히 침실 문을 닫고 계단으로 내려갔다.

야스페르는 소파에 앉아 있었다. 테이블 위에 소총 네 자루를 올려놓은 해였다.

"너 지금 뭐 하는 거야?"

"총기소제."

"이미 다 했잖아. 장비 점검은 완벽하다고. 잠 좀 자."

"내일 눈이 올 거야. 아주 많이."

"나도 알아. 하지만 저녁이 돼야 할 거야. 그때쯤이면 우린 이미 집에 와 있을 거고. 좀 자둬."

야스페르는 방금 윤활제를 칠한 총을 내려놓았다.

"체포되면 어쩔 거야? 경찰들이 갑자기 나타나면 말이야. 그 생각은 해봤어? 저 여자가 감당할 능력이 될까?"

"감당?"

"난 못 믿겠어, 저 여자가 만약……."

"야스페르, 우린 내일 다 같이 일 하나를 해야 해. 그래서 난 저 여자 믿는 쪽을 택한 거야. 널 믿고, 우리 아버지를 믿기로 마음먹은 것처럼. 왜냐하면 난 그럴 수밖에 없거든. 알았지? 이제 좀 더 자."

무게중심을 잡고 있는 건 레오였다. 펠릭스와 빈센트가 있을 때도 마찬가지였다. 지금은 더더욱 그래야 할 상황이었다. 레오는 계단 아래로 내려가면서 삐걱 소리가 나는 칸은 피해 갔다. 게스트 룸은 조용했다. 그래도 혹시나 하는 마음에 문을 살짝 닫고 부엌으로 들어갔다. 그러고는 틀 때마다 처음에 살짝 걸렸다가 흘러나오는 수도꼭지에서 물을 반 잔 받아 마셨다.

아넬리, 야스페르 그리고 레오. 모두가 깨 있었다. 가장 걱정스러운 인물인 아버지만이 유일하게 잠든 상태였다.

레오는 컵을 반 정도 다시 채우고 물을 마신 뒤 위층으로 올라가려 첫 계단을 밟는 순간, 자신을 부르는 아버지 목소리를 들었다.

"레오? 레오, 이리 좀 와보겠냐?"

아버지의 목소리가 다르게 들렸다. 단지 나지막이 속삭이기 때문도 아니었고 저음의 쉰 목소리 때문도 아니었다. 그 이유는 애원하듯 부탁하는 아버지의 목소리 때문이었다. 부탁하기보다 언제나 강요만 했던 아버지는 현관 앞에서 펠릭스에게 기다려달라고 부탁했었다. 결국 얼굴에 침 세례를 받기는 했지만. 그런데 지금 그 아버지가 간절히 무언가를 부탁하고 있었다.

"아버지, 뭐 하고 계세요? 가서 주무셔야죠."

어둠 속이라 제대로 보지 못했다. 아버지는 팬티 차림으로 기다란 부엌 의자에 드러누워 있었다. 문턱에 서 있던 레오는 부들부들 떨고 있는 아버지의 손을 발견했다.

"이리 와서 좀 앉아봐라. 잠시면 된다. 너한테 할 얘기가 있다."

레오가 아버지 옆으로 다가가자 이반은 누운 자세에서 일어나 앉았다. 웃통을 벗은 부자가 나란히 앉았다. 이제 생의 여행을 갓 시작한 20대의 레오, 나이는 두 배가 넘지만 실패한 인생에 뚜렷한 목적도 없는 아버지.

"이 애비가…… 너하고 동생들한테 못 보일 꼴만 보이고 살았던 것 같다. 너희들 어렸을 때……."

"아버진 그냥 아버지 식으로 사셨잖아요. 사는 게 그렇잖아요."

"하지만 레오……. 그건 잘못된 행동이었다."

"그만하세요."

"난 그때……."

"관심 없어요, 없다고요! 더 이상 듣기 싫습니다."

"레오, 나한테는 이 이야기가 중요한 거야. 넌 어린아이였으니까."

"어린아이요?"

"그래, 어린아이……. 네 의도는 아니었다는 거, 나도 잘 안다."

"의도가 아니었다고요?"

"배신한 거 말이다."

"배신이요? 또 그 소리 하실 거예요?"

"그게 아니라……."

"제 얘기 잘 들으세요! 더 이상 똑같은 말 안 할 테니까! 전 아버지 배신 안 했어요. 우린 서로 배신하지 않으니까요! 우린 정반대로 했어요! 아버지가 엄마를 죽기 직전까지 두드려 팰 때도 우리 삼 형제는 다 같이 책임을 나눠 가졌어요. 그래서 전 제가 현관문을 열었다고 생각하고, 펠릭스는 문을 연 건 자기라고 우기고, 빈센트는 형들이 아니라 자기라고 말하는 거예요. 그런데 그걸 배신이라고 하시는 겁니까!"

"레오……. 난…… 난 널 탓하지 않는다. 더 이상은 아니야. 너도 이제 알지 않냐. 안 그러냐? 펠릭스한테……. 난 아무 짓도 안

했다. 펠릭스가 내 얼굴에 침을 뱉었지만 난 손가락 하나 까딱하지 않았어. 누군가의 얼굴에 침을 뱉는 행위는 아주 심한 모욕이지. 누군가 나한테 그 짓을 하면 난……. 아마 그 자식을 망치로 쳐 죽였을 거야! 하지만 내 아들은 아니야. 난 그러지 않았다."

처음에는 인식하지 못했지만 말을 하는 동안 그는 반들거리는 자신의 오른손 주먹을 문지르고 있었다.

"그만 좀 하세요! 다시는 저한테 옛날 얘기 꺼내지 마시라고요!"

"하지만 레오, 도대체 왜 그렇게……. 난 말이다……."

레오는 자리를 박차고 일어났다. 더는 듣고 있을 수 없었다.

"그때 현관문은 그냥 열려 있었다!"

집 안에 정적이 감돌았다. 계단을 향해 걸어가는 동안 레오는 아버지가 무슨 말을 하려고 했는지 깨달았다.

"내가……. 그날, 네 엄마한테……. 팔룬에서……. 그때, 현관문은 잠겨 있지 않았어. 그냥 손잡이를 돌리고 들어갈 수 있었다. 그래서 너희들을 지나쳐서 갔던 거야."

레오는 계단 첫 번째 칸에 그대로 주저앉았다. 계단이 삐걱거리는 소리를 냈다. 항상 그랬다.

"내 말 들은 거냐, 레오? 너희들은 문을 열지 않았어."

86

그는 가운데 커다란 판유리에 양옆으로 갈색 나무판이 붙어 있는 문 앞을 지키고 있었다. 방금 강도가 든 은행 출입문이었다. 그리고 그 역시 강도단의 일원이었다.

이반은 두렵지 않았다. 자신이 그런 감정에 휩싸이는 걸 용납할 수 없었기 때문이다. 은행 안에서는 자신의 큰아들이 검은 복면을 쓰고 자동소총을 들고 은행을 털고 있었다. 그런데 다른 감정이 밀려들었다. 수치심이었다. 소름이 돋을 정도로 끔찍한 수치심이 그를 감쌌다. 그 옛날, 더 이상 어머니의 얼굴에 주먹질을 못 하게 하려고 자신의 어깨를 붙잡던 어린아이의 손가락처럼. 극도의 수치심이 생각을 막아섰다. 그 아이보다 더 어린 아이가 자신의 앞을 가로막아 결국 피로 뒤덮인 미끄러운 바닥에 그대로 그녀를 내버려둬야 했던 것처럼. 아침부터 계속해서 어깨와 등에 그 손가락이 느껴졌다. 시간도 멈춘 것 같은 기분이었다. 하지만 조만간 세상은 스웨덴 시골 어느 마을에서 또 한 건의 은행 강도 사건이 발생했다는 사실을 알게 될 것이다.

14시 50분. 빙글빙글 돌며 하늘에서 내려오는 흰 눈송이가 주변은 물론 소리까지 뒤덮었다. 30여 분 전만 해도 아스팔트 도로는 말라 있었고 눈에 들어오는 거라고는 잿빛 풍경뿐이었다. 그런데 이제는 눈 위로 그들이 지나간 발자국을 볼 수 있었다. 차에서 내려 은행으로 걸어간 레오와 야스페르, 그리고 자신의 발자국. 두 사람이 은행에 머물 수 있는 시간은 최대 3분이었다. 남은 시간은 2분 30초. 이런 식으로 계속 눈이 쏟아지면 차를 빼고 현장에서 빠져나갈 즘, 그들이 남긴 발자국은 온데간데없이 사라질 터였다.

이반은 간간히 고개를 돌려 은행 상황을 살폈다. 야스페르는 현관문을 등지고 서서 사람들을 감시하고 있었고 그의 큰아들은 커다란 초록색 화분 앞을 지나 창구 뒤로 넘어 들어갔다. 아넬리는 차에 앉아 운전대를 잡고 있었다. 그녀 역시 복면을 뒤집어쓴 상태였다.

그는 다시 한 번 시계를 확인했다. 55초. 빛의 속도로 그를 감싸고 도는 수치심과 달리 시간은 더디게 흐르는 것 같았다. 당장이라 도 이곳을 벗어나 진한 와인을 벌컥벌컥 들이켜고 싶은 마음이 간 절했다. 다시는 큰아들의 눈을 똑바로 쳐다볼 수 없을 것 같다는 생 각과 함께.

———————

레오는 어깨 너머로 슬쩍 바깥 상황을 살폈다. 아버지는 여전히 현관문을 지키고 있었다. 단단히 총을 쥐고 있는 그 모습에 아버지 를 믿기로 선택한 게 옳은 결정이었다는 생각이 들었다.

60초.

레오는 지점장이 부들부들 떨리는 손으로 금고 열쇠를 구멍에 밀 어 넣는 동안 문 앞에서 기다렸다. 자신의 아버지뻘 되는 나이에 젓 가락처럼 빼빼 마른 지점장에게 진정하고 차분하게 해보라는 말을 하려던 순간, 잠금장치 풀리는 특유의 소리와 함께 보강 지지대에 맞물려 있던 피스톤이 떨어지면서 금고 문이 스르르 열렸다.

그 순간의 짜릿한 쾌감을 거의 잊어가고 있었다.

은행 안으로 걸어 들어갈 때, 고객과 직원들에게 바닥에 엎드리 라고 위협할 때, 180초 동안 주변을 제압하고 세상을 통제할 때, 계 획하고 계산한 다음 문 열린 금고 앞에 서서 모든 게 예측대로 실행 되었을 때 느끼는 그 쾌감.

아버지와 함께 그런 경험을 했던 유일한 기억은 펀치 날리는 연 습을 하던 때였다. 두 부자는 오늘처럼 계획하고 실행에 옮겼으며 모든 게 완벽하게 들어맞았다. 아버지가 바깥에서 경계를 서는 동 안 은행을 터는 일은 그 옛날, 아버지가 발코니에서 지켜보는 동안 하세의 얼굴에 주먹을 날리는 것만큼 쉬운 일이었다.

금고 안에는 현금 뭉치가 가득 차 있었다. 예상했던 것보다 많은 액수였다. 100크로나 지폐로 1만, 500크로나 지폐 1만5천, 1천 크로나 지폐 10만 크로나.

모든 게 바로 코앞에 있었다.

레오는 지점장에게 안으로 들어와 벽에 등을 기대고 앉으라고 명령했다. 자신이 들어도 자신의 목소리가 잔뜩 흥분한 상태임을 알 수 있었다. 그렇게 작은 은행에 이렇게 많은 현금이 보관돼 있을 거라고는 생각지 못했기 때문이다.

레오는 열린 가방 속에 현금 다발을 미친 듯이 쑤셔 넣었다. 이번에는 염료팩 걱정할 일도 없었다. 돈을 챙기면서 대충 계산을 해보았다. 적어도 3백50만은 넘는 듯했다. 두 곳을 동시에 털었을 때보다도 많은 액수였다. 어딘지 모를 촌구석에 하나밖에 없는 작은 은행, 아버지가 경계를 서고 아넬리가 운전대를 잡은 그날.

———

경찰 무전 스캐너에서 헤뷔의 은행에 강도가 들었다는 소식을 전하는 여성의 목소리가 들렸다. 또 다른 여성이 살라 서 소속 순찰차가 현장으로 출발했다고 대답했다. 아넬리에게는 아무 의미 없는 내용이었다. 그녀는 지난 주 내내, 레오를 옆에 태우고 몇 번씩 왕복하며 외우고 연습한 구간만 따라가면 그만이었다. 도로를 뒤덮고 있는 눈도 중요치 않았다. 밖에 숨어서 상황을 지켜본 뒤 운전대를 잡고 있었던 게 여성이라는 사실을 전혀 모른 채 진술하게 될 목격자들도 중요치 않았다. 아넬리에게 중요한 것은 오직 레오와 자신, 그리고 자신들이 만든 세상뿐이었다.

은행을 등지고 차로 걸어오는 세 사람을 보면서도 레오만 눈에 들어왔다. 오직 현금으로 가득 찬 듯 보이는 가방을 어깨에 걸친 레오만이.

차 문이 닫히는 순간 그녀는 자신의 임무를 실행에 옮겼다. 시동을 걸고 기어를 2단으로 변속하기, 인도에서 내려가 도로로 진입하기, 검은 종탑이 달린 교회까지 속력 내기. 그다음 오른쪽으로 꺾자마자 그 즉시 다시 한 번 오른쪽으로 꺾어 마을을 한 바퀴 돌아 자동차 전용도로로 빠져나가기. 차분하게 내리던 눈이 불과 몇 분 사이 눈보라로 변해버리며 가루 같았던 눈송이가 결정처럼 커지기 시작했다. 하지만 아넬리는 당황하지 않았다. 언제 어느 지점에서 얼마만큼 핸들을 꺾고 어느 정도로 속력을 유지해야 하는지 잘 알고 있었기 때문이다.

"3백만이야!"

그는 여러 차례 그 말을 반복했다.

"3백만이 넘는다고!"

그렇게 들뜬 레오의 목소리를 듣는 건 처음이었다. 얼마나 들뜨고 흥분했는지 터질 것 같던 목소리가 순식간에 쉬기 일보직전의 상태로 변했다. 뒤에 앉은 야스페르의 웃음소리까지 반갑게 들릴 정도였다. 전방의 시야 확보가 점점 힘들어졌지만 전혀 개의치 않았다. 어디로, 어떻게 운전해야 하는지 잘 알고 있었기 때문이다. 곧 왼쪽으로, 우편함이 모여 있는 지점. 아넬리는 심지어 깜빡이를 켜면서 피식거리기까지 했다. 훔친 차로 지금 막 은행을 털고 오는 길인데 깜빡이를 켜고 신호를 지키고 있다니……. 왼쪽으로 돌아 눈 덮인 자갈길로 접어들면서 그녀는 더 크게 웃었다. 마냥 기분이 좋았기 때문이다. 레오의 목소리도 그렇게 들렸다. 그녀는 다시 한 번 깜빡이를 켜고 토끼나 사슴들만 지나다닐 법한 좁은 숲길로 차를 몬 다음, 마지막으로 나무로 가린 빈터에 도착하면서 다시 한 번 깜빡이를 켰다. 자연이 만들어준 주차 공간이었다.

네 사람은 눈보라를 맞으며 차에서 내렸다. 그리고 옷을 갈아입었다. 크리스마스 파티를 즐기는 평범한 시민의 복장으로. 그들은 작전에 성공했다. 그녀 역시 성공에 일조했다. 훔친 차는 드라이버로 문을 열었지만 정성스레 포장한 선물 상자들을 가지런히 정리해 놓은 렌터카는 평범한 열쇠로 문을 열고 시동을 걸 것이다. 모두가 갈아탈 차로 뛰어가는 동안 아넬리는 레오의 손을 꽉 잡았다.

87

스톡홀름 시경 강력계 복도에 글뢰그(스칸디나비아반도 여러 나라에서 크리스마스를 기념하기 위해 따뜻하게 데워서 마시는 술) 향과 커피 향, 케이크 냄새가 퍼지고 있었다. 누군가가 가져다 놓은 흉측한 크리스마스트리가 커피머신과 자판기 사이를 차지하고 있었다.

브론크스는 사무실에 앉아 있었다. 그는 해마다 그렇듯 크리스마스 파티 분위기가 조성되는 휴게실 근처는 얼씬도 하지 않았다. 크리스마스는 자신과는 상관없는 일이었다. 드물기는 했지만 예전에는 그도 그런 시간을 보냈었다. 장기수 형과 함께 접견실에서 형이 직접 구운 케이크와 커피를 마시면서.

그는 컴퓨터 모니터를 들여다보고 있었다. 경보가 울렸다. 스톡홀름에서 1백여 킬로미터 떨어진 작은 마을에서 일이 터졌다. 살라

서에서 지원을 나갔다. 웁살라 서 역시 병력을 급파했다. 그들만큼
은 제발 글뢰그를 마시지 않았기를 바랄 뿐이었다.

브론크스는 한숨을 내쉬었다.

원하는 걸 갖기 위해 기꺼이 폭력을 행사하는 사람들은 언제나
있기 마련이다. 그래서 이런 연휴에도 일을 멈추지 않는 그의 결심
은 제법 그럴듯하게 보였다. 어쨌든 조금이라도 더 사무실에 붙어
있을 이유가 되었으니까.

그는 카를스트럼 경감에게 전화를 걸었다. 전화를 받는 상관의
목소리 뒤로 아스팔트와 마찰하는 타이어 소리가 들렸다.

"보셨습니까?"

상관은 이미 목적지의 절반 가까이 온 상태였다. 그래도 전화는
받았다.

"욘?"

"네."

"내일이 크리스마스이브라고."

수화기 너머로 경적 소리가 길게 이어졌다. 브론크스는 경감 뒤
에 붙은 차량이라고 생각했다.

"게다가……. 헤뷔라고 하지 않았나? 난 그 마을이 어디에 붙어
있는지도 몰라. 웁살라 관할 어딘가에 있긴 하겠지. 자네 생각은 알
지만 이번에도 이걸 가지고 퇴근하지 않아야 할 핑계로 삼지 말라
고. 우리 관할이 아니니까."

경적 소리가 계속 이어졌다. 카를스트럼 경감과 마찬가지로 다들
진 토닉 한 잔씩 걸치기 위해 집으로 가는 중이었다.

"그리고 욘, 잘 들게. 진심으로 하는 말인데, 12월 23일에 은행을
터는 놈들은 말이야, 전통조차 지키지 않는 놈들이라고."

잡음이 들렸다. 전화받는 손을 바꿨거나 위치가 달라졌다는 뜻이다.

"기다려보게. 안경 끼는 중이니까."

다시 잡음이 이어졌다. 상관이 차량에 달린 컴퓨터 화면을 보기 위해 차를 아예 세웠는지, 아니면 운전대를 놓고 느린 속도로 운전하는 중인지는 알 수 없었다.

경적 소리가 짜증스럽게 이어지는 걸로 미루어보아 후자에 가까운 상황 같았다.

"두 대야, 두 대. 순찰차 두 대가 현장으로 이미 출동했다고. 한 대가 더 지원 가는 중이고. 자네도 확인할 수 있잖아. 우리 관할에서 110킬로미터나 떨어진 남의 관할이라고. 그 사람들 문제는 알아서 해결하게 내버려둬."

88

12월의 어둠은 대대적인 공습처럼 맹렬하고 공격적으로 쏟아지는 눈보라가 만들어낸 새하얀 눈의 장벽으로 변하며 또 다른 면모를 드러냈다. 눈을 치워내는 와이퍼가 힘겨운 소리를 내고 있었고 아넬리도 점점 느리게 차를 몰았다. 시속 90킬로미터로 달릴 계획이었지만 시속 70킬로로 줄여야 했고 이제는 시속 50킬로도 간신히 유지할 정도였다.

레오의 계산 대로였다면 그들은 이미 범행 현장에서 10킬로미터 이상 떨어진 지점을 지나고 있어야 했다. 하지만 이삼 킬로미터도 채 벗어나지 못한 상황이었다.

아넬리는 속력을 더 줄였다. 앞서가던 차량들이 뒤엉켜 있던 탓이었다.

두 대, 아니면 그 이상의 차량들이었다. 추월해갈 수도 없었다. 두 차례나 시도했지만 결국 먼저 서 있던 차선으로 되돌아와야 했다. 시야가 점점 더 줄어듦에 따라 반대편 차량이 코앞을 지나가기 전까지는 확인이 불가능했기 때문이다.

그래도 그럭저럭 침착하게 잘 버티고 있었다. 간간이 타이어가 헛돌긴 했지만 큰 문제는 없었다. 레오는 손을 뻗어 그녀의 뺨을 어루만져주었다. 아넬리는 미소를 지었다.

레오는 룸미러를 자신의 방향으로 조절해 뒤를 살폈다. 바로 뒤에 앉은 야스페르가 무기를 담은 가방에 남아 있는 탄창과 실탄 수를 세고 있었다. 아넬리 뒤쪽에 앉은 아버지는 오른손으로 왼 주먹을 꽉 쥐고 있었다. 손가락 관절이 하얘지도록 힘을 주고 있었고 머리를 타고 내려온 땀은 창백한 피부 위로 흘러내렸다. 아버지는 언제나 주머니에 가지고 다니는 더러운 손수건으로 땀을 닦았다.

금단증상.

전에도 금단증상을 겪는 아버지를 본 적 있었다. 하지만 지금과는 상황이 달랐다. 은행을 털고 도주 중인 극한 상황에서도 꾹 참는 모습은 처음이었다.

"잠시 눈 좀 붙이시면 괜찮아질 거예요. 뒤로 좀 기대세요. 예정보다 오래 걸릴 것 같긴 하지만 한 시간 반이면 도착할 겁니다."

말이 끝나자마자 마주 오는 차 한 대가 그의 시선을 끌었다.

두 개의 전조등 불빛이 멀리서 눈보라를 뚫고 오는 것은 이미 알고 있었지만 거의 바로 옆까지 다가왔을 때야 그 차의 정체를 알 수 있었다.

제복 차림의 경관이 전방을 주시하며 차를 몰고 있었다.

측면에 붙어 있는 여섯 개의 알파벳 대문자. 눈보라 때문에 제대로 구분하기는 힘들었지만 다른 뜻으로 혼동하는 건 불가능했다.

POLICE.

경찰이 벌써 도착한 것이다.

"야스페르?"

"봤어."

"장전하고 대비해. 아버지하고 너는 선물 상자 밑으로 숨어."

순찰차는 그들을 그대로 지나쳤다. 경관은 그들을 주목하지 않았다. 레오는 현금 다발로 가득 찬 가방을 두 다리 사이에 두고 있었다.

"좀 웃어." 레오가 말했다. "웃는 표정으로 운전해야 해. 우린 행복한 가족이잖아."

순찰차에 탄 경관은 운전자 한 명이었다. 턱수염에 짧은 머리. 대략 50대로 보였다. 그리고 전방에 시선을 고정한 채 헤뷔로 달려가는 중이었고 이내 눈보라 속으로 사라졌다.

야스페르와 이반은 다시 몸을 일으켜 앉았다. 두 사람 무릎 위와 바닥, 뒷유리 선반에도 선물 상자가 가득 했다. 이반은 눈을 감았다. 비좁은 자리 옆에 앉아 있던 야스페르가 가방을 열고 자동소총을 다시 집어넣다가 갑자기 동작을 멈췄다.

"아저씨, 일어나셨어요?"

"그래."

"탄창은 어딨어요?"

"더 이상 필요 없는 물건은 왜 찾아."

"탄창이 필요 없다고요? 우리가 썼던 물건들이 모두 제자리에 있는지 확인하는 게 제 일이거든요."

이반은 비좁은 자리를 공유하고 있는 청년이 전혀 마음에 들지 않았지만 청년이 시키는 대로 자신의 배에 차고 있어야 할 작은 가방을 찾아보았다.

가방이 보이지 않았다.

"없어진 것 같은데."

"없어진 것 같다니요?"

"먼저 탔던 차……. 거기 두고 온 게 틀림없어."

"은행에서 타고 온 차요?"

"그래."

레오는 두 사람의 대화를 건성으로 듣고 있다가 갑자기 고개를 뒤로 돌렸다.

"아버지! 젠장, 지금 제정신이세요?"

"뭐가?"

"손으로 탄창 만지셨어요?"

"그래."

"맨손으로요?"

"아마…… 그랬을 거다. 옷 갈아입을 때 손으로 뺀 것 같다."

"아넬리, 차 돌려."

야스페르는 앞좌석으로 바짝 붙더니 아넬리와 이반이 못 듣게 하려는 사람처럼 낮은 목소리로 속삭였다.

"레오, 지금은 못 돌아가. 그럴 수 없다는 거 알잖아. 경찰들이 쫙 깔려 있을 거라고."

"차 돌려야 해, 말아야 해?" 아넬리가 절망적인 목소리로 레오에게 물었다.

평정심을 지켜왔던 그녀의 동작이 점점 더 신경질적으로 변하기 시작했다.

"레오, 내 말 좀 들어봐." 야스페르가 속삭였다. "아무런 흔적도 남기지 않는 게 원칙이라는 거 나도 잘 알아. 그런데 큰 의미 없잖아. 어차피 우리는 전과 기록도 없는데."

"차 돌려, 아넬리." 레오는 그녀의 물음에 대답했다.

"우리는 전과 기록이 없으니까······."

"아버지는 있어." 레오는 상대의 말을 단칼에 잘랐다. "거기 묻은 건 아버지 지문이야. 그리고 아버지 지문은 경찰 기록에 등록돼 있어."

89

레오는 눈보라를 뚫고 숲 속으로 들어가 소나무 가지로 덮어놓은 차를 향해 뛰어갔다. 가지들을 떼어내고 아버지가 앉아 있었던 뒷자리 문을 열고 안으로 들어가 시트와 시트 주머니, 뒷유리 선반을 뒤졌지만 탄창은 어디에도 보이지 않았다. 그는 몸을 숙이고 운전석, 조수석, 대시보드를 살펴본 다음 바닥을 더듬어보았다. 장갑 낀 손가락으로 보이지 않는 밑바닥을 꼼꼼히 뒤졌다. 손에 닿는 건 아무것도 없었다.

남은 공간은 단 하나. 그는 몸을 숙이고 시트 아래로 손을 뻗었다.

그제야 손에 무언가가 와 닿았다. 운전석 아래쪽, 한가운데. 그는 가방을 끌어당겨 열어보았다. 탄창 두 개. 폭력 전과로 인해 등록된 지문이 묻어 있는 탄창이었다.

레오는 다시 왔던 길로 뛰어갔다. 폐가 타들어갈 정도로 숨 가쁘게 달렸다. 가슴이 욱신거리고 쑤실 정도로 미친 듯이 달렸다.

그가 차로 되돌아왔을 때 아무도 입을 열지 않았다. 주변에 이미 경찰이 깔려 있다는 사실은 모두 알고 있었다. 그들은 다시 숲길에서 나와 헛간을 지나 일반 도로를 탔다.

원점에서부터 다시 출발한 셈이었다. 눈보라가 다소 줄어든 것도 같았다. 그랬기 때문이었을까, 룸미러로 다가오는 차량을 한 번에 알아볼 수 있었다.

똑같은 순찰차, 똑같은 경관. 불과 몇 분 전 반대편 차선에서 지나쳤던 차량이라는 사실을 알아차릴지도 모를 상황이었다. 강도 사건이 발생한 현장에서 그리 멀지 않은 곳에서, 눈보라가 몰아치는 날씨에 이미 지나간 길을 또다시 가고 있는 차량을 의심스럽게 바라볼 수도 있었다.

레오는 아넬리의 팔에 손을 얹었다.

"우리 뒤에 따라붙었어. 당신은 그냥 아무렇지 않게 운전에만 집중해."

그는 다시 한 번 룸미러를 확인했다. 대략 25미터 뒤에서 따라오고 있었다.

"일정한 속도로 거리를 유지해. 더 가까이 다가오지는 않을 것 같으니까."

그는 룸미러로 후방을 살피는 아넬리를 쳐다보며 말했다.

"그냥 운전에 집중해. 야스페르, 총 하나 줘."

야스페르는 가방에서 자동소총을 꺼내 앞좌석 가운데 공간으로 밀었다. 이반은 야스페르가 탄창 두 개가 빈다는 사실을 발견한 뒤로 줄곧 침묵만 지키고 있었다. 그러다 갑자기 운전석 머리 받침을 붙잡고 레오의 귀에 거의 닿을 때까지 몸을 앞으로 잡아당겼다.

"레오, 너 지금 무슨 생각인 거냐?"

"아버지가 친 사고 수습해야죠."

레오는 무릎에 얹은 소총의 안전장치를 풀었다.

"아넬리, 2백여 미터 정도 가면 오른쪽으로 꺾어지는 길이 나와. 길도 넓고 아스팔트 도로야. 그쪽으로 꺾어. 저 경찰 새끼가 계속 따라오면 내가 멈추라고 할 때 서."

"무슨 짓을 벌이……."

"경찰이 계속 가던 길 가면 아무 일도 없을 거예요."

그녀는 깜빡이를 켜고 서서히 오른쪽으로 핸들을 돌렸다.

레오는 마음의 준비를 위해 천천히 심호흡했다. 오른쪽으로 꺾고 5미터, 10미터, 15미터……. 순찰차도 따라 돌았다. 짙은 눈발에 잘 보이지 않았지만 뒤따라오는 게 분명했다.

"멈춰."

아넬리가 브레이크를 밟자 미끄러운 노면에 타이어가 밀렸다. 아넬리는 클러치를 밟고 핸들을 이리저리 돌렸다. 차가 멈출 때까지.

레오가 차 문을 열고 내렸다. 자동소총을 손에 들고.

———

브론크스는 여전히 사무실에 앉아 모니터를 들여다보고 무전 내용을 들으며 자신이 있는 곳에서 110킬로미터 떨어진 지역에서 발생한 은행 강도 사건의 상황을 주시했다. 글뢰그에 얼큰하게 취한 동료 몇몇이 복도를 지나다가 문 열린 그의 사무실 앞에서 인사를 건넸다. 브론크스는 말 대신 미소로 답하고 딱히 하는 일도 없으면서 바쁜 척 부산을 떨었다.

현장에 도착한 순찰차는 세 대였다. 그리고 네 번째 순찰차가 웁살라에서 출발했다. 목격자 진술에 따르면 세 명에서 네 명으로 구성된 강도단이 승용차를 타고 도주했는데 범죄 현장을 기준으로 북서쪽 방향에서 한 차례 목격되었다고 한다. 헤뷔와 살라 중간쯤 되는 그곳은 별장들이 모여 있는 여름 휴양지, 스코르케보였다.

브론크스는 욱신거리는 등 아래쪽을 누르면서 원을 그리듯 책상과 창가 사이를 돌아다니다 하품을 했다.

그에게는 백차 한 잔이 피로 회복제였다. 크리스마스 분위기를 즐기던 휴게실이 텅 비고 나서야 브론크스는 뜨거운 물을 받기 위해 그곳으로 발걸음을 옮겼다. 하지만 자기 사무실 문턱도 넘어서지 못하고 발걸음을 멈췄다. 무전기에서 날카로운 신호음이 들렸다. 그다음 흥분한 경관의 목소리가 이어졌다.

"용의 차량을 발견한 것 같다. 승객 여럿을 태운 승용차를 뒤따르고 있다."

웁살라에서 지원 나온 순찰차였다. 운전하는 경관 하나만 타고 있던 순찰차.

"용의 차량을 따라가고 있다."

브론크스는 황급히 책상으로 되돌아와 무전기에 집중했다. 용의 차량과 순찰차 사이의 거리는 불과 10여 미터였다. 하지만 그와는 110킬로미터 이상 떨어진 거리였다.

"용의 차량이 방향을 틀었다! 차를 세운다……. 일단 순찰차를 세우겠다."

달리던 차가 속도를 줄이는 소리가 들렸다.

"조수석에 앉아 있는 사람이⋯⋯. 문밖으로 나온다. 무언가를 들고 있다. 총이다! 총을 겨누고 있다!"

━━━━━━

소용돌이처럼 떨어지는 눈발에도 레오는 제복 차림의 경관을 분명히 확인했다. 그래서 총을 들고 기다렸다. 운전석 문이 열렸다.

방아쇠에 손가락을 올렸다.

레오는 기다렸다. 하지만 아무도 차 밖으로 나오지 않았다. 경관은 그 자리에 앉아 있었다.

방아쇠를 당겼다.

첫 발은 순찰차 엔진을 조준했다. 두 번째, 세 번째도 마찬가지였다.

총격은 경관이 차 밖으로 나와 바닥에 엎드려 눈으로 뒤덮인 배수로로 기어갈 때까지 이어졌다.

그러고서도 네 발이 더 발포되었다. 모두 엔진을 조준했다. 순찰차는 더 이상 추격을 이어갈 수 없었다. 레오는 자신의 차로 돌아와 아넬리 옆자리에 앉을 때까지 배수로에 엎드린 경관에게서 눈을 떼지 않았다.

"출발해."

돌발 상황으로 인해 계획이 틀어졌다. 애초에 가려 했던 경로는 포기할 수밖에 없었다.

"어디로 가?"

"그냥 직진해."

레오는 자신들이 어디에 와 있는지 정확히 알고 있었다. 거주자가 전혀 없는 휴양지였다. 하지만 어디로 가야 그곳을 벗어날 수 있는지는 알 수 없었다. 하지만 어딜 가든 출구는 있기 마련이다. 곧 찾을 수 있을 것이다.

———————

순찰차를 타고 왔던 경관의 목소리가 들리지 않았다. 하지만 무전만으로도 현장 상황을 쉽게 유추할 수 있었다.

차 문이 열렸다. 경관이 밖으로 나왔다. 눈 밟는 소리. 총격을 피해 달아나려고 했다. 쿵 소리가 들렸다. 땅바닥에 몸을 던져 엎드렸던 것이다.

그리고 총성 네 발이 이어졌다. 단발사격으로.

잠시 동안 바람 소리만 들렸다.

"용의 차량이 다시 도주한다."

경관은 살아 있었다. 목소리로 미루어보아 부상을 입지도 않은 듯했다. 하지만 여전히 눈 쌓인 길바닥에 엎드려 있는 것 같았다. 경관은 상황 설명을 하면서 방금 자신이 무슨 일을 겪었는지 깨닫기 시작했다.

"용의자…… 한 명이 차 밖으로 나와 정확하고 단호하게 사격을 가했다. 진짜 죽는 줄 알았다."

정말 그럴 수도 있었다.

"용의자는 차를 노렸다. 정확히 엔진을 조준했다. AK4 자동소총이었다."

브론크스는 총소리를 듣는 순간 그간의 불안감이 날아가는 기분이 들었다. 그는 미친 듯이 복도로 뛰어나가 계단으로 향했다. 그리고 지하 주차장에 세워둔 자신의 차로 뛰어 내려갔다. 지난 6개월간 생존 반응조차 없던 터였다. 한밤에 걸려온 마지막 전화 한 통에 대한 반응으로 놈들을 끌어낼 수 있을 거라 기대했었다. 하지만 결과는 예상과 달랐다. 편지 몇 통과 신문광고 몇 차례 이후, 놈들은 연락을 끊어버렸다. 브론크스는 자신의 판단에 회의가 들기 시작했다. 판단 착오였을까? 큰형을 과소평가했던 걸까? 민간 분야에서 조언이 쏟아지고 형사와 프로파일러가 보강된 수사팀이 꾸려지기도 했지만 돌파구는 좀처럼 보이지 않았다. 그렇게 봄이 여름이 되고, 여름이 가을이 되면서 카를스트럼 경감의 눈총이 갈수록 따갑게 느껴졌다. 10년 넘게 쌓아온 신뢰가 무너지기 시작한 것이다.

크리스마스이브 바로 전날은 스톡홀름 시민들 모두가 집으로 돌아간 분위기였다. 집집마다 설치된 크리스마스트리에 불이 들어온 반면 거리는 썰렁했다. 브론크스는 몇 분 만에 알빅교 요금소를 전속력으로 통과해 서쪽으로 이어지는 고속도로로 향했다.

"브론크스입니다."

내 생각이 틀리지 않았어. 녀석에 대한 판단이 틀리지 않았던 거야.

"집에 가라고 했을 텐데." 카를스트럼 경감이 대답했다. 크리스마스캐럴과 아이들 목소리가 배경음악처럼 울려 퍼지고 있었다. 브론크스는 작년 겨울, 크리스마스를 떠올렸다. 상관의 집에 찾아간 게 1년 전이었다. 그런데도 아직 놈들을 쫓는 중이었다.

"지금 헤뷔로 가는 중입니다. 방금 린케뷔 지났습니다."

"욘, 제장⋯⋯."

"놈들입니다."

로테브로 교차로에 다다른 그는 빨간불도 무시하고 그대로 지나쳤다. 카를스트럼 경감은 몇 초간 아무런 말도 하지 않았다. 그러다가 수화기를 거실 쪽으로 돌렸다. 크리스마스캐럴이 더 크게 울려 퍼졌다.

"이거 들리나 욘?"

낡은 전축 소리 같았다. 바늘이 LP 위를 긁는 것 같은 소리가 들렸다.

"크리스마스 때 듣는 노래야. 햄하고 글뢰그도 곁들이고."

"경찰기동대 지원이 필요합니다."

"욘."

"놈들이 확실합니다."

"은행 밖에서 본 목격자 진술에 따르면 바깥에서 경비를 봤다는 강도는 은행 안에 있던 다른 놈들에 비해 훨씬 나이도 들어 보였고 굼뜬 데다 뻣뻣했다고 하던데."

"놈들이 맞습니다."

"전에는 그 정도로 나이 든 사람이 범행에 가담한 적 없었지?"

"렌나트 경감님!"

10년을 보고 살면서 성이 아니라 이름을 부른 건 처음이었다.

"왜?"

"놈들에게 이 정도로 근접한 적은 없었습니다. 헤뷔 소속 경관들에게는 지원이 절대적으로 필요합니다. 놈들은 이미 순찰차에 총질을 했단 말입니다."

화이트 크리스마스를 꿈꾸는 노래가 끝나자 신나는 어린이 합창단의 노래가 이어졌다.

"지금은 12월 23일이야. 난 지금 이 늦은 시간에 결정권을 가진 양반한테 전화해서 특공대 지원을 허가해달라고 말할 생각 없네.

연휴가 지나도 그럴 생각 없어. 그게 우리 관할에서 벌어진 사건도 아니고, 그렇다고 자네가 쫓는 그놈들이라는 확실한 증거도 없으니까."

———————

"더 밟아 아넬리!"

"여긴 한 번도 와본 적 없는 길이잖아. 연습도 안 해……."

"더 빨리! 도로가 차단되기 전에 여길 벗어나야 한다고!"

어두운 숲 한가운데를 밝히는 두 줄기 전조등 불빛 앞에서 눈발이 춤추며 휘날렸다.

레오는 자동소총을 올려둔 무릎 위에 지도를 펼쳤다.

"여기가 어딘지 모르겠어, 레오. 난……."

"그냥 쭉 앞으로 가!"

아넬리는 운전대를 잡고 있었지만 정신은 다른 데 가 있었다. 레오가 순찰차를 향해 총을 난사한 그 순간에 머물렀다. 경찰이 대응 사격을 할 수도 있었다.

"저 별장 지나가면 대로로 연결되는 출구가 있어. 4킬로미터만 가면 돼. 내가 말한 대로 쭉 가!"

아넬리는 그 총들을 정말로 사용하게 될 거라고는 상상도 못했다.

"아넬리!"

이제는 생각할 수밖에 없었다. 그들이 이미 무기를 사용했기 때문이다.

"아넬리, 멈춰!"

무기는 사람을 죽일 수 있다.

"멈추라고, 멈춰! 내가 운전할게!"

아넬리는 그제야 레오의 고함을 들었다. 여기서 세우라고? 숲 한 가운데서? 왜 그래야 하지? 아넬리는 룸미러를 살폈다. 레오가 총으로 쏴서 멈춰 세운 순찰차가 보이나 확인할 생각이었다. 순간, 커브 구간이 나오면서 쥐고 있던 핸들을 놓치고 말았다.

"차 돌려!"

세 남자가 동시에 고함을 질렀다.

너무 늦었다. 아넬리는 있는 힘껏 브레이크 페달을 밟았다. 네 바퀴가 무력하게 눈길 위에서 미끄러지며 통제를 잃고 결국 눈구덩이에 처박혔다. 차 안에서는 충격이 심하게 느껴지지 않았다. 하지만 손에 만져질 듯한 적막감이 감돌았다. 더 이상 타고 달아날 도주 차량이 없어졌다.

레오가 앉아 있던 쪽은 눈 더미에 걸려 문이 열리지 않았다. 그는 몸을 돌려 대시보드에 등을 대고 발길질을 했다. 발길질 한 번마다 틈이 벌어졌다. 그는 밖으로 기어 나와 몸을 일으켜 세웠다. 눈이 무릎 위까지 쌓여 있었다.

"야스페르, 넌 무기 챙겨! 아버지는 돈 챙기세요. 다들 밖으로 나와요!"

일행은 눈보라를 맞으며 차례차례 차 밖으로 나왔다. 야스페르는 무기가 든 가방을 어깨에 둘러멨고 이반은 3백만 크로나가 든 운동 가방을 두 팔로 안아들었다. 아넬리는 코피를 흘리고 있었다.

"여기, 이거 받아요." 이반이 그녀에게 자신의 손수건을 건넸다. 그녀는 손수건으로 얼굴을 닦고 눈으로 얼굴을 씻었다.

"세바스티안이…… 레오……."

"어서 가자고."

"세바스티안이 뭐라고 하겠어? 내일이면 올 텐데⋯⋯. 우리 집에⋯⋯."

"아넬리! 나 똑바로 봐. 우린 지금 집으로 가는 거야."

"내일 우리 집으로 오잖아. 크리스마스 파티 하려고. 그런데 우리는⋯⋯. 누군가한테 총을 쐈어."

아넬리는 얇은 코트를 단단히 여며 쥐며 구덩이 밖으로 올라왔다. 레오는 트렁크를 열고 곱게 포장한 선물 상자들을 하나씩 들어 보고 눈밭에 내던지며 은행을 털 때 입었던 옷가지들이 들어 있는 상자를 찾았다.

"그 상태로는 못 버텨."

아넬리에게 외투 하나를 더 건넸지만 그녀는 받을 생각도 못 했다. 야스페르는 받자마자 바로 걸쳐 입었고 이반은 받기는 했지만 그대로 바닥에 내던졌다. 추위가 느껴지지 않았다.

"숲을 가로지르면 반대편 대로까지 4킬로미터 정도 걸려요. 지역 경찰들은 우리가 무장한 걸 알고 있을 테니 쉽게 맞서지는 못할 거고요. 지원 병력이 오려면 90분은 걸려요. 유리한 상황을 이어나가야 해요."

하얀 장벽 같이 쏟아지던 눈발은 이제 바람에 서서히 날리는 얇은 커튼처럼 잦아들었다. 시야 확보가 쉬워졌지만 그만큼 발각될 위험은 높아졌다. 네 사람은 밭을 가로질러 숲을 향해 달려갔다. 그런데 아넬리가 갑자기 멈춰 서더니 눈 위에 그대로 무릎을 꿇고 주저앉았다.

"더 이상 가기 싫어."

"젠장, 아넬리!"

"가기 싫다고. 아무것도 하고 싶지 않아. 난 그냥……. 집에 가고 싶다고."

"당장 일어나!"

그녀는 눈밭에 주저앉아 펑펑 울기 시작했다.

"난 당신이 묻지도 않은 질문에 그러겠다고 답했어! 그런데 지금……. 내가 어디에 있는지 보라고."

레오는 아넬리의 손을 잡고 일으켜 세우려고 했지만 그녀는 말을 듣지 않았다.

"아넬리!"

"싫어, 싫다고."

"여기 이렇게 죽치고 앉아 있을 수 없어!"

그녀는 이미 결심을 내린 뒤였다. 그대로 그 자리에 주저앉겠노라고. 모든 걸 포기하겠다는 의지만큼이나 굳은 결심이었다. 앞서 가던 야스페르가 되돌아왔다.

"내가 말했었잖아, 레오. 우리 발목을 잡을 거라고 경고했었잖아! 여기 이렇게 두고 떠날 순 없어……. 산 채로는……."

레오는 야스페르를 붙잡고 끌어당겼다.

"그게 무슨 개소리야?"

"경찰이 이 여자 잡아가면 우리를 범인으로 지목할 거라고, 하나하나! 우리 전부! 네 동생들까지!"

틀린 말은 아니었다. 불과 십여 분만에 눈보라는 아넬리의 기력을 소진시켜버렸다. 레오를 쳐다보지 않으려 기를 쓰고 따뜻한 순찰차 안에 앉아 경찰서로 호송되는 현실을 피하려고 혼란스러운 눈빛을 지어 보이는 것 외엔 아무것도 할 수 없었다.

"너 지금……. 나보고 아넬리를 여기서 쏴 죽이라는 거야? 그런

거야? 그런 뜻이냐고!"

"그래!"

야스페르는 어깨에 메고 있던 총을 잡아 그 즉시 안전장치를 풀었다. 하지만 레오의 머릿속에는 오직 한 가지 생각밖에 없었다. 아넬리가 취조실에 들어가면 얼마나 버틸 수 있을까? 한 시간? 두 시간? 아니면 네 시간? 그녀가 산 채로 체포될 경우, 경찰의 본격적인 추적이 시작되기 전에 어디까지 갈 수 있을까?

그런데 불현듯 머리가 맑아졌다. 레오는 그 즉시 모든 걸 함께 하기로 한 여인과 자동소총 사이를 가로막고 섰다.

"아넬리!"

그는 아넬리 옆에 쪼그려 앉아 등으로 총구를 막아섰다.

"내 말 잘 들어!" 그는 고래고래 소리를 질렀다.

그녀는 고개도 제대로 들지 못했다.

"기억나, 아넬리? 은행 털 때 우린 동료를 절대 버리지 않는다고 했던 말, 기억나냐고?"

그는 가죽 장갑을 벗고 그녀의 뺨에 흘러내리는 차가운 눈물을 닦아주면서 두 손으로 그녀의 얼굴을 들었다.

"아넬리, 이제 그만 일어나, 제발! 당신한테 남은 힘이 있다고! 어서 가자!"

하지만 아넬리는 오히려 눈 속에 똬리를 튼 듯 꼼짝도 하지 않았다. 앞에 서 있던 여인은 그가 알아왔던 아넬리가 아니라 다른 사람이었다. 언제나 믿고 의지했던 그 아넬리가 아니었다.

"우릴 경찰에 넘길 거라고!"

이제는 야스페르가 고래고래 소리를 지르고 있었다. 그는 총구를 원하는 방향으로 들어 올리기 위해 왼팔로 가죽끈을 휘감았다.

"레오, 말만 해!"

야스페르는 사거리를 확보하기 위해 반원을 그리며 천천히 이동해 처음부터 상황을 지켜만 보고 있던 레오의 아버지 곁으로 다가갔다. 아무런 말도, 아무런 행동도 하지 않는 게 레오에게 어떤 지침을 알리는 것만 같았다. 이반은 수많은 눈송이가 휘날리는 가운데 아무런 반응 없는 검은 그림자처럼 가만히 서 있었다.

"아니야!"

계획을 짠 것도 레오였다. 리더도 레오다. 그렇기 때문에 결정도 그가 해야 했다.

"젠장, 안전장치 다시 채워, 야스페르!"

레오는 총구를 붙잡고 옆으로 돌렸다.

"모르겠어, 레오? 이 여자는 우릴 경찰에 넘길 거라고!"

"아넬리가 죽을 일은 없어!"

상황은 분명했다. 그들이 이 지경에 이르게 된 건 레오가 아버지를 믿고, 또 아넬리에게 의지했기 때문이다.

"여기서 누군가 죽어야 한다면 그건 나하고 아버지야. 우린 아직 볼일이 남아 있어."

다시 한 번 누군가가 범죄 현장에 흔적을 남겼기 때문이다.

"우린 떠날 거야! 알겠어? 아넬리는 여기 남고, 우린 계속 간다.

그는 아넬리에게 입을 맞췄지만 그녀는 아무런 반응을 보이지 않았다. 칼바람 속에서도 그녀의 따뜻한 숨결이 온전히 느껴졌다.

생각보다 묘하고 이상했다. 아넬리의 입술을 느끼는 것도 마지막이라는 걸 알 수 있었다.

90

펠릭스는 디저트 접시와 절반 정도 찬 맥주잔, 빈센트가 집 안 곳곳에 펼쳐 놓은 두꺼운 수학 교과서들을 치우고 몇 센티미터 크기의 작은 플라스틱 크리스마스트리를 식탁 위에 올려놓았다. 화분 대용으로 식탁에 올려두고 인위적으로라도 크리스마스 분위기를 내기에 적당한 물건이었다. 여기도 다른 곳과 다를 바 없이 똑같은 분위기라는 사실을 알려주는 겉치레용 소품 같은 물건. 펠릭스가 기억하는 크리스마스는 항상 과도하고 위선적이고 강요된 분위기였다. 매년, 아버지의 고함과 말도 안 되는 강요로 엉망이 되는 크리스마스. 식탁 위에 놓여 있는 흉측하고 보잘것없는 플라스틱 크리스마스트리는 펠릭스의 기억 속에 반복적으로 남아 있던 연휴의 상징이었다. 말 그대로 보잘것없었던 분위기.

마음이 차분해져야 마땅했다. 조용한 밤 시간이었다. 과거와 단절된 새로운 삶이 시작되는 시간. 빈센트는 TV 앞으로 의자를 옮겨놓고 양손에 리모컨을 쥔 채로 계속해서 TV와 라디오 채널을 바꿨다.

마음이 편해야 하는데 오히려 그 반대였다.

"TV 꺼. 다 끄라고."

"확인해야겠어."

"난 알고 싶지 않아. 끄라고, 젠장!"

빈센트는 점심 이후로 내내 TV 앞에 붙어 있었다. 벌써 여섯 시간째였다. 온몸의 땀구멍 하나하나마다 두려움이 밀려들었다.

헤뷔의 스파르방크 지점을 털고 총기를 사용한 강도들이 현재 도주 중이라는 속보입니다.

"끄라고!"
"싫어!"
"난 알고 싶지 않아. 우리는 지금 여기 예테보리에 살고 있다고,
헤뷔가 아니라!"

경찰 소식통에 의하면 현재 경찰 병력이 범인들을 추격하고 있으며 범인들이
있을 것으로 추정되는 숲 지대를 포위하고 있다고 합니다.

펠릭스는 크리스마스트리 앞에 앉아 남아 있던 맥주잔을 비웠다.
이미 식어 미지근해진 상태였다. 빈센트의 땀구멍과 입, 코에서 풍
기는 두려움과 불안감이 고스란히 펠릭스에게 전해졌다. 죽음의
냄새를 맡았던 기억이 떠올랐다. 같은 아파트에 살던 이웃 사람이
었다. 심하게 부패된 시신으로 발견된 이웃에게서 나던 냄새가 꼭
그랬다. 지금처럼.

경찰은 현재 헤뷔 인근의 주민들에게 가급적 외출을 자제해달라고 알리고 있
습니다.

더 이상 참을 수 없었다. 펠릭스는 거의 몸을 날리다시피 거실로
뛰어가 막내의 손에 들려 있던 리모컨을 빼앗아 TV와 라디오를 껐
다. 빈센트는 어안이 벙벙한 표정으로 형을 쳐다보다 탁자에 놓여
있던 전화기를 들고 몇 안 되는 저장된 번호 하나를 눌렀다.
"하지 마!"

이미 늦었다. 신호가 가고 있었다. 펠릭스는 빈센트의 얼굴에서 그 표정을 읽을 수 있었다. 희망이었다. 똑같은 날, 헤뷔의 은행을 턴 게 다른 강도단일 수도 있으니까. 아직 아무것도 모른다.

안녕하세요, 레오와 아넬리의 집입니다. 지금은 부재중이라 전화를 받을 수…….

음성 녹음이 시작된다는 것을 알리는 긴 신호음이 들리자 빈센트는 전화를 끊어버렸다.

이제는 알 수 있었다. 펠릭스는 동생의 손에 있던 전화기를 들고 벽을 향해 집어 던졌다.

"도대체 멈추는 법이 없어! 우리가 안 하겠다고 그렇게 말을 했는데 그 짓을 계속했어야 해? 젠장…… 엿이나 먹으라고 해!"

펠릭스는 산산조각 난 전화기 잔해를 걷어차고 벽과 문틀에 주먹질을 퍼부었다. 빈센트가 풍기던 공포의 냄새가 심하게 진동했다. 펠릭스는 부엌으로 달려가 스툴 아래 두 개씩 짝지어 놓아두었던 네 개의 선물 상자 중 기다란 직사각형 상자를 집어 들었다. 자신이 손수 포장한 탓에 포장지에 구김이 남아 있었다.

"너 주려고 산 거였어."

빈센트는 받자마자 포장지를 벗겼다. 케이스에 담긴 위스키였다. 펠릭스는 깨끗한 잔 두 개를 가져와 가득 채웠다. 형제는 단번에 잔을 비웠다.

"큰형은 절대 멈추지 않을 거야." 빈센트는 다시 잔을 채우며 말했다.

"그게 무슨 말인지 알아, 펠릭스 형? 내가 거기 있었어야 했어"

빈센트는 조용히 눈물을 흘리다 오열하기 시작했다.

"내가 거기 있었어야 했다고……. 젠장…… 빌어먹을!"

더 이상 죽음과 공포의 냄새가 나지 않았다. 그칠 것 같지 않은 눈물이 빈센트를 씻겨주었기 때문이다.

"이제 알겠냐? 큰형은 절대 포기하지 않아……. 죽기 전까지는."

———————

한겨울 추위가 신발은 물론 외투, 맨살까지 파고들었다. 바람이 강해지며 눈보라가 일어나 그들을 때리고, 뒤쫓고, 밀고, 가두고, 붙잡았다.

난 뚫고 나갈 거야.

경찰한테 잡힐 일도 없고, 취조 받을 일도 없을 것이다.

기필코 뚫고 간다.

레오는 전방에서 길을 내고 야스페르는 후미를 책임졌다. 가운데 선 이반은 주머니에 손을 찔러 넣고 잿빛 머리 위에 복면을 뒤집어쓴 채 숨을 헐떡였다. 그렇게 20여 분을 달렸다. 이제 절반을 달린 셈이었다. 끝자락에 다다르자 보행이 쉬운 구간이 나왔다. 세 남자는 추격자들과 거리를 벌리기 위해 지그재그로 발자국을 남기며 앞으로 걸어나갔다.

앞서서 나가던 레오가 갑자기 눈 속에 파묻히기 시작했다. 순식간이었다. 금세 허리가 눈에 갇히더니 가슴까지 눈 속에 파묻혔다. 숲을 빠져나가는 끝자락이 아니었다. 늪지대 위에 살얼음이 층을 만든 지점이었다. 얼음물이 바지와 외투 속으로 스며들었다. 신발이 진창 속에 빠져들기 시작했다.

"레오!"

이반은 종종걸음으로 최대한 가까이 다가가 아들에게 손을 내밀었다. 하지만 레오는 그 안에 갇혀버렸다. 이반은 쪼그려 앉아 신발 밑창으로 미끄러운 얼음 층을 밟았다. 얼음 층이 깨지면서 다리 한쪽이 시커먼 물속으로 잠겼다. 이반은 나머지 한쪽 발로 가장자리를 밟고, 있는 힘껏 아들을 끌어당겼다. 결국 늪지는 순식간에 레오를 끌어당긴 것처럼 다시 레오를 놔주었다.

두 부자는 얼음 늪지에서 몸을 굴려 땅으로 이동한 뒤 폐 깊숙한 곳에서부터 시작된 이반의 기침이 서서히 잦아들 때까지 나란히 바닥에 누웠다.

"레오, 넌 이 상태로 더 못 간다. 그러다 얼어 죽어."

영하의 기온에 칼바람이 불었다. 레오는 늪지대에 빠져 물과 진흙을 흠뻑 뒤집어쓴 상태였다. 몸이 얼어붙기 일보직전이었다.

"놈들이 계속 쫓아와요! 계속해서 거리를 벌려놔야 해요."

레오는 몸을 일으키면서 아버지나 야스페르에게 눈길 한 번 주지 않았다. 그 대신 이를 벌벌 떨었다. 이반은 따라 일어나 큰아들을 붙잡았다.

"내 말 못 들었냐, 레오? 이해 못 하겠냐고! 넌 몸부터 녹여야 해! 이 상태로는 아무리 멀리 가도 아무 의미 없어!"

레오는 아버지 손길을 뿌리치고 다시 걷기 시작했다.

계속 뚫고 가야 해. 앞으로.

이반은 다시 큰아들을 멈춰 세웠다.

"저기 휴가철에 쓰는 별장이 있다! 저쪽으로…… 끝자락 반대편으로. 저기 보이냐?"

빨간 널빤지에 하얀색 기둥으로 만들어진 집이었다. 게다가 나무로 가려져 있었다. 전형적인 스웨덴의 휴가용 별장이었다.

"가세요, 가요!" 레오는 아버지를 밀며 말했다.

"일단 안으로 들어가서 몸부터 말리자."

이반이 숲 쪽을 가리키며 말했다.

"그다음 다시 출발하는 거야. 이 날씨에, 옷이라도 말리지 않으면……. 레오, 내 말 잘 들어라. 이 상태로 계속 걸어가면 넌 죽을 수도 있어."

———————

브론크스는 슈퍼마켓과 인접한 은행 앞, 작은 광장에 차를 세웠다. 헤뷔는 외스모나 윌라레드, 림보, 쿵쇠르처럼 작은 마을이었다. 주민 수가 천 단위를 넘지 않고 가게나 은행, 도서관 등 모든 상업 시설이 작은 장소에 모여 있는 그런 마을이었다. 범인들은 이번에도 치밀하고 체계적인 계산을 통해 범행 장소를 골랐다. 경찰 병력 동원이 상당히 제한적이고 진출입이 용이한 지역.

나머지 정황도 거의 동일했다.

은행 창문 두 개를 사각형 모양으로 둘러싸고 있는 파란색과 흰색 경찰 제지선이 호기심에 구경 나온 구경꾼들의 접근을 차단했다. 은행 가까이 다가갈수록 충격에 휩싸여 있거나 두려움에 떨거나, 우는 사람들이 여럿 보였다. 은행 안으로 들어가니 감시 카메라는 충격으로 산산조각 난 채 바닥에 떨어져 있었고 방탄 문이 열린 채 텅 빈 금고를 고스란히 드러내고 있었다. 방금 목격자 진술을 받은 제복 차림의 경관이 그에게 다가오며 출구를 가리켰다.

"여기 들어오시면 안……."

"스톡홀름 시경 소속, 욘 브론크스 형사입니다."

경관은 자신의 것과 똑같이 생긴 배지를 살펴보았다.

"브론크스 형사님이시라고요?"

"그렇습니다."

"헤뷔서 소속 뤼덴 경관입니다. 관할하고 좀 먼 데까지 오셨습니다."

"저도 압니다."

"헤뷔와 살라는 물론 웁살라에서 순찰차가 지원 나온 상태입니다."

"그것도 압니다. 그리고 여러분이 쫓는 범인들이 어떤 놈들인지도 알고 있습니다."

브론크스는 복면 쓴 2인조 강도가 은행에 쳐들어와 바닥에 엎드리라고 명령하던 순간 은행 안에 있었던 사람들과 대화를 나눴다. 그러고는 범인들이 남기고 간 탄피를 주워 스웨덴군에서 사용하는 자동소총용 실탄에서 나온 것이라는 사실도 확인했다. 마지막으로 8초 분량의 감시 카메라 녹화분을 통해 명령을 내리는 리더와 총격을 가한 장본인이 자신이 큰형과 용병이라고 부르는 두 사람이라는 사실도 확인했다.

놈들이었다. 검은색 점프슈트를 입은 것도 아니고, 은행에 단둘이 들어오긴 했지만 분명 그놈들이었다.

1년 넘게 뒤쫓은 놈들이 드디어 눈앞에 보이는 듯했다.

헤뷔 경찰서는 마을로 들어오는 입구에 위치해 있었다. 들어오는 길에 미처 보지 못하고 그대로 지나친 건물이었다. 벽돌로 지은 것처럼 평범한 건물이었지만 각종 크리스마스 꽃장식과 장식용 인형들이 주변에 놓여 있는 게 스톡홀름 경시청과 별반 다르지 않아 보였다. 안으로 들어가 보니 테이블 위에 먹다 만 케이크와 반 정도 마신 커피 잔이 그대로 방치돼 있었다. 때마침 발생한 은행 강도 사건이 크리스마스 분위기를 방해했던 것이다.

뤼덴 경관은 브론크스를 데리고 조사실 앞으로 걸어갔다. 한 여성이 의자에 앉아 멍하니 앞만 바라보고 있었다. 30대에 금발 머리, 어깨에 담요를 걸쳤고 손에는 따뜻한 음료가 담긴 컵을 들었다. 여경관이 그녀에게 질문을 하고 있었다. 처음에는 아무런 대답도 않다가 모호한 대답을 늘어놓기 시작했다. 아직 충격에서 벗어나지 못한 눈치였다.

"범인들 인상착의는 어땠습니까?"

"모르겠어요."

"모르신다고요?"

"전부…… 복면을 뒤집어쓰고 있었어요."

"누굽니까?" 브론크스가 뤼덴 경관에게 물었다.

"살라로 가는 길에 있는 별장 인근 비포장도로에서 발견된 목격자입니다." 뤼덴 경관은 조사실을 등지고 서서 나지막이 속삭였다. "강도들이 그녀가 타고 가던 렌터카를 강제로 탈취했다고 합니다. 눈보라에 길을 잃고 서성이는 걸 하마터면 순찰차로 칠 뻔했습니다."

차량을 탈취했다고?

놈들은 사전에 치밀하게 준비해둔 도주 차량을 이용해 범행을 이어왔다. 그리고 그 차량들을 추격자들이 쉽게 예상할 수 없는 장소에 버리고 연기처럼 사라졌다. 브론크스는 자신이 직접 조사실에 들어가 차를 강탈당했다는 여성에게 질문을 하고 싶었다. 곧 기회가 오리라 생각했다.

거의 벽 전체를 가릴 정도 크기의 지도 한 장이 걸려 있었다. 지도의 중심은 헤뷔였다. 뤼덴 경관은 장갑 낀 손으로 은행과 중심가 광장 지역을 의미하는 작은 직사각형 구역을 가리킨 다음 북쪽으로 올라가는 도로를 따라 손가락을 움직였다. 그리고 몇 킬로미터 지난 교차로 지점에서 손가락 방향을 틀어 서쪽으로 이어지는 이면도로를 따라 서서히 손가락을 옮겼다.

"여기, 숲 끝자락입니다. 저기 있는 목격자가 발견된 지점이요. 난데없이 튀어나온 강도들이 차를 세우고 총으로 위협해 운전을 시켰다고 합니다. 잔뜩 겁을 집어먹은 상황인 데다 길까지 미끄러웠다고 하더군요. 일단 선물 상자가 잔뜩 실린 차량을 배수로에서 발견했습니다. 그리고 차가 버려진 지점에서 눈 위에 선명히 남아 있던 발자국도 발견했습니다. 세 명이었습니다. 모두 숲 안쪽을 향하고 있었습니다. 추격은 어렵지 않았습니다."

"첫 번째 도주 차량은요?"

"아직 수색 중입니다."

브론크스는 당장이라도 조사실 안으로 들어가 자신이 직접 질문 공세를 퍼붓고 싶었다.

"강제로 운전을 시켰다고 하셨습니까?"

"네."

"렌터카였다고요? 선물 상자가 가득 들어 있었고요?"

"친척 집에 가던 중이었다고 합니다."

"누구 명의로 빌린 차였습니까? 선물 상자 안에는 뭐가 들어 있었습니까?"

뤼덴은 옆 조사실 문을 열었다. 다른 동료가 나이 든 노부부에게 질문을 하고 있었다. 두 사람은 강도들이 탄 차량이 은행 앞에 도착했을 때 광장을 지나고 있었다고 했다. 뤼덴은 대화를 중단시키고 조사실 안으로 들어가며 브론크스의 질문에 대답했다.

"10분 내로 알 수 있을 겁니다."

브론크스는 여성이 앉아 있던 조사실 쪽으로 돌아보며 물었다.

"진술 내용을 계속 들어도 되겠습니까?"

자동소총 개머리판으로 문에 달린 창문을 깬 레오는 삐쭉삐쭉 남아 있는 유리 조각 사이로 손을 밀어 넣고 안쪽에서 잠금장치를 풀었다. 문손잡이를 돌리자마자 안으로 밀려드는 돌풍에 문이 저절로 열렸다.

집 안은 썰렁했다. 하지만 적어도 바람과 눈은 피할 수 있었다.

현관 모자걸이 옆에 있던 전등 스위치를 올려보았지만 불은 들어오지 않았다.

"아버지, 차단기요."

간소한 주방, 긴 의자, 테이블 하나와 의자 두 개. 모든 가구들이 협소한 공간에 밀집돼 있었지만 네 사람이 움직이기에 충분한 공간이 나왔다. 화덕 난로 하나와 지나간 신문들이 담긴 나무 바구니, 장작용 나뭇단과 성냥도 구비돼 있었다.

"야스페르, 거실 어딘가에 전화선이 있을 거야. 콘센트랑 전화기 좀 찾아봐."

야스페르는 벽장과 서랍장, 바닥에 있던 바구니까지 샅샅이 뒤지기 시작했다. 그동안 레오는 화덕 난로의 철문을 열고 그 안에 신문지와 솔잎을 난로 바닥에 깔고 그 위에 장작 두 개를 얹었다.

통로에서 둔탁한 기계 소리가 들려왔다. 아버지가 차단기를 발견한 것이다. 낡은 전선을 타고 흐른 전기가 천장 등을 밝혔다.

레오가 성냥으로 신문지에 불을 붙이자 나무가 타닥거리며 타기 시작했다.

아버지는 통로에서 발견한 작업복 바지 하나와 트레이닝 복 하나를 큰아들에게 건네고는 누군가 먹다 남겨 화석처럼 굳어버린 배 몇 조각이 담긴 접시를 치우고 담배 종이와 담뱃잎을 내려놓았다. 평소 하루에 스무 개비는 피우는 그였지만 남은 건 딱 두 개비 분량이었다. 그 어느 때보다 지금 이 순간, 꼭 담배를 피워야 했다. 그러지 않으면 화덕 난로와 싱크대 사이에 있던 선반을 뒤져서 안에 있는 물건에 손을 댈 것만 같았다. 술병 네 개. 스웨덴 보드카 하나, 캐나다 위스키 하나, 남아프리카공화국 와인 하나, 그리스 와인 하나. 예전에 마셔본 달착지근한 밤색 와인이었다.

"레오, 당장 신발 벗어라. 일단 여길 떠나기 전에 최대한 말려야 한다."

"우리한테 남은 시간은 최대 90분이에요. 여기서 그 절반 이상은 쓸 수 없어요."

"그래도 신발 말릴 시간은 있어. 이대로 나가면 동상을 피할 수 없어! 괴저가 생기면 발을 절단하는 길밖에 없다. 이 애비가 잘 안다. 이 나라로…… 오기 전에 직접 봤으니까. 발가락부터 시작하고 발 전체가 검게 변하면서 썩게 되는데 제때 잘라내지 않으면 죽음의 기운이 위로 올라온다."

레오는 아버지가 시키는 대로 했다. 끈을 풀어 워커를 벗고 가열되기 시작한 난로 위쪽에 올려둔 다음, 입고 있던 바지도 벗고 아버지가 건넨 바지 두 벌을 껴입었다. 둘 다 짧고 꽉 끼었다.

이반은 자신의 신발도 벗어 아들 신발 옆에 내려놓은 다음, 방금

만 담배에 불을 붙이고 깊이 빨아들인 뒤 소용돌이 같이 구불거리는 연기구름을 뿜어내며 술병 하나를 집어 들었다.

"아버지, 지금 제정신이에요?"

이반은 그 병을 레오에게 건넸다.

"보드카다. 한 모금 마셔라. 혈액순환에 도움이 될 거다. 체온 유지에도 좋고."

레오는 병째로 받아 마셨다. 아버지의 시선이 느껴졌다. 은행 밖에서 눈빛이 마주쳤을 때부터였다. 묘한 기분이 들었다. 아버지에게 무언가를 평가받고 있는 어린아이가 된 기분이었다. 무언가를 입증해 보여야 하는 어린아이.

"도대체 무슨 생각하고 계시는 거예요?" 레오가 따지듯 물었다.

"생각은 무슨……."

"거짓말하지 마세요. 계속 그런 식으로 절 처다보고 계시잖아요!"

"어떤 식?"

"그렇게요!"

이반은 더 이상 아들이 불편하지 않게 시선을 돌렸다.

"레오야……. 우리…… 아무래도 네가 다시 생각해봐야 할 때가 아닌가 싶다."

"뭘 다시 생각해요?"

"가끔은 상황을 받아들이기도 해야 하는 법이다."

레오는 술병 뚜껑을 닫았다. 그러다 다시 열고 술병을 부들부들 떨리는 아버지의 손과 담배 사이에 내려놓았다.

"그게 무슨 말씀이세요? 전 포기 안 합니다! 전 아버지랑 달라요. 정확히 뭘 하고 싶으신 거예요? 이것 때문에 이 빌어먹을 별장

에 들어오자고 하신 거예요? 그래요? 그럼 마셔요. 젠장! 마시라고
요!"

그때 야스페르가 겨드랑이에 전화기를 끼고 나타났다.

"전화기 찾았어." 그는 부자의 대화를 자르고 끼어들었다. "욕실
선반 안에 있더라고. 콘센트는 라디오 옆 구석에 있어."

화덕 난로 위에 올려둔 부츠가 점점 마르고 있었다. 술병은 열린
채로 아버지 앞에 놓여 있었다. 이반은 떨리는 손으로 뚜껑을 닫았
다.

레오는 거실로 걸어갔다. 전화기 콘센트가 있는 곳으로.

———————

브론크스는 조사실 안에서 어깨에 담요를 걸치고 경찰의 질문에
힘겹게 대답하는 여성의 진술 내용을 들었다. 몇 분간 듣다 보니 모
든 게 명확해 보였다. 이 여성은 혼란스러운 게 아니라 그런 척 연
기를 하고 있었다. 게다가 그 연기는 지독히 형편없었다.

"목격자분께 몇 가지 여쭤볼 게 있습니다." 그가 물었다. "그래
도 괜찮겠습니까?"

경관은 어깨를 한 번 들썩였다. 브론크스는 상대의 반응을 '하고
싶은 대로 하세요. 난 빨리 끝내고 집에 가서 크리스마스 전야 분위
기를 만끽하고 싶거든요'라는 뜻으로 해석했다.

그는 남아 있는 빈 의자에 앉아 자기소개를 했다.

"스톡홀름 시경 소속, 브론크스 형사입니다."

그녀의 가냘픈 손은 싸늘했다.

"아넬리라고 해요."

"아까, 친척 집에 가시던 중이었고 그 길은 평소에 자주 다니시던 길이라고 진술하셨다고 들었습니다. 강도들이 그 길목에서 기다리고 있었다고 하셨다더군요. 복면을 쓴 강도들이 길 한복판에서 기다리고 있다가 차를 강탈했다고 하셨는데, 진술 내용이 맞습니까?"

"네."

"협박을 당하셨다고요?"

놈들은 절대로 지나가는 차량을 탈취하지 않아.

"네."

"총으로요?"

사전에 치밀하게 마련해둘 뿐만 아니라 사용한 뒤에는 미리 물색해둔 장소에 유기했어.

"네."

"그렇게 협박하면서 운전을 시켰다고요?"

놈들은 이 정도로 스트레스를 받고 겁을 집어먹는 나약한 여성에게 도주 계획의 성패를 가를 운전을 맡길 리 없어. 내 작전이 성공한 게 아니라면 말이야. 큰형을 자극해 절망에 빠뜨리고 위험을 자초하게 만들어 실수를 범하게 하려 했던 내 작전이 성공한 게 아니라면, 절대 이 여자한테 운전대를 맡길 리 없어.

"네."

브론크스는 다시 한 번 생기 없는 그녀의 손을 잡고 악수를 나눈 다음 조사실에서 나와 빈방을 찾기 시작했다. 경찰서는 외관상으로도 작아 보였지만 실내는 더 작았다. 조사실 두 곳에서 목격자 진술이 진행되고 있었고 몇 안 되는 사무실도 모두 사용 중이었다. 남은 곳은 휴게실뿐이었다. 브론크스는 대화를 방해받고 싶지 않아 휴게실 안으로 들어가 문을 닫았다. 그다음 번호를 누르고 상대가 받기를 기다리면서 중단된 크리스마스파티에 남아 있던 과자 몇 개를 집어먹었다.

상관이 대답하기도 전에 흥겨운 노랫소리부터 울려 퍼졌다.

"욘?"

"접니다."

"아직 12월 23일이야."

"지금 헤뷔에 와 있습니다."

"자네, 제대로 된 크리스마스 묨마 맥주 만드는 법 알고 있나? 크리스마스 전통 묨마 말이야. 알고 있어?"

"3분입니다. 영업 마감 시간대를 노렸고요. 군용 총기가 사용됐고, 실탄이 발사됐습니다."

"일단 생강 맥주를 준비해야 해. 시원한 놈으로. 그리고……."

"여기 오기 전까지 알고 있던 내용입니다."

"일반 맥주 두 병하고……."

"총에 맞아 박살난 감시 카메라에 놈들이 흘리고 간 탄피를 직접 봤고 목격자들과 이야기도 해봤습니다."

"흑맥주 한 병을 준비한 다음 한꺼번에 다 섞는 거야."

"제가 직접 봤단 말입니다! 감시 카메라 영상에서요. 은행 안으로 들어온 놈들은 큰형이란 놈과 용병이란 녀석이었습니다."

"자네도 집으로 돌아가서 내가 가르쳐준 대로 만들어보면 괜찮을 거야. 어디로 가야 할지 모르거나 뭘 해야 할지 모르겠거든 묨마라도 만들어보라고. 다른 건 내가 해줄 수 없으니까. 그리고 부탁인데 엄한 데 가서 배지 쓸 생각은 하지 말라고."

지난 10년간, 브론크스는 자신이 상관한테 소리를 지른 적이 있었는지 생각해보았다. 한 번도 없었다. 그의 방식도, 카를스트럼 경감의 방식도 아니었다. 그래서 문 닫힌 휴게실에서 그가 고래고래 소리를 지르자 전화 통화를 하고 있던 두 당사자는 서로 놀라지 않을 수 없었다.

"경감님하고 나하고 같이 보지 않았습니까! 아홉 차례 은행을 털면서 발견된 감시 카메라 영상 말입니다! 놈들을 쫓은 게 벌써 1년이 넘었습니다. 난 알아요, 분명히 놈들이라는 거! 그런데 놈들이 이번엔 우리 동료를 향해 총질을 했단 말입니다. 다급해진 겁니다. 우리가 가까이 왔기 때문에요! 지난번에도 말씀드렸지만 총을 단순한 도구처럼 여기고 폭력을 직업으로 삼는 놈들입니다. 별다른 지원 병력 없이 접근할 경우 대참사를 피할 수 없단 말입니다!"

얼마나 크게 소리를 질렀는지 목이 터져나갈 것만 같았다.

"잠깐 기다리게."

브론크스는 경감이 전화기를 내려놓고 음악이 흘러나오는 지점으로 걸어가는 소리를 들었다. 점점 더 커지던 음악이 갑자기 사라졌다. 그다음 계단 올라가는 소리가 이어졌다. 스톡홀름 앞바다가 내려다보이는 그의 서재로.

"확실한 건가?"

"확실합니다. 분명히 놈들입니다. 가지고 다니는 자동소총을 사용할 겁니다. 이미 사용하지 않았습니까. 헤뷔나 살라 서 경찰 병력만으로는 역부족입니다. 사상자가 발생하는 일은 피하고 싶습니다. 이 사건은 경찰특공대가 투입돼야 합니다."

침묵이 이어졌다. 빌어먹을 음악 소리도 없어졌다. 상관의 숨소리만 들릴 뿐이었다.

"청장님한테 연락하지."

"이미 했습니다."

"자네가······ 이미 했다고?"

"여기 오는 길에요. 일분일초에 생사가 갈릴 수도 있습니다. 경찰특공대도 현장으로 떠났을 겁니다. 경감님도 저와 같은 결론을 내리시길 바랐던 겁니다. 일개 형사가 상관의 승인 없이 그런 일을 벌였다면 그것만큼 보기 흉한 것도 없을 테니까요. 그래서 제가 직접 전화했고 경감님 승인도 받았다고 말했습니다."

———————

두 형제는 빈센트의 크리스마스 선물을 마지막 한 방울까지 다 비웠다. 지옥 같은 몇 분이 끔찍한 30분으로 늘어났다.

오늘 오후, 웁살라 서부에 위치한 헤뷔에서 은행을 턴 강도단이 현재 이 시각까지 도주 중인 것으로 알려졌습니다.

빈센트는 침통한 표정으로 소파 위에 축 늘어진 채 두 개의 리모컨을 손에 쥐고 TV와 라디오 채널을 수시로 돌렸다. 펠릭스는 아래로 내려놓은 블라인드 뒤에서 이리저리 서성였다. 집이 갑자기 좁아진 기분이었다. 방 셋 딸린 집이 마치 7제곱미터 감방처럼 갑갑하게 느껴졌다.

추격 과정에서 범인들은 경찰을 향해 총격을 가한 것으로 알려졌습니다. 현재 범죄 현장 인근에 경찰특공대가 도착한 상황입니다.

경찰을 향해 총격을 가했다. 경찰특공대.

펠릭스는 병에 남아 있던 마지막 한 방울까지 입에 털어 넣었다. 창문 없는 감방에 온 느낌. 딱 그 기분이었다.

병 하나가 더 있었다. 빈센트에게 줄 또 다른 선물. 하지만 펠릭스는 동생의 잔은 거들떠볼 생각도 하지 않았다.

순간, 집 전화가 울렸다.

"잘들 있었냐."

살아 있었어. 다들 살아 있는 걸까?

"펠릭스, 어떻게들 지내냐?"

경찰이 형을 쫓고 있어.

"그냥 너희들…… 목소리가 듣고 싶어서."

"그 인간도 같이 있는 거야?"

"누구?"

"누군 누구야, 아버지 말이야."

"그래."

수화기 너머로 목소리가 들렸다. 이반 아니면 야스페르였다.

"만약 일이 틀어지면, 펠릭스 너희……."

"놈들이 벌써 그쪽에 가 있어."

"만약 일이 틀어지면, 너하고 빈센트는 숨어."

"경찰특공대가 이미 그쪽으로 갔다고. 뉴스에 속보로 나왔어."

"거짓말이야."

"하지만 계속 그 소식만 나오고 있어. 경찰특공대가 현장에 도착했다고."

"그건 불가능해. 이 날씨에 그렇게 빨리 올 수 없어."

"멍청한 소리 좀 그만해!"

"다시 한 번 말하지만, 만약 일이 틀어지면 펠릭스 넌 빈센트와 함께 그 집에서 떠나. 숨으라고. 어디든지."

"우리가 왜 그래야 하는데?"

"내가 벌인 일 때문에 너희들이 곤란해지는 건 원치 않으니까."

"싫어."

"싫다니? 무슨 말이야?"

"난 도망치지 않아."

빈센트는 라디오와 TV 소리를 줄였다.

"고집 피우지 마, 펠릭스! 딱 한 번이야, 딱 한 번! 군소리 말고 좀 시키는 대로 해라!"

"난 더 이상 은행 털지 않아. 그리고 내가 벌이지도 않은 일로 도 망갈 일 없어. 난 여기 있을 거야. 우린 여기 있을 거라고!"

빈센트는 통화하고 있는 둘째 형 옆으로 다가와 수화기 가까이 귀를 들이밀었다.

"빈센트한테 할 말 있어?"

할 말도 끝내지 못했고, 대답도 듣지 못했지만 빈센트가 번개같 이 수화기를 낚아챘다.

"큰형?"

"그래."

막내는 심리적으로 무너지고 있었다. 빈센트는 수화기를 입에 밀 착하고 여러 번 말하려 했지만 차마 입 밖으로 내뱉지 못한 말을 또 박또박 말하려 애썼다.

"큰형…… 형은……. 우리는 뚫고 갈 거야."

5백 킬로미터 떨어진 거리.

"그렇지, 큰형?"

하지만 같은 방에 함께 있는 것 같았다.

"그래, 뚫고 갈 거야, 빈센트."

닫기로 마음먹은 문 뒤에서.

"그리고 빈센트, 펠릭스가 내 말을 안 들으니 너한테 말할게. 이 일이 틀어져버리면……. 그러니까 만약에 말이야, 그렇게 되면 너희들 일은 각자 알아서 해야 해. 알겠어? 너희들 생각부터 하라고. 너희들 먼저 생각해. 알아듣겠지? 네가 뭘 하든, 넌 지금 잘하고 있어. 빈센트. 무슨 일이 있어도……. 네가 하고 있는 일이 옳은 거니까 다른 건 신경 쓰지 마."

식탁 위에 작은 플라스틱 트리 하나가 놓여 있었다.

처음 보는 물건이었다. 펠릭스 형이 사다 놓은 것 같았다.

형도 크리스마스를 싫어했다.

"큰형?"

"그래."

"내가 거기 있었어야 했어."

"아니야, 막내야……. 넌 그러지 말아야 해."

———

브론크스는 대형 지도가 붙어 있는 벽 앞에 서 있었다. 지도상에 커다란 검은색 십자 표시가 된 지점은 배수로에 처박힌 차량의 위치였다. 브론크스는 이제 그 차량이 아넬리 에릭손의 명의로 빌린 차량이며 가짜 선물 상자를 싣고 가던 중이었다는 사실을 알아냈다. 도주 중인 강도들은 그 지점에서부터 도보로 이동했다. 눈이 거의 1미터 가까이 쌓인 숲 쪽으로. 그의 계산에 따르면 세 명이 함께 이동하기 때문에 이동 속도는 최대한으로 잡아도 시속 4킬로미터를 넘을 수 없었다. 시계를 확인한 그는 다시 한 번 속도와 거리를 계산한 다음 십자 표시가 된 지점을 중심으로 반경 6킬로미터 구역에 원을 그렸다. 비교적 수색 범위가 넓지 않았다. 지원 병력이 도착하면 그 범위를 좀 더 좁히는 게 가능했다.

"전 다시 조사실로 돌아가겠습니다." 그는 뤼덴 경관에게 말했다. "조사가 다 끝나면 검찰에 연락해주시기 바랍니다. 일단 긴급 체포로 구속이 급선무입니다. 아직 어떤 관계인지 모르지만 공범이 분명합니다."

브론크스는 여전히 충격에 휩싸인 척 연기하고 있는 여성이 앉아 있는 조사실로 돌아갔다.

"아넬리?"

그녀는 테이블과 바닥만 내려다보고 있었다.

"아넬리, 제가 말을 할 땐 절 쳐다보세요. 이제부터 제 말 잘 듣고, 알고 있는 건 모두 말해야 합니다. 그러지 않으면 상황이 아주 안 좋게 끝날지 모릅니다."

"모두라니요? 무슨 말씀이세요?"

"그 차 안에 타고 있던 사람들에 대한 모든 거요. 은행을 턴 그 사람들. 이름이 뭔지, 연락이 가능한지도 알고 싶습니다. 무장 상태는 어떤지도요. 모든 걸 다 말하는 게 좋을 겁니다. 그들을 산 채로 다시 만나고 싶다면 말입니다."

그제야 아넬리는 그동안 연기하던 눈빛을 버리고 그를 쳐다보았다.

"아넬리, 그들은 어떤 무기를 가지고 있습니까?"

길지 않은 순간이었다. 하지만 그녀가 자신의 말뜻을 제대로 파악하고 있다는 확신을 갖기에는 충분한 시간이었다. 그녀는 숲 속으로 달아난 사람들이 어떤 일을 벌일 수 있는지 알고 있었다.

"그들을 보호하기 위해서라도 우리는 그들이 어떤 무기로 무장하고 있는지 꼭 알아야 합니다."

이제 그녀는 겁을 먹기 시작했다.

"무슨 말인지 알겠어요? 우린 그걸 알아야 합니다. 사살이 아니라 그들을 생포하려면요."

———————

"신발 다시 신으세요."

"레오, 젠장, 이건……."

"아무 말 마세요! 우린 앞서가고 있었어요. 끝까지 그 상황을 유지해야 한다고요! 야스페르! 가져갈 수 있는 물이나 음식 같은 거 있는지 찾아봐!"

"하지만 경찰특공대가…… 레오, 내 얘기를 들어봐라. 넌 다시……."

"아니요, 아버지야말로 제 말 들으세요! 다시는 그 어떤 자식도 내 앞을 가로막을 수 없어요. 아시겠어요? 그 어떤 자식도요!"

눈보라가 다소 잦아들었다. 나무 위로 희미한 별빛이 보였다. 고요한 밤의 전조였다. 쌓인 눈 위로 남게 될 흔적 때문에 추격은 더 쉬워질 것 같았다. 반면, 도주도 그만큼 빨라질 수도 있다는 뜻이었다.

레오는 워커를 신고 외투를 걸친 다음 그 위에 방탄조끼를 입고 총을 들다가 무언가 이상한 점을 발견했다. 확신은 들지 않았다. 언뜻 무언가를 본 것 같은데 정확히 그게 뭔지 구분할 수 없었다.

그때까지만 해도 어둠 속에 숨어 그들을 감시한 건 레오였다. 그런데 이제는 누군가가 어둠을 위장막 삼아 자신을 지켜보는 기분이 들었다.

부엌 창문 왼쪽으로 나타난 그림자가 나무 뒤로 이동하는 것 같았다. 그러더니 오른쪽으로 또 다른 그림자가 나타나 다시 나무 뒤로 숨었다. 어둠에 얼굴 절반이 가린 그림자. 그는 제대로 확인하기 위해 바닥에 엎드려 창문까지 기어갔다. 검은 그림자가 여러 개였다. 자신들과 똑같은 총기로 무장한 그림자들이 커다란 원을 그리며 별장으로 다가오고 있었다. 기이할 정도로 익숙한 이 상황이 실제 상황이라면 모든 게 동시에 일어나는 것 같은 느낌이었다.

"놈들이 벌써 여기까지 왔어!"

레오는 거실 의자에 앉아 있던 아버지와 함께 부엌 찬장을 뒤지며 식량이 될 만한 것들을 찾아 무기 가방에 집어넣고 있던 야스페르 쪽으로 고개를 돌렸다.

아버지는 마비가 된 듯 그 자리에 그대로 앉아 있었던 반면, 야스페르는 창문으로 달려와 레오가 이미 목격한 상황을 확인한 후 자신의 외투로 향했다. 그러고는 외투를 들고 다시 부엌으로 돌아와 한쪽 주머니에서 수류탄을 꺼내 식탁 위에 내려놓았다. 그리고 두 번째, 세 번째 수류탄을 차례로 꺼냈다.

"이렇게 최후를 맞을 수 없어!" 야스페르는 강력한 요구 조건을 내거는 사람처럼 말했다. "우린 이렇게 끝장내지 않을 거라고."

그러더니 수류탄 세 발 옆에 탄창이 들어 있는 가방을 식탁 위에 엎은 뒤 탄창과 무기들을 일렬로 정렬했다.

"야스페르, 너 미쳤어? 수류탄까지 가져온 거야?"

"그래, 수류탄이야, 레오! 내일 신문 1면은 복면 쓴 우리가 장식하는 거야! 절대로 우리 얼굴을 보여주면서 이렇게 생겼다고 말할 수 없을 거라고! 말만 해, 레오. 하자는 대로 할 테니까! 뭐든 할 거라고! 우린 실패한 강도들처럼 죽을 수 없어. 감방에서 썩을 수 없다고! 그럼 우리 존재는 사라지는 거야!"

야스페르는 안전장치를 풀고 어두운 밖을 향해 총을 조준하며 자세를 잡았다.

"젠장, 좀 이성적으로 생각해라." 이반이 의자에서 일어나 무기를 정렬해놓은 식탁으로 다가오며 말했다. "네 녀석이 오늘 기필코 죽을 생각이라면 네 뜻대로 될 거다. 내 장담한다. 하지만 넌 지금 혼자 움직이는 게 아니야, 이 멍청한 녀석아! 그러니까 그 총 내려놔!"

"야스페르라고요, 야스페르! 그게 내 이름이에요! 어디 터진 입으로 실컷 떠들어보세요! 잘만 하시던데 계속 해보시라고요! 단순한 장비 하나 못 챙겨서 상황을 이렇게 만들어요? 우리가 여기 갇힌 게 다 아저씨 때문인 거 모르세요?"

야스페르는 수류탄 옆을 차지하고 앉았다. 스컬 케이브에서 수류탄을 챙길 때처럼 자신은 철저히 혼자라는 생각이 들었다. 이반과 아넬리가 이 일에 어울리지 않는 단순한 민간인에 불과하다는 사실을 자신만 알아본 것처럼.

"놈들이 행동 개시를 하고 있다고요. 그게 무슨 뜻인지 알기나 하세요? 아저씨 같은 노땅 없이, 우리가 일 년 동안 했던 그 방식 그대로라고요! 우릴 치기 위해 포위하는 거요! 그러니까 난 내가 하고 싶은 대로 할 겁니다! 저 밖에서 분명 날 조준하고 있는 저격수 하나는 있을 거예요! 느껴진다고요!"

레오가 바닥을 기어서 두 사람 사이로 다가왔다.

"레오. 설마 너도 이 얼치기 특공대처럼 구는 녀석이 하자는 대로 내버려둘 생각은 아니길 바란다……. 우린 어떻게 해야 하는 거냐?"

아버지는 또다시 애원하는 투로 말하고 있었다. 레오는 아무런 대답도 하지 않았다. 그는 따사로운 온기가 전해지는 부엌 쪽으로 고개를 돌렸다. 가방은 여전히 부엌 바닥에 놓여 있었다. 손만 뻗으면 닿을 거리에. 레오는 가방을 열고 현금 다발 두 개를 꺼냈다.

"이게 말이에요……. 성분 30퍼센트가 면이더라고요. 천이란 소리예요. 그거 알고 계셨어요, 아버지?"

100크로나 다발과 500크로나 다발이었다.

"그래서 지폐가 좀 뻣뻣한 거예요. 찢기도 힘든 거고요. 그걸 어떻게 알아냈냐고요? 세탁해봤어요. 아세톤과 물로요. 적잖은 돈이 들어갔어요. 현금 가방 안에 들어 있던 염료팩이 터졌었거든요. 그래서 그걸 닦아내야 했어요."

레오는 화덕 난로에 앞에 달린 작은 문을 열었다.

"이 빌어먹을 천이 건조기에 들어가니까 쭈글쭈글해지더라고요. 지폐가 작아져서 자동판매기나 무인 주유소에서도 쓸 수가 없었어요. 그 전에는 지폐에 면 성분이 들어 있다는 걸 몰랐어요. 그렇게 몇천 크로나를 날린 다음에야 일일이 빨랫줄에 널어 말려야 한다는 걸 깨달았어요."

레오는 100크로나 지폐 다발을 난로 속으로 던져 넣었다.

"지금 뭐 하는 거야!" 야스페르가 소리쳤다. 화를 내는 게 아니라 깜짝 놀란 반응이었다. "지금 항복이라도 하자는 거야? 레오, 우린 그럴 수 없어!"

"그럼 닥치고 바닥에 앉기나 해! 밖에서 저격수가 널 노리고 있는 게 느껴진다면서!"

그렇게 말하고 두 번째 지폐 다발을 난로 속으로 던져 넣자 돈뭉치가 불에 타올랐다.

"그래, 잘했다. 하나도 남기지 말고 태워버려라." 이반은 아들 옆에 털썩 주저앉으며 말했다. "때로는 현실을 받아들이는 법도 알아야 하니까."

레오는 지독하고 강렬한 열기에 얼굴이 화끈거렸다.

"현실을 받아들여요? 저 새끼들은 이 돈 한 푼도 못 건져 갑니다."

레오는 다시 가방에 깊숙이 양손을 찔러 넣고 500크로나 지폐 뭉치 여섯 개를 꺼냈다.

"돈도 못 건지고, 저도 못 잡아가요."

난로의 불은 지폐를 날름날름 집어삼키고 있었고 레오는 계속해서 난로 속으로 지폐를 던져 넣은 다음 문을 닫았다.

"놈들은 절 체포할 수 없어요. 아시겠어요, 아버지? 절대로요. 그러니까 총을 드시거나, 문밖으로 나가시거나 하세요. 밖으로 나가면 어떤 대우를 받게 되는지는 잘 아시잖아요. 안 그래요? 그러니까 지금부터는 아버지가 원하시는 대로 하세요."

수백만 크로나가 만들어내는 열기는 나무 장작이 만들어내는 열기와 별반 다를 게 없었다. 다만, 불길이 훨씬 빨리 사그라졌다.

집 안에 적막감이 내려앉았다. 이반은 거실 테이블 한구석을 차지하고 앉았다. 그는 부들부들 떨리는 손으로 마지막 남은 담뱃잎과 종이로 담배를 말았다. 레오는 계속해서 난로 속으로 지폐 더미를 던져 넣었다. 돈다발은 난로 속으로 들어가는 즉시 석탄처럼 검게 변했다. 야스페르는 창문을 옮겨 다니며 바깥에서 움직이는 그림자들의 동정을 살폈다. 그는 들고 있던 자동소총의 안전장치를 풀고 자동 연사 모드로 조절했다.

이제부터 각자 원하는 대로 행동할 것이다.

브론크스는 전에도 그런 눈빛을 본 적 있었다.

당신, 아니면 나.

하지만 그 눈빛, 지금 그가 마주하고 있는 검은색 복면 속에 숨겨진 그 눈빛은 브론크스와 같은 편 사람들이었다.

경찰특공대 열여섯 명이 각자의 위치를 잡고 두꺼운 소나무 뒤에 몸을 숨기고 대기했다. 자동소총과 저격용 총으로 무장한 상태였다.

수색 범위가 무의미할 정도로 줄어들었다.

브론크스의 요구로 중차량 네 대가 솔나 본부에서 출발해 56분 뒤 마을 북서쪽 몇 킬로미터 지점에 있는 시골길에 접어들었다. 방탄 기능이 추가되고 거의 탱크에 가까울 정도로 기능이 개조된 차량들이었다. 동시에 수색견 부대원들이 버려진 도주 차량에서 범인들이 남긴 흔적을 추격해 지금 특공대가 포위하고 있는 별장 건물을 찾아냈다. 세 쌍의 발자국. 브론크스는 이제 그게 한 아버지와 그의 아들, 그리고 그 아들의 어린 시절 친구의 발자취라는 걸 알게 되었다. 스웨덴군에서 사용하는 AK4 자동소총과 다량의 실탄으로 무장한 은행 강도들. 강도에게 차량을 강탈당해 충격을 받고 혼란스러워하는 척 연기했던 여성은 결국 사실을 자백했다. 그뿐만 아

니라 맞춤형으로 제작한 방탄조끼에 각각 탄창을 몇 개씩 지니고
있는지까지 상세히 털어놓았다.

"얼마나 더 걸릴 것 같습니까?" 브론크스는 분대장에게 물었다.

"우리 쪽에서 서두를 이유는 없습니다." 그가 대답했다.

"수색견 부대 책임자 말이 놈들이 저 별장 안으로 들어간 게 대략
30여 분 전이라고 합니다."

"적당한 때를 기다리는 중입니다."

눈은 그쳤다. 추위도 다소 누그러졌다. 브론크스는 크리스마스
카드에나 나올 법한 풍경을 바라보았다. 온화한 조명이 켜진 작고
평화로운 집 한 채, 지붕을 비롯해 과일 나무 위에 솜처럼 내려앉은
눈, 벽돌로 만들어진 굴뚝에서 피어오르는 연기.

하지만 상황은 크리스마스카드 분위기와 차원이 달랐다.

불 켜진 곳은 부엌 같았다. 도주 중에 자신들을 뒤따라오는 경관
에게 주저하지 않고 총격을 가한 무장 강도들이 은신해 있는 지점.
놈들은 열 건의 강도 행각을 벌이면서 스웨덴 범죄 역사상 그 어떤
범죄 조직보다 더 많은 실탄을 사용했다. 민간인들을 위험에 노출
시키면서까지.

경찰특공대가 이미 한 차례 통화를 시도했다.

브론크스는 다시 한 번 전화를 걸었다. 별장 건물의 틈과 창문을
통해 안에서 울리는 벨 소리가 새어 나왔다. 안에 있는 강도들에게
순순히 투항하라고 설득하기 위한 시도였다. 전화 벨 소리가 계속
해서 울려 퍼졌지만 끝내 아무도 받지 않았다.

그래도 자신들의 뜻을 밝히긴 했다. 집 안에 있던 불이 동시에 꺼
졌다.

투항할 의사가 없다는 분명한 표현이었다.

91

현금 3백50만 크로나는 생각보다 많은 공간을 차지하지 않았다. 가방 하나를 꽉 채우기에는 모자란 액수였다. 타닥거리며 타들어 가는 오렌지색 불꽃 속에 돈다발을 한 뭉치씩 던져 넣으면 순식간에 허무한 재로 변해버려 물리적으로 차지하는 공간도 없어진다.

이반은 거실 바닥에 드러누웠다.

"레오?"

그의 아들이 머리 주변을 지나 창문 쪽으로 기어가고 있었다. 신발을 붙잡을 수도 있을 만큼 아주 가까이 스쳐 지나갔다. 레오는 잔뜩 긴장한 몸을 구부려 조심스레 창문의 빗장을 풀고 밖으로 밀었다. 창문이 밀려 올라가며 창턱에 있던 눈을 쓸어 떨어뜨렸다.

불과 몇 센티미터에 불과한 틈이 그들의 탈출구였다.

"무슨 생각인지 나도 안다."

이반은 무릎으로 기어 아들 곁으로 다가왔다.

"레오, 포기해라."

싸늘하지만 맑게 갠 하늘로 간간이 보이는 별과 이지러지는 반달이 희미하게 빛났다. 창문에 반사되어 비치는 네 개의 눈이 보였다. 집으로 올라가는 엘리베이터 안에서 낙서로 뒤덮인 거울 위쪽에 다소 남아 있던 공간으로 서로를 쳐다보던 그때가 떠올랐다. 그날, 이반은 맨발로 8층 아래로 뛰어내려왔다. 아들을 잃을지도 모른다는 불안감에 휩싸인 채로.

"그러지 말라니까."

유리창에 비친 네 개의 눈. 레오도 분명 그 눈을 들여다보았다. 그리고 그중 두 개의 눈빛이 무슨 생각을 하고 있는지 명확히 읽을 수 있었다.

의심과 망설임.

"저쪽에서 최루탄을 던질 거예요, 아버지. 항상 그렇게 시작해요. 우리가 당황할 거라고 생각하거든요. 그 순간을 노려서 빠져나갈 거예요. 여기로요. 창문을 통해서."

딱 한 번, 연달아 펀치 날리는 시범을 보여주던 아버지를 꽉 끌어안고 붙잡아본 적이 있었다. 그때 아버지가 얼마나 힘이 셌는지 알 수 있었다. 하지만 지금의 아버지는 그때에 비해 나이도 더 들고 쇠약해진 모습이었다.

"놈들이 선제공격을 하자마자 즉시 역습을 하는 겁니다. 놈들은 우리가 어떤 무기를 쓸 건지 알고 있을지도 몰라요. 하지만 우리한테 수류탄이 있다는 건 몰라요. 그게 우리 전략이에요. 저놈들을 칠 전략이요."

언젠가 그 목에 매달려 그를 떼어놓으려고 안간힘을 쓴 적도 있었다. *그러지 말아요!* 아버지는 그때와 다른 사람이 돼버렸다. 늙고 지쳐 더 이상 쓸 힘도 없는 상태.

"그 순간을 노리지 않으면 늦어요. 절대로 여길 빠져나갈 수 없어요."

의심과 망설임. 아버지의 눈빛에서 읽은 분위기였다. 나약한 자들의 전형적인 반응.

"최루탄이 날아오면 그 즉시, 수류탄을 두 발 던질 거예요. 그건 전혀 예상 못 할 거예요. 아버지하고 저하고 먼저 나가면 야스페르가 직성이 풀릴 때까지 탄창을 갈아가며 사격을 해줄 겁니다. 그리고 우리가 나가서 자리를 잡고 똑같이 엄호해주면 야스페르도 나올 수 있어요. 실탄은 충분해요. 아버지도 할 수 있어요. 춤추면서 때

리는 거예요. 곰 주변을 돌면서 춤추다 펀치를 날리는 거잖아요. 곰
은 우리보다 크지만 쓰러뜨릴 수 있어요. 춤추면서 펀치를 날리면
요. 안 그래요?"

이반이 벌떡 일어났다. 그는 아들의 어깨를 붙잡고 흔들면서 제
대로 알아들을 때까지 고래고래 소리를 지르고 싶었다.

"놈들 주변을 돌면서 춤을 추면 이길 수 있어요. 자신들이 유리
하다 여기면서 우리가 투항할 거라 예상하고 긴장을 풀 때를 노리
는 거예요. 복면 쓰세요. 그리고 나갈 준비 하세요!"

"이긴다고?"

이반은 아들의 어깨를 붙잡지 않았다. 참극으로 끝날 거라는 판
단 때문이었다. 소리도 지르지 않았다. 하지만 하고 싶은 말을 결국
꺼내놓았다.

"여기서 빠져나갈 수 있을 거란 확신이 있었으면 그 돈은 왜 다
태워버린 거냐? 총을 들고 저 밖으로 나가는 순간, 지옥이 될 거다.
눈앞이 캄캄한 상황이 펼쳐지는 거라고. 지옥이 따로 없어. 죽음밖
에 없어."

레오가 이야기를 듣고 있는 한, 준비를 마치지 못할 것이다. 준비
를 마치지 못하면 밖으로 달려 나갈 수 없을 것이다. 일제사격을 가
할 준비를 한 채 그들을 포위하고 있는 경찰들을 향해서.

"지가 특공대라고 착각하는 저 녀석, 맨 얼굴로 신문 일면에 나
오느니 마느니 그런 얼토당토않은 이야기나 떠들어대는 저런 녀석
말을 도대체 왜 듣고 있는 거냐, 레오! 펠릭스하고 빈센트가 신문
에 나온 네 시신 사진을 보길 바라는 거냐? 그런 거야?"

"언제부터 그 녀석들 걱정을 하셨어요? 그냥 그 빌어먹을 복면이
나 쓰시라고요, 당장!"

레오는 얼굴이 보이지 않게 검은 복면을 뒤집어썼다.

"말씀드렸잖아요! 다시는 형사 나부랭이 앞에 앉고 싶지 않다고요! 빌어먹을 형사랑 마주 보고 앉을 일 없다고요! 다시는! 그러니까 그 복면 쓰시라고요! 아니면 그냥 여기 두고 가버릴 테니까!"

아들은 밖으로 나갈 준비를 했다. 더 이상 아버지의 말에 귀 기울이지 않았다.

그토록 강인했던 남자가 지녔던 힘은 이미 사라지고 없었다. 그래서 그는 마지막 남은 카드를 꺼내 들었다.

"레오, 네가 날 배신하지 않았다는 거 안다."

배신자.

"처음부터 알고 있었어."

배신자.

"네가 날 배신하고 신고하지 않았다는 거 알아. 경찰이 나한테 거짓말하는 거 알고 있었다. 넌 아무 말도 안 했다는 것도. 그놈 손에 붕대 감은 걸 봤거든."

얼굴에 뒤집어쓴 검은 복면, 안전장치를 풀고 손에 든 자동소총.

그런 건 더 이상 중요하지 않았다.

레오는 더 이상 '전쟁' 준비를 할 수 없었다. 아버지의 전략이 먹혀들었던 것이다. 계속해서 아들의 관심을 붙잡아둘 수 있다면, 아들을 살릴 수 있을 거라는 전략.

"왜 지금까지 그 얘길 안 하셨던 거예요?"

"그게 더 낫다고 생각했기 때문이다."

"그게 더 낫다고…… 생각하셨다고요?"

"그래."

"아니 어떻게……. 젠장, 일을 망쳐놓고는 포기하고 경찰을 기다리다가 이제는 모든 책임을 저한테 돌리시는 거예요?"

아버지는 자세를 고쳐 앉고 아들을 올려다보았다.

"그 옛날 일로 계속해서 절 탓하셨잖아요." 레오는 말을 이어나갔다. "배신자 취급하면서요. 그 이후로 지금까지 계속해서! 그런데 그 이유가 고작……. 그게 더 낫다고 생각해서라고요?"

어둠 속에 숨어 있던 그림자들이 기습 태세를 갖추기 시작했다.

손에 수류탄을 든 야스페르가 거실 창문 쪽으로 기어가더니 손가락을 안전핀 고리 안에 밀어 넣었다.

"레오, 지금 움직이지 않으면 우리 다 죽어!" 야스페르가 소리쳤다.

"기다려."

"놈들이 보인다니까! 당장 여기서 나가야 해! 놈들이 들이닥칠 거라고!"

"닥치라고!"

"지금 나가야 한다니까! 이러다 다 죽어!"

"야스페르, 닥치라고! 지금 대화 중인 거 안 보여!"

레오는 자동소총 안전장치를 푼 상태였다.

"그게 더 낫다고 생각하셨다고요? 정말 그래요?"

그렇게 말하며 소총을 들어 올렸다.

"바깥에 있는 저 새끼들이 아니라 아버지를 쏴 죽였어야 했네요! 아버지를요!"

레오는 숨을 크게 들이쉬고는 아버지에게 총구를 겨누었다. 평온하다는 말이 실감날 정도로 마음이 차분해졌다. 손이 떨리지도 않았다. 아버지도 마찬가지였다.

92

바로 그 순간, 유리창 하나가 산산조각 났다.

그들이 노린 건 부엌 창문이었다.

바닥에 떨어진 최루탄이 빙그르르 돌면서 새하얀 구름 같은 가스를 부엌에서 거실로 뿜어냈다. 세 사람은 일제히 침실로 뛰어 들어갔다. 하지만 그 즉시 두 번째 최루탄이 창문으로 날아들어 빙글빙글 돌기 시작했다. 최루탄 두 발이 터지면서 살포된 가스가 마치 눈사태 같았다.

"바닥에 엎드려!"

레오와 이반은 바닥에 엎드렸지만 야스페르는 검은 복면을 그대로 쓴 채 꼿꼿이 서 있었다.

"젠장, 엎드려 야스페르! 그러다……."

하지만 야스페르는 구름 같은 연기를 뚫고 날아든 세 발의 총성 때문에 마지막 말을 제대로 들을 수 없었다. 레오는 친구의 피를 보면서 순간적으로 피가 상상했던 것보다 훨씬 진하다는 걸 깨달았다.

그리고 그 즉시, 경련이 온 것처럼 친구의 눈꺼풀이 뒤집히며 부르르 떨리더니 안구 점막의 기능이 멈춘 듯 눈물이 콸콸 쏟아지기 시작했다.

"무기 버려!"

눈사태 같은 흰 연기를 뚫고 머리 위로 방독면에 가린 목소리가 울려 퍼졌다.

"무기 버리고 바닥에 엎드려!"

앞이 보이지 않았다. 혀가 타들어가고 가슴은 터지기 일보직전의 풍선처럼 공기 한 줌 들어갈 공간조차 없었다. 배 속 깊숙한 곳에서부터 무언가가 솟구치는 것 같더니 결국 토악질이 시작되었다. 누군가 고래고래 소리를 지르며 위에서 그를 짓누르고 제압했다. 또 다른 누군가가 그의 두 다리를 결박하고는 옆구리를 강하게 걷어 찼다. 또 다른 누군가가 그의 손을 잡았다. 숨을 쉴 수도, 생각을 할 수도 없었다. 하지만 굳은 살갗에 널찍한 그 손길은 왠지 친숙했다. 언제나 그랬듯.

아버지는 어떻게든 시간을 벌고 아들의 관심을 다른 곳으로 돌리기 위해 계속해서 대화를 시도했던 것이다. 그래서 바깥으로 도망갈 시간이 없었던 것이다.

갑자기 모든 게 현실로 다가왔다. 절대 일어날 수 없는 현실. 경찰에 체포되는 일은 선택지에 전혀 없던 상황이었다.

하지만 남아 있는 유일한 선택지였다.

93

크리스마스이브 아침이었다. 아니, 새벽인가? 아니면 늦은 밤인가? 브론크스는 시간 개념을 완전히 잃어버렸다.

바깥이 어둡다는 것, 도시는 여전히 잠들어 있다는 건 알고 있었다. 그는 홀로, 자신의 사무실에 앉아 테이프로 꽁꽁 묶인 상자 하나를 노려보고 있었다. 적막감이 내려앉은 복도를 향해 문을 열어놓은 채. 예상과는 정반대의 기분이 들었다. 장장 14달에 걸친 수사였다. 온갖 이론을 동원했지만 어딘가 항상 부족하고 못마땅했었다. 추격을 이어갔지만 절망했고, 화가 치밀어 오르다가 끝내 증오

343

심으로 발전하기까지 했었다. 그런 시간이 드디어 막을 내린 것이다. 그뿐만 아니라 큰형은 그의 사무실에서 불과 몇 백 미터 떨어진 크로노베리 경시청 구치소에 수감되었고, 용병은 카롤린스카 병원 응급실로 실려 갔다. 운전을 담당했던 둘째 동생과 막냇동생의 소재도 파악되어 현지 경찰과 경찰특공대가 예테보리 시내의 아파트로 향했다. 그때까지 용의자로 특정된 적 없었던 중년의 사내는 웁살라 교도소에 수감되었고, 아넬리라는 여성은 큰형이 수감된 바로 아래층, 여성 전용 수감실로 향했다.

그리고 이들이 한 가족의 구성원이었다는 사실도 알게 되었다.

삼 형제, 막역한 사이의 친구, 애인, 그리고 아버지.

기뻐서 날뛰고 통쾌하게 웃으며 샴페인이라도 터뜨려야 할 판이었지만 그러지 않았다. 14달에 걸친 수사 후에 남은 건 공허함뿐이었다.

어쩌면 그녀에게 전화하지 말았어야 했다. 아마 그 이유 때문이었을 것이다.

하지만 그래야 한다고 생각했다.

브론크스는 헤뷔 경찰서 밖으로 나와 완전히 눈 속에 파묻힌 자신의 차를 발견했다. 그는 다시 경찰서로 되돌아와 현관문 뒤에 비치된 삽을 들고 인도에 쌓인 눈을 걷어낸 다음 두 팔로 자신의 차 지붕과 유리, 그리고 보닛 위에 쌓인 눈을 털어내고 마지막으로 앞 유리에 형성된 살얼음을 긁어내려 애썼다. 그리고서야 폭설이 내려 엉망이 된 도로로 차를 몰고 나와 천천히 스톡홀름으로 향했다. 처음 전화를 걸었던 건 엔셰핑에 도착한 다음이었다. 한동안 대화 없이 지내온 터였다. 지난 몇 달간, 다른 동료들도 함께 있는 회의실 사각 테이블 맞은편에 앉거나 복도를 오가다 마주치면 서로 짤막한 인사만 주고받고 각자의 길을 갔다. 전화를 걸었다가 신호가 한 번 울리자마자 바로 끊어버렸다. 10분인가 20분 후에 다시 전화를 걸었다. 그리고 그녀가 받자마자 다시 끊어버렸다. 30킬로미터를 더 달려 야콥스베리 근처를 지나면서 다시 전화를 걸었다. 네 번 정도 신호가 울리자 그녀가 전화를 받았다. 목소리에 날이 선 상태였다. 브론크스는 손에 전화기를 들고 침묵했다.

"욘? 당신인 거 알아요."

그는 전화기를 왼쪽 볼과 귀로 가져갔다.

"이게 무슨 짓이에요?"

그리고 볼로 전화기를 꽉 눌렀다.

"욘, 내 얘기 들었어요?"

"이제 끝이야."

"끝이라니요?" 산나의 목소리가 달라졌다. 다소 무뎌졌다. "몇 달 동안 그렇게 설명했던 게 그거잖아요! 그런 결론을 내렸다니, 정말 듣던 중 반가운 소리네요. 당신이 드디어 이해했다니 속이 다 후련해요. 그런데 욘 지금⋯⋯."

"아니, 내 말은 놈들이 끝장났다고."

"그게 무슨 말이에요?"

"놈들을 체포했어. 오늘 밤에 헤뷔에서. 정말 놈들이었어. 삼 형제와 친구 하나. 가장 어린 녀석은 갓 열여덟이더라고. 다들 전과 하나 없는 민간인이었어. 지난 14달간 스웨덴을 뒤집어엎어놨던 이 녀석들만 쫓아다녔는데, 끝장났다고, 산나."

그 말을 끝으로 두 사람 사이에 침묵이 흘렀다. 어떤 말로 대화를 이어가야 할지 난감했다.

그러다 어린아이들 목소리가 들렸다. 하나는 울고, 다른 하나가 엄마를 찾고 있었다.

"욘."

"아이가…… 있었어?"

"당신이 우릴 깨웠어요."

"당신 아이들이야?"

"둘이에요. 딸아이는 네 살이고, 아들은 곧 두 살 될 거예요."

"그 얘긴 한 번도 안 했었잖아."

"내가 왜 해야 하는데요?"

아이들 목소리가 더 또렷해졌다. 마치 그녀가 들으라는 듯 방금 잠에서 깬 두 아이들을 향해 전화기를 돌린 것 같았다.

"욘?"

산나는 둘 사이의 관계에 종지부를 찍자고 말했었다. 그녀에게 필요한 일이었기 때문이다. 브론크스는 꿈에도 그려보지 못한 결말이었다.

"크리스마스이브예요. 밤이고요. 몇 시간 후에…….."

"메리 크리스마스."

"저기, 욘……."

"그 말 하려고 전화했어. 메리 크리스마스."

브론크스는 그 말을 마지막으로 도시를 향해 차를 몰다가 북쪽에 있는 공동묘지로 핸들을 틀었다.

똑같이 눈으로 뒤덮인 묘지를 지나가기 위해서였다. 살아 있을 때보다 죽은 다음에 더 많이 떠올린 한 사람이 잠들어 있는 묘지.

그는 점점 잠에서 깨고 있는 도시를 가로질렀다. 잠에서 깬 사람들이 따뜻한 집 안에서 크리스마스 선물을 가운데 두고 가족끼리 오순도순 함께 시간을 보내게 될 그런 도시를. 그런 다음 그가 도착하기 한 시간 전에도 지금처럼 텅 비었을 경시청에 도착했다.

가족 강도단. 그리고 산나가 그토록 원했던 관계의 종지부.

브론크스는 자신의 사무실로 들어가 사건 파일들을 한쪽으로 모았다. 조만간 그의 책상을 떠나 검사에게 전해져 기소에 필요한 증거자료로 활용될 것들이었다. 은행 강도 9건, 현금수송 차량 강탈 1건, 총기류 221점 절도, 경찰에 공갈 협박, 스톡홀름 중앙역 폭탄 테러 혐의에 대한 수사보고서만 4천여 장에 달했다. 그는 또 다른 사건으로 관심을 돌리기 시작했다. 아주 오래전, 방문객 전용 의자 용도로 사용되는 박스에 틀어박힌 케케묵은 옛 사건.

그는 상자를 꽁꽁 싸매고 있는 테이프를 가위로 뜯어 뚜껑을 연 다음 사무실 밖으로 나갔다. 아무도 없는 복도로 나가 바닥을 보이는 글뢰그 병과 생강 과자 몇 개가 담긴 바구니가 남아 있는 휴게실로 들어갔다.

그리고 다시 사무실로 돌아왔다.

가족 강도단. 관계의 끝.

그는 225킬로미터 떨어진 교도소를 떠올렸다. 마지막 접견 당시, 감방으로 돌아가던 삼이 두 교도관 사이에서 발걸음을 멈추고 나지막이 자신에게 했던 말이 기억났다. *욘, 다시는 네 얼굴 안 봤으면 좋겠다.*

브론크스는 그 생각과 함께 결심을 굳혔다. 그래서 입을 벌린 채 자신을 기다리고 있는 상자로 다가갔다. 두꺼운 종이 뭉치가 빈 파일과 철 지난 달력들 아래 파묻혀 있었다. 또 다른 수사보고서. 18년 전 또 다른 재판과 종신형 선고에 기초 자료가 되었던 보고서였다.

산나에게 전화를 걸었고 그녀에게 아이가 둘이나 있다는 사실을 알게 되었다. 어머니는 지금 어디에 살고 계시는지조차 모른다. 그렇다고 삼에게 전화를 걸 수도 없었다. 형에 관한 사건이었기 때문이다.

그는 뻣뻣한 보고서 표지를 펼쳤다.

관할: 스톡홀름
담당 부서: 강력계
사건: 살인

10대 소년에서 40대 초반의 중년이 될 때까지 단 한 번도 건드리지 않은 자료였다.

초반은 자신이 지금까지 해왔던 초동수사 관련 보고서와 비슷했다. 보고서, 피고 측 변호인 명단, 추가 보고서. 사건 관련자들에 관한 짤막한 설명. 새벽 2시 32분, 충격에 휩싸인 한 여성이 비통한 목소리로 응급신고센터에 신고 전화를 건 내용을 담은 녹취록.

23페이지가 넘어가자 유사성이 사라졌다. 첫 면담 조사 녹취록. 열여섯 욘 브론크스의 육성을 기록한 내용이었다.

조사관: 넌 알고 있었니? 네 형이 무슨 계획을 가지고 있었는지?
브론크스: 제가 뭘 알고 있었어야 하는 건데요?
조사관: 형이 아버지를 살해할 거란 계획을 말해준 적 있지?

묘한 기분이 들었다. 까맣게 잊고 있던 내용이었다. 자신이 답변한 내용을 직접 읽어보기 전까지는. 면담 조사를 진행한 형사가 자신이 될 수도 있었다. 자신이 담당했던 사건에선 자신이 그 역할이었다. 어쩌면 당장 내일부터 또다시 그 역할을 도맡게 될 터였다. 한 아버지와 아들 삼 형제에 관한 면담 조사가 진행된다면.

조사관: 칼 말이다. 욘.

브론크스는 다음에 어떤 질문이 나올지 너무나 잘 알고 있었다. 답변 내용을 읽기도 전에. 그게 바로 형사의 임무였다. 진실을 알아내는 것. 일련의 사건을 시간 순으로 배치하는 것.

조사관: 우리가 그 칼을 네 침대 밑에서 발견한 건 알고 있니?

질문은 알고 있었지만 뭐라고 답변했는지에 대한 기억은 전혀 없었다. *가끔······. 기절한 척 연기를 합니다. 사람들은 저마다 할 말이 있다. 형사님도 저랑 같은 생각 아니십니까? 그 자식은 그래도 싸지 않습니까? 자신들의 폭력을 정당화하기 위한 변명. 그 여자를 죽이고 싶었으면 벌써 죽이고도 남았습니다.* 브론크스는 질문은 기억하고 있었지만 뭐라고 대답을 했는지는 기억나지 않았다. 그때도, 지금도.

조사관: 그래서 생각해봤는데, 혹시 너도 그 칼을 쓰고 싶지는 않니?

돌아와서 다시 읽기로 했다. 어머니의 면담 조사 녹취록. 삼의 면담 조사 녹취록. 침대, 피투성이가 된 시트, 생선 손질용 칼 사진이 포함된 과학수사대 보고서. 심장 부근 세 군데에 흉기로 인한 자상을 입고 사망한 한 남성에 대한 부검 소견서. 하지만 그보다 먼저 누구인지 알고 있지만 그에 대해 아는 게 전혀 없는 한 사람을 먼저 만나야 할 것 같았다.

94

그리 멀지도 않았고 건물 밖으로 나갈 일도 없었다. 스톡홀름 시경 형사과에서 출발해 인터폴 지국, 증인 보호팀, 과학수사대로 이어지는 문을 세 개 거쳐 서쪽으로 향해 있는 훨씬 더 큰 건물로 이동한 다음, 다시 국가정보국, 경찰국, 감찰국을 차례로 지나면 목적지가 나온다. 지난봄, 도움을 청하기 위해 늦은 밤 두 차례 정도 그곳을 찾은 이후로 처음이었다. 정부에서 부서 간 공조의 필요성을 강조하면 할수록, 현실은 정반대로 흘러가는 듯했다.

브론크스는 엘리베이터를 타고 8층으로 올라갔다. 그리고 경비초소 문을 두드렸다. 한밤중인 데다 사전 연락도 없는 방문이었다. 하지만 강화유리문 반대편에 앉아 있던 젊고 친절한 교도관은 문을 열어주고는 잠시만 기다리면 몇 시간 전 서쪽 사동에 수감된 용의자 접견이 가능한지 알아봐주겠다고 설명했다.

18년 전 사건에서 잠시 벗어나 새로운 사건 속으로 들어가기 직전이었다.

가족 사건에서 또 다른 가족 사건으로.

이제는 가족이란 게 도대체 뭔지 알 수 없었다.

가족은 분명 연대감으로 뭉친 강력한 집단이다. 그렇기 때문에 그 안에서 자행되는 폭력은 마땅히 보호해야 할 가족 구성원을 향해 이뤄지며 훨씬 더 농도가 짙고 훨씬 더 과격하고 노골적이다.

"브론크스 형사님?"

고민을 털어놓을 사람이 없다. 더 이상 손 쓸 수 없는 사태가 발생하기 전에 속내를 털어놓을 사람. 어떤 경우는 무덤으로 가야 끝이 나기도 한다. 그리고 어떤 경우는 이곳에 와야 끝이 나기도 한다.

"브론크스 형사님?"

"아, 네."

"들어가셔도 됩니다."

첫 번째 감방에서 비명이 들렸다. 악몽 때문에? 두려움 때문에? 하지만 소리는 똑같았다. 이어지는 감방 세 곳은 고요했다. 그다음 두 곳에서 다시 소리가 들렸다. 하지만 비명은 아니었다. 하나는 팔굽혀펴기 하는 소리였고 다른 하나는 혼잣말을 중얼거리는 소리였다. 며칠이 몇 주가 되고, 다시 몇 주가 몇 달로 이어지면 사람들은 시간개념을 잃기 마련이다.

브론크스는 복도 중간쯤에서 걸음을 멈췄다. 7번 수감실.

"혼자 괜찮으시겠습니까?"

"네."

"원하시면 경보기를 드리겠습니다. 크기가 작아 주머니에 휴대하실 수 있습니다. 형사님의 안전을 위해서라도요."

"감사합니다만 그럴 필요까지는 없습니다. 오래 안 걸립니다."

교도관이 자물쇠에 열쇠를 꽂아 두 번 돌리는 동안 열쇠 꾸러미가 철문에 부딪히며 소리를 냈다.

브론크스는 육중한 철문을 옆으로 밀었다. 생각했던 것보다 훨씬 젊고 육중한 체구를 가진 금발 머리 사내가 침대에 앉아 벽을 응시하고 있었다.

"난 욘 브론크스 형사라고 하네. 자네를 수사하던 형사."

금발의 사내는 계속해서 잿빛 콘크리트 벽만 쳐다보고 있었다.

"무슨 수사 말입니까?"

"다수의 은행 강도 사건. 대규모 무기 탈취 사건. 테러 행위로 간주되는 중앙역 폭파 사건."

"무슨 말씀인지 모르겠습니다."

"잘 알 텐데……. 안나 카린 씨, 내일부터 얼굴 보고 할 얘기가 많을 거야."

"할 얘기 없습니다. 내일이 되더라도 없습니다."

"몇 달 전에 나하고 통화도 했었잖아. 자네 같은 사람도 가끔은 그러잖아. 말, 대화 같은 거. 나도 알아. 동생들을 난처하게 만들지 않기 위해서라도."

수감된 청년은 가슴에 교도소 로고가 박힌 스웨터에 밤색 바지 차림이었다. 먼저 그 방을 차지하고 있었던 수감자가 입었던 죄수복이었다.

그는 형사 쪽으로 고개를 돌렸다.

파란 눈과 얇은 입술.

"난 할 말 없습니다. 우린 고자질하는 배신자가 아니거든요."

그러고는 다시 콘크리트 벽으로 눈길을 되돌렸다.

"그만 돌아가시지요. 지금은 대화할 마음도 없고, 그럴 필요도 없으니까."

브론크스는 갑갑한 수감실 공기와 먼지를 들이켰다.

"나도 굳이 자네하고 대화하려고 찾아온 건 아니야."

그는 밖으로 나가 문을 붙잡은 채 교도관이 열쇠 꾸러미를 들고 오기를 기다렸다.

"그 복면 속에 숨은 얼굴이 어떻게 생겼는지 알고 싶었을 뿐이
야. 큰형."

95

시간.

그는 언제나 시간을 정확히 계산할 수 있었다.

손 모양의 빨간 바늘이 돌아가고 밤색 가죽끈이 달린 손목시계는
더 이상 차고 있지 않았다. 그 시계는 아버지가 차고 있었다. 하지
만 더 이상 필요하지 않았고 예전에도 딱히 필요한 건 아니었다. 머
릿속에서 똑딱거리며 돌아가는 시계가 언제나 남은 시간을 알려주
었기 때문이다.

똑. 살 시간이 얼마 남지 않았다. 딱. 그 시간이 더 줄어들고 있
다. 똑. 생명이 단축되는 소리.

육중한 수감실 철문과 창문을 가리고 있는 철창. 이제부터는 항
상 해왔던 일을 할 수도 없고, 해서도 안 된다. 시간에 대한 생각.
감방에 갇힌 신세였다. 몇 초가 지났는지, 숨을 몇 번 쉬었는지 계
산하다가 질식해 죽을 수도 있으니까.

날짜 계산도, 계절 변화도 신경을 끊어버리면 그 어떤 개자식도
머릿속까지 파고들 수 없을 것이다.

전에도 한 번 시도해본 적이 있었다. 그리고 제대로 먹혔다. 시간
과 이 세계에 관심을 끊어버리면, 타인의 존재에서 완전히 벗어날
수 있다면, 굳게 잠긴 감방 문은 그냥 단순한 문에 불과하고 그 문
을 뚫고 나갈 수 있을 것이다.

그때도 제복 경관들이 바깥에 서 있었다. 집 안에, 그리고 아파트 안에. 아버지는 화염병을 던져 외할아버지 집에 불을 질렀다. 어머니와 경찰은 그가 걸어 잠근 방문 밖에서 기다려야 했다.

침대 옆자리에 앉은 펠릭스, 두 팔로 안고 있었던 빈센트.

우린 놈들을 뚫고 나갈 거야. 뚫고 나갈 거라고.

이번에도 뚫고 나갈 것이다. 굳게 잠긴 저 문도, 경찰도, 면담 조사도 그를 막을 수 없을 것이다. 원치 않는 한 아무런 얘기도 할 필요 없다. 구치소에 수감된 신세였지만 입을 열지 말지는 스스로가 결정할 문제다.

그들은 모두 굳게 잠긴 문 안에 앉아 있었다. 그들은 함께 있지 못했다. 하지만 그들은 다시 뭉칠 것이다. 항상 그랬으니까.

생각하지 않고, 흘러가는 시간을 계산하지 않는 한.

지금이 그때 같고, 그때가 지금 같다면.

허구 속의 진실

작가 인터뷰

안데슈 루슬룬드(이하 **루슬룬드**): 실화를 바탕으로 한 글을 쓰기 위해서는 현실을 해체하고 다시 하나로 묶어 재구성하는 과정을 거치게 되는데, 이 길에 이르는 유일한 방법은 소설의 심장박동에 해당하는 리듬을 찾는 것이라 생각합니다. 그래야 중심이 되는 갈등 구조를 따라 피할 수 없는 결말에 이르는 이야기가 완성되기 때문입니다. 이 소설 속 이야기의 심장박동은 어디에 있다고 생각합니까?

스테판 툰베리(이하 **툰베리**): 20여 년 넘게 제 기억 속에 집요하게 남아 있던 한 사건입니다. 크리스마스 연휴가 시작되기 바로 전날인 12월 23일이었습니다. 눈보라가 치던 그날, 은행을 턴 3인조 강도단이 배수로에 빠진 차량을 버리고 도주 중이며 경찰이 추격전을 벌인다는 소식이 전해졌습니다. 저는 TV에서 뉴스를 보자마자 강도단 중 두 명이 친형과 제 어린 시절 친구라는 사실을 알아보았습니다. 그리고 나머지 한 명이 제 아버지였다는 사실도 서서히 깨닫게 되었습니다. 그 상황을 보면서 억압과 반항, 충돌과 갈등으로 점철된 관계였던 형과 아버지가 어떻게 함께 은행 강도를 모의했는지, 그것도 '밀리테르리간'이라는 스웨덴 역사상 최악의 은행 강도단을 구성할 수 있었는지 도대체 이해할 수 없었습니다. 눈보라 속에서 숲으로 도주를 시도한 그들은 추격의 올가미가 조여오자 비어 있던 어느 별장으로 숨어들었습니다. 경찰특공대의 포위로 더 이상 빠져나갈 구멍이 없어지자 두 부자는 평생 그들의 사이를 갈등과 대립으로 몰아갔던 원인을 찾고 해결해야만 했습니다. 제 삶도 그 갈등과 대립에서 예외일 수는 없었습니다. 아버지와 형은 그날, 그 집에서, 경찰이 최루탄을 살포하기 전까지 무슨 얘기를 했었을까, 그게 궁금했습니다.

루슬룬드: 형제들이 일을 벌이고 있다는 사실을 처음 알게 된 건 언제였습니까?

툰베리: 병기창고 털 계획을 짤 때, 저도 그 자리에 있었습니다. 형들이 사는 집에 갔더니 피자를 먹으면서 콘크리트 바닥 뚫는 방법에 대한 이야기를 나누고 있었습니다. 그 이후로, 몇 번은 제가 주변에 나타나면 대화를 중단하더니 어느 순간부터는 그냥 저도 그 일에 가담한 일원처럼 여기는 분위기였습니다. 어쨌든 저 역시 가족 구성원이었고 형제였으니까요. 형들이 첫 무장 강도에 성공하고 잔뜩 흥분한 상태로 자축 파티를 벌일 때, 저도 소파에 같이 앉아 있었습니다. 크로넨부르 맥주를 박스째 사다놓고 TV를 보면서 허둥지둥하는 경찰들의 모습을 구경했습니다. 이상하게 들리겠지

만 우리 형제들은 그렇게 컸습니다. 엄하고 거친 아버지 밑에서 절대로, 무슨 일이 있어도 가족은 서로를 배신하지 않는다고요.

루슬룬드: 주요 인물 중 허구의 인물은 누구이고 현실에 가장 가까운 인물은 누구입니까?

툰베리: 소설 속에 묘사된 삼 형제와 아버지, 그리고 어머니는 거의 현실에 가깝게 그렸습니다. 반면 야스페르는 허구의 인물입니다. 다만 전부는 아니지만 몇 건의 강도 사건에 가담했던 친구 둘을 적당히 섞어 사실적으로 그렸습니다. 소설 속에 묘사한 것처럼 아주 어린 시절 친구들은 아니었습니다. 그리고 소설의 '현재' 부분에 등장하는 야스페르는 이야기의 극적인 기능을 위해 다소 강렬하게 그리긴 했지만 현실 속 두 친구와는 거리가 멉니다. 소설 속 야스페르는 소외된 인물이라 할 수 있습니다. 동등하게 존중받지 못하고 형제애를 나눌 수도 없는 인물입니다. 게다가 레오가 자기 동생들에게 시키고 싶지 않은 위험한 일들을 주로 담당하고 있습니다. 야스페르라는 존재는 형제애가 좋은 쪽으로든, 나쁜 쪽으로든 얼마나 강한지를 분명히 보여주는 역할을 합니다. 그렇기 때문에 그 형제애에 금이 가고 분열이 일어나면 그게 또 얼마나 악영향을 미치는지 여실히 보여줍니다. 아넬리 역시 허구의 인물입니다. 특히, 레오를 만나기 전 가족 관계는 전적으로 허구입니다. 그녀의 아들로 등장하는 세바스티안은 동내 꼬마들을 모델로 했습니다. 욘과 삼 브론크스 역시 전적으로 허구의 인물입니다. 두 사람은 경찰 업무를 사실적으로, 그리고 레오의 상황을 반증해주는 역할을 합니다.

루슬룬드: 시대와 장소의 사실성 여부는 어떻게 됩니까?

툰베리: 과거와 현재 부분에서 장소를 다른 곳으로 바꾸지는 않았습니다. 다만 사실의 배경이 되는 일부 장소를 제외했고 시간의 흐름을 다소 압축하긴 했습니다. 소설 속에는 강도 사건에 대한 수사가 14개월간 지속됐다고 나오지만 사실은 26개월이 걸렸습니다.

루슬룬드: 어린 시절에 대한 개인적인 이야기를 쓴다는 게 쉽지는 않았을 것 같은데요?

툰베리: 오히려 그 반대였습니다. 어린 시절을 회상하면서 비록 소설 속 주인공은 아니지만 이야기의 일부가 될 수 있는 기회를 얻었다고 생각합니다. 제 경험이나 제 존재는 소설 속에서 다른 형제들을 통해 묘사됐습니다. 주로 펠릭스가 그런 인물이었습니다. 사실, 지금은 제가 소설 속 레오와 나이가 가장 근접해 있지만 소설 속 펠릭스와 가장 비슷합니다. 아버지와 형이 어머니가 은신해 있는 집에 던지기 위해 화염병을 만들 때 바닥에 누워서 그 장면을 보고 있었던 건 바로 접니다. 그렇기 때문에 소설 속 과거의 상황이 현실과 멀다고 볼 순 없습니다. 반면, 아버지와 아들 사이의 갈등은 제가 현실 속에서 오랜 세월 바로 옆에서 지켜본 사실입니다. 소설 말미에 등장하는 눈보라 속 대립도 사실에 가까울 거라 생각합니다.

루슬룬드: 우리가 현실과 달리 묘사한 사건들 중 가장 중요한 사건은 뭐라고 생각합니까?

툰베리: 우리 두 사람의 집필 방식이 완전히 다른 길을 향했다고 생각하지는 않습니다. 물론 달라진 부분은 있습니다. 강화유리 위에 미소 짓는 총탄 구멍이 어떻게 생겼는지, 왜 그랬는지에 대한 부분이 이에 해당합니다. 아넬리의 개입에 대한 부분도 마찬가지입니다. 사실 그녀의 모델이 된 실존 인물은 소설처럼 한 번이 아니라 여러 차례 도주 차량을 운전했습니다. 무엇보다 폭탄에 대한 부분이 그렇습니다. 은행 강도에 폭탄을 사용한 일이나 야스페르가 고의적으로 안전장치를 조작해 폭발을 유도한 일이라든지, 실제 사건에서 영감을 얻긴 했습니다. 하지만 야스페르의 모델이 된 실제 사건에서 해당 혐의로 재판을 받은 강도는 무죄를 선고받았습니다.

루슬룬드: 소설 집필을 위해 우리 두 사람이 많은 자료를 참고한 건 잘 아실 겁니다. 본인의 기억에서 도움을 받은 부분은 어느 정도나 됩니까?

툰베리: 집필 초기, 문서로 작성된 자료는 최대한 읽어보지 않으려 했습니다. 대신 제 개인적인 감정 기억에 기초해 과거 상황을 재구성해보려 애썼습니다. 다른 작가와 공동으로 이야기를 만드는 과정에서 최상의 결과를 얻기 위해서는 그런 개인적인 부분에만 전적으로 의존할 수 없는 것도 사실입니다. 우리 두 사람은 스웨덴 역사상 가장 대대적인 수사가 펼쳐졌던 사건 속으로 뛰어들어 온갖 자료와 제 가족들의 육성을 통해 전해진 이야기를 참고했습니다. 때로는 걱정에 시달리기도 했습니다. 문학적으로나 심리적으로나 양면으로 이야기를 끌어나가야 했으니까요. 대신 현실을 해체하고

소설로 재구성해가는 과정에서 사실적인 이야기를 다시 다 읽어봤습니다.

루슬룬드: 강도단들은 어떤 처벌을 받았습니까?

툰베리: 전원 체포된 뒤 가혹한 형을 선고받았습니다. 죄질이 그리 좋지 않았기 때문입니다. 다만, 당시는 사망자가 발생하지 않았다는 점이 참작되어 다소 전례 없는 형에 해당한다는 평가는 있었습니다. 개인적으로는 단 한 건의 사건에 연루된 적이 없다는 확실한 사실 때문에 스웨덴 법에 따라 증언할 일은 없었습니다. 어머니와 저는 적잖은 시간 동안 가족들을 만나기 위해 스웨덴 전국의 교도소를 돌아다녀야 했습니다. 아마 우리 모자만큼 스웨덴 교정 체계를 잘 파악하고 있는 사람들도 없을 겁니다.

루슬룬드: 책을 읽은 형제들은 어떤 반응을 보였습니까?

툰베리: 반응은 제각각이었습니다. 펠릭스의 모델이었던 형은 책을 읽자마자 바로 전화를 해서 이렇게 말했습니다. "난 네가 죽도로 밉다. 하지만 그 양반하고 같이 쓴 이 책은 마음에 든다." 그러고는 바로 전화를 끊고 동시에 관계까지 끊어버렸습니다. 그 통화 이후 단 한 번도 얘기해본 적 없습니다. 빈센트의 모델이 됐던 형은 이 책을 다섯 번 읽을 때까지 아무런 반응도 보이지 않다가 나중에 나지막이 이렇게 전했습니다. "이제야 네가 무슨 일을 한 건지 알겠다. 당시의 내가 여기 있구나. 네가 그린 열일곱 소년이 바로 나였구나. 지금의 내가 아니라." 그리고 레오의 모델이 됐던 형은 깊

이 감동을 받았다면서 자신은 물론 자신의 주변에 노출된 그 광기를 이제야 이해하게 됐다는 편지를 보내왔습니다.

옮긴이 **이승재**

한국외국어대학교 불어교육과, 동 대학 통번역대학원을 졸업, 현재 유럽 각국의 다양한 작가들을 국내에 소개하고 있다. 옮긴 책으로는 도나토 카리시의 《속삭이는 자》《이름 없는 자: 속삭이는 자 두 번째 이야기》《영혼의 심판》《안개 속 소녀》, 루슬룬드, 헬스트럼 콤비의 《비스트》《쓰리 세컨즈》《리뎀션》, 프랑크 틸리에의 《죽은 자들의 방》, 카린 지에벨의 《그림자》《너는 모른다》《마리오네트의 고백》《빅 마운틴 스캔들》, 올리비에 부르도의 《미스터 보쟁글스》, 바티스트 보리유의 《죽고 싶은 의사, 거짓말쟁이 할머니》《불새 여인이 죽기 전에 죽도록 웃겨줄 생각이야》, 디온 메이어의 《프로테우스》, 미카엘 베리스트란드의 《델리에서 가장 아름다운 손》 등이 있다.

더 파더 2

2018년 10월 12일 초판 1쇄 인쇄
2018년 10월 24일 초판 1쇄 발행

지은이 | 안데슈 루슬룬드, 스테판 툰베리
옮긴이 | 이승재
발행인 | 이원주
책임편집 | 조예원
책임마케팅 | 정재영

발행처 | (주)시공사
출판등록 | 1989년 5월 10일(제3-248호)

주소 | 서울특별시 서초구 사임당로 82(우편번호 06641)
전화 | 편집 (02)2046-2869 · 마케팅 (02)2046-2883
팩스 | 편집 · 마케팅 (02)585-1755
홈페이지 | www.sigongsa.com

ISBN 978-89-527-9347-8 04850
ISBN 978-89-527-9345-4(set)

검은숲은 (주)시공사의 브랜드입니다.

이 도서의 국립중앙도서관 출판예정도서목록(CIP)은 서지정보유통지원시스템 홈페이지(http://seoji.nl.go.kr)와 국가자료공동목록시스템(http://www.nl.go.kr/kolisnet)에서 이용하실 수 있습니다.(CIP제어번호: CIP2018028958)